» LA GAJA SCIENZA «

VOLUME 1420

IL CERCATORE DI TENEBRE

Romanzo di
FEMI KAYODE

Traduzione di
ANDREA CARLO CAPPI

LONGANESI

Gruppo editoriale Mauri Spagnol

www.longanesi.it

ISBN 978-88-304-5472-9

Titolo originale
Lightseekers

Per essere informato sulle novità
del Gruppo editoriale Mauri Spagnol visita:
www.illibraio.it

IL CERCATORE DI TENEBRE

Alla mia famiglia
e agli amici che sono entrati a farne parte

ORIGINE

Il sole di ottobre è rovente quanto gli animi della folla inferocita.

John Paul segue la massa urlante che sospinge i ragazzi. Spogliati a forza e percossi, i tre sono nudi, con lo scroto raggrinzito dalla paura. Le loro ferite non lasceranno mai cicatrici. Bastoni. Pietre. Mattoni. Spranghe. Ossa che si spezzano, sangue che scorre. La carne che si lacera strappa solo brevi grida dai loro polmoni stanchi. Quando cadono a terra, la folla li rimette in piedi e li trascina lungo le strade, verso un luogo che nessuno ha scelto, ma tutti sembrano conoscere.

È piovuto, il giorno prima. In molti punti la terra rossa è diventata fango. I ragazzi crollano al suolo e i calci li fanno sprofondare nella melma che si confonde con il sangue. Poi vengono messi loro al collo degli pneumatici, come collane fuori misura. L'odore di benzina che si spande nell'aria è così forte che qualcuno, tra la folla, si tappa il naso. La pazzia si impossessa di quanto resta del giorno.

Un fiammifero si accende nell'istante in cui un mattone sfonda il cranio a uno dei tre. Ne fuoriescono materia cerebrale e vita per cui lui non si mette a urlare né si contorce come gli altri due, quando il fuoco inizia a lambire pelle e capelli.

Il telefono vibra in mano a John Paul. L'indicatore della batteria lampeggia in rosso. Tanto vale abbassare lo smartphone e guardarsi intorno. Non è l'unico a procurarsi una testimonianza digitale dell'esecuzione in corso. Pensa quasi di usare il cellulare che, prima del linciaggio, ha sottratto a uno dei ragazzi in fiamme. Ma l'ironia andrebbe sprecata. Tanto ormai è finita. È ora di andare.

John Paul si allontana e io lo seguo nell'ombra, incapace di cancellare dalla mente l'incubo che ha creato alle nostre spalle.

Dato che lui non si volta, non posso farlo neppure io.

ATTO PRIMO

La luce si riflette in varie direzioni
quando colpisce una superficie irregolare

PERCHÉ, NON CHE COSA

Ho la sensazione che stia per scoppiare una rivolta nella sala d'imbarco dei voli nazionali dell'aeroporto di Lagos.

« Qualcuno dovrebbe almeno dirci cosa succede! » sbotta un passeggero furente in faccia a un'imperturbabile hostess di terra, inondandola di saliva.

Tanti auguri, penso io. Sono seduto con pasticcio di carne e Coca-Cola a un tavolo di Mr. Bigg's, il ristorante di fronte al banco 9ja del check-in. Ho scelto con cura la posizione, per non essere lasciato a terra quando l'aereo, in ritardo, si deciderà finalmente a decollare alla volta di Port Harcourt.

« Signore, il volo è in ritardo », ripete la hostess. « Gliel'ho detto... »

« In ritardo perché? »

« Non glielo so dire, signore. Se ha pazienza... »

« Di quanto? » La domanda viene da una passeggera madida di sudore, che non ha ragione di essere così frustrata dato che l'ho vista arrivare meno di mezz'ora prima della mancata partenza. « Stiamo aspettando da... »

Tre ore e diciassette minuti. Ma, dal momento in cui l'Uber mi ha lasciato all'aeroporto, sono trascorse più di cinque ore. Suppongo che gli altri passeggeri non stessero scappando di casa per evitare una discussione con un coniuge infedele. D'accordo, *probabilmente* infedele. La verità è che la fretta con cui ho fatto i bagagli e sono uscito aveva poco a che fare con la puntualità e molto con la mia scarsa voglia di fare a mia moglie la domanda più importante che avevo in testa.

Hai un altro?

C'è voluto uno sforzo di volontà per tacere stamane davanti a Folake, che se ne stava con le braccia sui fianchi nella sua vestaglia di cotone leggero. Con i lunghi ricci scostati dal viso, nulla mascherava la sua disapprovazione mentre mi guardava preparare la valigia.

« Vuoi andarci sul serio? »

« Sì », ho risposto secco, fingendo di contare le mutande.

« Anche se a me sembra una pessima idea? »

Ho messo in valigia i boxer e ho risposto, sperando che la mia voce ferma suggerisse autocontrollo. « Ne abbiamo già parlato, Folake. »

« Non sei un detective, Philip. » Ha scandito il mio nome come fa quando cerca invano di non perdere la pazienza.

« La tua fiducia è molto incoraggiante », ho osservato, deluso.

« Non metterla su questo piano! Nessuno ti ha mai dato fiducia quanto me. »

« Ma adesso pensi che sia ora di smettere? »

« Non puoi andare in un villaggio a risolvere un caso di un anno fa e aspettarti che organizzi una festa d'addio. »

Mi sono deciso a guardarla negli occhi.

« Non vado a risolvere niente. Voglio solo scoprire perché è successo quel che è successo. »

« E questo non è risolvere un caso? Come fai a capire perché è successo qualcosa, se non sai *che cosa* è successo? »

Se mi fossi messo a spiegare il mio lavoro di psicologo forense, non sarei qui ad aspettare un aereo in ritardo. Malgrado il sostegno reciproco durante i rispettivi dottorati di ricerca, mia moglie finge di non capire il mio lavoro, quando le fa comodo.

« Folake, questa è un'occasione per mettere a frutto le mie competenze nel mondo reale... »

« Reale e pericoloso », mi ha interrotto brusca.

D'accordo, andare a Okriki potrebbe essere considerato pericoloso, per uno come me, che fino a otto mesi fa ha trascorso la maggior parte della sua vita adulta negli Stati Uniti. Ma non mi sarebbe spiaciuto che mia moglie, al contrario, avesse detto: « Vai, tesoro. Solo tu puoi scoprire cosa ha scatenato il linciaggio di tre studenti bruciati vivi. Ci riuscirai ».

« È da pazzi e lo sai! Non capisco cosa cerchi di dimostrare. »

« Che non sono solo un accademico da due soldi senza cattedra », ho replicato, provando a trattenermi dall'urlare.

« Non sarà mollando la famiglia per indagare su un pluriomicidio che riuscirai ad avere una cattedra », ha commentato lei, acida.

Ma mi distrarrà dalla triste possibilità che tu mi tradisca.

Naturalmente questo l'ho tenuto per me. Odio litigare, specie quando si finisce con l'alzare la voce. D'altra parte, pochi possono tener testa alla professoressa Afolake Taiwo, la più giovane docente della facoltà di legge della University of Lagos. In quasi diciassette anni di matrimonio, di rado ho avuto la meglio in una discussione con lei.

« Okay, Philip. Diciamo che vai là e scopri cos'è successo davvero, o perché. E poi? Cosa vuoi fare? Scriverci un libro? »

« Siamo in Nigeria, Folake » ho ribattuto, sarcastico. « Non si cercano le cause di un linciaggio sperando di scriverci un best-seller. »

« Allora, per l'amor del cielo, che cosa speri di fare? »

« Te l'ho detto, il padre di una delle vittime mi ha assunto per... »

« Sì, sì, lo so. » Mia moglie ha allargato le braccia e alzato gli occhi al cielo. « Vuole che tu scriva un rapporto, perché non crede che il figlio fosse un ladro, anche se lo dicono tutti i social. »

« L'hai visto il video? »

Folake è stata scossa da un fremito.

« Io l'ho guardato almeno un centinaio di volte. » Ho continuato il discorso, prima che lei ripensasse a quelle immagini disturbanti. La scena della morte dei Tre di Okriki era stata postata su un'infinità di siti. « E sai una cosa? Ogni volta mi dico: la gente non può essere così pazza da dare fuoco a tre ragazzi in pieno giorno solo perché sono stati sorpresi a rubare. »

Si è seduta sul letto, con le spalle piegate in avanti. Non ero sicuro se fosse per la discussione o perché le avevo ricordato di quel video angosciante.

Ha scosso il capo. « Niente ha senso in questo paese » ha ribattuto, scuotendo la testa.

« Tutto ha senso, quando sai perché la gente fa certe cose. »

« Psicologia da strapazzo! » ha gridato, portandosi subito una mano alla bocca, come per rimangiarsi le parole. Sapeva di aver superato il limite.

Mi sono concentrato sulla cerniera lampo della valigia, fino a essere certo di apparire impassibile. Quando l'ho guardata, la mia voce era di nuovo inespressiva, come all'inizio della conversazione.

« Grazie. Ora vado a impiegare la mia psicologia da strapazzo in un lavoro per cui sarò pagato profumatamente. Con permesso. »

Ho preso il bagaglio e me ne sono andato prima che lei tornasse alla carica.

La voce rabbiosa di un altro passeggero mi riporta alla realtà.

« È inaccettabile! Solo in Nigeria succedono queste... »

Gli do un'altra ora, prima che si scateni la rissa tra i passeggeri irascibili e lo scortese personale di terra. Nel frattempo, rivolgo la mia attenzione all'unica cosa che mi hanno insegnato a comprendere.

La scena di un crimine.

CHECK

Le scene del crimine possono andare dall'ordine assoluto al caos più allucinante.

Cerco di ignorare il brusio all'aeroporto e riflettere sulle parole del mio vecchio docente e mentore, il professor Albert Cook.

« La morte è un casino, Philip, ma morire è un merdaio. »

Prof, come lo chiamo tuttora affettuosamente, non ha mai aderito all'idea che la scena di un crimine possa essere catalogata in uno schema preciso di tipologie. Diceva sempre, « la gente fa cazzate ed è qui che si trovano gli indizi per scoprire cos'è successo davvero ».

Prof mi ha fatto da relatore per la tesi del mio dottorato di ricerca alla University of Southern California. È stato il mio primo capo e la persona che mi ha iniziato alla psicologia forense, settore all'epoca in fase di evoluzione. Anche da pensionato, si mantiene attivo « intromettendosi nei merdai altrui », per usare la sua definizione. Forse dovrei mandargli il link di YouTube all'esecuzione dei Tre di Okriki. Sarebbe interessante sentire l'opinione del vecchio su questo particolare merdaio.

Riguardo i miei appunti. Sotto la sezione in cui ho scritto *Scena del crimine organizzata* traccio un grosso punto interrogativo.

Se si ragiona su come la folla sembrasse aver concentrato la rabbia sui tre giovani che stava uccidendo – assassinando – si potrebbero applicare alcune delle condizioni di una scena « preordinata ». Prendete l'aggressione diretta alle vittime, prima che venisse loro dato fuoco: classica premeditazione. E gli pneumatici: non erano certo comparsi dal nulla. Una o più persone dovevano avere avuto cura di portarseli dietro fino al luogo del delitto, area che in questo schema dovrei limitare a quella in cui i ragazzi erano stati effettivamente uccisi.

Personalizzazione della vittima (delle vittime). In teoria, si può affermare con sicurezza che un linciaggio non dovrebbe essere considerato personale e quindi presentare le caratteristiche di una scena del crimine disorganizzata. In pratica, data la violenza mostrata nell'uccisione di Okriki, non si può escludere uno smarrimento collettivo. Se i tre erano sospettati di essere ladri, può darsi che un numero significativo di partecipanti in passato fosse stato vittima di furti impuniti. Ma è sostenibile un'argomentazione del genere nel caso di quasi un centinaio di persone in preda alla furia?

Aggiungo accanto a «personalizzazione» un bel po' di punti interrogativi e un promemoria: *Procurarsi dati sul tasso di furti nella zona, prima o durante il mese del linciaggio.*

Ci sono altri indizi di una scena del crimine organizzata. Ne sono esempi classici il fatto che le vittime siano state soggiogate e, a un certo punto durante la terribile aggressione, legate. Ma qui finisce la tipologia della scena preordinata.

Cadaveri lasciati sul posto. Check.

Cadaveri in vista, sotto gli occhi di tutti. Check.

Spersonalizzazione delle vittime. Check.

Ci penso su. Siamo sicuri? È possibile che nessuno conoscesse i ragazzi? E la persona che ha detto di essere stata derubata?

Scrivo: *Parlare con chi ha lanciato l'allarme.*

Conversazione al minimo. La folla inferocita non si mette a discutere o a trattare con le vittime. Quindi, check.

Spontaneità...

A quanto pareva, la folla era calata sui ragazzi dopo che era stato lanciato l'allarme: stavano derubando un altro studente fuori dal campus. Dal momento che è impossibile che ci fossero cento persone in lista d'attesa per partecipare a un *necklacing*, check anche qui.

In effetti, morire *è* un merdaio. In questa scena del crimine la mescolanza di tipologie è esasperante, ma le sue caratteristiche possono essere utili al mio scopo. Devo ricordarmi di mantenere la giusta apertura mentale, finché non raccolgo altre informazioni, oltre ai fotogrammi ricavati da YouTube e agli interrogatori dei genitori delle vittime.

Annoto: *Un movente individuale camuffato da un obiettivo o un pregiudizio di gruppo?* Ciò potrebbe spiegare la tipologia mista, l'aspetto più significativo di una scena disorganizzata.

Violenza improvvisa e inaspettata sulle vittime. Check.

E qui mi fermo. Fino a che punto era improvvisa e inaspettata la violenza, in questo caso? Le storie umane alle radici di un crimine sono importanti quanto il luogo in cui si è consumato. Le motivazioni di chi racconta – colpevole, vittima o testimone che sia – possono fare ampia luce su ciò che è realmente accaduto.

Sfoglio gli appunti fino a dove ho scritto: *Emeka Nwamadi.*

PRIMO CONTATTO

« Chemeka Nwamadi », si è presentato, stringendomi la mano.

« Piacere di conoscerla, signor Nwamadi. »

« Emeka, per favore. Le formalità sono sempre scomode. »

« Anche stare in piedi », ha detto Abubakar Tukur, che sarebbe stato il mio capo, se avessi avuto un incarico fisso al Police College anziché quello di docente a contratto, a seconda della disponibilità di budget. Ci ha invitato a – o meglio, ci ha ordinato di – sederci in prima fila, davanti alla cattedra da cui avevo appena tenuto una lezione sul controllo della folla. Abubakar è della vecchia scuola; il trentaduesimo Comandante del Police College, che ancora si illude di riportare la Nigerian Police Force ai suoi giorni gloriosi.

Mentre ci mettevamo comodi sulle robuste seggiole, non riuscivo a scrollarmi di dosso la sensazione che il cognome Nwamadi mi suonasse familiare.

« Emeka è l'amministratore delegato della National Bank », ha detto Abubakar.

Ora capivo: era l'uomo a capo della terza banca commerciale del paese. Una volta assimilato questo dettaglio, un altro, ancora confuso, ha iniziato a girarmi in testa e, di nuovo, il Comandante mi è venuto in soccorso.

« Non so se conosci il caso dei Tre di Okriki... » ha cominciato.

La mia prima reazione è stata di shock, seguita immediatamente dalla compassione. Tre settimane dopo la mia prima serie di lezioni al Police College sul tema « psicologia della folla », avevo chiesto ai cadetti di presentare un caso di studio su delitti di gruppo. Più della metà delle ricerche presentate riguardavano un episodio avvenuto nel sud-est del paese, le cui vittime erano state soprannominate dalla stampa « i Tre di Okriki ». Dato che gran parte degli elaborati non avevano né capo né coda, come spesso capita con le ricerche degli studenti, mi ero preso il tempo di documentarmi attraverso i media. Perciò sapevo che Emeka Nwamadi era il padre di uno dei tre ragazzi percossi e bruciati un anno prima nella città universitaria di Okriki. La sua battaglia, e quella degli altri genitori, per portare di fronte a una qualche specie di tribunale gli assassini dei figli aveva alimentato i titoli dei giornali nigeriani, alcuni mesi prima che lasciassi gli Stati Uniti per seguire mia moglie nel suo anno sabbatico alla University of Lagos.

Che cosa si dice a un genitore che ha perso un figlio in modo tanto crudele e indescrivibile?

« Mi spiace molto », ho detto io, incerto.

Emeka Nwamadi ha annuito, senza lasciar trasparire nulla.

« È per questo che siamo qui, Philip. Saffiamo tutti cos'è successo. » Quando Abubakar si emoziona, tradisce le sue origini *hausa*. Le p gli diventano f e le l si arrotondano a r.

A dire il vero, non ne sapevo a sufficienza. Non in quel momento. Dopo aver letto quanto bastava per valutare gli elaborati dei cadetti, avevo cercato di dimenticarmene. I miei gemelli hanno appena compiuto sedici anni e non è difficile immaginarli all'università, lontano da casa, mentre si ritrovano nel posto sbagliato al momento sbagliato. Era stato l'istinto di autoconservazione a impedirmi di approfondire l'argomento dei Tre di Okriki e persino di guardare i video su YouTube.

« Non mi è chiaro dove entro in gioco io », ho replicato.

« Diglielo », Abubakar ha fatto un cenno a Emeka.

Questi non ha aperto bocca. Ha frugato invece nella sua valigetta di pelle e ne ha tirato fuori due fascicoli, che ha messo sul tavolo in mezzo a noi. Li ho riconosciuti subito. Il primo era la mia tesi per il master, con un titolo poetico che citava Billie Holiday: *Strange fruit – Comprendere la psicologia del linciaggio nel Sud.* Il secondo era la mia tesi di dottorato, una specie di seguito: *Strano raccolto – Come la folla uccide impunita.* Entrambi i testi dovevano essere stati scaricati dalla biblioteca online dell'università dove avevo condotto le ricerche e li avevo scritti. Li avevo anche allegati al curriculum quando mi ero candidato al Police College.

Ho guardato Abubakar, ma è stato Emeka a parlare.

« Corrono tante voci su cos'è successo il giorno in cui mio figlio è stato ucciso. Non credo a una sola parola. Perciò sono qui a chiederle di aiutarmi a scoprire cos'è successo *davvero.* »

Non mi erano nuove richieste del genere e avevo ormai una risposta standard. « Non deve scambiarmi per un detective, signor Nwamadi. Sono uno psicologo che studia i moventi dei delitti e il modo in cui vengono commessi. La maggior parte delle mie indagini sono puri esercizi accademici. »

Era un discorso ben collaudato negli anni in cui avevo dovuto spiegare i limiti delle mie competenze ai miei ex colleghi del San Francisco Police Department.

« Ho letto i suoi libri. » Emeka ha indicato i fascicoli.

« Sono solo tesi universitarie. »

« Brillanti, secondo me. Non ho mai letto niente che si avvicini alle sue analisi sul comportamento della folla. »

« Sono solo osservazioni a posteriori. Nulla che abbia un valore forense. » Ho cercato di non darci troppo peso, ma ero lusingato dal complimento.

« Comunque profonde », ha insistito Emeka.

« Te l'ho detto che è umile », è intervenuto Abubakar. Poi si è rivolto a me, nella sua tipica modalità « sbirro *hausa* ». « Phi*rif*, sei *r*'unico che *f*ossa ricostruire cos'è successo. Queste *f*ersone hanno bisogno del tuo aiuto. Come unico psico*r*ogo forense in questo paese... »

« Che tu conosca. »

Abubakar ha fatto un cenno con la mano, come per respingere un'obiezione irrilevante. « Se non *ti* conosco, non esistono. È te che conosco. »

Se avevo imparato qualcosa in otto anni e mezzo passati a « ricostruire » moventi e modus operandi di alcuni dei più orrendi delitti noti all'SFPD, era che ogni volta che in un crimine si perde una vita, non ci sono vincitori. Tutto sommato, ero felice di essere un docente e mi apprestavo a esprimere un rifiuto più deciso.

« Ha guardato il video, dottor Taiwo? » ha chiesto Emeka.

« Mi chiami Philip, la prego. »

« Philip », ha concesso, senza esitazione. « Ha guardato il video? »

Ho scosso il capo. Lui ha preso lo smartphone, ha battuto due volte un dito sullo schermo e mi ha passato l'apparecchio, con uno sguardo di sfida. Pochi minuti dopo, gli ultimi istanti della vita di Kevin Nwamadi sono apparsi nel palmo della mia mano.

L'orrore di quella scena mi è rimasto dentro a lungo, dopo che Abubakar ed Emeka mi hanno lasciato solo in quell'aula. Avevo passato oltre dieci anni e mezzo a studiare le trasgressioni umane, ed ero *quasi* un maestro nell'arte del distacco. Ma quella era la prima volta che assistevo a un delitto nel momento in cui veniva commesso ed ero consapevole che era già avvenuto e non si poteva fare nulla per sventarlo.

Non riuscivo a liberarmi dalle immagini dei tre ragazzi che venivano percossi, umiliati e dati alle fiamme. Mi era impossibile immaginare il dolore che dovevano avere provato Emeka Nwamadi e gli altri genitori. La perdita di un figlio è già insopportabile di per sé. Ma vederlo morire in quel modo, e per giunta rivederlo in loop sui social, dev'essere la più terribile delle esperienze.

C'erano molte ragioni per cui quell'incarico stimolava il mio interesse di ricercatore. Una era l'occasione di contestualizzare in Nigeria alcune mie ipotesi sulla psicologia della folla. Oltretutto la ricerca avrebbe aumentato le mie chance di ottenere consulenze più stabili presso il Police College o un'istituzione altrettanto prestigiosa. Ma in realtà era il mio cuore di padre a desiderare di aiutare Emeka Nwamadi a trovare le risposte di cui aveva così tanto bisogno.

Quel giorno, sono tornato dal lavoro prima del previsto e ho preso la macchina per raggiungere Folake in ufficio e condividere con lei le mie prime impressioni sul caso. Poi però non l'ho fatto.

In effetti, quella giornata si è rivelata complicata, angosciante e deprimente in egual misura, perché è stato dal parcheggio che ho visto mia moglie tra le braccia di un altro.

LE COLPE DEI PADRI

Abubakar ha insistito per giorni, cercando di convincermi ad accettare l'incarico, ma non potevo dirgli che i Tre di Okriki erano l'ultima delle mie preoccupazioni. Ho ignorato i messaggi di Emeka Nwamadi e mi sono rifiutato di rispondere alle sue chiamate. Non stavo facendo il difficile. Era solo che non me la sentivo di prendere impegni.

Fino al giorno in cui sono stato convocato da mio padre.

Si poteva distinguere la gravità di una situazione nel clan Taiwo dall'ora che i miei genitori sceglievano per parlarne.

Le discussioni meno importanti – dal rimprovero per prestazioni accademiche inferiori alle aspettative fino alla reprimenda per gravi infrazioni al buon nome della famiglia – venivano fissate a tarda notte, quando non c'era il rischio di essere interrotti da qualche visitatore. Negli ultimi tempi, le conversazioni davvero serie, quelle che mio padre chiamava « riunioni strategiche », erano invece riservate alla mattina. In queste si valutavano le scelte di carriera, si condivideva la preoccupazione per il comportamento di uno dei miei tre fratelli o per l'entità del nostro contributo finanziario ai progetti in cui lui coinvolgeva i suoi figli, di norma senza il nostro consenso.

Quando ho ricevuto via messaggio la convocazione alle prime luci dell'alba presso la casa di famiglia a Lagos Island, per un attimo mi sono chiesto se Folake non avesse confessato a mio padre i propri peccati, chiedendo il suo intervento per ottenere il mio perdono. Ma ho scartato subito l'ipotesi. Lui è il padrino di Folake e sono molto legati da quando lei era bambina. Tra quello che ho fatto nella mia vita per fare colpo su papà, credo che sposare la sua figlioccia rientri in ciò che il mio gemello classifica « scacco matto alla rivalità tra fratelli ». Folake non metterebbe a repentaglio l'immagine che mio padre ha di lei, se non come estrema risorsa.

Quando sono arrivato, papà mi stava aspettando. La mamma era ancora a letto. Da quando è andata in pensione, dopo essere stata la capo-infermiera nel gabinetto medico di mio padre, insiste per dormire sino a tardi. Per riprendersi, a suo dire, dall'avere cresciuto due coppie di gemelli e gestito un marito stacanovista. Quando ai miei veniva chiesto perché non avessero avuto altri figli, mio padre spiegava, scherzando, che il parto successivo avrebbe potuto essere esagemino! Alle soglie degli ottant'anni, lavora ancora nel suo ambulatorio, non lontano da casa, dove sapevo che sarebbe andato al termine della nostra riunione.

« Kehinde! » mi ha accolto, gettandomi le braccia al collo e guidandomi attraverso il salone, in direzione dello studio.

Mio padre non mi chiama mai Philip, insiste che Kehinde è il nome con cui sono nato e che Philip è stata l'idea di mia madre al battesimo. Più che altro, badavo a non farmi chiamare con il soprannome, « Kenny Boy », che aveva coniato per distinguermi da Kehinde numero due, una dei gemelli più giovani. Lei è « Kenny Girl ». Mentre io sono più indulgente con il nomignolo che mi ha dato il nostro vecchio, mia sorella si scandalizza a essere chiamata « ragazza » a quarantaquattro anni.

« Ho parlato ai ragazzi, la scorsa settimana », ha annunciato lui, mentre mi abbandonavo sull'usurato divano di pelle di fronte agli scaffali che ospitavano la sua ammirevole collezione di libri.

Ho inspirato a fondo, in attesa che esaurisse il suo argomento preferito: l'andamento scolastico, buono o cattivo che fosse, dei nipoti. Si lamentava che la loro grafia fosse « a zampa di gallina»; ironico, detto da un medico. Mi ha informato che aveva finito il romanzo di Harry Potter che gli aveva passato mia figlia tredicenne. «Streghe e maghi! È questo che imparano oggi i bambini?» Ha riferito di un'abitudine che la mamma aveva acquisito di recente: togliere il glutine dalla loro dieta. «Ho settantotto anni! Che senso ha?»

Quando ha fatto una pausa per riprendere fiato, mi sono alzato e mi sono avvicinato alla macchina Nespresso in un angolo della stanza, prima di osare chiedergli perché mi avesse convocato.

«Siediti», ha ordinato lui.

Ho obbedito, rinunciando ai miei piani per il caffè, ancora confuso e nervoso. Si è seduto anche lui, facendosi scuro in volto, il che ha acuito il mio disagio.

«Un mio caro amico dice che lo stai evitando», ha detto infine.

«Prego?»

«Emeka Nwamadi.»

«Lo conosci?» Non mi sarei dovuto sorprendere. La sua rete di amicizie e pazienti è come un gotha dell'élite di Lagos.

«Sì. Giochiamo insieme a golf al country club.»

«Non me l'ha detto quando ci siamo incontrati. È stato il Comandante del Police College a presentarmelo.»

«Lo so. Ma credo che non volesse sottoporti a un'influenza indebita.»

«Mmmh, chissà cosa è cambiato», ho ironizzato. Mi sono appoggiato ai cuscini, più rilassato ora che intuivo dove si andasse a parare.

«È molto triste quello che è successo a suo figlio e agli altri ragazzi, non ti pare?»

«Terribile», ho ammesso, non senza esitazione. Non capivo bene cosa mio padre volesse dirmi.

« Credo che dovresti prendere in considerazione l'idea di accettare il caso. » Mi guardava negli occhi, con voce ferma.

« Ma, papà, non so cosa potrei fare. Tutti i rapporti... »

« ... sono speculazioni, voci e congetture. Dobbiamo arrivare alla verità. »

« *Dobbiamo*? »

Mio padre ha sospirato, si è alzato e ha camminato in silenzio fino alla libreria, da cui ha preso una cartelletta consunta. Ne ha tirato fuori una vecchia foto e me l'ha passata.

Ho riconosciuto una sua versione più giovane. I miei gemelli gli somigliano in modo incredibile e nella foto avrebbe potuto esserci uno di loro. Intorno c'erano altri cinque ragazzi più o meno della stessa età.

« Quando eri all'università, eh? » Mi sembrava di riconoscere almeno un paio degli altri visi nello scatto, facce note dalle riunioni di ex compagni di studi che papà aveva organizzato spesso a casa nostra.

« La mia confraternita alla University of Ibadan. » C'era una vena di nostalgia nella sua voce. « Eravamo inseparabili. 'Vivere insieme da fratelli o perire da stolti.' Era quello il nostro motto. »

Ho notato la bandana rossa che tutti portavano in testa e mi è venuto un sospetto. « Papà, eri membro di una setta? »

« Non dire così », ha ribattuto severo. « Non chiamarci mai in quel modo... »

« Confraternita, setta... Che differenza fa? »

Si è irritato. « Eravamo illustri gentiluomini. » La voce imperiosa non ammetteva discussioni. « Non eravamo come gli studenti di oggi. Eravamo fratelli, con una coscienza politica e voti eccellenti, ma soprattutto eravamo gentiluomini. »

Ho guardato la foto e mi è tremata leggermente la mano, non appena mi sono reso conto che avrei dovuto riconsiderare l'immagine che avevo di mio padre, qualsiasi cosa lui dicesse.

« Sono ancora quella persona », ha continuato, come se riuscisse a leggermi nel pensiero. Si è seduto accanto a me e ha preso la foto. Il suo tono si è ammorbidito mentre la guardava. « E vale anche per tutti quelli nella foto. »

Ne ha indicato uno. « Questo è il dottor Chukwuji Nwamadi. È stato uno dei pionieri della University of Nigeria, a Nsukka, e lo abbiamo perso nel bombardamento del campus durante la guerra. Da allora tutti noi ci siamo presi cura della sua famiglia: la moglie, i bambini... » Mi ha guardato negli occhi. « In particolare il maggiore, Emeka. »

« È per questo che vuoi che accetti il caso? Perché conoscevi il padre di Emeka? »

« Provo un senso di responsabilità verso di lui. Come tutti gli altri in questa foto. Suo padre era per me come un fratello. Ma la cosa va oltre. I ragazzi di oggi, che girano armati e si ammazzano a vicenda, hanno corrotto la nostra eredità. Abbiamo combattuto battaglie per far approvare leggi, diffuso la consapevolezza delle ingiustizie, protestato contro la guerra civile... ma tutto è andato perduto, perché oggi le confraternite universitarie sono solo sinonimo di caos. » Ha sussultato e scosso la testa rattristato. « E quando succede un episodio di violenza come con quei ragazzi, non possiamo non chiederci che ruolo abbiamo avuto in tutto questo e se si poteva evitare lo spargimento di sangue. Non era questo il piano. La nostra visione iniziale era eroica. » Si è lasciato andare a un sospiro.

« Emeka sa questo di te, cioè... della confraternita? »

Mio padre ha annuito. « Tutti quelli nella foto hanno fatto la loro parte per mandarlo all'università, qui e in America, per il master in gestione d'impresa. Lui lo sa. »

« Credi che suo figlio sia stato ucciso perché faceva parte di una setta? »

« Tu cosa pensi? »

Mi sono stretto nelle spalle. « Non ne so abbastanza per farmi un'opinione. »

Mio padre ha annuito, di nuovo. « Sono troppe le cose che non si sanno. Ma forse – dico 'forse' – se i fatti venissero alla luce, gli sfortunati eventi che hanno portato alla morte di Kevin e degli altri ragazzi non si ripeterebbero più. »

Mi sono alzato in piedi per mettere una qualche distanza tra di noi. « Vuoi che dimostri che gli omicidi non sono legati a una gang, così tu e i tuoi amici potrete dormire sonni tranquilli? »

« Voglio che aiuti un padre in lutto a trovare un po' di pace. Voglio che tu scopra la verità e, se la verità dovesse gravare sulla mia coscienza, così sia. »

Erano spariti il dottore gioviale, il padre affettuoso, il nonno affabile e il marito amorevole.

« Non riesco ancora a immaginarti... » Ho scosso la testa. « Con quello che ho sentito su cosa combinano le gang nei campus. » Mi è venuto in mente un dettaglio e ho sgranato gli occhi. « Mi ricordo i tuoi avvertimenti quando Taiye e io pensavamo di andare laggiù all'università. Ci hai detto... no, ci hai *messo in guardia* dal solo pensare di aderire a una setta. »

Papà ha alzato un dito, minaccioso. « Non ho mai usato quella parola, 'setta', quando ho parlato con te e tuo fratello. Ho detto 'gang'. »

Ho sbuffato. « Non è questo che sono diventate le confraternite? Gang violente, da cui hai raccomandato ai tuoi figli di tenersi lontani? »

Mio padre ha fatto cenno di no, ma non è riuscito a darmi una risposta che mi chiarisse le idee.

« Ci abbiamo provato, Kehinde. Tutti noi, ex studenti di varie confraternite in campus diversi in tutto il paese. Abbiamo cercato di porre fine alla violenza. Ci siamo rivolti alle autorità universitarie, abbiamo fatto parte di comitati consultivi, abbiamo persino contribuito a formulare leggi per controllare quelle che tutti chiamano 'sette segrete'. Ma non è servito a nulla.»

«Perché non hai detto niente? Neanche quando hai messo in guardia Taiye e me. Perché non ci hai detto che tu stesso eri in una confraternita?»

«Se vedessi come mi stai guardando ora, lo capiresti da solo.»

Quel mattino ho lasciato la mia casa d'infanzia con il cuore pesante. In meno di una settimana, le due persone a me più vicine avevano distrutto alcune delle mie convinzioni più profonde. Folake aveva messo in crisi la mia fiducia nella nostra unione. Papà aveva seminato dubbi su tutto ciò che sapevo di lui da quarantasei anni.

Non ero pronto a fare i conti con mia moglie, ma avevo la preparazione e la competenza per affrontare il caso dei Tre di Okriki. Avevo bisogno di pensare ad altro. Quindi, il giorno dopo l'incontro con mio padre, ho chiamato Emeka Nwamadi e ho accettato l'incarico.

Non ho nominato mio padre, ma sapevo che lui sapeva. Eravamo legati l'uno all'altro.

ARRIVO ROVENTE

« *Signore e signori, benvenuti a bordo del volo NJ2406 diretto a Port Harcourt. Ci scusiamo per il ritardo di questo...* »

A sentire l'annuncio, si direbbe che il ritardo sia di un'ora al massimo. Ma la mia valutazione della folla al banco del check-in era giusta. Solo la promessa che l'aereo sarebbe davvero decollato, appena due ore fa, ha evitato che il personale di terra fosse aggredito. Attesa complessiva: cinque ore e ventotto minuti. Ho passato in totale quasi otto ore seduto da Mr. Brigg's, ordinando snack a intervalli regolari, tanto per pagare l'affitto.

« *Il comandante Duke e noi dell'equipaggio faremo di tutto per arrivare al più presto a Port Harcourt, la nostra priorità sarà di garantirvi sicurezza e comfort. Vi preghiamo di prendere posto. Decolleremo appena completato il rifornimento di carburante.* »

La logica vuole che il carburante per un aereo non sia lo stesso del mio Prado vecchio di quattro anni, ma annunciare il rifornimento dopo tutto quel ritardo non placa il mio scetticismo su un reale arrivo a Port Harcourt.

Il volo non dovrebbe durare più di un'ora, ma dopo la lunga attesa mi chiedo di nuovo perché Emeka mi abbia sconsigliato di andarci in macchina. Non sono mai stato nel Sud-est del paese e speravo che il tragitto – dieci ore e un quarto, secondo il GPS – mi permettesse di assimilare meglio il contesto. Invece tanto Emeka quanto Abubakar avevano insistito che, a parte le pessime condizioni delle strade, sarebbe stato più sicuro viaggiare in aereo. L'americano dentro di me, che ama i viaggi on the road, aveva sperato di partire quanto prima verso il confine con il Camerun e sbrigare tutto in poco tempo. Ma al Comandante Abubakar era quasi andato di traverso il drink, quando gliel'avevo accennato. Alla mia richiesta di una spiegazione, aveva risposto, criptico, che dovevo fidarmi di lui: meglio andarci in volo. A pensarci bene, né lui né Emeka avevano detto che sarebbe stato « più rapido ».

Arriva la passeggera del posto accanto. Mi basta guardarla per scordare la mia ansia di un possibile ulteriore ritardo. È truccata in modo così perfetto che non sembra l'opera di una mano. La vita è strizzata in un vestito aderente, che ne accentua le curve quando si alza per sistemare numerosi bagagli nella cappelliera. La valigetta in pelle con il portatile non entra, quindi la infila sotto il sedile davanti a lei. Si volta con un sorriso da mille megawatt.

« Ciao. »

Ci metto un secondo di troppo a rispondere. « Salve. »

« Temevo di non arrivare in tempo. » Si liscia il vestito prima di rimettersi a sedere.

« Il volo è in ritardo. »

« Il *queue boy* me l'ha detto. Ma c'era un traffico infernale. »

« *Queue boy*? »

Lei inarca un sopracciglio disegnato ad arte. « Uno che fa la fila al posto tuo. Questi voli sono sempre in ritardo, per cui paghi una persona che sta in coda e fa il check-in. Ti chiama appena comincia l'imbarco. »

Non riesco a nascondere lo stupore. « Ma con il traffico... è impossibile arrivare in tempo per imbarcarsi, dopo la chiamata. »

Ride. Una risata forte e vivace che non passa inosservata. Se una qualsiasi delle donne a bordo avesse il numero di Folake, già la starebbe chiamando. « Lasci andare tuo marito da solo a Port Harcourt? Ma sei matta? Muoviti, vieni a salvarlo dalla strega che ha fatto il bagno nello Chanel n.5! » Nel frattempo un signore di mezz'età seduto dall'altra parte del corridoio mi guarda con invidia.

« È per questo che sono l'ultima a salire a bordo. »

Tocca a me ridere. Le porgo la mano. « Philip Taiwo. Piacere di conoscerti. »

Lei allunga le dita inanellate. « Salome Briggs. Piacere mio. »

Sto attento a non prolungare la stretta più del necessario. « Port Harcourt, allora. Lavoro o piacere? »

« A PH, tutt'e due. Ci abito. Per me, Lagos è sempre lavoro. E tu? »

« Senza dubbio, lavoro. »

Nota la fede al mio dito. « La tua signora è qui a Lagos? »

« Sì, insegna all'Unilag. » Mi secca che la nota di orgoglio nella mia voce non sia alterata dalla presunta infedeltà di Folake.

« Ah, il genio della famiglia », commenta Salome. « Allora tu sei quello che guadagna il pane, deduco. »

« Purtroppo no. Ma ci sto lavorando. Ecco perché vado a Port Harcourt. »

« Non sei un habitué di questa parte del paese. »

« Da cosa l'hai capito? »

« Hai detto 'Port Harcourt'. Basta PH. »

« Colpito e affondato. »

Ridacchia di nuovo. « E cosa ti porta a Port Harcourt? »

Non sono sicuro che l'omicidio dei Tre di Okriki sia l'argomento di conversazione più gettonato su un volo come questo. Ma eccomi qui, sto andando in un luogo in cui non sono mai stato e la mia simpatica compagna di viaggio abita da quelle parti.

« Devo scrivere un rapporto su un episodio accaduto un paio di anni fa. Non è successo proprio a Port Harcourt, ma in una delle città vicine. »

« Di solito sono brava a giudicare le persone e scommetto il mio iPhone che non sei un giornalista. » Si avvicina per sussurrarmi con aria cospiratrice: « Ho tutta la vita nell'iPhone ».

Non riesco a non ridere. Da come si veste, si trucca e parla, Salome Briggs sembra voler far colpo a tutti i costi.

« Sono uno psicologo forense. »

« Uno strizzacervelli? »

« No, no... » Rido ancora, per il modo in cui sgrana gli occhi sottolineati da un tratto di kajal, quasi avessi appena confessato di nascondere Tupac Shakur in casa mia. « Studio i delitti per stabilire come e perché sono successi. »

Lei sbuffa, come solo le donne nigeriane sanno fare: un grugnito sprezzante, accompagnato da occhi al cielo, sopracciglia inarcate, bocca imbronciata e un'infinità di altre espressioni. « A che serve? È già successo, *abi.* »

« Quando si determina la dinamica di un delitto e se ne identifica il movente aumentano le probabilità di impedire che accada di nuovo. »

« Mmmh. Così ti hanno detto quando ti sei iscritto alla costosa università americana che hai frequentato, giusto? »

Dovrei offendermi, ma non ci riesco. « Si vede così tanto? »

« Non preoccuparti, non lo dirò ai tuoi compari. Ma torniamo all'episodio... devi scrivere qualcosa perché non si ripeta? »

« È più complicato di così... »

« *Signore e signori, per favore spegnete tutti i vostri apparecchi elettronici e allacciate le cinture, mentre diamo inizio alle procedure...* »

Prendo il cellulare e vedo due messaggi di Folake. Lo spengo senza leggerli. Salome fa lo stesso con il suo iPhone oro rosa e con un altro smartphone, meno appariscente. Mette l'uno e l'altro insieme all'iPad nella tasca laterale della borsa con il portatile sotto il sedile, mentre l'aereo comincia a muoversi. Si riappoggia allo schienale e sfodera di nuovo il suo miglior sorriso.

« Definisci 'complicato'. »

« Eh? » Cerco di scrollarmi di dosso il senso di colpa per non aver letto i messaggi di mia moglie.

« Hai detto che l'episodio su cui stai indagando è complicato. »

« È quello che i media hanno definito 'Il caso dei tre di Okriki'. Un tragico... »

La mia voce si spegne quando Salome si volta all'improvviso e finge di sistemare la borsa sotto al sedile mentre l'aereo si prepara a decollare.

« Buona fortuna », dice, senza più un briciolo del calore di prima.

COMITATO DI ACCOGLIENZA

Appena il segnale delle cinture di sicurezza si spegne, Salome recupera l'iPad, mette gli auricolari e si comporta come se non ci fossimo nemmeno presentati. Anche se il servizio a bordo offre solo un pietoso sandwich avvolto nella pellicola, accompagnato da acqua e/o succo di frutta – un « no, grazie » da entrambi – lei continua a ignorarmi e io fingo di rileggere i miei appunti.

Dopo più di mezz'ora di volo, decido di prendere il toro per le corna. Le sfioro il gomito, delicato ma deciso così da richiamare la sua attenzione. Salome inarca un sopracciglio ma non si toglie gli auricolari. Le indico le orecchie. Lei sospira e, riluttante, libera quella sinistra.

« Credevo che tra noi ci fosse qualcosa... »

Nel momento in cui apro bocca, mi rendo conto di aver sbagliato a parlare. Inarca ancora di più le sopracciglia e la fronte si increspa in segno di irritazione.

« Non intendevo in quel senso... » mi correggo.

« E cosa intendevi? Siccome ho sorriso e sono stata gentile, pensi che ci sia qualcosa tra noi? »

« Mi spiace, volevo dire... Be', pensavo stessimo parlando di cose interessanti, io e te, ma hai tagliato corto non appena ti ho spiegato perché vado a Port Harcourt. »

« Primo: quanto interessante fosse la nostra conversazione è questione di punti di vista. E tu hai il tuo. Secondo: come ho detto, scambiavo solo quattro chiacchiere educate con il vicino di posto... »

« Perdonami se ho detto o fatto qualcosa di sbagliato che ti ha dato fastidio. »

Lei tace. Scusarsi pur non avendo fatto niente di male è una tattica che ho imparato in diciassette anni di matrimonio.

« Non c'è niente di cui scusarsi », ribatte Salome, a denti stretti.

« Ecco. Mi manca l'amica di trenta minuti fa. »

« Fai amicizia in fretta. »

« Solo se ne vale la pena. Vado a istinto. »

« Allora rischi di farti male. » Lo dice come per mettermi sull'avviso, e mi chiedo se si riferisca al mio istinto o a qualcos'altro.

« Sopravvivrò », replico con disinvoltura, cercando di ignorare il disagio che le sue parole mi provocano.

Salome mi osserva per un istante, poi ride, attirando di nuovo gli sguardi curiosi degli altri passeggeri. Ripone auricolari e iPad, poi si gira verso di me con il suo sorriso abbagliante.

« Okay, dottor Taiwo, ricominciamo daccapo. »

« Philip. E la vita è troppo breve. Preferisco andare avanti. Ti sei ammutolita quando ti ho detto il motivo del mio viaggio. Come mai? »

Un istante di silenzio. Forse sta valutando se voglio davvero una risposta. « Perché vai a sollevare un vespaio. »

« È un cold case, Salome. Devo solo scrivere un rapporto... »

« Conosco la storia, Philip. Quei ragazzi sono stati uccisi nel villaggio di mia madre. »

Rifletterò più tardi su come i gradi di separazione in questo incarico siano sempre meno ogni minuto che passa. Per ora mi viene solo da dire: « Mi spiace ».

« Non serve. Ma ti posso assicurare che a Okriki nessuno ti accoglierà a braccia aperte, né avrà voglia di raccontarti com'è andata. O, per usare le tue parole, come e perché è successo. »

« Quindi, farei meglio a tornarmene a Lagos senza nemmeno andare a Okriki. »

« Ti converrebbe. »

« E se non lo faccio? »

« Pregherò per te. Adesso possiamo cambiare argomento? »

I suoi occhi mi sfidano a continuare su una strada che la costringerà a riprendere gli auricolari.

« Certo che possiamo. »

Le parlo del mio lavoro come docente part-time al Police College. Lei mi dice di essere un avvocato che si sta specializzando nel settore petrolio e gas e mi scappa da ridere. A quanto pare ho una predilezione per la categoria.

« *Signore e signori, a breve cominceremo la nostra discesa. Vi preghiamo di verificare che il tavolino di fronte a voi sia...* »

Atterriamo senza drammi e, quando ci informano che possiamo riaccendere i cellulari, Salome e io ci scambiamo i numeri. Lei si alza per recuperare i bagagli dalla cappelliera.

« Se quello è il tuo bagaglio a mano, non oso immaginare quante borse hai imbarcato. »

Lei scuote il capo fingendo di compatirmi. « Appena quella porta si aprirà, scoprirai perché non imbarco mai il bagaglio sui voli per PH. »

Né la vampata di aria calda e umida, né le sue parole avrebbero potuto prepararmi al caos che mi attende dopo il breve tragitto dall'aereo al terminal degli arrivi. Il mio sconcerto dev'essere evidente, perché Salome ride.

« Benvenuto a PH, dottor Taiwo. Sentiamoci. »

Mi fa un grazioso cenno di saluto e sparisce.

Mi guardo intorno, disorientato. In cima a un edificio fatiscente, una grande insegna – *Port Harcourt International Airport* – campeggia su una struttura che qualcuno avrebbe forse voluto terminare, senza riuscirci. Alle mie spalle, i passeggeri stanno ancora sbarcando, mentre io avrei solo voglia di risalire in fretta e furia sull'aereo e requisirlo per tornare a Lagos e alla mia vita.

«Dottor Taiwo? Philip Taiwo?»

La voce roca appartiene a un uomo sui trent'anni che, con la camicia spiegazzata e la cravatta, sembra più vecchio. Ha macchie di sudore sotto le ascelle, ma si nota che ha fatto uno sforzo per apparire presentabile e professionale. Ha in mano un foglio A4 con su scritto il mio nome e una foto scaricata, con ogni probabilità, dal sito del Police College. Dev'essere lui lo *chaperon* che Emeka mi ha promesso.

«Sì, sono Philip Taiwo. Lei è Chika?»

Lui sorride, mostrando denti bianchi e perfetti. «Sì. Chika Makuochi.»

Spintonati dalla folla, riusciamo a stringerci la mano, mentre lui mette via il cartello improvvisato.

«Venga con me, prego.»

Lo seguo sotto un tendone con la scritta *Arrivi* e trovo un caos ancora peggiore.

Valigie, le iconiche borse di juta blu e rossa *Ghana Must Go*, scatoloni e altro sono sparsi per terra alla rinfusa. Uomini in tuta da lavoro portano altri bagagli sotto il tendone, gettandoli insieme al resto. Ora capisco cosa intendeva dire Salome.

«Il suo qual è?»

Rivolgo a Chika uno sguardo assente.

«Il suo bagaglio, signore. Me lo indichi e glielo prendo.»

Per un attimo non ricordo il colore della valigia che ho imbarcato. E se ne indico uno che non è il mio, ma gli somiglia? E se prendo una valigia che contiene merce di contrabbando e mi arrestano?

«Non si preoccupi. Lei indichi il bagaglio, poi controlliamo se è il suo», mi rassicura Chika.

Certo che sono proprio un libro aperto.

Indico la Samsonite che più somiglia a quella che ho riempito molte ore fa. Chika la recupera e la rigira. L'etichetta con il nome non è sopravvissuta alle brusche operazioni di scarico.

« Dev'essere la mia. » Mi chino a comporre la combinazione: *2302*, giorno e mese della mia data di nascita. Le serrature scattano.

È Chika a trasportare il bagaglio. « Mi segua, signore. »

Scambia qualche parola al volo in *pidgin* con gli addetti alla sicurezza. Mi indica come il passeggero, ma intuisco che sia una formalità, dato che si affretta a ricordare a uno di loro che « si è messo d'accordo » con tutti, prima di venirmi a prendere. Un altro lo riconosce e, dopo altri scambi in *pidgin* e risate, ci lasciano andare.

Sono esausto e sudato quando arriviamo a un Land Cruiser nel parcheggio. Chika apre la portiera posteriore del 4x4, ma io faccio cenno di no e gli faccio capire che preferisco viaggiare davanti. Prima di salire, mi guardo intorno, per essere sicuro di non essermi sognato l'ultimo quarto d'ora.

« Può essere molto faticoso », riconosce il mio accompagnatore. « L'aeroporto è così da più di un decennio. Il che non impedisce al governo di stanziare milioni ogni anno per terminare i lavori. Andiamo, signore. »

Accende il motore e vengo investito da una ventata gelida di aria condizionata.

« Benvenuto a PH », esclama Chika, innestando la retromarcia, prima di dirigersi con sicurezza verso il cartello che indica l'uscita.

ENTRARE NEL BUIO

« Quanto ci vuole per arrivare a Okriki? » chiedo a Chika, mentre lascia la strada dell'aeroporto per imboccarne una sconnessa.

« Un'oretta, signore. Oggi è domenica e c'è poco traffico. »

Mi guardo intorno. Persino per gli standard di Lagos, una strada così importante appare molto trascurata, anche se la circolazione è scarsa. Ho il sospetto che molti abbiano perso il volo, bloccati a Port Harcourt da quello che qui definiscono « poco traffico ».

« Ora andiamo a Okriki. PH è da quella parte », spiega lui.

« Non siamo a Port Harcourt? »

« Non proprio. L'aeroporto tecnicamente è a Omagwa, alla periferia di PH. Quella strada », indica dietro di noi, « va a Port Harcourt, ma si passano altre città, come Rupokwu, Elele, Isiokpo. »

Ascolto solo in parte, mentre do una prima occhiata a Port Harcourt, capitale del Rivers State, un tempo giudicata tanto bella da essere dichiarata « città giardino ». Oggi ci sono solo caldo e polvere, dappertutto, e non riesco proprio a vederci un giardino, di qualunque tipo esso sia.

« Okriki è nella direzione opposta. Ma un giorno magari le faccio fare un giro a PH. »

All'improvviso rallenta. Davanti a noi c'è una lunga fila di veicoli che si avvicina a quello che ha tutta l'aria di essere un posto di blocco.

« Polizia? » chiedo.

« Polizia militare. »

Valuto la possibilità di tirare fuori il lasciapassare che Abubakar mi ha procurato prima di partire da Lagos: un distintivo onorario, che secondo lui dovrebbe ridurre i grattacapi di questo incarico. Ma persino io so che, quando c'è di mezzo la polizia militare – in pratica, ufficiali dell'esercito con il discutibile compito di terrorizzare la popolazione in periodo di pace –, potrebbe risultare controproducente.

« Il trucco è non discutere, signore », suggerisce Chika, mentre passa da una corsia all'altra. « Diamogli qualcosa senza perdere tempo e andiamocene. »

Ci avviciniamo a passo di lumaca agli uomini armati sino ai denti. La routine è organizzata in modo impeccabile. Il poliziotto dal lato del conducente si china e si sporge oltre il finestrino, raccoglie i contanti e li infila nella tasca anteriore del giubbotto antiproiettile, poi fa cenno a un collega più in là perché apra la barricata.

Quando arriva il nostro turno, guardo avanti. Chika consegna i soldi e ci lasciano proseguire. Mi volto verso il poliziotto che ci fa cenno di andare. Implacabile, nessun segno di pentimento per aver appena violato la legge che ha giurato di far rispettare.

« Sono qui tutti i giorni? »

« Anche la notte. I posti di blocco rallentano il traffico tanto quanto il fondo dissestato. »

« Succede anche a Lagos, solo con la polizia normale. »

« Le milizie e i rapimenti operati da gang armate hanno trascinato questa parte del paese in uno stato di emergenza non dichiarato. »

« La situazione è ancora drammatica come dicono? »

Chika alza le spalle. « Un po' meglio, ma sempre tesa. Sembrerà strano, ma la presenza della polizia militare fa davvero la differenza. La violenza è più sporadica e si concentra intorno alle piattaforme petrolifere. »

Non riesco a capacitarmi di come tutti abbiamo imparato a convivere con questo paradosso. Al punto che nessuno mette in discussione l'autorità dei militari che taglieggiano gli automobilisti in pieno giorno, perché ci proteggono dalla violenza scatenata da un accesso ineguale alla risorsa primaria del paese: il greggio. Tutto ciò mi riempie della stessa rabbia impotente che provo quando la sicurezza di un centro commerciale negli Stati Uniti mi tiene d'occhio per il colore della pelle. Ma dall'America posso andarmene, mentre qui la frustrazione è maggiore, perché questa è casa mia.

Si sta facendo buio e l'unica illuminazione viene dai fari delle altre macchine. Decido di non porre altre domande a Chika, per non distrarlo dalla strada.

Chiudo gli occhi, pensando sia solo per un minuto.

« Siamo arrivati », sento annunciare.

Mi sveglio di colpo. È buio pesto, c'è solo qualche debole luce qua e là. Il rumore dei generatori ci accompagna mentre attraversiamo la città. A Lagos è la colonna sonora di una capitale brulicante di vita. A Okriki, molto più silenziosa, sembra il rombo continuo di macchinari pesanti in un cantiere.

« Qui con la corrente di solito va meglio che a PH », sta dicendo Chika, mentre mi guardo intorno. « Sono sicuro che la luce tornerà presto. »

I nigeriani sono sempre ottimisti, quando si tratta di elettricità. Dal mio ritorno, ho accettato l'idea che avere « la luce » con continuità sia una possibilità remota tanto quanto il desiderio di Abubakar di riportare la Nigerian Police Force ai suoi giorni di gloria.

« Le ho fatto io il check-in in albergo. Il direttore ci sta aspettando. »

Vedo gente seduta fuori dalle case. Gruppi di uomini davanti ai bungalow, che bevono e si sfidano a giochi da tavolo, i volti illuminati da lampade al cherosene. Bambini che ridono, si rincorrono e giocano al buio. In lontananza, qualcuno canta e batte le mani. Una chiesa. Più di una, in realtà, dato che le voci arrivano da direzioni diverse.

« Ci sono molte chiese, qui? » domando, non molto sorpreso, ma lamentandomi tra me e me. A Lagos, vivere nell'area riservata al personale docente isola mia moglie e me dalla moltitudine di chiese e moschee situate quasi a ogni angolo di strada, dai loro canti e megafoni.

Chika ferma il fuoristrada davanti a un cancello su cui è appeso il cartello *Hotel Royale*.

« C'è una funzione tutti i giorni in ogni chiesa », risponde mentre suona il clacson. « Quella della domenica dura tutto il giorno. »

Sbadigliando, un guardiano ci apre il cancello e ci fa segno di entrare in quella che sembra più una guest house che un albergo.

Chika percorre il vialetto tra prati ben curati, illuminati da lampadine poste ad angolazioni diverse sull'edificio, un parallelepipedo a due piani. Il generatore, un bestione bianco a un'estremità della costruzione, è meno rumoroso di quelli che di solito usano negli hotel di un certo livello. Ringrazio il cielo e mi auguro che la scorta di carburante sia sufficiente per la durata della mia permanenza.

Non appena mettiamo piede nella reception, ci dà il benvenuto un'atmosfera un po' decadente. Due grosse televisioni sono accese in un salone ingombro di sedie, tavoli e divani. Su entrambi gli schermi è in corso la stessa rumorosa partita di rugby. Immagino sia per questo che nell'atrio, con duplice funzione di reception e area intrattenimento, non si vede nessuno.

Al banco siamo accolti da una donna con la testa coperta di trecce sfatte, che russa forte. Chika batte sul legno con le nocche e lei alza lo sguardo assonnato. Senza nemmeno salutare, ci consegna le chiavi delle nostre stanze e torna a dormire. Il mio accompagnatore mi rivolge un sorriso imbarazzato, prima di trascinare la mia valigia su per una rampa di scale, fino a una porta con il numero 7.

« Io sono alla undici, laggiù. » Indica le stanze in fondo al corridoio. « Le ho guardate tutte e per lei ho scelto questa. È la migliore. »

È una stanza piuttosto spaziosa. Le lenzuola del letto matrimoniale sono pulite e morbide. Ci sono un tavolo con una sedia e un angolo adibito a salottino, con un divano di pelle consunta e una tv a schermo piatto. L'aria condizionata è al massimo, ma so che la spegnerò, perché il rumore sovrasta il relativo silenzio del generatore.

« Grazie, Chika », dico, mentre do un'occhiata al mio alloggio.

« Non c'è di che, signore. In quella cartelletta trova la lista dei posti in cui andremo domani. »

Vado alla scrivania e apro la cartelletta. Mi volto verso di lui. « L'hai preparata tu? »

Chika fa cenno di sì. Rimango colpito, mentre passo in rassegna il documento redatto con cura, che riporta nomi e località divisi in categorie precise.

« Quindi sai perché sono qui. »

« Sì, signore. »

« Chi ti ha informato? »

« Il grande capo. L'AD. Il signor Nwamadi. »

« Lavori alla banca? »

« Sono l'autista e assistente personale del direttore della filiale di PH. »

« Scusami, Chika, ma non sembri affatto un autista. »

Lui sorride, mesto. « Ho studiato informatica qui all'università. Mi sono laureato sei anni fa. »

« E lavori come autista? »

Si stringe nelle spalle. « E assistente personale, signore. » Si dirige alla porta. « Sarò a sua disposizione dalle sette e trenta. Il suo primo appuntamento è alle nove. »

Prima che esca, lo ringrazio ancora per il suo straordinario lavoro.

Mi spoglio e accendo il cellulare. Ci sono sms e messaggi in segreteria da Folake e dai ragazzi. Nella fretta precedente alla partenza, ho avuto solo il tempo di dare un bacio a mia figlia, ancora assopita, e di gridare un saluto ai gemelli, che hanno risposto con un grugnito da sotto le coperte.

Il pensiero di leggere i messaggi di mia moglie mi innervosisce. La schiettezza di Folake potrebbe indurla a confessare la sua relazione extraconiugale. Sono quasi certo che non lo farebbe mai via sms, ma i messaggi in segreteria potrebbero essere un invito a «parlare». Dato che ho avuto gli stessi sospetti su mio padre e si sono rivelati infondati, mi rendo conto di essere solo un vigliacco.

Ma mi manca già la famiglia, quindi chiamo Tai, mio figlio maggiore, che a quest'ora starà giocando con il cellulare, mentre il suo gemello ascolta Kendrick Lamar con gli auricolari per conciliare il sonno.

«Ehi, papà?» dice Tai, quando risponde.

«Perché sei ancora così sveglio? Lo sai che dovresti già essere a letto.»

«Sono a letto.»

«Sai cosa voglio dire...»

«Sì, papà, ma stavo aspettando la tua chiamata.»

«Come no?»

Ridiamo tutti e due. Poi gli racconto della lunga attesa all'aeroporto e delle mie prime impressioni su Port Harcourt e Okriki. Tai mi mette in viva voce, dopo aver ordinato al fratello di togliersi gli auricolari per unirsi alla conversazione.

Mentre mi raccontano com'è andata la loro giornata e come se la sono cavata a basket, non posso fare a meno di pensare a quanto sono fortunato. Ho avuto tre bei figli e un matrimonio relativamente felice per quasi diciassette anni. Davvero potrei perdere tutto?

« Papà, dovresti chiamare la mamma », dice Kay.

« Sta bene? »

« Non so », risponde Tai.

« Oggi l'ho vista un po' irascibile. »

« E ha continuato a guardare il telefono tutto il giorno », aggiunge Kay. « Forse è preoccupata per te. »

« La chiamo appena mi promettete di andare a dormire. »

Mentono entrambi, ma li lascio in pace e metto giù.

I messaggi di Folake sono solo una serie di *Sei atterrato?* Sembrano essere stati rispediti più volte nel corso delle ultime sei ore. Ma l'ho promesso ai ragazzi, per cui le scrivo *Arrivato sano e salvo. Tutto bene.* Poi premo il tasto di invio.

C'è anche un messaggio da mio padre: *Ho saputo che sei partito. Grazie. Stai attento.* Scelgo di non rispondere.

Faccio la doccia e rimango a lungo sotto l'acqua fredda. Quando finalmente mi infilo a letto, noto che Folake non ha risposto, anche se so che è sveglia, lo sento. Quando sto per riporlo, il telefono mi vibra in mano. Apro il messaggio.

Tutto a posto, Americano? Salome Briggs.

Sorrido al ricordo del nostro incontro di oggi e rispondo: *Stanza bella ampia. Letto matrimoniale. Generatore al massimo con aria condizionata rombante.*

Ah, accoglienza a 5 stelle. Goditela, replica lei.

Resisto alla tentazione di messaggiare fino a tarda notte con una donna attraente proprio mentre mi sento vulnerabile riguardo al mio matrimonio.

Metto via il telefono e, anche se sono stanco, riesco ad addormentarmi solo dopo essermi impegnato a rimpiazzare l'immagine di Folake tra le braccia di un altro con il ricordo di lei che mi bacia la fronte dopo una lunga giornata e mi sussurra: « Dormi adesso, tesoro ».

IL PASSATO BUSSA ALLA PORTA

Le domeniche sono i giorni più impegnativi della settimana al Monastero dei Santi Cosma e Damiano, motivo per cui ci si aspetta che io vada a dare una mano al dispensario. È il giorno in cui i monaci, la cui vocazione è fornire assistenza medica e spirituale gratuita agli indigenti, hanno più lavoro da fare.

Oggi non è diverso dal solito e, quando l'ultimo paziente se ne va, sono così stanco che penso quasi di passare la notte nella mia vecchia stanza, invece di tornare al campus.

Padre Ambrose entra mentre sto rimettendo nella borsa i farmaci generici e facendo l'inventario dei medicinali che vanno ordinati.

« L'Abate vuole vederti », mi dice.

Interrompo quello che stavo facendo e lo raggiungo in ufficio. Appena entro nello spazio austero, stipato di libri e varie edizioni della Bibbia, comincio a sentirmi soffocare. Questa è la cosa che più detesto di tutto il monastero, secondo solo al vecchio monaco che mi ha convocato.

« John Paul. » Mi chiama con il nome che sono stati loro a darmi, come segno della mia nuova vita qui. Lo stesso che ho fatto mio quando è arrivato il momento di attribuirne uno alla mia afflizione.

« Stai andando bene al dispensario. »

« Grazie, Padre », rispondo con rispetto. Negli anni ho affinato l'arte di nascondere la mia avversione nei suoi confronti.

Lui alza lo sguardo su di me. Gli occhi sempre più deboli stentano a mettermi a fuoco sopra i pince-nez. « Anche a scuola i tuoi voti sono buoni. »

Vorrei dire più che buoni, ma preferisco tacere per paura che la mia risposta suoni arrogante.

Il vecchio monaco spinge avanti una cartelletta contenente varie buste legate da un elastico.

« Abbiamo deciso che sei pronto per avere queste. »

Prendo la cartelletta e quando la apro cominciano a tremarmi le mani.

« Sono di tua madre. Ti ha scritto spesso, negli ultimi undici anni. »

Sfoglio le buste: sono tutte indirizzate a me e nessuna sembra essere stata aperta.

« Abbiamo pensato che fosse meglio non dartele subito. »

Mi viene voglia di urlare: Meglio per chi? *Ma non posso fidarmi a parlare. La rabbia che ho dentro minaccia di riportare John Paul alla luce. Rimetto le buste nella cartelletta, la chiudo e mi costringo a guardare Padre Olayiwola.*

« Le sue lettere sarebbero servite solo a rammentarti il peccato per cui stai ancora facendo penitenza. »

« Capisco, Padre. Ma perché darmele ora? »

Il vecchio monaco si appoggia alla sedia di legno. « Ora sei un uomo. Noi abbiamo fatto la nostra parte. Hai tutta la tua vita davanti e il passato non deve condizionare il modo in cui affronti il futuro. »

L'ipocrisia delle sue parole mi fa infuriare. Come osa? Come osano tutti pensare di poter decidere al posto mio?

« Grazie, Padre », dico invece.

« Non è tutto. »

Attendo. Niente può essere peggio dei primi sette anni di vita al monastero. Persino le buste non aperte ne sono la prova.

« Queste lettere arrivavano con regolarità », continua l'Abate. « A volte una ogni tre mesi. Poi hanno smesso. Sapevo che un giorno te le avrei consegnate, così ho chiesto alla parrocchia di Port Harcourt di cercare tua madre. »

Resto in silenzio, anche se il mio cuore batte forte. L'impulso di soffocare quest'uomo con le mie stesse mani è forte. Resisto perché cedere vorrebbe dire riportare John Paul alla luce. Ma non adesso. Non ancora.

« Temo sia molto malata, già da qualche tempo. Per questo non ha più scritto. »

Continuo a rimanere in silenzio e mi accorgo dello sconcerto di Padre Olayiwola.

« Pensiamo che dovresti andare a trovarla. »

« Perché? » Sento bussare dentro la testa. Il segnale che John Paul si accinge a uscire dall'ombra. Riesco, controllando la voce, a tenere a freno la rabbia che minaccia di inghiottirmi.

« Perché è tua madre. »

« Mi ha abbandonato. »

« Ti ha salvato. »

Non mi fido a rispondere. Quando dall'altro lato della scrivania l'Abate allunga una mano raggrinzita verso la mia, cerco di non sussultare.

« Siamo convinti che la tua penitenza sarà conclusa se le farai visita in ospedale. Dio vi ha perdonati entrambi. Ma è tempo che entrambi lo facciate con voi stessi, oltre che a vicenda. »

Faccio un rapido segno della croce, mi inchino e mi impongo di non scappare. Da qui, da lui e da tutto ciò che mi ha tenuto lontano dal contenuto della cartelletta per tutti questi anni.

... la tua penitenza sarà conclusa.

Le parole dell'abate mi riecheggiano nella testa per tutto il viaggio in taxi fino al campus. Dunque, cos'ho fatto in questo tempo? Quante percosse servono, quante flagellazioni autoinflitte causa di cicatrici indelebili? Chi decide come e quando una penitenza è conclusa?

Non loro, di certo non loro, dice John Paul dall'ombra, e io so che è ansioso quanto me di portare a termine Il Piano Finale. Di cancellare il passato, in ogni sua parte, comprese le persone che ne hanno fatto parte. Di ricominciare da zero, senza peccato e senza bisogno di penitenze.

Presto, ma non subito.

Sento il peso della cartelletta con le lettere chiuse, mentre raggiungo il dormitorio dalla fermata del taxi. Anche se, nel profondo, so che non vedo l'ora di leggerle, una a una, per tutta la notte, se necessario.

I miei passi frettolosi rallentano, supero le altre stanze fino a raggiungere la mia. La porta è socchiusa. Qualcosa mi dice che dentro mi aspetta Amaso Dabara.

Prima di varcare la soglia, faccio un respiro profondo e lascio che John Paul torni alla luce.

POVERE ANIME SFORTUNATE

Nella mia prima notte a Okriki, sogno di essere bloccato in un Land Cruiser in fiamme. Prendo a pugni i finestrini e cerco invano di aprire una delle portiere, mentre Folake si allontana senza udire le mie grida.

Mi sveglio madido di sudore e ricordo di avere spento l'aria condizionata perché faceva troppo rumore. La riaccendo. Il baccano che segue mi avvisa che ci metterò un po' prima di riaddormentarmi. Sono le 3.14 del mattino. Tanto vale che mi metta a lavorare.

Nel dossier di Chika, la lista delle persone da intervistare e dei luoghi da visitare coincide con quella che ho preparato io stesso a Lagos, ma qui ci sono più dettagli. Mentre io ho classificato i testimoni in base alla loro posizione o al loro ruolo nell'uccisione, gli appunti del mio accompagnatore contengono nomi, indirizzi e brevi informazioni su chi siano. Ne cancello alcuni da entrambe le liste e scribacchio qualche punto interrogativo accanto ad altri.

Tra questi ultimi c'è Stella Alighe, madre di uno dei ragazzi, Bonaventure. Abita nella zona est e non ha partecipato all'incontro che Emeka mi ha organizzato nella sua sala riunioni con i genitori della terza vittima.

Accendo il computer e clicco sulla cartella contenente le mie concise ma dettagliate biografie dei Tre di Okriki.

Winston Babajide Coker.

Studente di sociologia al terzo anno presso la State University. Secondo di tre figli, è stato ucciso a cinque mesi dal suo ventiduesimo compleanno. La madre è una donna minuta e giovanile, prossima alla sessantina, elegante ma senza gioielli né trucco. È rimasta impassibile quando, seduta di fronte a me, ha affermato che Dio avrebbe riversato la sua ira, come grandine, sulla città di Okriki. Parlava con il tono freddo e distaccato di chi ha esaurito tutte le lacrime, mentre mi spiegava che il figlio poteva essere molte cose, ma non un ladro.

« In che senso? » ho provato a domandarle, dato che era la tipica risposta che ci si aspetterebbe da una madre in lutto.

« Mentiva. Era un prepotente e si ribellava sempre all'autorità », ha risposto la signora Coker decisa.

« Era solo giovane », è intervenuto il marito, un uomo alto e magrissimo, che aveva scelto di stare un passo indietro nella coppia.

« Aveva bisogno di Gesù », ha insistito la donna, squadrando l'uomo come per sfidarlo a contraddirla. Lui si è astenuto.

« Corre voce che i ragazzi facessero parte di una specie di gang », mi sono azzardato a domandare.

« Setta segreta », mi ha corretto la signora Coker. « Lo spirito malvagio che si è impadronito delle università. »

« Sì », ho convenuto, respingendo subito il pensiero di mio padre. « Pensa sia vero? »

« Come possiamo saperlo, se si tratta di un segreto? » ha ribattuto lei, pungente. « Posso solo dirle che Winston era lontano, troppo, e non sapevamo cosa combinasse perché stavamo qui a Lagos. »

« Ma non credete che stesse cercando di derubare qualcuno, anche se c'era la possibilità che facesse parte di una setta o di una gang? »

« Assolutamente no! » la risposta del signor Coker non si è fatta attendere. « Perché avrebbe dovuto rubare? Ci prendevamo cura di lui, aveva tutto quello che si potesse desiderare dalla vita. Perché avrebbe dovuto farlo? »

« E anche se avesse rubato qualcosa », ha aggiunto la signora, « nessuno merita di essere ucciso in quel modo. Perché non lo hanno consegnato alle autorità? Perché uccidere così il nostro ragazzo? »

Ha cominciato a dondolare sulla sedia, pregando a bassa voce in una strana lingua. Senza dubbio, una pentecostale. Mi sono chiesto se la conversione era avvenuta prima o dopo la morte del figlio. Poi mi sono rivolto al marito: « Quindi pensate che mentano sul conto di vostro figlio? »

« A essere sincero, non mi interessano le loro ragioni », ha risposto il signor Coker, senza troppa convinzione. « Solo Dio potrà giudicare. »

Dopodiché dal colloquio non è emerso molto altro. I Coker hanno ribadito soltanto quanti sforzi avessero fatto per portare davanti a un tribunale la gente di Okriki. Il loro figlio era morto e nulla glielo avrebbe restituito.

« La vendetta è del Signore. Io li ho perdonati », ha affermato la signora Coker, con fervore. Era ancora meno convincente del marito.

Clicco sul secondo file nella cartella delle vittime.

Bonaventure « Bona » Cosmos Alighe.

Ultimo dei cinque figli di una madre single, fama di attaccabrighe. Dalle foto scaricate da Internet, non è difficile capire perché fosse considerato un donnaiolo. Le descrizioni più lusinghiere di Bonaventure – ventiquattro anni, il più grande dei Tre di Okriki – venivano da diverse ragazze del campus, mentre i maschi parlavano di feste selvagge, fiumi di alcol e lezioni saltate. In una dichiarazione scritta, la madre lo dipingeva come un bravo ragazzo che ogni tanto « scordava di chi fosse figlio ». Un'altra donna in lutto che usava la religione come balsamo per lenire il proprio dolore.

Ultimo, ma non per questo meno importante: *Kevin Chinedu Nwamadi.*

Sono ancora scosso dal modo in cui Emeka ha presentato il figlio quando mi ha mostrato il video.

« Mi scusi se gliel'ho fatto vedere », mi ha detto.

« Ma era inevitabi*re* », è intervenuto Abubakar.

« Ricordo di avere letto che stavano progettando di derubare qualcuno. » Ho riferito con il maggior tatto possibile un'informazione che ricordavo dalle ricerche dei miei studenti.

Emeka ha fatto un cenno di diniego con la mano. Il suo sdegno era evidente. « Mi guardi, Philip. Sono l'amministratore delegato di una grande banca commerciale. Pensa che il mio unico figlio avesse così tanto bisogno di soldi da lasciare il campus per andare in un villaggio a rubare cellulari e portatili? »

« Qualcuno è stato arrestato? » ho chiesto io.

« Diciotto mesi fa! » ha ribattuto Emeka, con voce dura. « Solo in sette sono stati rinviati a giudizio. Sette! Ha visto tutta quella gente nel video? Le sembravano solo sette gli assassini? Ma il peggio sono le bugie e la totale inerzia della polizia al momento di indagare sulle accuse rivolte a mio figlio. »

« Loro cosa dicono? »

« Esattamente ciò che hanno detto i media. Che mio figlio faceva parte di una setta segreta. Che lui e i suoi amici stavano derubando un altro studente. Nessuno si è preoccupato di indagare, quando lo studente in questione ha rilasciato una precisa testimonianza in cui ha dichiarato di non conoscere Kevin. Nessuno ha voluto ascoltare me e mia moglie quando abbiamo spiegato che potevamo provare che Kevin non era nemmeno amico degli altri due ragazzi. »

« È qui che entra in gioco lei, Philip », ha affermato Abubakar, più che altro per calmare Emeka.

« Da questo video è stata tratta la conclusione che mio figlio fosse un criminale e meritasse di morire in quel modo. Io non lo accetto. » Gli occhi del padre bruciavano di rabbia mentre mi parlava in un tono che non ammetteva repliche. « È accaduto qualcosa, uno scambio di persona nella migliore delle ipotesi, un atto deliberato nella peggiore. Il fatto è che non lo sappiamo, il che è ancora peggio dell'avere sepolto mio figlio in una bara sigillata perché sarebbe stato troppo crudele lasciare che sua madre vedesse cos'era rimasto del cadavere.»

«Ma questo è accaduto a est. Per ricostruire il delitto, dovrei andare laggiù, parlare con la gente, esaminare la scena...»

«... e per questo sono disposto a offrirle un lauto compenso», Emeka mi ha interrotto e poi ha cambiato tono, quando mi ha visto sobbalzare all'insinuazione che mi potesse comprare. «La prego, dottor Taiwo. Philip. Voglio solo un rapporto. Mi occorre la sua esperienza nel ricreare la scena del crimine per dare un senso all'inspiegabile assassinio di mio figlio. La prego, non foss'altro perché anche lei è un padre.»

È seguita una brevissima pausa. Silenzio assoluto. Poi lui ha ripreso in mano l'iPhone e me lo ha allungato.

«Non si preoccupi. Non è il video.»

Ho guardato lo schermo e la fotografia mi ha quasi spezzato il cuore. Kevin era un bel ragazzo e nel suo sorriso rivolto all'obiettivo si leggevano fascino e gentilezza; in quel momento mi sono messo nei panni di Emeka e ho provato la stessa rabbia.

«È lui il mio ragazzo», ha aggiunto il banchiere, con un sorriso mesto. «Kevin Chinedu Nwamadi. Studente di legge al terzo anno. Aveva vent'anni, era il piccolo della famiglia. Le sorelle e la madre stravedevano per lui. Era un bravo ragazzo. Il primo della classe. Il figlio migliore che un padre possa desiderare.»

A quel punto la diga si è rotta e, in quell'aula del Police College di Lagos, Emeka Nwamadi, amministratore delegato della terza banca commerciale nigeriana, ha iniziato a singhiozzare, poi a tremare e, infine, a piangere.

LA POLIZIA È TUA AMICA

« Hai chiamato Tai e Kay! » protesta mia figlia, appena rispondo alla sua telefonata. Sono le 7.18 e so che sono pronti per andare a scuola. E, con tutta probabilità, i ragazzi si sono vantati della nostra conversazione a tarda notte.

« Stavi dormendo, piccola. »

Lara abbassa la voce con fare teatrale. « No. Stavo aspettando la tua chiamata. »

« La mamma è lì, vero? »

« Non cambiare argomento, papà. »

« Okay, okay. Scusa. Ho solo pensato che stessi dormendo. Non accadrà più. »

« Ho cercato l'aeroporto su Google. Lo sai che è stato votato come il peggiore del mondo per più di tre volte? Di tutto il mondo, ti rendi conto? »

« Non era così male. »

Per un po' provo a minimizzare la mia esperienza al terminal, ma quando Lara mi chiede se ho delle foto mi rendo conto di quanto ieri fossi disorientato. Di solito scatto fotografie dei miei viaggi e gliele mando per il suo album.

« La mamma è pronta. Devo andare. Te la passo? »

« La chiamo dopo. Non farla aspettare. »

« Okay. Ci sentiamo più tardi? »

« *Mos def*, piccola. »

Riaggancio e guardo l'ora. Mi precipito sotto la doccia, mi vesto a tempo di record e quando Chika mi bussa alla porta sono pronto.

Decidiamo di saltare la colazione dell'albergo, uova che navigano nell'olio e una pagnotta mutilata che dovrebbe fare la parte del pane a fette. Ci limitiamo al caffè, tiepido e dal sapore orribile. Allontaniamo le tazze e decidiamo che è meglio cominciare la giornata a stomaco vuoto.

Ci dirigiamo alla stazione di polizia e riesco a vedere la città alla luce del giorno. Diverse file di bungalow costeggiano la strada sterrata e sconnessa. Adesso capisco perché Emeka abbia dato a Chika un 4×4. È un percorso accidentato.

Mentre attraversiamo Okriki, ci sfilano sotto gli occhi le lamiere arrugginite dei tetti. Biciclette, moto e macchine ci girano intorno. È un po' spiazzante vedere la gente che alza lo sguardo per osservarci. Si tratta solo della tipica curiosità di una cittadina nei confronti dello straniero o c'è dell'altro? Provo a cercare una risposta, salutando con la mano tre ragazzi che dovrebbero essere a scuola e invece giocano a calcio con un pallone sporco sul ciglio della strada. Ricambiano il saluto. Mi rilasso: è una piccola città e sono solo curiosi.

Ci troviamo presto di fronte a un bungalow non verniciato. La ruggine rossastra è colata lungo le pareti, creando strisce marroni che sembrano quasi fatte apposta. Un cartello scritto a mano dice dove siamo, ma rivolgo lo stesso uno sguardo interrogativo al mio accompagnatore. *Non sarà davvero...*

« Eccoci » dice lui, parcheggiando la macchina.

La stazione di polizia. Abbiamo appena superato bungalow che per dimensioni e stato di conservazione fanno una figura migliore.

« Io aspetto qui, signore », annuncia Chika.

« Figurati », protesto io. « Vieni pure con me. »

« Ma signore, è meglio che... »

« Vieni », insisto.

Lui esibisce un sorriso malizioso. « Signore, questa è la stazione di polizia. Non è come ieri all'aeroporto, glielo assicuro. »

Il riferimento mi ricorda quanto sia impreparato. Prendo mentalmente nota di chiamare Emeka. L'efficienza con cui Chika mi ha tirato fuori dal terminal, senza contare i suoi appunti meticolosi e ordinati sul caso, mi convince che può essere qualcosa di più di un semplice autista.

« Chika », dico, in un tono che spero ponga fine a ogni discussione, « o entri con me, oppure dovrai chiamare Emeka per spiegargli come mai mi stai riportando all'aeroporto. »

Sto scherzando, s'intende, ma Chika sembra prendermi sul serio. Spegne il motore ed entriamo.

L'open space della reception – di fatto, il salotto del bungalow – è arredato con scrivanie tenute in piedi da pezzi di altri mobili. È presto ma c'è già qualcuno. Un uomo parla animatamente con un poliziotto che prende nota, annoiato. Altri due sono seduti su una panca, con lo sguardo fisso; sono entrambi sudati e affannati, e, osservando meglio, mi accorgo che si tengono per la cintura dei pantaloni, come fossero coinvolti in una rissa che si rifiutano di risolvere senza l'intervento della forza pubblica.

Un agente seduto a un'altra scrivania in condizioni precarie ci fa cenno di raggiungerlo. Si capisce che è un novellino da quanto è nuova e pulita la sua uniforme. Dietro di lui, un poster con un modello in divisa dal volto fresco proclama: *La polizia è tua amica. Aiutala.*

Il novellino cerca di suonare autorevole. « Cosa volete? »

« Siamo qui per vedere l'ispettore Omereji », risponde Chika.

« Per quale ragione? »

Gli porgo la busta con l'intestazione del Comandante del Police College di Lagos. Lui la rigira tra le mani con malcelata curiosità.

« Aspettate qui », ordina. Ci lascia.

I due che si tengono per la cintura hanno cominciato a discutere, serrando a pugno le mani libere.

Il poliziotto annoiato alza la voce. « Ehi! Ehi! Questa non è una birreria! State buoni o vi chiudo in cella! »

I due si zittiscono all'istante, ma non mollano la presa.

« Non parlano *igbo*, qui? » sussurro a Chika.

« No, parlano *ikwerre* », risponde lui, sottovoce.

« Pensavo che a est tutti parlassero *igbo*. »

« Non si faccia sentire a dirlo da queste parti, signore. »

Vorrei chiedergli perché, ma il novellino torna e ci fa cenno di seguirlo.

Percorriamo un corridoio con faldoni e scartoffie sparsi sul pavimento in pile disordinate, superiamo quella che sembra una cella, con un gruppetto di uomini che giocano a carte e fumano. Intravedo bottiglie di birra per terra. È chiaro che i detenuti sanno come ottenere ciò che vogliono.

Entriamo in un ufficio che, dalle dimensioni, potrebbe essere la camera da letto padronale del bungalow convertito in stazione di polizia. Il poliziotto, che presumo essere l'ispettore Michael Omereji, si alza a darci il benevenuto. È alto, ha la carnagione chiara e un paio di baffi così ben curati che suggeriscono una certa vanità. È un bell'uomo e sa di esserlo.

« Grazie per averci ricevuto, ispettore », dico, stringendogli la mano.

« Mike, per favore », risponde cortese, indicando le sedie di fronte alla scrivania. « Accomodatevi. »

« Grazie. » Mi siedo e noto che Chika rimane in piedi. Gli faccio cenno di mettersi accanto a me, ma lui scuote appena la testa.

Torno a rivolgermi all'ispettore. « Il Comandante le manda i suoi saluti. »

« Purtroppo non l'ho mai incontrato. Il Comandante è leggenda. »

Scambiamo due parole sull'ottima gestione del Police College da quando Abubakar ne he preso le redini, poi cala un silenzio imbarazzante. Mi affretto a presentare Chika come mio assistente nelle ricerche, ignorando la sua espressione perplessa a questa improvvisa promozione. L'ispettore si limita a fare un cenno al mio «assistente» e non dà segno di volergli stringere la mano.

«Riguardo al caso su cui sto scrivendo il rapporto...» comincio.

«Sì, ho letto la lettera del Comandante, ma non posso aiutarla.»

«Mi serve solo il fascicolo del caso.»

«L'indagine è conclusa e tutti i fascicoli sono stati consegnati alla Procura generale.»

«Ma ci saranno pur altre copie.»

«Si guardi intorno, dottor Taiwo. Vede spazio per conservare fascicoli vecchi di mesi, soprattutto di un caso chiuso?»

«Chiuso?»

«Sono sicuro che legge i giornali. Abbiamo indagato sull'incidente. Sono state arrestate ventitré persone, e, se non sbaglio, sette sono state rinviate a giudizio. La vicenda prosegue in tribunale, la giustizia sta facendo il suo corso e il nostro lavoro è finito. Pertanto, il caso è chiuso.» Si interrompe, abbassa lo sguardo sulla lettera di Abubakar che fa scivolare verso di me con un'alzata di spalle.

Non allungo la mano per prenderla e continuo a fissare l'ispettore. Se anche il mio atteggiamento lo disturba, non lo dà a vedere.

«In questo momento», riprende, «sette persone sono sotto accusa per la morte dei tre ragazzi e sono sotto processo all'Alta corte di giustizia a PH. È là che si trova il fascicolo. Mi spiace, ma qui non c'è niente che possa esserle utile.»

«Capisco», ammetto.

Incoraggiato dalla mia acquiescenza, l'ispettore si alza. «Se il

Comandante avesse inviato un'email prima del suo arrivo, le avrebbe risparmiato il disturbo. »

Io resto seduto. « Posso parlare con qualcuno degli investigatori? »

« Perché? »

« Come indicato nella lettera, sto preparando uno studio su precedenti in tutto il paese. Siamo alla ricerca di casi interessanti per arricchire il curriculum del Police College. Uno di questi è quello dei Tre di Okriki. Sono certo che gli investigatori potranno fornirci informazioni preziose, anche se il caso è... chiuso. »

L'ispettore Omereji guarda me, poi l'orologio, poi di nuovo me.

« È un po' presto per sollevare dal servizio poliziotti che lavorano sodo per un colloquio cui non sono preparati. »

« Possiamo tornare. Mi dica lei a che ora. »

« Sarebbe meglio. » Alza la voce. « Agente Doubra! »

Il novellino si presenta immediatamente.

« Si faccia lasciare il numero di telefono dal dottor Taiwo. Mi ricordi di dire alla squadra che ha lavorato sui Tre di Okriki di trovare il tempo per un colloquio con lui e il suo... collega. »

« Signorsì. » Il novellino saluta e si volta verso di me. « Da questa parte, signore. »

Mi alzo, stringo di nuovo la mano all'ispettore Omereji e seguo l'agente Doubra e Chika, cui di nuovo non è stata offerta una stretta.

« Sta mentendo, signore », mi dice lui, appena saliamo in macchina.

« Lo so, ma non possiamo farci niente. Se la questione è nelle mani della Procura generale... »

« Sì, ma perché dice che gli investigatori sono impegnati? Siamo a Okriki, non nei bassifondi del mercato di Aba. Cos'avranno mai da fare? »

« Forse vuole guadagnare tempo. »

« Per imbeccare i suoi uomini? »

Apprezzo la diffidenza di Chika. È il tipo che conosce la legge della strada, qualità che in genere ho imparato ad associare alle persone che operano a un livello inferiore alle loro qualifiche. Per sopravvivere bisogna aguzzare l'ingegno, immagino.

« Torniamo in albergo, signore? » chiede, avviando il motore.

« No. Sul luogo del delitto. »

STRADA FANTASMA

Se fossi negli Stati Uniti, visitare la scena di un cold case potrebbe portare alla luce dettagli in precedenza passati inosservati, anche a distanza di anni da una tragedia. Gli investigatori controllerebbero se sulla strada ci sono videocamere di sorveglianza che erano sfuggite al primo sopralluogo. Cercherebbero nelle vicinanze edifici con finestre che danno sul luogo in cui si è consumato il crimine. Andrebbero a interrogare chi ci abita e parlerebbero anche con eventuali testimoni, compresi quelli che hanno già rilasciato dichiarazioni nel corso dell'inchiesta.

Ma qui siamo a Okriki. La scena del crimine è una piccola radura ai margini di una strada ghiaiosa, a meno di dodici minuti di strada dissestata dalla stazione di polizia. Non ci sono case intorno. Niente lampioni. Niente videocamere. Niente di niente.

Mi guardo intorno e scatto foto di angoli che spero di poter confrontare, più tardi, con quelli che appaiono nel video del linciaggio. Do una rapida controllata alle impostazioni della mia vecchia compagna di indagini: una Nikon 500. È in modalità automatica, passo alla versione manuale, cercando di controllare la precisione delle immagini a dispetto del sole abbagliante.

« Dove porta questa strada? » chiedo a Chika.

« A Ochuko. Oltrepasseremo il campus centrale dell'università prima di arrivare alla città vera e propria. »

« Quindi è come una strada principale. »

« Più o meno. Si può prendere anche la strada che dal nostro albergo gira intorno a Okriki in direzione del campus. È messa meglio, ma ci si impiega di più. » Con la mano indica il Nord. « Questa porta dritta al campus, quella dall'albergo attraversa parecchi villaggi prima di arrivare all'università. »

« Allora possiamo supporre che quasi tutti la prenderebbero se volessero andare dritti al campus? » domando, accigliato. C'è qualcosa di strano in questa strada trascurata e deserta, nonostante sia la via più breve e diretta alla State University.

« Direi di sì. » Sento che Chika sta cercando di capire il senso del mio ragionamento. « Visto lo stato in cui si trova, avrei detto di no, ma da queste parti sono quasi tutte così. »

Passa una Volvo malconcia, gli occupanti si voltano a guardarci finché non scompaiono alla vista. Poco dopo è la volta di una Toyota stracolma di banane acerbe.

« Se questa è la via più rapida per arrivare al campus, non ha senso che sia così deserta. Vieni. »

Torniamo al 4×4. Chika avvia il motore per accendere l'aria condizionata. Chiudiamo le portiere per sfuggire al caldo e alla polvere. Tiro fuori l'iPhone e apro uno dei video del linciaggio che ho scaricato e salvato. Non appena parte, Chika inspira a fondo.

« Non sei obbligato a... »

« Va tutto bene, signore. L'ho già visto. »

« Non fa meno impressione quando lo rivedi. »

« Non *dovrebbe* farne meno. » Si china a guardare lo schermo. « Che cosa sta cercando? »

Metto il video in pausa. « Se riesci a distogliere lo sguardo dai ragazzi, prova a studiare la strada. » Mando avanti le immagini, mentre continuo a parlare. « Sappiamo che sono stati portati qui da quella parte. Vedi? »

Sollevo il telefono e guardo nella direzione da cui siamo venuti.

« Lo vedi? » Rimetto in pausa. « Vedi l'albero? Quello alto? Non è lo stesso che si vede in lontananza...? »

Indico una palma insolitamente alta, che coincide con quella che si scorge nel video in cui i Tre di Okriki vengono trascinati lungo la strada come Cristo sulla Via Crucis.

« Lo vedo. » Chika strizza gli occhi, concentrato, mentre io allargo il dettaglio sullo schermo.

« Se fossero venuti da questa strada, avrebbero dovuto per forza passare davanti alla stazione di polizia. »

« La polizia deve averli visti », deduce lui, con rabbia.

« Esatto. Forse è per questo che l'ispettore Omereji deve dargli l'imbeccata prima che noi li interroghiamo. Guarda... »

Torno indietro e poi faccio ripartire il video. Ha un che di surreale il modo in cui il percorso dei condannati corrisponde al nostro, in macchina, dalla stazione di polizia. La differenza è che ora non ci sono i negozi di fortuna, le bancarelle e i chioschi che si notano nel video. Scorgo il bordo di un tavolo con bottiglie di gin fatto in casa; su un altro sembrano esserci taniche ammaccate di olio e lubrificanti per autoveicoli. Se fossimo a Lagos, lungo una strada principale come questa ci sarebbero banchetti che vendono galloni di cherosene e benzina, panettieri pronti a spalmare margarina sul pane dei clienti, banchi con acqua in sacchetti di plastica e una miriade di altre bancarelle con cibi di ogni genere.

Fermo l'immagine nel momento in cui, nel video, i Tre di Okriki cadono a terra. Eccoli: mucchi di vecchi pneumatici e una vulcanizzatrice accanto a quello che sembra il lungo tubo sporco di una pompa. Si spiega il mistero sull'origine delle gomme messe al collo delle vittime. Almeno in parte.

« Torniamo alla stazione di polizia. »

Chika gira la macchina.

« Vai piano », gli chiedo, mentre ci rimettiamo in moto, e io faccio scorrere lo sguardo tra l'iPhone e la strada.

Chika rallenta, io metto in pausa il video a intermittenza, concentrandomi non sui ragazzi morenti, ma su quello che sta loro intorno. Passo rapido dalla modalità video a quella foto, scattando fotografie che corrispondono a quanto vedo nelle riprese.

Quando arriviamo di nuovo alla stazione di polizia, chiedo a Chika di fare inversione.

« Torniamo sulla scena? »

« Sì. Questa volta, andiamo ancora più piano. »

Gli altri automobilisti devono trovarci molto strani. Ma so di aver scovato qualcosa qui, anche se non si tratta di una svolta epocale.

Raggiungiamo per la seconda volta il luogo della tragica fine dei Tre di Okriki, metto in pausa il video e guardo il mio accompagnatore.

« La strada è stata sgombrata », affermo.

« Sgombrata, signore? » Chika si volta per un attimo verso di me, poi torna a guardare la strada.

« C'erano le bancarelle... Fermati qui! Vedi? » Indico il fotogramma, poi fuori dal finestrino. « Vedi la vegetazione? Guarda quel cavo elettrico. E il generatore nel cespuglio, là? Vedi? Siamo nello stesso punto, ma nel video c'erano banchetti e bancarelle improvvisate, ora non c'è più niente. La strada non è deserta. È stata sgombrata. »

« Forse la gente è rimasta traumatizzata e ha preferito non ricordare. »

Scuoto il capo. « È possibile, ma non plausibile. Non possono essere stati tutti segnati a tal punto da fare baracca e burattini e lasciare la strada per l'università, potenzialmente la più redditizia. »

« Pensa che abbiano cacciato via tutti i testimoni dell'accaduto? »

« O chi ha partecipato al linciaggio. »

« Ma c'è il video come prova. »

« Sì, ma guarda. » Premo di nuovo *play* e allungo l'iPhone a Chika dalla parte del conducente. « Ricordi che Omereji ha parlato di ventitré persone arrestate? Anche se non riusciamo a vederle in faccia, qui ce ne sono molte di più. »

Fermo il video, mi guardo intorno, poi mi volto di nuovo verso Chika.

« Devo andare dove tutto è cominciato. »

SIGNORA FITTACAMERE

L'edificio in cui abitava lo studente Godwin Emefele non è diverso dalla maggior parte delle case sulla strada, separate l'una dall'altra da alberi e orticelli con verdura, mais e patate dolci. Nell'ampio cortile sorge una costruzione a due piani che sembra ridipinta di recente, di un giallo brillante con riflessi marrone scuro intorno ai davanzali delle finestre.

Chika e io siamo parcheggiati all'angolo, impegnati a misurare la distanza tra il vicino mercato, da dove, a quanto ci è stato detto, proveniva la maggior parte della folla, e la stazione di polizia nella direzione opposta.

« È tranquillo per essere un edificio tanto grande », osservo io, cercando di immaginarmi la turba che entra in cortile, cattura i presunti ladri e li trascina lungo la strada, superando la stazione di polizia, fino al luogo in cui sono stati uccisi. « Non ci sono inquilini? Ragazzi o famiglie? »

« L'hanno costruita per gli studenti. Vede? Le finestre grandi sono le stanze, quelle più piccole i bagni e i gabinetti. »

Annuisco e con il cellulare scatto con discrezione qualche foto. Intanto provo a contare le finestre grandi: sei al primo piano, su questo lato, e presumo sia lo stesso sull'altro. Pressappoco. Al secondo piano ce ne sono meno, perché c'è un ampio balcone sulla facciata, quindi direi otto o dieci camere.

« La gente del posto dice che nessuno sapeva che fossero studenti, eppure la casa è abitata per lo più proprio da ragazzi dell'università... »

« Ho letto che gli abitanti di Okriki sono sempre stati terrorizzati dagli universitari che venivano dal campus per derubarli.» Chika socchiude le palpebre, abbagliato dal sole. «Il fatto che fossero studenti potrebbe avere persino inasprito la violenza.»

«E non c'erano altri ragazzi che potessero smentire le accuse di Godwin?»

«Pensa che Godwin abbia mentito, signore?»

«Lo scopriremo presto.» Ripenso alla mia lista di persone da interrogare e Godwin è in cima.

Guardo di nuovo l'edificio, che si erge vuoto e solitario in un cortile enorme in cui girano capre e polli che si fermano a brucare o becchettare cibo laddove il terreno non è asfaltato. Ci sono molte altre costruzioni di dimensioni analoghe, più avanti lungo la strada che porta al mercato e alla fermata dell'autobus.

«Se tutte queste case sono state costruite per ospitare gli studenti, dove sono tutti?» mi domando a voce alta.

«Dopo il massacro, molti sono scappati al campus. L'università li ha avvisati che non avrebbe potuto garantire alcuna forma di protezione a quelli che risiedevano fuori, specie nei giorni immediatamente successivi. La maggior parte non è più tornata.»

«L'università ha creato nuovi alloggi?»

Chika sbuffa. «Bah. Anche se fosse, nessuno voleva più vivere fuori dal campus. No, i più stavano con amici e compagni. Gli abusivi sono aumentati esponenzialmente negli alloggi universitari. Qualcuno ha anche abbandonato gli studi, a causa delle condizioni di vita.»

Riesco a immaginare lo scenario descritto da Chika. Una tragedia come quella di Okriki deve avere scatenato un'isteria collettiva tra la popolazione studentesca, mettendo a dura prova le risorse dell'università. Le conseguenze per la città possono essere paragonate a quelle di un disastro naturale. Ho fatto volontariato in diversi rifugi dopo i terribili incendi in California e posso capire perché questa parte della città sembri così deserta.

Vorrei dire che Okriki si è meritata tutte le ripercussioni di quel tragico atto di giustizia sommaria, ma il silenzio intorno a me mi rattrista. Prima che apra bocca, una ragazzina di non più di dodici anni spunta da dietro la casa. Chika mi guarda, chiedendomi il permesso, io faccio cenno di sì e lui la chiama.

La ragazzina si ferma, ma non si avvicina. Così, scendiamo dalla macchina per andarle incontro.

« Volete fittare? » ci chiede quando la raggiungiamo.

« Sì », risponde Chika, in tono amichevole.

Accidenti, il mio accompagnatore ha i riflessi pronti. Vedo che la ragazzina si rilassa e indica il retro. « La Signora Fittacamere sta dietro in cortile. »

« Ti va di 'compagnarci? »

La ragazzina annuisce. Mi guardo intorno mentre la seguiamo all'interno dell'edificio. Si vede che è stato rinnovato di recente, ma quando do un'occhiata alle camere dalle finestre, mi accorgo che sono quasi tutte vuote. Conto cinque finestre sul lato che stiamo percorrendo, mentre la sesta sembra dare su una specie di cucina comune. Quindi in tutto direi dieci camere al primo piano e otto al secondo, che ospita anche un balcone.

Nel cortile sul retro, un donnone con le spalle larghe è chino su un mucchio di manioca che sta essiccando. Quando la raggiungiamo, si erge in tutta la sua maestosa altezza e ha già incrociato le braccia sul seno prosperoso, come un buttafuori sulla porta di una discoteca.

« Mama Fittacamere, loro vogliono affittare casa. » La ragazzina ci indica, entusiasta.

« Che fai, l'agente 'mobiliare? Vai dove dico io o fitto la tua capa. »

La ragazzina corre via e l'affittacamere si rivolge a noi. Il suo atteggiamento sospettoso non cambia neanche quando passa dal *pidgin* all'inglese corretto. « Chi vuole affittare? »

Chika sorride cordiale e risponde: « Il mio amico, qui. È lei l'affittacamere? »

« Sono la proprietaria. »

Cerco di mostrarmi cordiale quanto il mio accompagnatore e tendo la mano. Lei la guarda come si fa con una zanzara che ronza in attesa di una morte rapida e indolore. Abbasso la mano ma continuo a sorridere. « Dottor Taiwo. Philip Taiwo. »

« Dottore? E vuole affittare qui? »

Deferente, Chika fa un passo avanti, io uno indietro. Non credo che riuscirò a fingere di voler vivere sotto lo stesso tetto con questa donna.

« Sì », risponde lui, senza esitazione. « Il dottore ha appena avuto un incarico all'università, ma non gli hanno ancora trovato un alloggio. Abbiamo saputo che lei ha appena ristrutturato e, devo dire, ha fatto proprio un ottimo lavoro. »

La donna sorride, rivelando un dente mancante. L'orco è sparito, lasciando il posto a un gradevole essere umano.

« La caparra è di sei mesi anticipati. »

Non batto ciglio. È una pratica comune che i padroni di casa si facciano pagare mesi o addirittura anni in anticipo.

« Non è un problema, signora. Può farci fare un giro? »

La Signora Fittacamere ci porta subito in casa, scompare qualche secondo per procurarsi un grosso mazzo di chiavi e ci accompagna da una camera all'altra.

« Prima vivevo qui vicino e affittavo le stanze », racconta, mentre apre una porta di un appartamentino con salotto, bagno privato e un angolo cottura non troppo squallido. « Questa è una delle più grandi. Io abito in una simile, di sopra. Lei ha famiglia? »

« Ehm, sì. Ma sono qui solo per un anno. Potrebbero venirmi a trovare, ma non staranno con me. » Sono stupito dalla facilità con cui mento.

« Allora questo è il posto che fa per lei », dichiara la signora, come se io non avessi voce in capitolo. « Ce n'è una con due camere da letto, sul retro, ma di solito la prendono gli studenti, così possono condividerla. »

« Ce ne sono tanti, di studenti, qui? »

« Meno di una volta. Ora ho soprattutto insegnanti di passaggio, come lei. »

Gente che ignora il triste passato di questo edificio, scommetto.

« Mi piace. » Annuisco in segno di approvazione e lei sorride, raggiante. « Posso chiedere dove sono gli altri inquilini? »

« Perché? » domanda brusca. Attacco e difesa in un'unica domanda. Il suo sorriso è sparito.

« Vorrei solo sapere se è rumorosa nei fine settimana, quando ci sono anche gli altri inquilini. »

« Non ce ne sono altri, adesso. »

« Se ne sono andati per via della ristrutturazione? » chiede Chika.

« Sì! » Sollevata, l'affittacamere sorride al mio accompagnatore. Immagino abbia appena trovato una nuova storia da raccontare ai potenziali futuri inquilini. « Ma molti torneranno. Ho un agente che propone gli alloggi all'università. »

Mi acciglio come se stessi riflettendo su qualcosa. Poi, mi avvicino alla finestra e guardo in cortile. « Non è questa la casa...? Quella che quei ragazzi hanno cercato di derubare, ma i vicini sono intervenuti a fermarli? »

Il sorriso della Signora Fittacamere svanisce di nuovo, ma non c'è ostilità quando risponde, cauta: « È stato molto tempo fa ».

« Sì, ma è questa la casa? »

« Sì. »

« Ottimo! » esclamo, entusiasta. « Mi piacciono i vicini che si preoccupano gli uni degli altri. »

« Splendido. » La Signora Fittacamere batte le mani, felice e sollevata. « È bello avere intorno persone ragionevoli finalmente. La gente è stata molto cattiva con noi. »

« Dev'essere stato difficile per tutta la città », interviene Chika, comprensivo.

« Non può immaginare. Una volta facevo la maestra elementare. Mio marito, Dio gli doni l'eterno riposo, era il direttore della scuola. Abbiamo investito tutti i nostri risparmi in questa casa per offrire ai ragazzi dell'università un posto dove stare. Per noi, erano come dei figli. Poi, dopo quello che è successo, hanno cominciato tutti a raccontare storie su quanto fossimo malvagi! C'è stato anche chi ha detto che abbiamo usato i ragazzi per il *juju*! »

« Che sciocchezze », faccio io. « Tutta una città che se la prende con dei ragazzi per usarli per il *juju*? »

« Può dirlo forte! » esclama la Signora Fittacamere.

« Lei c'era? » domanda Chika.

« No. Gliel'ho detto che abitavo dall'altra parte di Okriki. Poi, quando tutti gli inquilini se ne sono andati, non potevo permettermi di mantenere due case e mi sono trasferita qui. »

« Nessuno ricorda le buone azioni delle persone, quando accade una cosa del genere », aggiunge Chika comprensivo.

La Signora Fittacamere si abbevera della nostra benevolenza. « Delinquenti, nient'altro che delinquenti, ecco cos'erano quei ragazzi! »

Mi guardo in giro, come se già mi vedessi ad abitare qui. « Dove stava lo studente? »

« Quale studente? »

« Quello che volevano derubare. » Mi volto verso la signora. « Era in questo appartamento? »

« Intende Godwin! Stava nella stanza in fondo al corridoio. Povero ragazzo. Non so cos'avrei fatto se fossero entrati da me con una pistola. Venite, vi faccio vedere. »

La seguiamo. Sono sicuro che, se qualcuno cercasse di derubarla, con o senza pistola, lei lo metterebbe fuori combattimento. Indica il corridoio, in fondo, verso l'entrata principale.

« Laggiù, vede? La stanza che dà sulla strada. »

« Ecco perché la gente lo ha sentito quando ha chiesto aiuto », commenta Chika, come se avesse risolto una parte importante di un mistero che lo tiene sveglio la notte.

« E gli altri studenti? » domando con aria perplessa, mentre misuro la distanza dalla stanza di Godwin alla strada. « Perché non sono corsi ad aiutarlo? »

« Molti erano a lezione e i vicini erano al lavoro. Quelli a casa hanno detto che, sentendo gli spari, hanno avuto paura e sono rimasti in stanza. Sono usciti solo quando è arrivata la folla. »

« Allora questo Godwin era solo, quando i ladri lo hanno aggredito. » Chika ha alzato la voce con rabbia, solidale con la vittima.

« Si figuri! E tutti dicono che siamo noi a essere cattivi. È cattiveria andare a soccorrere un altro essere umano? »

« E, da quello che ho letto, non hanno perso tempo », dico io.

« Sono stati gli spari a metterci tutti in allarme », spiega l'affittacamere.

« Spari? Vuol dire che ce n'è stato più di uno? » Chika si avvicina alla Signora Fittacamere, come se le sue parole potessero cambiare il corso della storia.

« Parecchi! Tant'è che tutta la città pensava che ci avesse attaccato un esercito! » Dato che tutti i rapporti menzionavano tre, al massimo quattro spari, posso aggiungere l'esagerazione ai talenti dell'affittacamere.

« E sono arrivati dai negozi nella via? » domando.

« Da tutte le parti. Quei tre avevano rubato in tutta la città, ma noi cosa potevamo fare? Però quando si sono messi a sparare, la gente non ci ha visto più. »

Intanto siamo arrivati in fondo al corridoio, che conduce

fuori. Con le finestre aperte, uno sparo si sentirebbe facilmente all'esterno. Ho visto abbastanza.

« Grazie, signora. Prenderò di sicuro in considerazione la sua bellissima casa. » La mia coscienza non mi permette di impegnarmi oltre. « Per favore, mi lasci il suo numero di telefono. »

Me ne detta una serie, che salvo sul mio cellulare. Chissà che non abbia bisogno di parlarle di nuovo, con o senza un contratto di affitto.

Quando la macchina si allontana, la Signora Fittacamere ci saluta allegra, lieta che la casa, ridipinta di fresco, possa finalmente liberarsi di un passato che ne ha macchiato la reputazione.

La sua gioia mi rattrista più del dovuto.

LE VOCI CORRONO

Tornato a bordo del Land Cruiser, faccio i miei complimenti a Chika per la sua prontezza di riflessi e sento che non è più a disagio come prima per la promozione a mio assistente non ufficiale.

Ci vantiamo delle nostre doti di attori finché non notiamo gli sguardi di alcuni passanti. Non incarnano più la normale curiosità degli abitanti di una cittadina.

Mi immagino il novellino alla stazione di polizia che telefona alla sua ragazza, che, a sua volta, chiama la sua migliore amica, la quale poi riferisce alla madre. Mi tornano in mente le parole minacciose di Salome.

Appena rimettiamo piede all'Hotel Royale, un uomo grassoccio e pelato si affretta a venirci incontro.

« Salve, salve », ci accoglie con un sorriso fasullo. « Ieri sera non ero qui per darvi il benvenuto. Mi scuso. Sono Oroma Atoka, il direttore. »

Allungo la mano per stringere la sua, ma avverto una lieve esitazione. L'uomo si guarda intorno, irrequieto, vede che non c'è nessuno e accetta la mano.

« Dottor Taiwo? »

« Sì. E lui è Chika, il mio assistente. »

Atoka gli fa un cenno. « Ci siamo visti quando è venuto a prenotare le stanze. Ha pagato per due settimane, ma abbiamo un problema. »

« Un problema? » chiedo, con studiata, cortese preoccupazione.

« Sì. » Il direttore scuote la testa fingendosi dispiaciuto. « Vede, quando ho parlato con lei, signor Chika, non sapevo che la mia receptionist aveva già accettato la prenotazione da un gruppo di persone che vengono qui per un matrimonio. Alcuni da Lagos, altri persino da Abuja. Sarà la prossima settimana, quindi temo di non potervi lasciare la stanza per più di sette giorni. »

« Ma abbiamo pagato in anticipo », protesta Chika, seccato.

« Vi restituirò il denaro », replica il direttore, con troppa fretta. « E vedrò di procurarvi un alloggio in un altro albergo. Ce ne sono di più belli ad Aluu e anche a Obio/Akpor. Vi assicuro, la nostra piccola città ha poco da offrire in confronto. »

« Sta scherzando. » Il tono di Chika è sarcastico e irritato al tempo stesso. « Quando sono venuto, le ho detto che avremmo potuto trattenerci anche più a lungo e lei mi ha assicurato che avrebbe avuto camere a disposizione finché fossimo rimasti. »

« Va bene », intervengo subito, sentendo che Chika, a questo punto, non è lontano dalla scazzottata. « Senta, signor Atoka, parliamone tra una settimana, quando si avvicinerà il giorno del matrimonio. Sono sicuro che troveremo una soluzione. »

Il direttore sembra sorpreso dalla mia compiacenza. Quasi balbetta quando risponde.

« Può essere anche meno di una settimana. Dobbiamo preparare le stanze per gli ospiti... »

« Ne parliamo tra una settimana, d'accordo? » ribadisco, lasciando intendere che l'argomento è chiuso, e mi allontano seguito da Chika.

Quando siamo nella mia camera, lo vedo furibondo.

« Qualcuno ha parlato! »

« Non dovremmo saltare alle conclusioni. »

« Ma signore, ha visto come ci guardava la gente mentre stavamo tornando? »

Annuisco, evitando di fare supposizioni senza ulteriori prove.

« Glielo dico io, signore. Qualcuno gli ha detto di sbarazzarsi di noi! »

« E non possiamo farci niente », affermo, perché smetta di andare avanti e indietro per la stanza come un toro inquieto. « Possiamo solo pensare a un piano alternativo. Ci sono altri alberghi o pensioni qui intorno? »

« Un bel po', ma nessuno a livello di questo. »

Guardo la mia stanza. Per gli standard di una città del genere, non è male. Ma poi considero il dolore alle scapole dopo una notte sul materasso ammaccato, l'orrenda colazione, e rabbrividisco all'idea dello stato in cui versano le altre pensioni in città.

« Oltretutto », continua Chika, « come hanno fatto qui, possono farci cacciare da qualsiasi posto, sono sicuro che lo stesso ordine è arrivato a tutti gli hotel. Se ce ne andiamo dal Royale, signore, non troveremo alloggio da nessun'altra parte. »

« Possiamo cambiare città », suggerisco, anche se mi dispiacerebbe perdere i vantaggi di stare a Okriki.

« Sono quasi tutte lontane. In quelle più vicine all'università gli alberghi sono altrettanto scadenti e non valgono il prezzo della stanza. » Chika scuote la testa e posso toccare con mano quanto sia ostinato. « No, dobbiamo restare qui. »

Guardo l'orologio. Il tempo passa. « Abbiamo ancora una settimana per risolvere il problema. Intanto dammi una mano. »

Collego il cellulare al portatile. « Confronta le foto che abbiamo scattato stamattina con il video del linciaggio. Prendi nota di tutto quello che attira la tua attenzione. Ma concentrati sullo sfondo e nient'altro. »

Mi auguro che questo tenga Chika occupato, mentre decido le nostre prossime mosse. Tenuto conto del dossier che mi ha preparato, suppongo che sarà all'altezza del compito.

Apro il video in un'altra finestra, mentre scarico le foto sull'hard disk. Sento Chika che sospira appena cominciano a scorrere le immagini.

« Lo so che è spiacevole », mi scuso. « Ma ci servono le schermate corrispondenti ai luoghi che abbiamo visitato. »

Completato il download, stacco il cellulare dal MacBook mentre Chika si siede allo scrittoio e avvicina a sé il portatile.

Poi chiamo Abubakar Tukur.

FIGLIO DI QUESTA TERRA

« Dottor Taiwo! » esclama l'ispettore Omereji, appena Chika e io entriamo nel suo ufficio. « Abbiamo chiamato PH. Siamo fortunati: hanno fatto delle copie dei fascicoli che abbiamo inviato alla Procura generale. Appena mi hanno detto che erano pronte, ho mandato subito un agente a prenderle. »

Agita la mano indicando gli scatoloni sulla sua scrivania, come un prestigiatore che mostra la sua assistente tutta intera, dopo averla tagliata a fette. Con il traffico che ho visto ieri arrivando dall'aeroporto, solo un elicottero avrebbe potuto portare gli incartamenti così in fretta da Port Harcourt alla stazione di polizia di Okriki.

« Posso parlare con gli investigatori? » gli domando, speranzoso e con rispetto.

« Per questo ci dobbiamo ancora organizzare. Hanno molto da fare, signore. »

« Posso parlare anche con lei », provo a sondare il terreno.

« Non lo sa? » chiede, inarcando le sopracciglia. « Sono stato ritrasferito qui solo sei mesi dopo lo spiacevole evento. »

Prendo nota del suo modo di parlare, corretto e affettato, come se non volesse dire nulla di sbagliato. A volte dimentico che Abubakar non solo è il Comandante del Police College, ma fa parte anche dell'oligarchia *Hausa*, con importanti agganci in politica. Se, come sospetto, è stato lui a premere i tasti giusti, l'ispettore è ora in una posizione scomoda e non può più permettersi l'arroganza di stamattina. Non mi stupirei se stesse registrando questa conversazione.

« Dov'era prima, se posso chiedere? » Il mio tono è formale quanto il suo, soffuso di moderata curiosità.

« Ma certo. Non è un segreto di stato. Ero in servizio a Kano. »

« Non dev'essere stato facile tornare a Okriki, siamo anni luce da una grande città come Kano. » Cerco di intuire cosa si nasconde dietro il suo sorriso vacuo.

« Okriki è casa. È da qui che vengo. Sono persino andato alla TSU. »

« Anch'io ci sono andato », interviene Chika. « In che anno? »

« Mi sono laureato nel 2011. » Se Omereji ha un atteggiamento più amichevole nei confronti del mio assistente, in quanto ex studente della stessa università, non lo dà a vedere. « Sociologia. E lei? »

« 2012. Informatica. »

L'ispettore guarda Chika accigliato e non commenta. Cala un silenzio imbarazzato che decido di rompere.

« Quindi è figlio di questa terra », osservo, con studiata giovialità.

Ma Omereji non ricambia la gentilezza. Ritorna al suo sorriso vacuo e continua a fissare Chika. È questi a spezzare la tensione, raggiungendo la scrivania dell'ispettore Omereji per prendere due scatoloni.

« Poi torno a prendere l'altro. »

Comincio a protestare. « Posso prenderlo... »

« Torno, signore », insiste Chika, mentre si allontana lasciandomi solo con l'ispettore.

La faccia di Omereji sembra sul punto di incrinarsi sotto il sorriso forzato. Provo a metterlo a suo agio.

« Conosce bene gli agenti? »

« Prego? »

« La squadra che ha indagato sul caso. Sono ancora in servizio qui, presumo. »

« Solo due di loro. L'altro è stato trasferito, ma ho sentito che ha lasciato la polizia. »

Mi mordo la lingua per non dire quanto questa informazione sia utile. Guardo lo scatolone rimasto sulla scrivania. « Solo tre investigatori e così tante scartoffie? »

« Si guardi intorno, dottor Taiwo. Questa non è il tipo di stazione di polizia che attrae il meglio del meglio. »

« Eppure lei è qui », esclamo senza riuscire a trattenermi.

« Non avevo molta scelta, quindi lo prendo come un complimento », risponde l'ispettore con un sorriso malinconico.

È tempo che anch'io ne sfoderi uno fasullo, insieme a un cipiglio studiato. « Data l'importanza del caso e l'interesse mediatico, mi sarei aspettato che la polizia mandasse qualcuno in più per le indagini. »

« Nessuno voleva averci a che fare. Come biasimarli? »

« Ma lei è venuto. »

« A rimettere a posto le cose e a contenere i danni all'immagine della polizia e della città. Circolavano troppe brutte storie su Okriki. »

Il suo cambio di atteggiamento è rapido: ora, ho di fronte un uomo arrabbiato, infastidito dalla mia presenza.

Mi mostro più comprensivo. « Non era tenuto a tornare. »

« La mia gente aveva bisogno di me. »

« La situazione è così difficile? »

« Non immagina quanto. Ma ora è tutto passato, grazie a Dio. I media non ci stanno più addosso. A poco a poco, gli studenti stanno facendo ritorno. C'è un po' di pace tra l'università e la città. Gli affari riprendono. Il processo è lontano, a PH. Le cose stanno lentamente tornando alla normalità. »

« Si farà ritrasferire a Kano? »

« Mi trasferirò ovunque possa continuare la mia carriera in un ambiente, diciamo, più dinamico. »

Annuisco a quell'affermazione diplomatica, mentre Chika torna a prendere l'ultimo scatolone ed esce di nuovo dall'ufficio.

Tendo la mano all'ispettore. « Sono sicuro che la gente di Okriki apprezzi il suo sacrificio. Non credo che molti sarebbero stati disposti a tornare per aiutare a ricostruire una città macchiata da un orrore simile. »

« È il mio dovere. » Omereji mi stringe la mano.

« Lo trovo ammirevole. E quando gli investigatori hanno tempo, dica loro di telefonarmi, d'accordo? »

Riappare il falso sorriso. « Certo. Ho il suo numero. »

« Bene. Grazie per i fascicoli. »

Faccio per andarmene.

« Dottor Taiwo...? »

Mi fermo e mi volto.

« Cerchi di non riaprire vecchie ferite. »

« Se dopo tutto questo tempo ce ne sono ancora, forse vanno disinfettate e bendate, perché guariscano una volta per tutte. »

Mi rendo conto che sto prendendo alla leggera una richiesta più seria, ora che so da dove viene l'ispettore, ma non conosco altro modo per sostenere il suo sguardo.

« Questa città è stata sul filo del rasoio per quasi due anni... »

« E tre ragazzi sono stati assassinati in pieno giorno. » Mi pento subito del mio tono aspro.

« Pensavo stesse facendo una ricerca, non un'indagine. »

« Forse non c'è differenza. »

Omereji torna alla scrivania e comincia a scartabellare alcuni documenti. Deduco che sono stato congedato.

Gli guardo la testa china sui fogli. Forse è davvero un poliziotto onesto, costretto a rinunciare alle proprie ambizioni per proteggere la sua città e la sua gente.

Ma da cosa? Me lo domando, mentre esco dall'ufficio.

SCATOLE PIENE DI NIENTE

« È ridicolo! » sbotta Chika, sul punto di gettare in aria le carte.

Gli ho chiesto di aiutarmi a esaminare il contenuto degli scatoloni, che si sta rivelando irrilevante. Si tratta più che altro di fotocopie delle deposizioni di testimoni oculari, scritte male e sgrammaticate. In molte si distingue a stento il nome di chi l'ha rilasciata. Alcune parole non si leggono, vuoi a causa del toner di scarsa qualità, vuoi perché i fogli sono stati posizionati male sulla fotocopiatrice. Soprattutto, la grammatica lascia a desiderare e intere dichiarazioni non hanno senso. I rapporti di polizia sono ancora più pietosi. Mia figlia a tredici anni sa costruire frasi molto più chiare.

« Non hanno fatto niente! » Chika agita i fogli, insofferente.

« O non hanno voluto fare niente », aggiungo io, districandomi a fatica dalla posizione del loto in cui sono stato per quasi un'ora.

« Ma avrebbero potuto almeno fingere di condurre un'indagine. Guardi qui. » Il mio assistente legge ad alta voce. « 'Mi chiamo Peter A. Ofunsi. C'ero quando hanno beccato i ladri, ma non ho visto che li bruciavano. Firmato nel Giorno del Signore ventotto ottobre.' » Getta il foglio sul pavimento, dove molti altri hanno subito lo stesso destino. « Non si può nemmeno chiamare testimonianza, questa roba qui. »

Io sto guardando un foglio che ho dovuto aprire più volte mentre Chika parlava. Sembra una mappa catastale.

« Questo potrebbe essere utile. » Mi alzo in piedi e l'appendo al muro di fronte al letto.

« Questo è...? »

« La piantina della casa della Signora Fittacamere. »

Chika si avvicina, dà un'occhiata al documento e agita la mano frustrato. « Non c'è niente, qui. »

« Guarda meglio. Su ogni stanza sono segnati i nomi di chi la occupava. »

« Perlopiù le iniziali, signore. Ci vorrà chissà quanto per capire chi è chi. E, anche se la pianta riportasse i nomi degli affittuari, non abbiamo quelli degli abusivi che condividevano le stanze con i compagni di studi. »

Faccio spallucce. Non dico a Chika che questo è il tipo di lavoro minuzioso che mi entusiasma. Non sarebbe un'indagine se fosse tutto chiaro dal principio. Inoltre, la piantina mi dice che la polizia sapeva mettere insieme le basi di una pista indiziaria e cosa cercare sulla scena del crimine. Il che rende ancora più inquietante la mancanza di dettagli nei fascicoli.

« Ma è un buon punto di partenza. Abbiamo le deposizioni con i nomi, li possiamo abbinare a quelli sulla piantina e quando vediamo che qualcosa non torna, possiamo andare dall'affittacamere... »

Sto per fare una battuta e dire che potrei anche firmare il contratto, quando vedo Chika che scuote la testa. « Ormai le voci sulla sua presenza a Okriki saranno arrivate sino a lei. Non credo che sia più disposta ad affittarle l'appartamento. »

Annuisco, suppongo abbia ragione, ma non mi arrendo. Su questa piantina ci sono informazioni utili. Come usarle? Non lo so, ma sono quasi certo che prima o poi serviranno. È un'intuizione che deriva dall'esperienza.

Chika torna ai fogli. Comincia a rimetterli negli scatoloni. Devo riconoscere che li dispone con più attenzione di quanta ne giustifichi la sua opinione dei documenti, ma si vede che è seccato.

Condivido la sua frustrazione, ma ero preparato a questo stato di cose. Il giorno in cui ho deciso di accettare l'incarico, Abubakar mi ha chiamato nel suo ufficio per dirmi che non mi dovevo aspettare molta collaborazione dalla polizia locale.

« Vogliono chiuderla in fretta », mi ha detto, tirando una boccata da una sigaretta. È l'unico che ancora osi fumare in ufficio.

« Non capiscono che Emeka non vuole mollare? » ho risposto, pregando per i miei polmoni.

« Sì, ma è stato *f*iù di un anno di niente. La gente dimentica, le testimonianze si confondono, il *f*ubblico ministero non ha prove credibi*r*i. »

« Quindi vado a Okriki alla cieca? »

« Non direi. » Abubakar ha preso una chiavetta USB da un cassetto e l'ha messa sulla scrivania.

« Cos'è? »

« Rapporti di indagini condotte in autonomia da Emeka nell'ultimo anno e mezzo. »

« Perché non me li ha dati lui stesso? »

« Perché gliel'ho chiesto io. »

La sua schiettezza mi ha sorpreso. « Come mai? »

« Per cominciare... » Una boccata di fumo. « Perché volevo risparmiargli l'agonia di mostrarti il contenuto. E poi perché le informazioni... sono inf*r*uenzate dalle teorie di Emeka e volevo separare una cosa dall'a*r*tra. »

Dopo due ore, con Abubakar che mi sbuffava fumo in faccia e mi spiegava i rapporti, mi sono reso conto perché mi servisse il suo aiuto. Parecchie cartelle erano colme di articoli di giornale, fotografie delle vittime da vive e *post mortem*, udienze, video dell'omicidio scaricati da Internet in formati diversi. Sono rimasto stupito da quante informazioni un privato potesse raccogliere per proprio conto. L'ho detto al Comandante.

« Emeka è un tipo testardo. »

« Qualcuno direbbe 'ossessionato'. Ma non lo biasimo. Se

uno dei miei figli... » Un brivido involontario mi ha costretto a interrompere la frase. Non potevo lasciarmi scappare con Abubakar della conversazione con mio padre, ma la mia curiosità sul caso era sincera. La tristezza negli occhi di Emeka, così come il pensiero di cos'avrei provato io se avessi perso un figlio, sarebbe bastata a convincermi ad accettare subito l'incarico, se non ci fosse stato di mezzo il tradimento di Folake.

« Devi capire che la polizia di Okriki è quasi tutta gente del posto. Erano prevenuti fin dall'inizio. E non ha aiutato il fatto che uno di loro fosse stato visto tra la folla durante il linciaggio. »

« Quindi hanno serrato i ranghi per proteggerlo? »

« Forse, all'inizio. Ma poi è diventato più importante proteggere l'intera città. » Mi ha consegnato la chiavetta. « Studiatela. So già che non ricaverai molto dai rapporti di polizia. »

« Un'occhiata ai rapporti devo darla comunque. »

« Ma ti ho appena detto che quello che c'è qua dentro è più completo. »

« Voglio sapere quali piste la polizia non ha seguito o si è rifiutata di seguire. »

Stavolta era lui a essere sorpreso. « Perché? »

« Perché se c'era una pista che non hanno seguito, allora è proprio lì che dobbiamo cercare. »

« Sapevo che eri la persona adatta per questo incarico », si è complimentato Abubakar, mentre mi alzavo e gli stringevo la mano, prima di andarmene alla svelta con la chiavetta in mano. Il disagio per il fumo passivo era ampiamente compensato dall'incremento della mia autostima.

« Non è inutile come può sembrarti », dico ora a Chika, circondato da rapporti di polizia che confermano la saggezza delle parole del Comandante.

« Ma, signore, qui non c'è niente che non si sapesse già. »

Gli faccio cenno di seguirmi al portatile. Clicco per aprire una delle cartelle di Emeka. «Io ti elenco gli indizi dallo schermo, tu mi cerchi conferme o smentite nel cumulo di rapporti della polizia. D'accordo?»

«Okay, signore.»

Lavoriamo sino a tardi, cercando di confrontare quanto sappiamo essere accaduto con ciò che è stato incluso nei fascicoli della polizia. Per la maggior parte, questi ultimi contengono le informazioni di base: quando Winston, Bona e Kevin hanno lasciato il campus, a che ora la gente del posto ha detto di averli visti arrivare in città, quanti spari hanno sentito provenire dall'edificio in cui abitava Godwin.

Riusciamo ad abbinare alcuni dei nomi sulle deposizioni alle iniziali dei residenti sulla piantina. Sfortunatamente, tutti hanno affermato di essere a lezione quando si è verificato l'incidente.

Isoliamo anche le informazioni che contraddicono il rapporto di Emeka. Prima di tutto, molti testimoni hanno dichiarato di avere visto i tre ragazzi arrivare in città insieme, mentre altri hanno asserito con certezza di aver visto Winston con Bona, mentre Kevin si sarebbe unito a loro più tardi.

La testimonianza della ragazza di Kevin, Mercy, è molto interessante perché, stando a quanto ha sostenuto, il fidanzato era andato a trovarla a casa dei genitori e non poteva essersi recato in città insieme a Winston e Bona. Eppure la sua deposizione manca del tutto dai rapporti di polizia. Cosa ancora più strana, nella sua dichiarazione scritta Godwin ha affermato di non sapere come Kevin sia finito fra i Tre di Okriki.

«Ci sono troppe contraddizioni, devono per forza aver fatto un'indagine più approfondita.» Piego la testa a destra e a sinistra, per sciogliere il collo irrigidito. È stata una lunga serata di lavoro.

«Forse non se ne sono preoccupati, tanto ormai i ragazzi erano morti», suggerisce Chika, ma suona poco convincente.

«Può darsi, ma non è una scusa valida.» Apro la mia lista

delle persone da interrogare in un'altra cartella. « Dobbiamo seguire le discordanze nei rapporti per scegliere le persone giuste con cui parlare. Saranno loro a indicarci gli elementi mancanti. »

Chika comincia a capire. « Cioè, si tratta di trovare risposte in quello che *non c'è* nei fascicoli della polizia. »

« Bingo. »

IL POTERE DI UNO SOLO

La mia stanza è un caos. Fogli sparsi dappertutto. Post-it appiccicati su ogni centimetro di parete che non sia coperto da tende o stampe da quattro soldi in cornici ancora più scadenti. È tardi, sono esausto e Chika è andato a dormire.

Ho ordinato una birra giù al bar e me ne verso un bicchiere. Si è scaldata, ma mi accontento. Più calda è la birra, prima mi metterà fuori combattimento, concedendomi una tregua temporanea dai miei pensieri agitati.

Tiro un respiro profondo, infastidito dalle dita che non si decidono a selezionare il numero di Folake sull'iPhone. Sto per premere il tasto di chiamata, quando arriva un sms.

Ciao Americano. Ho sentito dire che hai fatto scalpore oggi, in città.

Come ha fatto a saperlo Salome? Le voci corrono a Okriki, ma tanto da arrivare sino a Port Harcourt? Ricordo che ha detto che sua madre è di qui, ma non mi era parso che avesse ancora legami a Okriki. Il suo messaggio è un modo amichevole per sapere come sto o per ricordarmi i suoi avvertimenti durante il volo? Rilassati, Philip, mi dico.

Le tue fonti esagerano. Che ne dici di vederci, così ti racconto com'è andata?

Appena invio il messaggio, mi pento di quella che potrebbe suonare come un'avance. Il panico mi spinge a chiamare mia moglie.

« Be', ce ne hai messo di tempo. » Folake va dritta al punto.

« È stato tutto così frenetico », replico stando sulla difensiva.

« Non ne dubito. » Non prova neanche a nascondere la sua irritazione.

Segue un silenzio imbarazzante.

« Mi spiace » replico, ma le scuse suonano deboli anche alle mie orecchie.

Lei sospira. « Non fa nulla. I ragazzi sentono la tua mancanza. »

E tu? Tu la senti la mia mancanza?

« Ho parlato a Lara e ai gemelli. Li ho chiamati prima della scuola... »

Classica strategia per stemperare le tensioni in un matrimonio in crisi: eludere il vero problema. Si parla dei figli, condividendo notizie già note come se fossero nuove. I gemelli che si preparano all'ultimo anno di liceo facendo simulazioni d'esame, Lara che interpreta Giulietta nella recita scolastica.

« Non sono troppo giovani per Shakespeare? » mi chiedo.

« Ha tredici anni, tesoro. »

La sento ridere e il modo in cui dice « tesoro » mi mette abbastanza a mio agio da raccontarle alcuni dettagli del mio soggiorno a Okriki.

Le parlo di Chika e degli abitanti, delle mie impressioni sull'ispettore Omereji e la polizia locale. Ci salutiamo verso mezzanotte e sento un calore dentro di me che non ha nulla a che fare con la birra. Di nuovo, per l'ennesima volta in dodici giorni, vorrei che ci fosse un'altra spiegazione alla scena che ho visto alla finestra del suo ufficio. Ma non posso permettermi di pensarci, in questo momento.

Finisco la birra e guardo i post-it di diversi colori che Chika e io abbiamo appeso alla parete intorno alla piantina della casa dell'affittacamere.

Azzurri per i fatti: numero delle vittime, sesso, età, eccetera.

Rosso per le informazioni che generano più domande che risposte: la reticenza della polizia, l'improvvisa necessità di sbarazzarsi di noi qui in hotel.

Giallo per i nomi delle persone inizialmente arrestate per il crimine. Abbiamo evidenziato quelle poi rilasciate.

Verde per i testimoni e i luoghi in cui si trovavano in quel tragico giorno.

Arancione per quello che ancora non sappiamo.

La parete della mia stanza sembra quella di una classe montessoriana.

Prof diceva sempre che più si capiscono le ragioni dei vivi, meglio si comprende la morte. Considero i limiti di quell'asserzione, ora che ho almeno un centinaio di sospetti e altrettanti moventi possibili per l'aggressione ai Tre di Okriki.

Il wi-fi dell'albergo è appena accettabile ma, forse per l'ora tarda, risponde relativamente in fretta quando cerco « furti città Okriki ».

Molti articoli vengono dal giornale locale, l'*Okriki Express*. Superati gli innumerevoli pezzi dedicati ai Tre, emerge una serie di articoli su scontri tra gli studenti e i locali. Ci sono state risse nei mercati, nei bar, ai concerti. Gli affittacamere lamentano danni conseguenti a violente dispute tra presunti adepti di sette rivali. Le donne del mercato protestano perché giovani che – secondo loro – frequentano la State University rubano la loro merce. La lista degli incidenti è lunga e conferma che la relazione tra la città e gli studenti universitari è burrascosa.

Ne prendo nota nella pagina su cui ho scritto: *Procurarsi i dati sul tasso di furti nella zona, prima o durante il mese del linciaggio.*

Riguardo la parete. Ho tracciato linee tra un post-it e l'altro per collegarli tra loro, per collegare una possibilità all'altra, e il risultato somiglia in effetti a una ragnatela che confonde le idee più che chiarirle.

Vado alla pagina in cui ho annotato: *Un movente individuale camuffato da un obiettivo o un pregiudizio di gruppo?*

Devo semplificare, cercando di trovare il filo conduttore.

Il mio studio sui linciaggi nel Sud degli Stati Uniti ha dimostrato che la maggior parte, se non tutti, era dovuta a futili motivi – stando alle testimonianze, Emmett Till, per esempio, aveva fischiato a una donna bianca. Le folle volevano trasformare il linciaggio in un vero e proprio evento pubblico, in modo che servisse da deterrente per altri neri, evitando che questi ultimi oltrepassassero i limiti a loro imposti. Tuttavia, lo scopo della natura pubblica del linciaggio non era solo di perpetuare la nozione della superiorità dei bianchi e della sottomissione dei neri. Era un atto criminale che creava così tanti complici da renderne impossibile la punizione. Ogni *strange fruit*, ogni strano frutto che pendeva da un albero era al tempo stesso un simbolo di terrorismo razziale e di connivenza. Una forza collettiva che sosteneva un delitto cui un *singolo* dava inizio ma che *tutti* avallavano.

Guardo ancora la parete. Molte mani si sono abbattute sui Tre di Okriki, ma se in mezzo alla massa c'era qualcuno che aveva un movente diverso dal resto della folla, dovevo scoprire chi fosse.

E il punto più logico da cui partire è il giovane che ha lanciato l'allarme, mettendo in moto la catena di eventi di cui il linciaggio ha rappresentato la conclusione.

LA RICOSTRUZIONE

La suoneria del cellulare mi sveglia. È mio padre.

« Non hai risposto al messaggio, così ho pensato di chiamarti per sentire come va. » Riconosco il tono di rimprovero.

« Perdonami. Sono arrivato in ritardo e da quel momento non ho avuto un attimo di pace. »

« Ma stai bene? »

« Sì. Ho avvisato Emeka che sono arrivato sano e salvo. Lo *chaperon* che mi ha procurato è stato bravissimo. »

« Mi fa piacere che tu non debba occuparti da solo di questa faccenda. » Non ha abboccato all'amo. Se è in contatto costante con Emeka, non lo dà a vedere. « Non riesco a non preoccuparmi. Ti ho convinto io ad accettare un lavoro che potrebbe metterti in pericolo. »

Ora mi sento in colpa per averlo evitato da quando ci siamo visti nel suo studio quasi una settimana fa.

« Non è successo niente che mi faccia pensare di essere in pericolo, papà. Puoi stare tranquillo. »

« Va bene. Volevo anche chiederti se hai detto qualcosa a Folake di quello che ti ho raccontato... » La sua voce si spegne.

« Neanche una parola. »

« Grazie. » Il sollievo che prova è evidente, anche al telefono. « Vorrei essere io a dirglielo, se sarà necessario. »

Il concetto è chiaro: se deve venire allo scoperto con la sua figlioccia, deve farlo alle sue condizioni. Data l'attuale situazione con mia moglie, non posso oppormi, per cui me ne sto in silenzio.

« In ogni caso, stai attento. Fammi sapere se hai bisogno di qualcosa. »

« Non mancherò. »

« D'accordo. Tua madre ti manda i suoi saluti. »

« Ricambio. »

Lui è ancora in linea, decido di non riagganciare, mentre il silenzio si protrae. Questo è un territorio insolito per tutti e due.

« Kenny Boy », dice infine. « Voglio che tu sappia che apprezzo ciò che stai facendo. Per Emeka e, sai, per tutti noi. »

« Devo andare, adesso », gli dico, ma aspetto che sia lui a chiudere la comunicazione.

Faccio una doccia e sono quasi vestito quando arriva la receptionist, ora meno burbera, con la colazione, seguita da Chika. Appoggia il vassoio nell'unico spazio libero della scrivania, prende una mancia e se ne va.

Il mio assistente indica il vassoio con un gesto elegante. « Ho preso in mano la situazione. »

« L'hai preparata tu? » Un'omelette perfetta, con tre fettine di patate dolci bollite e tagliate alla perfezione. Ci sono anche una bottiglia di acqua fresca e un bicchiere di succo di frutta. Di solito non mi piace mangiare a quest'ora, ma il mio stomaco brontola alla vista del cibo.

« Quasi. » Chika srotola i tovaglioli che avvolgono le posate e me le passa. « Ho dato alla cuoca istruzioni precise, l'ho seguita passo dopo passo, e alla fine le ho dato duecento naira. »

« I duecento naira migliori che tu abbia mai speso. » Assaggio omelette e patate. Deliziose.

« E la tua? » domando a Chika con la bocca piena.

« Nella mia camera... »

« Valla a prendere. Mangiamo insieme. Abbiamo molto di cui parlare. »

Avverto la sua esitazione. Giocare all'assistente è una cosa, mangiare in mia compagnia nel contesto informale della mia stanza forse è un po' troppo per lui.

Sento un *bip* dal telefono mentre Chika esce. È un messaggio da Salome.

Le mie fonti sono attendibili, ma non mi lascerò scappare una bevuta gratis. Fammi sapere quando sei libero.

È un sollievo che non abbia letto nient'altro nel mio messaggio di ieri, scrivo un breve messaggio a Emeka. *Buongiorno*, digito in fretta. *Ottima impressione di Chika. Può fare molto di più oltre a guidare. OK se glielo chiedo?*

La risposta è quasi istantanea. *Faccia pure.*

Quando Chika torna con il suo vassoio, ripuliamo lo scrittoio da carte, portatile e post-it e facciamo colazione, mentre cerchiamo di ricostruire una catena di eventi che abbia senso.

Godwin Emefele, studente della State University, residente fuori dal campus a Okriki, ha ricevuto la visita di tre compagni: Winston, Bona e Kevin. Ne è seguita una rissa perché, a detta di Godwin, i tre hanno cercato di estorcergli denaro.

Vedendo uno dei suoi presunti aggressori puntargli contro una pistola, Godwin ha chiesto aiuto. Il rumore degli spari ha convinto i cittadini di Okriki che ci fosse una rapina in corso. La folla si è precipitata sui tre ragazzi, innescando una serie di eventi che hanno portato al *necklacing*.

Sono state arrestate ventitré persone, incluso un poliziotto identificato sulla scena grazie ai video caricati sui social. Il sergente James Johnson – nome etnicamente amorfo che non dà indicazioni, al pari della sua dichiarazione scritta – è stato rilasciato perché ha dichiarato che era lì per fermare la folla. Dato che nessuno ha messo in discussione la sua testimonianza, è stato scagionato e subito trasferito in un altro stato. Solo sette rimangono in custodia, mentre le accuse contro gli altri sono cadute o sono state respinte. I restanti sette sono in attesa che il loro destino si compia in giudizio.

« Niente di nuovo », commenta Chika, finendo l'ultimo boccone di omelette.

« Non del tutto », rifletto ad alta voce, rendendomi conto all'improvviso di una cosa. Spingo da parte il piatto e prendo il taccuino dal letto.

« Tutti i rapporti parlano di colpi di pistola, ma non c'è nessuna pistola nella lista delle prove. » Sfoglio rapido i miei appunti e alzo di nuovo lo sguardo verso Chika. « Se non ce l'ha la polizia, dov'è finita? »

« Forse qualcuno l'ha rubata? » suggerisce Chika.

« Improbabile, ma non impossibile. »

« Non è stato trovato nulla tra gli effetti personali dei ragazzi », ribatte il mio assistente. « Niente cellulari, niente portafogli, nessun orologio da polso, niente cinture, niente scarpe, niente vestiti. »

« Quindi, pensi che qualcuno della folla abbia preso la pistola? »

« È possibile. » Chika fa spallucce.

« Vorrebbe dire che l'arma, se mai c'è stata, è ancora da qualche parte a Okriki? »

Chika non riesce a trattenersi e ridacchia.

« Cosa c'è di divertente? » domando, confuso.

« Lei, signore. Cioè, chiedo scusa, non voglio dire che lei sia ridicolo. Ma, se posso chiedere, da quanto tempo è tornato in Nigeria? »

« Più o meno otto mesi. Perché? »

« Per le sue domande. Mi perdoni, ma è come se lei non sapesse nulla della situazione da queste parti. »

Un po' me la prendo, ma se lui pensa che mi sfugga qualcosa, vorrei sentirlo.

« Parla. Ti ascolto. »

« Questa parte del paese è molto irrequieta. Ci sono sempre conflitti, con il governo, con le compagnie petrolifere, tra le diverse comunità. Con gli attivisti di mezzo, la gente qui combatte sempre per qualcosa. »

« Intendi i We-Dey, giusto? Ho letto qualcosa su di loro prima di venire qui. »

« Si considerano politici, combattono per la libertà e l'emancipazione economica. » Intuisco che Chika non sia un loro ammiratore. « C'è chi li considera eroi, alla Robin Hood. »

« Ah! » Finalmente ho capito. « Se c'era una pistola, probabilmente è stata passata agli attivisti. »

« Temo di sì. È probabile che in questo momento sia puntata su un ostaggio da qualche parte nella foresta. »

Non voglio che Chika si accorga di quanto mi turbi ciò che mi ha appena detto. Da quando faccio questo lavoro, non mi sono mai sentito in pericolo di vita. Ho quasi sempre svolto tutto in un ufficio, seduto tranquillo alla mia scrivania. Il lavoro sul campo consisteva nell'interrogare sospetti, testimoni e investigatori.

Cerco di non fare troppo caso al mio improvviso disagio. « Dovremmo lo stesso cercare la pistola », dico, facendo un certo sforzo per controllare la voce.

« Perché è così importante, signore? »

« Sono stati gli spari a istigare la folla, eppure la pistola non è tra le prove e nessuno l'ha cercata. Capisco che l'ipotesi del furto sia plausibile. Può anche essere vera. Ma c'è sotto dell'altro. »

Raggiungo la parete di post-it e guardo accigliato il labirinto. « Tutti dicono di aver sentito degli spari, ma solo una persona ha davvero visto la pistola o chi l'ha usata. »

Prendo un pennarello, traccio un cerchio intorno al nome di Godwin Emefele e ci scrivo accanto: *Pistola?*

MAMMINA CARA

La visita di Amaso Dabara non è stata una sorpresa. Sapevo che sarebbe arrivato non appena avesse scoperto che tra qualche settimana mi laureo. Dopo aver respinto la sua richiesta di farmi bocciare agli esami, in modo da restare alla State University per un altro anno, è diventato sempre più esigente. Irrompere nella mia stanza con i suoi scagnozzi a orari improbabili è l'ultima delle sue tattiche intimidatorie.

Per non pensare ad Amaso, ho ripreso a leggere le lettere di mia madre. Per quanto John Paul mi abbia permesso di leggerle tutte quante, nell'ombra riuscivo a sentire la sua risata di scherno.

Dopodiché ho capito che non potevo vivere senza sapere, senza rivedere mia madre. Non ho idea di come questo possa influenzare Il Piano Finale, ma io devo *vedere la mamma.*

Prima, però, devo fare i miei giri dei cybercafé allo Students' Village, per verificare il progresso in rete del Piano Finale per conto di John Paul.

Tutto regolare.

Ascolto i sermoni che il pastore Oriakpu tiene online e trovo ispirazione per la mia prossima serie di post. Le reazioni sono immediate e prevedibili. Presto la rabbia comincerà a ribollire.

Esco dai vari account e lascio lo Students' Village più in fretta che posso.

Non credo che sarò mai capace di superare la paura che mi prende ogni volta che tocca a me gestire Il Piano Finale. Sapere quanto siamo sempre stati attenti non mi basta. Continuo a guar-

darmi alle spalle, per sincerarmi che qualche studente ficcanaso al cybercafé non stia leggendo i post mentre li scrivo.

Ci sono state volte in cui sono uscito dal cybercafé sicuro che tutti al campus sapessero. *In quei momenti terribili guardavo ogni faccia e mi chiedevo chi di loro avesse chiamato le autorità per incastrarmi, mentre John Paul restava nascosto nell'ombra.*

Perseguitato dalla paura e dalla risata di scherno di John Paul, accelero il passo e procedo a testa bassa e con la schiena curva. Evito di incrociare gli sguardi, contando i passi che mancano per raggiungere il parcheggio dei taxi e ricominciando alla rovescia una volta arrivato a cento. Cerco di non dire i numeri ad alta voce, perché la gente non pensi che parlo da solo. E poi questo mi aiuta a sentire la mia voce nella testa. Così posso fingere di non udire John Paul.

È mezzogiorno, ma non è l'ora di punta. Il traffico è abbastanza scorrevole. In meno di un'ora sono alla reception dell'ospedale universitario di Port Harcourt, con gli occhi fissi su un tabellone. Noto che il numero di reparto che mi ha dato Padre Olayiwola corrisponde a Oncologia e per un attimo mi si ferma il cuore.

C'è una piccola folla in attesa dell'ascensore, quindi prendo le scale.

Quando arrivo al reparto di Oncologia, l'infermiera di turno al banco mi indica la stanza.

Ci sono altre cinque donne oltre a mia madre e stanno tutte dormendo, attaccate a varie fleboclisi e macchinari che fanno bip. *Se non fosse stato per il nome sulla cartella appesa al letto, non avrei riconosciuto mia madre.*

È invecchiata. Le rughe sul viso sono rilassate mentre dorme, ma non c'è dubbio che gli ultimi undici anni non siano stati gentili con lei.

Mi sento come in trance mentre mi avvicino, il passo rallentato dai ricordi, dalla speranza e – sì – dalla paura.

Come se avvertisse la mia presenza, mia madre apre gli occhi, mi fissa e sorride.

Mi tremano le ginocchia quando mi chino sul letto e le appoggio la testa sul petto.

« Sei qui. »

Inizio a singhiozzare al suono della sua voce. Ora è più debole, ma sempre la stessa.

« Non piangere », mi dice sottovoce. « Sei un uomo, adesso. Non piangere. »

Malgrado le clavicole in evidenza, i capelli grigi tagliati cortissimi e la pelle assottigliata dai farmaci, mia madre è ancora bella.

« Mamma... » continuo a ripetere. Come una preghiera.

« Sto sognando? »

Faccio cenno di no con la testa, ridendo tra i singhiozzi. « No, non stai sognando. »

« Ogni tanto vedo cose che non ci sono. »

« Sono qui, mamma. »

« Chiedo spesso di te. Te lo dicono? »

« Sì, mamma. Me lo dicono. » La rabbia mi cresce dentro. Il destino che attende i monaci non si compirà mai abbastanza presto. Godrò quando John Paul sorgerà dall'ombra, mentre tutti loro bruceranno.

« Sei proprio bello. Come tuo padre », dice, allungando le dita per sfiorarmi il viso. Le trema la mano sulla mia guancia. Gliela riappoggio delicatamente sul letto, facendo attenzione che non si stacchi l'ago della flebo, anche perché mi accorgo che trovare una vena sarebbe difficile.

Leggo l'elenco dei medicinali sull'etichetta del sacchetto della fleboclisi: cisplatino e paclitaxel. Combinazione standard per la chemioterapia, con idromorfone come analgesico. Cose che ho imparato in anni di lavoro al dispensario del monastero. Leggo i dosaggi: niente di buono.

« Sei in forma, mamma. »

« È una bugia. Ma ti perdono. »

Fa una debole risatina e io mi unisco a lei.

Siamo di nuovo insieme. Come nei miei sogni, quando la luce è dalla mia parte.

A TUO RISCHIO E PERICOLO

In un mondo ideale, Godwin Emefele avrebbe dovuto laurearsi. All'epoca della tragedia dei Tre di Okriki, era già al terzo anno di scienze politiche. Ma da allora il personale dell'università, docente e non docente, è entrato in sciopero in totale tre volte, ciascuna per almeno tre mesi.

Nel frattempo, ci sono state contestazioni studentesche contro l'innalzamento del prezzo del carburante, proteste contro l'aumento delle tasse universitarie, marce per denunciare la carenza di acqua nel campus. Quasi tutte le manifestazioni sono sfociate nella violenza, il che ha reso necessaria la chiusura della State University. Non c'è da stupirsi che Godwin solo ora sia all'ultimo anno.

Trovarlo è stato più facile del previsto. Emeka ha fatto una telefonata alla segreteria universitaria che ci ha fissato un appuntamento e ha promesso che Godwin sarebbe stato disponibile per un colloquio.

« Non mi aspettavo tutta questa collaborazione in università », rivelo a Chika mentre ci dirigiamo in macchina al campus.

« Sono stati i più vicini ai genitori delle vittime. »

« Probabilmente per evitare che gli facessero causa. »

Lui si mette a ridere. « E per quale motivo? L'incidente è avvenuto fuori dal campus. L'università non ha firmato un contratto per proteggere gli allievi dal linciaggio. »

« Ma è ridicolo », ribatto io, un po' seccato dall'idea che potrebbe avere ragione. « È loro dovere preoccuparsene. Ci dev'essere qualche responsabilità. »

Chika occupa un posto in un parcheggio sotto una rugginosa tettoia di lamiera ondulata.

« Guardi il cartello, signore. Vede cosa dice? »

Non leggo a voce alta la scritta: *Se parcheggi qui, è a tuo rischio e pericolo.*

« E quindi? » A questo punto fatico a nascondere la mia impazienza.

« È lo stesso quando si mandano i figli all'università. Quando ci sono entrato io, alla TSU c'erano più di seimila nuovi iscritti in oltre cinquanta dipartimenti. Meno di duemila avevano trovato alloggio al campus. Chi trovava un posto da occupare abusivamente ne approfittava e non era strano trovare studenti che vivevano in condizioni peggiori di una baraccopoli. Molti andavano a stare fuori dal campus, specie quelli che se lo potevano permettere. »

« Dunque gli studenti preferivano alloggiare fuori. »

« In genere sì. Ma spesso non avevano altra scelta. All'università non c'è posto per tutti. Dove andavano a stare e i problemi che creavano erano poi responsabilità di città come Okriki. »

« Ma sono pur sempre studenti. L'istituto è responsabile per loro, che stiano al campus o no. »

« In un mondo ideale, forse. Ma qui gli studenti vengono a proprio rischio e pericolo. Come le auto. »

Mi irrita che tutto questo gli sembri normale. Ai miei occhi non lo è affatto. La tragedia dei Tre di Okriki non sarebbe mai potuta accadere in un clima più salubre senza una sfilza di azioni legali contro la città, la polizia e l'università.

Chika spegne il motore. Quando scendiamo dal Land Cruiser, vedo che sa già dove andare. Le strade, asfaltate, sono fiancheggiate da alberi alti, dietro i quali spuntano gli edifici di facoltà, come intrusi in una giungla. I semafori sono funzionanti. Gli studenti camminano con passo deciso tra docenti e visitatori. Tutto è calmo. Tranquillo. Sono tentato di dare ascolto alla mia prima impressione, positiva, della State University.

Raggiungiamo una struttura imponente con lo stemma dell'università e una scritta che la identifica come *Senate Building*.

Chika rallenta il passo e si volta verso di me. « Se posso chiederglielo, signore, perché è tornato in Nigeria? »

La domanda è inaspettata e non so come rispondere. Oltretutto, quel « signore » mi insospettisce. So che da queste parti non è necessariamente un segno di evidente rispetto o formalità. Lo considero un appellativo usato per creare distanza, come a dire: *Arrivo fino a questo punto, finché non mi dici di avvicinarmi*. Dal momento che le ragioni del mio ritorno in Nigeria sono troppo personali, non ho voglia di condividerle con Chika. Non ancora, perlomeno.

« Era arrivato il momento », rispondo, restando sul vago. Criptico, ma vero.

Percorriamo in silenzio il resto del tragitto fino alla segreteria.

Tom Ikime, il responsabile, è un bell'uomo sulla cinquantina, è elegante, indossa una giacca e una cravatta che dovrebbero essere fuori dalla sua portata. Ma mostratemi un funzionario pubblico nigeriano che non spende più di quanto guadagna e vi do in cambio un unicorno vivo.

Fatte le presentazioni, Ikime ci fa entrare nel suo ufficio. « Ho mandato a chiamare il ragazzo, Godwin. »

Ci accomodiamo su poltroncine che non possono essere mobilio standard dell'università.

« Lo conosce bene? » domando, lieto di non dover girare intorno allo scopo della nostra visita.

« Sì, certo. Ho seguito da vicino l'indagine sull'infelice vicenda ed ero a capo della commissione universitaria che ha stilato il rapporto. »

« Non sapevo ci fosse un rapporto dell'università. » Questa è una buona notizia. « Posso vederlo? »

« Senz'altro. Ma dubito che ci troverà qualcosa di interessante. Tutto conferma quanto già sapevamo. I ragazzi sono andati a Okriki per aggredire ed estorcere denaro a un altro studente, il quale ha chiesto aiuto e l'intera città è intervenuta. È triste da dire, ma i fatti sono irrefutabili. »

« Il signor Nwamadi e gli altri genitori non sono d'accordo. »

« Chi si permette di discutere con genitori sconvolti? Chiunque preferirebbe credere il meglio del proprio figlio scomparso », dice Ikime, in tono condiscendente.

Detesto gli statali che fanno appello a luoghi comuni. Un fastidio che mi porto dietro da quando rincorrevo i pubblici funzionari alle conferenze stampa a San Francisco, obbligato a restare impassibile mentre fornivano la loro versione di tragedie umane che avrebbero potuto essere evitate migliorando le infrastrutture nelle zone più povere della città.

« Vorrei vederlo lo stesso, quel rapporto. »

« Senz'altro. In ogni caso sarà presto di dominio pubblico, disponibile sul sito Internet dell'università, appena il vicerettore lo controfirmerà. »

« Un rapporto del genere può essere molto utile », continuo, sostenendo il suo sguardo. « Di certo contiene riflessioni e prese di coscienza su ciò che l'università avrebbe potuto fare meglio... »

« Non c'è nulla che l'università avrebbe potuto fare in modo diverso. »

« Oh, ma sono sicuro di sì. Ed è questo il problema, non crede? »

Il sorriso di Ikime svanisce e il suo sguardo si spegne. Cala un silenzio imbarazzante, ma lui conosce bene il suo mestiere di funzionario pubblico e riprende calmo il discorso, come se quel momento di tensione non fosse mai esistito.

« Sa, quando abbiamo visto a che punto Godwin fosse rimasto colpito dalla tragedia e ci siamo resi conto del ruolo chiave che avrebbe avuto al processo, abbiamo fatto di tutto per offrirgli il nostro sostegno. Gli abbiamo fornito un alloggio speciale, dove si sarebbe sentito al sicuro, e non abbiamo mai smesso di ricordare ai suoi compagni l'impegno che aveva messo nel cercare di evitare quanto è successo a Okriki. »

Tom Ikime parla come se leggesse un copione, perfezionato dalla ripetizione in molteplici occasioni in cui ha dovuto difendere l'università e negare ogni responsabilità. A pensarci bene, non sarebbe stato molto diverso negli Stati Uniti.

La sua segretaria, la giovane donna che ci ha fatto entrare poco prima, bussa con discrezione, per informare Ikime che Godwin è arrivato.

« È libera la sala riunioni? »

« Sì, signore. »

La seguiamo fuori dall'ufficio, dove un ragazzo scheletrico cammina avanti e indietro. Si ferma, si volta verso di noi, si pulisce il naso con la manica della maglia e ci guarda con ostilità. Il viso ossuto, gli occhi iniettati di sangue, i capelli in disordine raccontano una storia che negli anni ho visto parecchie volte.

Non ho alcun dubbio che Godwin Emefele sia strafatto.

IL RAGAZZO PIÙ ODIATO DEL CAMPUS

« Mio padre mi ha detto di non parlare con nessuno senza il mio avvocato », esordisce Godwin, appena Ikime ci lascia soli in sala riunioni.

« Non siamo la polizia. Vogliamo solo farti qualche domanda. » Faccio attenzione a mostrarmi cortese, considerando il suo probabile stato di alterazione.

« Non sa com'è difficile! » esplode lui, cogliendomi di sorpresa. Scuote forte la testa, come se volesse liberarsi di pensieri sgraditi. « Ogni volta che cerco di dimenticare, arriva qualcuno a chiedermi sempre le stesse cose. »

« Chi te le chiede? » Formulo la domanda in tono calmo, per nulla minaccioso.

« Tutti! Se non sono la polizia o gli avvocati, sono gli altri studenti. Mi odiano tutti. »

Il ragazzo si agita sempre di più. Gli tremano le mani e parla come se avesse davanti una folla, non solo Chika e me.

« Perché dovrebbero odiarti? Non hai fatto niente di male. » Sottolineo le ultime parole, per capire come Godwin interpreta il suo ruolo nella vicenda.

Lui si ferma e mi guarda come se avesse ritrovato un vecchio amico perduto. « Sì, sì! Come facevo a sapere che sarebbe finita in quel modo? »

« Certo che non potevi », replico, rassicurante.

« Sì! » ribadisce lui, sempre più alterato. « Anche quando è arrivata tutta quella gente ho cercato di spiegare che era tutto un equivoco, ma nessuno mi è stato a sentire. »

« Immagino faccia male. »

Lui annuisce ancora. « Malissimo. Non dormo più. Non riesco a mangiare. Vorrei scappare da qui, ma devo restare, per aiutare la polizia, gli avvocati, l'università. Odio questo posto. Sto cercando di rimettere le cose in ordine, ma nessuno in questo mondo mi crede. »

L'atteggiamento di Godwin che ingigantisce la situazione è sintomo di una paranoia indotta dalle droghe o è dovuto alla prolungata esposizione a un ambiente instabile e pericoloso? Oppure è dovuto a entrambe le cose? Devo smettere di psicanalizzare il ragazzo per concentrarmi sull'obiettivo del nostro colloquio.

« Il fatto che non ti credano non vuol dire che ti odino. »

« Oh, sì che mi odiano. » Lo dice con una risata rauca che nasconde un singhiozzo. « Se potessero uccidermi, lo farebbero. »

Esagerazione indotta dalle droghe o fatto reale? Essere conosciuto come lo studente che ha provocato il linciaggio di tre compagni non può essere un fardello leggero da portarsi dietro nel campus.

Gli do una pacca su una spalla e gli passo un fazzoletto.

« Forse ti possiamo aiutare. Sai, fare in modo che la gente capisca il tuo punto di vista in questa storia. » Lo incoraggio pacato.

Il ragazzo guarda me, poi Chika, come se si chiedesse se di lui si può fidare. Faccio un rapido cenno al mio assistente.

« È passato del tempo, Godwin », dice lui, con tempismo perfetto, corroborando la mia pacca sulla spalla. « Forse, ora che si sono calmati, gli altri cominceranno a capire che hai fatto quello che avrebbero fatto anche loro, al tuo posto. »

« No, no! Quelli erano simpatici a tutti. Erano i più fighi del campus. Nessuno sapeva che cosa mi facevano di nascosto. »

« Cosa ti facevano? » Mi raddrizzo sulla sedia. Muoio dalla

voglia di avere risposte, anche se c'è il rischio che a fargli troppe domande Godwin smetta di parlare.

Lui fa un respiro profondo e chiude gli occhi, come se cercasse di controllare i nervi. « È cominciato quando ero una matricola. Hanno iniziato a prendermi di mira non appena sono arrivato al campus. All'inizio erano solo piccole cose. Volevano che comprassi loro da mangiare. A volte birre e sigarette. Lo so che era perché mi andavano bene gli affari. »

« Avevi un'attività? » chiede Chika, adottando il mio stesso tono di voce. Impara in fretta.

« Sì. Viaggiavo e compravo vestiti da rivendere qui. A tutti piacevano le mie collezioni. Dicevano che avevo buon gusto. » Fa una pausa e mi guarda quasi cercasse comprensione. « Forse è per questo che tutti mi odiano. Erano gelosi, sapete? I miei affari andavano bene. Un sacco di gente mi doveva soldi per i vestiti che le davo a credito. Molti hanno approfittato di questa storia come scusa per non pagarmi. »

« Viaggiavi molto? Dove andavi? » chiede Chika, con ammirazione.

« Londra. Lavoravo durante le vacanze estive e usavo i soldi per acquistare roba da rivendere qui quando riprendevano i corsi. Più che altro vestiti, scarpe, borsette per le ragazze. Compravo in saldo e rivendevo a buon prezzo. »

Godwin doveva essere nato in Europa e avere un passaporto che gli permetteva di andare nel Regno Unito o in posti del genere per fare lavoretti estivi senza bisogno di un visto.

« Ogni volta era la stessa solfa. Appena tornavo, mi stavano addosso e mi chiedevano favori. E se dicevo di no, mi picchiavano e si prendevano la roba lo stesso. »

« Erano quelli che hanno cercato di derubarti a Okriki? » A questo punto devo essere sicuro che siamo sulla stessa lunghezza d'onda.

« Sì. Erano dappertutto, al campus. C'erano anche i loro

amici. Avevo paura di tutti. È stato a causa loro se me ne sono andato a Okriki. Ma loro mi hanno seguito. »

« Non li hai mai denunciati? »

Anche nel suo stato di alterazione, Godwin mi guarda con la stessa espressione di Chika quando capisce che sono tornato da poco in Nigeria.

« Denunciare i ragazzi di una setta? »

« Sei sicuro che fossero di una setta? » chiedo con delicatezza, perché non pensi che metta in dubbio le sue parole.

« Non ti comporti così al campus se non hai chi ti copre le spalle. E, dato che scelgono con cura le vittime, mentre a tutti gli altri fanno vedere il loro lato migliore, nessuno ne parla! Rubavano a gente come me, poi usavano i soldi per comprare cose carine alle ragazze e far divertire i loro amici. »

« Quindi il bullismo è cominciato il primo anno? »

In qualche modo, il tono di Chika sembra calmare il ragazzo.

« Sì. Dopo un po' mi sono rassegnato. Continuavano a spremermi... »

« Spremerti? »

« A pretendere. Insomma, prendere cose senza chiedere. »

Ah. Estorsione. Faccio un cenno affermativo.

« Prendono qualsiasi cosa. Soldi. Cibo. Cellulari. Anche i miei vestiti, se gli piacciono. »

« Anche quando non eri più un *jambite*? » interviene Chika, che poi mi rivolge un'occhiata interrogativa.

Lo rassicuro con lo sguardo. Lo so che *jambite* è il termine più comune per indicare una matricola.

« Non hanno mai smesso », continua Godwin, la voce che tradisce la sua rabbia. « Tutti gli anni dopo le vacanze, non importava quante cose gli dessi, ne volevano sempre di più. Per questo me ne sono andato dal campus. »

« Ma loro ti sono venuti dietro. » Sono colpito dall'empatia che Chika riesce a dimostrare.

« Sì. Mandavano gente diversa a darmi fastidio, ma ormai li conoscevo tutti. Quel giorno sono arrivati Bona e Winston. Volevano soldi, ma gli ho detto che non ne avevo. Pretendevano che dessi loro il computer, la tv e il cellulare. Ho risposto di no. Hanno insistito e poi sono entrati nella mia stanza, cominciando a prendere la roba. È stato a quel punto che ho gridato 'Al ladro!', pensavo che si sarebbero fermati, che avremmo potuto parlare e metterci d'accordo. »

« Ma la gente fuori ti ha sentito », dichiaro, come se quel giorno fossi stato con lui.

« No. Non è stato quando ho gridato che sono arrivati. È stato quando Winston si è messo a sparare. »

« Winston aveva una pistola? » gli chiedo, come se non ne avessi mai sentito parlare.

« Sì. L'ha tirata fuori e mi ha detto di stare zitto. Non era la prima volta che me ne puntavano una addosso. Ma quel giorno Winston ha sparato davvero! Ha detto che dovevo piantarla di gridare 'Al ladro!' e ha sparato di nuovo. Io non ho smesso di urlare, ma Bona mi ha ordinato di tacere e Winston ha sparato ancora, al soffitto. Cadeva polvere dai buchi e c'era fumo dappertutto. Sono corso fuori e ho continuato a gridare aiuto. »

« È stato allora che è arrivata la gente? » chiede Chika.

Godwin annuisce. « Arrivavano da ogni parte. Ho riconosciuto qualcuno del dormitorio studentesco e degli altri edifici vicini, ma credo che la maggior parte venisse dal mercato in fondo alla strada. Mi hanno chiesto qual era il problema e io ho detto che mi stavano derubando. Era vero! » Alza la voce, come se si aspettasse di essere contraddetto. « In pieno giorno! Una rapina a mano armata! »

Faccio un cenno di assenso per rassicurarlo. « Se è andata come dici tu, allora hai fatto bene a chiedere aiuto. »

Il suo sguardo colmo di gratitudine mi riempie di tristezza. Dev'essere difficile da accettare che un gesto di autodifesa finisca in una tragedia simile. Vorrei chiedergli dei suoi genitori, ma temo possa far deragliare la conversazione. Un'altra volta, forse.

« Quindi, queste persone sono accorse in tuo aiuto », lo pungolo con il tatto necessario.

Godwin espira. « E hanno chiamato altra gente. Gridando che i ladri erano tornati. Allora Winston è uscito e lo hanno preso. Bona ha cercato di scappare dal retro, ma hanno preso anche lui. Prima che me ne rendessi conto, gli avevano strappato i vestiti e li stavano prendendo a botte. »

« Ancora nell'edificio? » chiede Chika.

« Sì. È stato quando li hanno portati in strada che ho visto che le cose si mettevano male. » China la testa, ha il respiro affannoso.

« Non li hai seguiti fuori? » domando, dopo essermi sincerato che non stia piangendo.

« No. » Il ragazzo alza gli occhi, guarda in tutte le direzioni, come se volesse essere ovunque ma non in questa sala. « Sono corso in camera e ho chiamato la polizia, ma il numero di emergenza non funzionava. Ho chiamato la sicurezza della scuola, ma nessuno mi ha preso sul serio. Allora ho chiamato mio padre, che mi ha detto di andare in macchina alla stazione di polizia per spiegare cosa stava succedendo. »

« Hai la macchina? » chiede Chika.

« Ce l'avevo, ora non più. » Scuote la testa, triste. « Me l'hanno vandalizzata quando sono tornato al campus, dopo... be', quel giorno. Hanno portato via stereo, ruote, gomme, sedili. Tutto. Dentro hanno lasciato solo un vecchio pneumatico, una scatola di fiammiferi e una tanica di benzina. » Sospira triste. « Il messaggio era chiaro. »

Meno male che Ikime dice che gli hanno dato sostegno.

È strano come si comportano i giovani quando sono in gruppo. Sgomitano per avere popolarità e voce in capitolo al campus, ma la verità è che hanno tutti contro. Sospetto che molti abbiano pensato che la reazione di Godwin fosse esagerata, che si trattasse solo di una baruffa tra studenti. A tanti avrà dato fastidio che accusasse di rapina i suoi compagni di università. E gli studi sulle conseguenze di un linciaggio indicano che episodi come quello dei Tre di Okriki infondono nelle persone la paura primitiva di trovarsi nel posto sbagliato al momento sbagliato, a loro volta vittime della giustizia sommaria.

« Sei andato alla polizia? » chiede ora Chika.

« Sì », risponde Godwin. « Più presto che ho potuto. Ho raccontato cosa stava succedendo. Hanno risposto che un agente era andato a vedere cos'era tutto quel baccano e che, se fosse tornato a dir loro che c'era un problema, sarebbero intervenuti. »

« Gli hai spiegato che avevi gridato solo per impedire a Winston e Bona di prendere le tue cose? » domanda Chika.

« Sì. Ma il poliziotto con cui ho parlato mi ha chiesto se qualcuno avesse sparato. Quando ho risposto di sì, ha detto che si meritavano una bella lezione per essere venuti in città con una pistola. »

Anche se non è una novità, il ruolo della polizia di Okriki in questa storia continua a disgustarmi.

« Io li ho pregati », continua Godwin. « Ho spiegato che era tutto un equivoco. Ma non mi hanno ascoltato. »

« Poi cos'hai fatto? » chiedo io.

« Sono tornato all'università. Ho chiesto alle guardie al cancello di venire con me, ma quando siamo arrivati a Okriki, era troppo tardi. »

Il petto di Godwin inizia a gonfiarsi. Chika fa per mettergli una mano sulla spalla, ma io lo fermo. Meglio restare concentrati sulla vicenda.

« Hai fatto quello che potevi, Godwin », dico io, calmo. « Semmai è la polizia che non ha fatto il suo lavoro. »

« Non credo pensassero che li avrebbero ammazzati. »

Non è il momento né il luogo per insistere sul fatto che la polizia avrebbe dovuto essere ritenuta responsabile delle morti. Ho il sospetto che il trasferimento di Omereji a Okriki sia stato studiato ad arte proprio per evitare che accadesse. Ora mi è chiaro perché le indagini sono piene di incongruenze. Può anche darsi che gli agenti abbiano pensato che i ragazzi avrebbero ricevuto solo una bella lezione per avere disturbato la quiete pubblica con una pistola, ma quella valutazione discrezionale è costata tre vite e ne ha rovinate molte altre. Come minimo, era dovere della polizia controllare che la folla non andasse oltre le percosse e ammonire i ragazzi perché non si ripresentassero armati in città.

Sospiro, ricordando le parole di Folake il giorno che sono partito da Lagos per Okriki: *Niente ha senso in questo paese.*

Dato che Godwin non ha detto nulla che non risultasse dalla sua deposizione scritta, ho un'ultima domanda da fargli. « Hai detto che i ragazzi entrati nella tua camera erano Winston e Bona. E il terzo ragazzo? Kevin? »

« Neanche lo conoscevo. »

Cerco di suonare il più incredulo possibile. « Davvero? »

« Mai visto. Giuro. Questo Kevin non è venuto con Winston e Bona. Quando sono andato dalla sicurezza all'università, ho detto loro che la gente stava picchiando due studenti. Ma quando mi hanno seguito in città, erano tre i ragazzi che stavano bruciando vivi. »

« Come pensi ci sia andato di mezzo anche Kevin? » Cerco di farla sembrare una domanda cui solo lui può dare risposta.

« Non lo so. Qualcuno ha detto che faceva da palo. Quello che doveva avvisare Winston e Bona se le cose andavano storte. »

« In questo caso, perché non ha fatto... be', la guardia? »

Godwin si stringe nelle spalle. « Forse ha lasciato il suo posto per un po' e quando è tornato la folla stava già picchiando Winston e Bona. Forse uno dei due lo ha chiamato e la gente ha capito che erano insieme. Forse, ma non lo so. Io non lo conoscevo. »

Scuoto il capo, mostrandomi insieme confuso e poco convinto.

« Sei assolutamente certo che non fosse lì intorno? Magari eri troppo sconvolto per notarlo », domanda Chika, lo sta quasi implorando di chiarirmi le idee.

« Non era con Winston e Bona », insiste il ragazzo.

« Ti eri fatto quel giorno, Godwin? » chiedo senza mezzi termini, sperando di coglierlo di sorpresa.

« No! » risponde lui, sulla difensiva. Poi sgrana gli occhi offeso, mentre guarda prima me e poi Chika come se avessimo appena tradito la sua fiducia.

« Sei sicuro? » chiedo io, cercando di non usare un tono accusatorio.

« Io non mi faccio », replica Godwin, in tono di sfida. « Non prendo droghe. Mai usate. »

Non riesco a trattenere un sospiro. Non c'è testimone meno affidabile di un drogato che nega di esserlo.

« Va bene », dico alla fine. « Ti crediamo. »

UNO PIÙ UNO FA TRE

« Pensa che stia mentendo? » chiede Chika, non appena saliamo in macchina.

« Una buona parte di quello che ha dichiarato si allinea ad altre testimonianze ed è coerente con la sua deposizione giurata. Ma non è chiaro sino a che punto ci possiamo fidare di lui. »

« Ho visto la sua espressione quando ha detto di non aver mai fatto uso di droghe. »

Sorrido incerto. « Sì, a volte sono un libro aperto. »

Siamo sulla strada principale per Okriki, ma non me la sento di tornarci subito. Guardo l'ora. Due e un quarto.

« Dovremmo mangiare qualcosa », propongo.

« C'è un posto lungo la strada, ma potrebbe non piacerle. »

« Perché? »

« È un *buka*. Una specie di bettola, sa... »

« So cos'è un *buka* », ribatto, un po' troppo tagliente.

Chika non sembra farci caso. « La sua specialità è carne di capra e purè di patate dolci. »

« Pensi che non mi piaccia la zuppa di carne di capra? »

« Non quella che servono in un posto del genere. Molto affollato e, diciamo, l'igiene non è in cima alle loro priorità. »

« Ci hai già mangiato? »

« Sì. »

« Allora per me va bene. »

Chika annuisce, come a dire: Io ti ho avvisato.

Quando arriviamo, il *buka*, con un'insegna della Coca-Cola che reca la scritta *Mama Patience Canteen*, è davvero pieno di gente. Ci sono parecchie persone in coda davanti a una donna sovrappeso, che presumo sia Mama Patience, seduta tra pentoloni di ghisa con zuppe diverse da cui spuntano enormi pezzi di carne.

Ho lo stomaco che brontola. Il mio gemello e io eravamo clienti abituali di gran parte dei *bukas* intorno al nostro liceo. Ma da quando sono tornato dagli Stati Uniti, non ho rivisitato i luoghi della mia adolescenza. Tre mesi dopo l'arrivo, mi è venuta nostalgia del Ghana High, un noto *buka* nei pressi del quartiere in cui sono cresciuto; avrei voluto portarci i gemelli, ma ho commesso l'errore di suggerirlo a Folake, che ha minacciato di fare causa a me e al gestore se fossero tornati con un'intossicazione alimentare. Non ho ancora trovato il coraggio di sfidarla.

Il *buka* è a metà strada fra Okriki e la State University. Mentre aspetto che Mama Patience scodelli una mestolata di zuppa *egusi* accanto al mio purè, mi sento a casa, per la prima volta dalla mia partenza da Lagos. Il calore, la folla e il rumore del locale, tutti insieme, mi fanno scordare per un attimo gli orrori di cui ho letto e che ho esaminato nelle ultime settimane.

«Le piace, signore?» mi domanda Chika, alle mie spalle.

«Ci puoi scommettere», rispondo con malcelata allegria.

Noto che è sollevato nel constatare che non sono poi così snob come pensava. Ride quando indico a Mama Patience il pezzo di carne che voglio: un cosciotto di capra con le nervature di grasso così tenere che sembrano sfilarsi dall'osso. Ordino una birra Star, pregustando il mio pranzo.

Abbiamo la fortuna di trovare posto in un angolo in cui si riesce a parlare. Non che qualcuno potrebbe mai sentirci. Parlano tutti insieme, mentre sui televisori passano ad alto volume due diversi film di Nollywood.

Tra un boccone e l'altro di purè di patate dolci, mentre ci

asciughiamo il sudore dalla fronte, discutiamo del colloquio con Godwin.

« Non riesco a capire come mai Godwin non sappia spiegare il coinvolgimento di Kevin », dice Chika.

Bevo un sorso di birra dalla bottiglia. « Potrebbe avere senso che Kevin facesse da palo. Ma, da quanto ho sentito, i membri delle sette, di fatto, sono gangster. Non potevano immaginare quale fine avrebbero fatto, quindi cosa mai avrebbero dovuto temere? Perché Winston e Bona avrebbero avuto bisogno di un palo, se volevano solo ricattare Godwin per l'ennesima volta? »

Chika annuisce. « Se avevano una pistola, vuol dire che intendevano spaventarlo se non avesse collaborato. »

« Ma perché presentarsi armati e avere anche un palo? Qualcosa non torna. »

« Forse Godwin gli doveva dei soldi », ipotizza Chika. « C'è di mezzo la droga. Forse aveva un conto in sospeso. »

Vado cauto riguardo al rapporto di Godwin con la droga. È un terreno scivoloso, ma una cosa la devo ammettere. « Se Godwin consumava droga in quel periodo, sarebbe interessante capire dove se la procurasse. Al campus? Fuori dal campus? »

« E se fosse uno spacciatore, oltre che un consumatore? »

Rifletto su questa ipotesi. « Dove vuoi andare a parare? »

« Continuava a parlare di viaggi, di comprare e vendere vestiti, ma non ci credo molto. Non dico che non vendesse roba, ma ormai sono tanti gli studenti che lo fanno. Perché i ragazzi della setta avrebbero dovuto prendersela proprio con Godwin? Secondo me, c'era qualcos'altro tra loro. »

« E pensi sia la droga? »

« Voglio dire, cos'altro potrebbe essere? »

Un ragazzo che nega di fare uso di droga non ammetterebbe mai di spacciarla. Per quanto mi piacerebbe avere un testimone chiave che più pulito non si può, Godwin è tutto quello che ho: un tossico capace di dire la verità su tutto quel che riguarda la sua vita, ma che, di sua spontanea volontà, non darebbe mai informazioni in grado di mettere a repentaglio il suo vizio.

« E se i ragazzi avessero comprato droga da lui ma si fossero rifiutati di pagare, o viceversa? » si chiede Chika ad alta voce.

Ho qualche dubbio. « Questo ancora non chiarisce cosa c'entri Kevin. A meno che non si sia trattato, prima di tutto, di un tragico errore. Sappiamo che la gente di Okriki non lo ammetterebbe mai. Molto meglio fare di ogni erba un fascio e dire che tutti e tre erano rapinatori, piuttosto che riconoscere di aver ucciso uno spettatore potenzialmente innocente. »

« Pensi che qualcuno, in mezzo alla frenesia della folla, sarebbe mai in grado di ricordare come e perché Kevin è stato picchiato insieme agli altri? » afferma Chika, mentre litiga con la sua coda di bue, attento a evitare di schizzare entrambi con l'intingolo rossastro.

Scuoto la testa e resisto alla tentazione di leccarmi le dita. « Le folle non funzionano in quel modo. Specie in casi di violenza. Molte persone escono da un'esperienza del genere scosse e inorridite dal ruolo che hanno avuto. Come è stato osservato, spesso scelgono di rimuovere alcuni ricordi o di abbellirne altri, allo scopo di discolparsi o quantomeno di giustificarsi. Il punto è che non ci si può mai fidare della testimonianza di chi ha preso parte a un linciaggio. »

« E se lo chiedessimo agli imputati del processo? Dopotutto, non hanno più nulla da perdere. Potrebbero dirci qualcosa, fornirci qualche indizio su come Kevin è rimasto coinvolto. »

« Non ce lo diranno, se pensano che possa aggravare la loro posizione. La giustizia sommaria contro sospetti rapinatori armati è una cosa e, forse, è persino difendibile di fronte a un giudice. Ma se a essere ucciso è stato un passante innocente, è tutta un'altra storia. In un attimo si passa da omicidio colposo a omicidio di primo grado. »

« Vero », concorda Chika. « Quindi, Godwin avrebbe potuto

testimoniare che Kevin era con Bona e Winston, ma insiste nelsostenere il contrario, questo vuole dire che c'era qualcun altro. »

« Esatto. E se lo troviamo, sapremo come Kevin sia rimasto coinvolto. »

« Coinvolto a tal punto da essere ritenuto un ladro? »

Mi travolge l'orrore. « Coinvolto abbastanza da essere *giustiziato.* »

TEMPESTA IN ARRIVO

Ci siamo quasi abituati agli sguardi torvi, ai sussurri, alla gente che ci indica quando passiamo in macchina per le strade della città. Per questo troviamo inquietante che non ci sia nessuno di questi segni di ostilità quando rientriamo a Okriki. Tutti gli adulti che incrociamo sembrano andare nella stessa direzione, non fanno caso alla nostra presenza e discutono animatamente tra loro.

« Qualcosa bolle in pentola », dice Chika.

« Cosa pensi che sia? » Noto che vanno tutti verso un solitario bungalow bianco in fondo alla strada.

« Lì c'è la sala della comunità. Dobbiamo seguirli? »

Non me lo deve chiedere due volte. Non mi sarei mai perso l'occasione di vedere la gente di Okriki tutta insieme e osservarne le dinamiche.

Chika parcheggia dall'altra parte della strada. Ci avviciniamo al lato dell'edificio per evitare la gente che entra dall'ingresso principale. Una scelta istintiva, perché entrambi sappiamo che la nostra presenza, qualora venisse notata, potrebbe suscitare reazioni sgradite. Senza dare nell'occhio, sbirciamo dalle grandi finestre che incorniciano quella che ha tutta l'aria di essere un'assemblea già in corso.

I presenti sono perlopiù uomini. A quest'ora, gran parte delle donne, con ogni probabilità, è al mercato o in fattoria. Le poche presenti non sono giovanissime, vanno per i sessanta o sono addirittura più anziane, radunate in fondo alla sala a bisbigliare tra loro. Gli uomini sono nelle prime file, seduti ma soprattutto in piedi.

L'atmosfera è agitata. C'è qualcosa che non va.

Su un palco è seduto un uomo sugli ottant'anni, indossa un caftano bianco e accarezza il manico lavorato di un bastone da passeggio. Ha qualcosa di vagamente familiare nel modo in cui sta seduto, annuisce quando ascolta o batte il bastone sul pavimento con fare imperioso se c'è troppo rumore.

« Il capo della comunità », spiega Chika.

« È ora di dire basta! Questo è un paese libero e non ne possiamo più. Siamo stanchi degli insulti e delle sopraffazioni. E della mancanza di rispetto per la nostra fede! » L'appassionato oratore indossa una *thobe* bianca lunga fino ai piedi, con la parte superiore simile a una camicia e la parte inferiore morbida e svasata. Sfoggia uno zucchetto sul cranio ben rasato e il volto è incorniciato da una barba scura.

Altri uomini vestiti allo stesso modo mostrano la loro approvazione con cenni di assenso e borbottii, mentre l'oratore dichiara: « Ci stanno forzando la mano. Un giorno, faremo come quella scimmia che va al mercato e non torna più! »

A quest'ultima frase, tutta la sala comincia a gridare, per cui il capo si mette a picchiare il bastone sul pavimento sotto il suo trono improvvisato.

« Silenzio! » urla e la folla sprofonda in un silenzio pressoché assoluto.

Il capo stesso si siede in mezzo ad altri quattro uomini, che sembrano vecchi quanto lui ma con meno autorità. Questi ultimi annuiscono all'unisono, mostrando di condividere quel richiamo all'ordine.

« Usman, non sapevo che ci avessi chiamati qui per lanciare minacce » afferma il capo in tono calmo.

« No, Vostra Altezza. Mi scuso se la mia sentita protesta è sembrata una minaccia, ma... »

Usman passa a un'altra lingua. Mi giro verso Chika perché mi aiuti a capire.

« Riesco a cogliere solo qualche parola qua e là », mi confessa, protendendosi in avanti come se questo lo aiutasse a capire meglio il fuoco di fila in *ikwerre*, la lingua locale che ho letto essere un ibrido tra *igbo*, *ibibio* ed *efik*.

« Sembra ci sia una disputa in corso », mormora. « Qualche cristiano ha detto o fatto qualcosa e i musulmani sono molto arrabbiati. »

« Più o meno », dice una voce nota alle nostre spalle.

Quando ci voltiamo, vediamo l'ispettore Mike Omereji che ci guarda con malcelata ostilità.

« Questo è un raduno di locali, non credo che vedrebbero di buon occhio due estranei che origliano un'assemblea privata. Lo vedete da voi. »

Ora capisco cosa trovo di familiare nel capo della comunità. Somiglia moltissimo a Omereji, persino nel modo di parlare e nel timbro di voce.

« Salve, ispettore », dico, fingendomi di buonumore. « Chika mi stava mostrando le bellezze della città. »

Ci fissiamo l'un l'altro in silenzio. La tensione fa sembrare il sole di Okriki ancora più cocente. Il sudore mi cola lungo la schiena e le voci rabbiose degli uomini nella sala acuiscono il nervosismo nell'aria.

« Stavamo giusto per andarcene », risponde Chika che mi dà una gomitata. Puntiamo su Omereji, che non si muove di un passo e ci costringe a girargli intorno. Abbiamo fatto appena un metro quando lui ci richiama.

« Certi cristiani postano sui social messaggi in cui chiedono la rimozione della moschea. » Parla a macchinetta. « Dicono che questa è una città cristiana e avere una moschea qui è un sacrilegio. » Alza le spalle. « Cose che capitano di tanto in tanto, in un posto piccolo come questo. »

« E non si arriva mai alla violenza? » chiedo, cercando di non suonare ironico.

« Contrariamente a quanto pensa lei, dottor Taiwo, la gente di Okriki riesce a risolvere i problemi anche discutendo. »

Mi volto verso la sala della comunità, dove la cacofonia di voci infervorate richiede che il capo picchi di nuovo il bastone per riportare l'ordine.

Omereji fa un cenno, come per non darvi importanza. « In passato le dispute tra musulmani e cristiani si sono risolte qui, con il capo della nostra comunità. Si parlava e si giungeva a un accordo. Ma oggi chiunque abbia uno smartphone può postare idiozie sui social e rendere difficile il dialogo. È questo il motivo della riunione. Assurdità su Internet che hanno offeso i musulmani. »

Tace e guarda me e Chika, come se si aspettasse domande. Ne avrei parecchie, ma non riguardano l'assemblea alla sala della comunità. Piuttosto, perché gli abitanti di Okriki hanno ritenuto giusto malmenare, torturare e bruciare vivi tre giovani? Dov'era il dialogo, quel giorno?

Mentre Chika e io torniamo alla macchina, non riesco a scrollarmi di dosso la sensazione che gli occhi gelidi dell'ispettore Omereji ci stiano seguendo.

CHIAMATA DI MEZZANOTTE

Solo nella mia stanza, rimango in boxer e mi lascio cadere sul letto. Il mio ultimo pensiero prima di addormentarmi è di smetterla di lamentarmi per il baccano dell'aria condizionata, che dopotutto funziona e dà sollievo al mio corpo sudato.

Mi sveglio pochi minuti dopo le nove. Per annullare il rombo del generatore e del condizionatore, prendo gli auricolari e mi rifugio nella mia playlist con Nina, Ella e Billie.

Mi appoggio alla testiera del letto, da dove posso vedere i post-it sulla parete. Sul portatile apro la cartella con i profili delle tre vittime.

A mano a mano che l'indagine procede, è sempre necessario riesaminare il quadro generale degli attori principali. In meno di quarantott'ore ho raccolto informazioni sufficienti per rivedere le mie idee iniziali sul conto di Winston, Bona e Kevin.

Scrivo veloce, senza badare alla grammatica e ai refusi, per non perdere il filo di un ragionamento che spesso porta a una visione più approfondita di una persona o una situazione.

Winston. Finora, le mie ipotesi iniziali sono confermate dal colloquio di oggi. A essere sincero, eccetto i genitori del giovane, non ho parlato con nessuno dei suoi amici o con chiunque potesse avere un'opinione diversa. Ma la reputazione di attaccabrighe e festaiolo sembra gli calzi a pennello.

Clicco su un link che ho salvato di corsa il giorno prima di partire da Lagos. È il profilo Facebook di Winston. Oltre ai numerosi « Non ti dimenticheremo » e « RIP » postati sulla sua bacheca, constato che il ragazzo non era assiduo frequentatore di questo social. La maggior parte dei suoi post consistevano in foto sue e di altre persone alle feste. Quasi tutte sono prive di commenti, ma sono collegate al suo profilo Instagram, dove pare fosse più attivo.

La pagina conferma in ogni caso la descrizione che ne ha dato Godwin. In gran parte degli scatti, Winston vestiva elegante, era circondato da ragazze e non si tirava indietro di fronte all'obiettivo. Se anche nelle foto ci sono indizi che lasciano intendere fosse membro di una setta segreta, io non li vedo.

Bona. Rispetto a Winston, sembra avesse una qualche coscienza politica e fosse un grande ammiratore di Barack Obama, dato che molti suoi post citano l'ex presidente americano. Ce ne sono altri su artisti hip hop locali e internazionali e molte informazioni su concerti al campus o sul lancio di nuovi singoli.

Kevin. Devo confessare che questo ragazzo per me è ancora un enigma. Dal suo profilo Facebook deduco che fosse uno studente e un figlio molto amato. La sua bacheca è stata letteralmente invasa da messaggi di cordoglio. Passo in rassegna innumerevoli elogi funebri, che si fanno più prolissi e appassionati in occasione del primo anniversario dei Tre di Okriki.

Se Bona aveva una coscienza politica, Kevin era un vero e proprio attivista. Aveva un'opinione su tutto e la sosteneva con i fatti, scrivendo spesso in burocratese. Se Winston esibiva il proprio guardaroba sui social, Kevin faceva bella mostra del proprio intelletto. In qualche modo, fatico a immaginare che potessero essere amici.

Ogni post di Kevin è seguito da una sfilza di hashtag. Sarà per la mia età e il fatto che sono arrivato tardi ai social, ma ho un'avversione per più di due o tre hashtag in qualsiasi post. Mi infastidisce un po' che lui ne mettesse così tanti. Ma più scorro, più noto che ce n'è uno ricorrente: *#giustiziapermomoh*.

Seguo i link e capisco che è stato lo stesso Kevin a crearlo, in onore di un amico deceduto sotto la custodia della polizia.

Mmmh. Interessante. Clicco su un altro link e intorno a me tutto diventa buio, tranne lo schermo del portatile.

Mi tolgo gli auricolari, interrompendo Nina Simone che canta *I Put a Spell on You*.

C'è un silenzio irreale. Anche l'aria condizionata si è spenta. Premo l'interruttore dell'abat-jour e non succede niente. Sbuffando, rimango disteso al buio in attesa del rombo del generatore che rientra in funzione. Ci vuole più tempo del solito, quindi tasto il comodino in cerca del cellulare.

I ragazzi hanno mandato qualche messaggio e resisto alla tentazione di chiamarli, è troppo tardi. Scrivo a ciascuno *Ti voglio bene, mi manchi* e prometto di chiamarli al mattino.

Non ci sono messaggi da Folake, ma evito di pensarci. Devo lavorare.

Sono stati giorni pieni di rivelazioni. I miei incontri con l'ispettore Omereji, l'affittacamere e Ikime mi hanno aiutato a definire il contesto, mentre il colloquio con Godwin ha sollevato tutti gli interrogativi necessari. A questo proposito, sento la necessità di chiarire alcune cose con Emeka.

Guardo l'ora: 23.17. È tardi, ma lui mi ha detto di chiamarlo in qualsiasi momento.

« Tutto bene? » mi chiede, rispondendo al primo squillo.

Ricordo che Abubakar ha detto: *Emeka è un tipo molto testardo*. D'accordo, ma non dorme mai?

« Tutto bene. Ho parlato con Godwin. »

« Ottimo. La segreteria ha mantenuto la promessa. »

Sospetto che questo sia il suo modo per farmi capire che sta seguendo i miei progressi, per quanto sia possibile fare da Lagos.

« Sì, infatti. Grazie. » Mi prendo un attimo per decidere come porre le mie domande in modo da non sembrare insensibile. « Questo Godwin... Insiste nel dire che è stato derubato dai ragazzi di una setta e... »

« Assurdo. » L'irritazione di Emeka si percepisce anche al telefono. « È quello che dicono tutti, per giustificare le loro azioni criminali. Non posso parlare per gli altri ragazzi, ma sono assolutamente certo che Kevin non fosse membro di alcuna setta. »

« Se lo fosse stato, lei lo avrebbe saputo? » Forse sto esagerando, si tratta pur sempre di un padre che ne ha già viste abbastanza, ma non posso esimermi dal porre domande scomode. « Stiamo parlando di società segrete. Come fa a essere così sicuro che Kevin non ne facesse parte? »

« Il punto non è scoprire se me l'avrebbe detto o meno. Kevin non sarebbe mai entrato in una setta. Non era quel tipo di ragazzo. Fine. »

« Godwin sostiene che Bona e Winston facevano parte di una setta. Ha idea di come Kevin ci sia finito con loro? »

« Non è questo il punto? » La voce di Emeka si sta incrinando. Sto per interrompere la conversazione, per evitare di mettere un genitore in lutto ancora più in difficoltà. Ma lui continua, sostenuto dalla rabbia. « Quando abbiamo fatto notare alla polizia che nella sua deposizione Godwin dichiarava di non sapere cosa c'entrasse Kevin, lo sa cos'hanno detto? Che l'indagine riguardava ciò che era successo *dopo* l'arrivo della folla, non prima. Si rende conto? »

Anche dietro il ricevitore, la sua rabbia è palpabile e lascio che faccia il suo corso.

« Ho fatto pressione. Ho usato tutti i miei agganci perché almeno quella pista, quell'incongruenza nell'indagine, venisse approfondita. Non ho ottenuto niente. Non hanno fatto nulla, perché era più facile credere che mio figlio facesse parte di una setta. »

Tutte le mie interazioni con Emeka sono intrise dalla sua frustrazione per non essere riuscito, malgrado la sua ricchezza, né a salvare il figlio né a obbligare la polizia a indagare seriamente sulla sua morte. Anche stavolta, come nelle nostre conversazioni precedenti, lamenta che il caso è stato assegnato a investigatori inesperti. Con voce rotta racconta di come la moglie abbia chiesto udienza alla First Lady, nella speranza di far aprire un'inchiesta federale sull'accaduto.

« Lo sa cosa le ha detto? » Gli trema la voce. « Da mamma a mamma, la cosiddetta 'madre della nazione' ha risposto a mia moglie, una donna in lutto, che non sarebbe politicamente corretto interferire con le questioni di Stato. »

Ho parlato con Abubakar di questa parte del rapporto di Emeka. Il fatto che l'omicidio sia un reato capitale avrebbe potuto benissimo giustificare un'inchiesta da parte del governo federale. Ma la condanna unanime delle attività delle sette, le insurrezioni militari nel delta del Niger e la faida politica in corso tra il governatore dello Stato e il presidente, lui stesso originario della regione, significavano una sola cosa: forzare un'inchiesta federale sulla morte dei Tre di Okriki non avrebbe fatto altro che aggravare le tensioni già esistenti. Era proprio un gran casino. Non mi stupisco che Abubakar abbia perso fiducia nelle istituzioni e abbia voluto che fossi io a occuparmi del caso.

Finalmente Emeka pare calmarsi e io, senza calcare troppo la mano, lo riporto alla mia domanda. « Intende dire che conosce tutti gli amici di suo figlio? »

« Sì », risponde lui con enfasi. « Senta, Philip, non li conosco *tutti*, ma una buona parte. Kevin ne invitava parecchi a passare il fine settimana a Lagos o a stare da noi per lavorare in banca come stagisti quando l'università era chiusa. Di quelli che non ho incontrato di persona, mi parlava lui. Non ha mai nominato né Winston né Bona. »

« Allora come ci sono finiti insieme? »

« La pago apposta per scoprirlo. »

Non apprezzo che mi si parli in questo modo e lascio che il silenzio che segue si protragga.

« Philip », riprende lui, in tono meno aggressivo. « Ha parlato con i genitori di Winston. Sa che secondo loro il figlio era capace di far parte di una setta, di rubare e taglieggiare. Se parla con la madre di Bona, sono sicuro che le dirà la stessa cosa del suo, di figlio. »

« Ma non crede valga anche per Kevin. »

« No, proprio no. »

« E allora, tanto per cominciare, perché Kevin era a Okriki? »

« Gliel'ho detto. Andava a trovare la sua ragazza. I genitori insegnano al liceo di Okriki e lei non abita al campus. »

Mentre Emeka parla, lo metto in viva voce e attivo la torcia sul telefono. Guardo la mia parete di post-it: ho messo un punto interrogativo accanto al nome *Mercy*.

« Non riesco a capire perché la sua deposizione non sia in nessun fascicolo relativo ai testimoni. »

C'è silenzio dall'altra parte.

« Emeka? »

« Speravo che potesse cavarsela senza bisogno di parlarle. »

« Perché? »

Il suo lungo sospiro mi preoccupa.

« Emeka, c'è ancora? »

« Ci sono. »

« Che cosa non mi sta dicendo? »

« Mercy è allo State Psychiatric Hospital di Port Harcourt. »

Neanche a farlo apposta, in quel momento il generatore riprende vita e si riaccende anche l'abat-jour sul comodino.

ATTO SECONDO

Le onde luminose che si riflettono su una barriera parabolica convergono in un punto focale

UNA VISIONE INQUIETANTE

Il mattino dopo, quando arrivo davanti alla stanza di Chika, la porta è socchiusa e lo sento alzare la voce al telefono.

« Ti ho detto che non c'entro più niente con quella merda! »

Anche se sono passati tre giorni da quando ci siamo incontrati e, dunque, non posso dire di conoscerlo, mi sorprende questo eccesso di emotività. La voce si abbassa quando dice: « Lo so, lo so, baby, per favore. Presto sarà finita e tornerò a casa ».

Ah. Una fidanzata o forse addirittura una moglie? Comincio a sentirmi in colpa per avere origliato pur senza volerlo. Busso alla porta, che così si apre ancora di più.

« Sì? » grida lui.

Spingo la porta con più decisione.

È la prima volta che entro nella sua stanza e non l'ho mai visto senza camicia. Ma eccolo: la macchina umana più atletica che abbia mai visto. Gli unici difetti sono le cicatrici appena accennate sul petto e sui fianchi. Mi volto per paura di diventare verde d'invidia.

Chika si affretta a prendere una camicia dalla spalliera di una sedia vicino al letto e intanto scorgo altre cicatrici sulla schiena. Sono cheloidi, striature di carne indurita che sembrano una mappa in 3D. Mi terrorizza il pensiero di cosa mai abbia potuto provocare ferite così profonde.

Dev'essermi sfuggito un sussulto, perché lui si affretta a indossare la camicia azzurra di cotone.

« Buongiorno, signore. Voleva qualcosa? »

« Ehm... c'è un cambio di programma, oggi. »

Mentre lui abbottona la camicia ben stirata, gli riferisco quanto Emeka mi ha detto della ragazza di Kevin.

« Le vuole parlare? »

« Credo dovremmo farlo. Emeka proverà a chiamare i genitori per avere il permesso di farle visita, ma dice di cominciare a partire per Port Harcourt. »

« Pensa che saranno d'accordo? »

« A essere sincero, lui crede di no, ma cercherà di convincerli. »

« Ma se non ci riesce, sarà un viaggio a vuoto. »

« Anche se non riusciamo a parlarle, vorrei almeno vederla, per farmi un'idea. »

Chika guarda l'orologio, prima di abbottonarsi i polsini. « Dovremmo essere là in meno di un'ora. »

« Vediamoci in sala ristorante, anche se non credo che la colazione sarà all'altezza di quella di ieri. »

Chika sorride, ma gli occhi restano tristi. « Non si preoccupi. Ormai la cuoca ha capito i nostri standard. Cinque minuti e la raggiungo. »

« Un'altra cosa. Ho guardato i profili dei ragazzi su Facebook. In quello di Kevin salta fuori sempre lo stesso hashtag. Qualcosa sul fare giustizia per un certo Momoh, uno studente morto mentre era sotto la custodia della polizia. »

« Qui a Okriki o altrove? »

« Non lo so. »

« Pensa voglia dire qualcosa? »

« Di certo vale la pena approfondire. Se Momoh è morto mentre era in custodia e Kevin ha lanciato una campagna perché la polizia venisse indagata, questo potrebbe spiegare perché i poliziotti si siano girati dall'altra parte quando la folla lo ha catturato. »

Chika annuisce, pensoso. « Ha senso, signore. Secondo lei, potrebbe essere stata la polizia stessa a darlo in pasto alla folla? »

« Troppo presto per dirlo, ma vorrei scoprire cos'è successo a questo Momoh e che ruolo ha avuto Kevin in questa storia. Hai detto che hai studiato informatica? »

« Sì, signore. »

« Conoscerai qualcuno che può entrare nell'account Facebook di Kevin. »

« Intende un hacker? »

Negli Stati Uniti non avrei nemmeno avuto bisogno di giustificarmi con l'unità reati informatici dell'SFPD, ma il modo in cui Chika ha detto « hacker » mi ha fatto pensare che la mia fosse una richiesta fuori dalla norma.

« Be', sì, ma se è un problema, non voglio costringerti a fare niente di illegale. Posso anche chiedere il permesso a Emeka, nel caso. »

« Glielo chiederò io. Conosco qualcuno. Non si preoccupi. Lo consideri fatto. »

Dal suo tono di voce, intuisco che l'argomento è chiuso. Faccio per andarmene, ma poi mi fermo proprio mentre lui riprende in mano il cellulare.

« Chika? »

Lui mi guarda con un'espressione indecifrabile. « Signore? »

« Le cicatrici? Non ho potuto fare a meno di notarle... »

« Oh, quelle? » Sbuffa e fa spallucce. « Tanto tempo fa, un brutto incidente d'auto. Sono fortunato a essere ancora vivo. »

« Un incidente? » Trovo difficile associare ciò che ho visto alle ferite di un incidente stradale, ma lui non dice altro e per me è arrivato il momento di andare. Mentre sono in corridoio, sento che chiude la porta della camera. Questa volta, con decisione.

La cameriera di ieri mi si avvicina appena raggiungo la reception, dove i due schermi, muti, sono sintonizzati sulla CNN. Mi annuncia con orgoglio che la colazione è pronta. La ringrazio, mi siedo e rifletto su ciò che ho visto in camera di Chika.

Le cicatrici mi preoccupano e il fisico atletico mi incuriosisce. Ma è la bugia a mettermi in allarme. Quelle non possono essere le cicatrici di un incidente d'auto, a meno che schegge di lamiera non siano state usate intenzionalmente per causargli ferite profonde alla schiena. Ma non si può mai dire. Avrei preferito che, nel breve tempo in cui ci siamo frequentati, Chika avesse imparato a fidarsi di me abbastanza da essere sincero e devo ammettere di essere un po' deluso che non sia andata così.

La mia colazione arriva proprio nell'istante in cui compare anche Chika. Mi fiondo sul cibo. Dopo avere passato quasi tutta la notte sveglio, sto morendo di fame.

« Sarebbe stato meglio se avessi saputo ieri che saremmo andati a PH. » Chika si siede di fronte a me, mentre la cameriera gli serve uova fritte e patate dolci bollite. « Saremmo potuti partire prima e avremmo evitato parte del traffico che, di sicuro, adesso troveremo. »

« Non c'è problema, non abbiamo un appuntamento. »

« Sì, ma certe cose, è meglio pianificarle. Non vorrei arrivare là e scoprire che il padre non ci lascia vedere la ragazza. »

Evita il mio sguardo e parla – anzi, si lamenta – senza il suo consueto « signore ». Che cosa lo innervosisce? Quello che potrei aver sentito o quello che non avrei dovuto vedere? Soppeso le probabilità e scommetto.

« Allora, non ho potuto fare a meno di sentirti al telefono. Scusami. La porta era aperta. »

Lui si rilassa visibilmente. *Bella mossa, Philip.*

« Non importa. Problemi a casa. Mia moglie è incinta e non sta gestendo bene la mia assenza. »

D'un tratto mi vergogno di sapere così poco di un uomo che mi sta dando un grosso aiuto.

« Wow! A che mese è? »

« Il settimo. »

« Ne mancano solo due al parto. Non deve essere facile. »

« Lo capisco. Ma lei sa che questo lavoro mi serve. Ne abbiamo parlato e mi ha dato la sua benedizione. »

Gli sorrido, come un fratello maggiore che ha molta esperienza in fatto di gravidanze. « Tua moglie è in attesa e tu non sei lì con lei. Si sentirà sola. È il vostro primo figlio? »

Chika annuisce. « Sì, signore. Forse ha ragione. Il fatto è che andava tutto bene quando le ho parlato ieri sera. Abbiamo persino discusso il nome del bambino. Poi stamattina, *bang*, si mette a urlare, dice che è colpa mia e mi dà dell'egoista perché l'ho lasciata sola. Sono stufo, ecco tutto. Però, mi rendo conto che potevo essere più gentile. »

La stanchezza nella sua voce e la sua aria abbattuta mi aiutano a non pensare al disagio che provo al pensiero della bugia sulle cicatrici. Ricordo come mi sentivo quando Folake aspettava i gemelli e posso immaginare che ora l'unica preoccupazione di Chika sia il litigio con la moglie.

« Da quello che ho sentito, sì. »

Per un attimo pare che Chika voglia discutere e difendere la propria posizione. Poi sembra ripensarci, e si china verso di me con un sorriso malinconico.

« Cosa pensa che dovrei fare? »

« Lasciarle un po' di tempo e richiamarla più tardi per scusarti », dichiaro, come se fossi esperto di queste cose.

« Di cosa? » Alza la voce, supponente.

Beata ingenuità. Sospiro e gli spiego paziente che in un matrimonio è fondamentale che un marito apprenda l'arte di scusarsi per cose che nemmeno sa di avere sbagliato. Lui sembra ascoltare e io gli do qualche altro consiglio spassionato mentre finiamo la colazione e giunge l'ora di partire per Port Harcourt.

ISTANTANEA DI UN DELITTO

Ricevo il messaggio non appena arriviamo allo State Psychiatric Hospital. Lo leggo ad alta voce mentre Chika parcheggia.

« Il padre di Mercy dice che non è una buona idea, in questo momento. »

« Non mi sorprende » risponde Chika che poi si gira verso di me. « Ma ormai siamo qui. »

Ci penso un attimo. Non so se l'incontro con Mercy potrà fornirci nuove informazioni, ma il dubbio su come Kevin sia diventato uno dei Tre di Okriki mi tormenta. Da quando ho letto il rapporto di Emeka e ho parlato con Godwin, ho solo sospetti, ipotesi e, francamente, confusione. Il che non mi piace affatto.

Chika si intromette nelle mie riflessioni. « Ha detto che potrebbe capire qualcosa anche solo vedendola. »

Osservo il giardino dell'ospedale. È un fazzoletto di terra ben tenuto che mi ricorda istituti analoghi nei diversi luoghi in cui ho lavorato. Forse è vero che, osservando Mercy anche a distanza, potrò ricavare qualcosa su cui lavorare.

« Be', già che siamo qui. »

Chika annuisce e scende dal fuoristrada. Lo imito, cercando di respingere i miei dubbi.

All'interno, la reception è l'immagine della pace e della serenità. Alcuni infermieri – soprattutto uomini – ci girano intorno e raggiungono i reparti con passo deciso. Un receptionist, alto e robusto, sta in piedi dietro un'ampia scrivania, circondato da schedari che incorniciano il suo corpo massiccio.

« Lasci che ci pensi io », sussurra Chika.

Annuisco ed entro in una stanza che sulla porta reca il cartello *Sala visitatori*. C'è solo un infermiere dai capelli grigi che sfoglia un giornale. Do un'occhiata a un cartello che elenca gli orari. Non mi stupisco. A quest'ora i visitatori non sono ammessi. Sto per tornare alla reception quando Chika mi raggiunge.

« Dice che possiamo parlare con lei », mi informa sottovoce. « Ma vogliono esserci anche loro. »

Non voglio pensare cos'abbia promesso in cambio di questa concessione, ma se siamo autorizzati a vedere o addirittura a parlare con Mercy sotto l'attenta supervisione del personale ospedaliero, cosa ci può essere di male? Solo qualche domanda. Niente di cui preoccuparsi.

« Anche meglio, se ci sono loro. »

« Aspetti qui, signore. » Chika torna alla reception.

Mi siedo su una delle sedie di plastica e tiro fuori l'iPhone. Lara mi ha mandato alcune foto di una lezione di cucina a scuola, accompagnate da un *Vorrei tu fossi qui* e varie gif animate con i cuoricini. La fila di emoji dei gemelli, invece, mi è del tutto incomprensibile.

Niente da Folake.

Arrivo al messaggio di Salome cui non ho ancora risposto e digito al volo.

Scusa. Troppe cose da fare. Ma il nostro drink è in agenda. Ti faccio sapere.

In risposta, mi arriva subito un emoji con un sole sorridente. Potrei anche chiamarla per dirle che sono a Port Harcourt e magari potremmo vederci.

Chika mi arriva alle spalle. « Dobbiamo sbrigarci », mi avvisa e mi fa cenno di muovermi. « La stanno portando nel giardino sul retro. »

Seguo lui e il receptionist che ci fa strada fino al giardino.

Il giovanotto si mostra più che gentile mentre ci accompagna a una panchina, il che conferma i miei sospetti sui metodi di persuasione di Chika.

« È lei », mormora, indicandola. « Fate in fretta, per favore. »

Dietro il camice dell'ospedale e la mancanza di trucco o di qualsivoglia altro ornamento, si vede subito che Kevin Nwamadi aveva buon gusto. Mercy Opara è fine e delicata; sembra una ragazzina, ma dopotutto lo è. Non posso fare a meno di pensare a mia figlia. Una parte di me rimpiange di doverla interrogare, ma sono stanco di arrampicarmi sugli specchi. Devo farmi un'idea più precisa di quanto è successo a quel ragazzo e lei potrebbe essere la chiave.

« Stiamo passando proprio una bella giornata oggi, vero, Mercy? » dice in tono gentile l'infermiera che l'accompagna.

La ragazza sorride e annuisce. Cerco in lei i segni lasciati dai farmaci psicotropi: tremori alle estremità, pupille dilatate, gonfiore agli arti o labbra secche. Niente di tutto questo.

« Sono il dottor Philip Taiwo », mi presento, tendendo la mano.

Mercy la stringe, timida, ma sempre sorridente. « Un dottore? Che bello! L'ha mandata papà? »

Chika e io ci scambiamo una rapida occhiata.

« Il dottor Taiwo sta facendo delle ricerche per stilare un rapporto, e pensa che tu ci possa aiutare », Chika si presenta rivolgendole un sorriso dolce e porgendole la mano che Mercy gli stringe con la stessa cortesia.

Receptionist e infermiera si sono allontanati a una distanza di sicurezza, ma sappiamo che ci stanno guardando.

Ci sediamo con lei sulla panchina. Mi colpisce il fatto che si comporti come se questa fosse una visita di cortesia. Il suo atteggiamento è così ospitale che non mi stupirei se ci offrisse da bere.

« Un rapporto quindi? E pensa che io possa aiutarla? » Non

aspetta che le risponda. « Non ricevo molte visite. A parte quelle di mamma e papà, e, naturalmente, delle mie sorelle. »

« Perché? » provo a chiedere.

« Dottore, questo non è esattamente un albergo. »

Vista la lucidità della ragazza, mi domando quale sia la sua diagnosi. Mi sembra ben conscia dell'ambiente e delle circostanze. Forse vale la pena di rischiare.

« Abbiamo parlato con il padre di Kevin... » comincio.

Gli occhi di Mercy si illuminano. « Oh, il signor Nwamadi! Che gentile. Ogni tanto mi chiama. »

« Ha detto che Kevin è venuto a trovarti il giorno... sai, il giorno... »

« Il giorno che è morto? »

Ora il suo sorriso è triste. « Lo dica pure. Lo so che non c'è più. È il ricordo di come è morto che ogni tanto mi travolge. Sono già entrata e uscita di qui tre volte, ma ogni volta la mia permanenza si accorcia, quindi forse comincio a stare meglio. »

Anche se avessi avuto il consenso dei genitori, mi sarei aspettato di dover affrontare con cautela certi argomenti. Ma Mercy è calma e, anche se non è ansiosa di parlarne, sembra disposta a farlo. Tiro fuori con discrezione il mio iPhone e comincio a registrare.

« Ti spiace raccontarci della visita di Kevin, quel giorno? »

« Ho sempre voluto che conoscesse papà. Uscivamo insieme da due anni, da quando eravamo *jambite*. Ricordo che era nervoso all'idea di incontrarlo. Papà non ha reso le cose facili, ma so che era contento che la nostra fosse una relazione stabile. » Il sorriso di Mercy lascia il posto alla malinconia. « Mamma l'aveva già conosciuto, quella volta che l'avevo portato a casa e papà era in viaggio. Ha anche scoperto che la madre di Kevin ha frequentato lo stesso suo liceo, a Umuahia, solo una classe più avanti di lei. Ero così contenta. »

« Quindi, questo ti ha incoraggiato a fargli conoscere tuo padre. »

« Sì. Anzi, è stata la mamma a invitare Kevin. Diceva che a forza di mangiare al campus stava dimagrendo troppo. »

Ride al ricordo. Chika e io facciamo lo stesso.

La invito a continuare. « Allora è stata tua madre a invitarlo quel giorno? »

« Sì. Ero a casa e abbiamo cucinato, mentre papà faceva finta di niente. Che personaggio! » Si vede l'affetto per il padre da come le si illumina il viso.

« E Kevin è venuto da solo? »

« Sì. È arrivato al mattino ed è rimasto tutto il giorno. Lui e papà hanno parlato di tutto sotto il sole. Abbiamo anche telefonato alla mamma di Kevin. È stato bellissimo. »

« Quando se n'è andato? »

Lei riflette per un secondo. « Credo intorno alle quattro. Avevamo finito di mangiare, lavato i piatti eccetera. Papà voleva dargli un passaggio al campus, ma lui ha detto che doveva prima andare da un'altra parte. »

« A Okriki? »

« Sì. »

« Ma tu non l'hai accompagnato. »

« No! » esclama lei, scandalizzata. « Sarebbe stato chiedere troppo a mio padre. Porto a casa il mio ragazzo per presentarlo e poi vado via con lui? »

Ride di nuovo, stavolta più incerta. Cauta. Chika e io la imitiamo, per farla sentire più a suo agio.

« Quindi Kevin è andato via da solo », le chiedo.

« Sì. »

« Quando... quando hai saputo cos'era successo? »

« Ci chiamavamo sempre, ogni volta che ci vedevamo al campus, per assicurarci che fossi arrivata a casa senza problemi. Ho aspettato un'ora e gli ho telefonato, per sapere se avesse visto Tamuno e stesse tornando al campus. »

« Tamuno? »

« Lo studente che era andato a trovare. Non mi ha risposto e ho continuato a chiamare. » Mercy scuote tristemente la testa. « Ma lui non ha mai risposto. »

« È allora che hai iniziato a preoccuparti? »

« Sì. Chiamavo, chiamavo, ma quando è partita la segreteria ho capito che qualcosa non andava. »

« Che cos'hai fatto? » chiede Chika. Il sorriso di Mercy non è più radioso come prima, ha cominciato a sbattere le palpebre e una vena le pulsa su una tempia.

« Mamma e papà », continua lei, « erano andati in chiesa per la funzione della sera. Allora, ho detto alle mie sorelle dove andavo e ho fermato un mototaxi per farmi portare da Tamuno. »

Di nuovo quel nome. « Conosci l'amico che Kevin è andato a trovare? »

« Non proprio. Era un suo compagno di studi. »

Vorrei chiedere altro, ma la ragazza comincia a distogliere lo sguardo da noi, perdendosi in ricordi terribili che già mi rammarico di avere risvegliato. Devo trovare il modo di chiudere al più presto la conversazione.

« Quando ho visto... la folla, ho chiesto al guidatore di prendere un'altra strada. Ma lui si è rifiutato. »

Una patina di sudore le imperla la fronte. Sbatte gli occhi e parla lentamente, come fosse assonnata.

« Cantavano, ripetevano le stesse frasi. Che avevano preso i ladri. Che gliel'avrebbero fatta pagare. Non ci ho fatto molto caso. Da queste parti siamo abituati a tumulti, urla e cose del genere. »

« Che cos'hai fatto? » chiede Chika, prima che possa trattenerlo. La ragazza è al limite. Una parola sbagliata e potrebbe perdere il controllo, quindi la cosa migliore è lasciare che sia lei a condurre la conversazione.

« Niente », risponde accigliata. « Il guidatore è andato dritto verso la folla. Ed è stato... a quel punto che... che li ho visti. »

Ora Mercy sta oscillando sulla panchina, come una bambina. Guardo Chika e scuoto la testa.

Ma lui ignora i miei segnali e domanda: « Chi? »

« Loro tre », risponde lei, distante, quasi la sua voce provenisse da un altro mondo. « Non conosco gli altri due, ma ho visto Kevin. Sono corsa tra la folla e mi sono messa a urlare. Non ricordo nemmeno cos'ho detto. So solo che urlavo ma non mi sentiva nessuno. Così, ho iniziato a spingere via la gente, ma qualcuno mi ha strattonata. E sono caduta... Quando sono riuscita a rimettermi in piedi, la folla si era allontanata trascinando i ragazzi con sé. Ho chiamato mamma e papà, ma erano ancora in chiesa. Allora, ho telefonato al signor Nwamadi a Lagos e gli ho spiegato cosa stava succedendo. Lui mi ha detto di corrergli dietro e convincerli che Kevin era un parente, che era *ikwerre* e non poteva essere un ladro. Nel frattempo, lui avrebbe chiamato la polizia da Lagos. Di nuovo, sono corsa dietro alla folla, implorandoli di smettere. Poi qualcuno mi ha colpito. Poi un altro ha detto che dovevo essere una di quelle ragazzacce che incoraggiano i criminali a venire a Okriki. »

Mercy si porta il pollice alla bocca e comincia a succhiarlo. Guarda a destra e a sinistra, come una bambina che cerca un posto tranquillo in cui riposarsi dopo una lunga giornata al parco giochi. In questo momento, non posso fare a meno di pensare a mia figlia. Questa conversazione è durata fin troppo. Faccio cenno all'infermiera, mentre Chika si avvicina alla ragazza.

« No! Fermo! » gli ordino.

Ma è troppo tardi. Mercy si ribella, grida e cerca di spingerlo via, come se Chika fosse uno degli assalitori. Il receptionist e l'infermiera ci raggiungono nello stesso momento in cui sentiamo una voce imperiosa tuonare dal fondo del giardino.

« Cosa succede qui? »

Chika e io ci voltiamo, mentre Mercy singhiozza tra le braccia dell'infermiera, con il pollice in bocca. Davanti a noi si piazza un uomo anziano, la sua rabbia è chiara quanto la sua voce tonante.

« Papà... » geme la ragazza, con il volto rigato dalle lacrime.

Il padre di Mercy! D'istinto, Chika e io facciamo un passo indietro, mentre il receptionist si dilegua e l'infermiera finge di avere la situazione sotto controllo.

L'uomo corre dalla figlia che si getta tra le sue braccia, inerte come una bambola.

« Mi spiace, signore », provo a dire, ma la mia voce è così debole che non giunge nemmeno alle mie orecchie.

« Via di qui! » tuona lui, da sopra la testa della figlia.

La nostra vergogna e la rabbia nei suoi occhi ci convincono a girare i tacchi e scappare.

COSA C'HAI LÌ?

« È stato un errore », dico, dopo che abbiamo superato il posto di blocco della polizia militare e Chika ha pagato il pedaggio con discrezione, allungando una banconota da duecento naira. Io sono ancora arrabbiato con me stesso per come sono andate le cose in ospedale, quindi è la prima volta che apro bocca da quando ce ne siamo andati.

« Non direi, signore », obietta Chika calmo, gli occhi fissi sulla strada.

« Invece sì. Date le condizioni di Mercy, non possiamo nemmeno fidarci del suo resoconto. »

« Perché no, signore? »

« Perché i soggetti traumatizzati non sono testimoni attendibili. »

« Anche se la sua versione corrisponde a ciò che *sappiamo* essere accaduto? »

« In generale, sì. »

« È per questo che la polizia non si è presa la briga di esaminare la sua deposizione? »

Scuoto la testa. « No, no. È solo in un'aula di tribunale che la testimonianza di Mercy potrebbe essere dichiarata più o meno attendibile. Perciò, non ci sono scuse per la polizia: avrebbero dovuto tenere conto delle sue dichiarazioni e seguire una linea di inchiesta. »

« Forse il fatto che, dopo la tragedia, sia entrata e uscita dall'ospedale non è stato d'aiuto. »

So che Chika si diverte a fare l'avvocato del diavolo, visto che entrambi sappiamo in che modo la polizia ha gestito le indagini, ma non posso trattenermi dall'alzare gli occhi al cielo e mordermi le labbra. « I ricoveri in ospedale hanno solo giocato a loro favore. La versione di Mercy non corrisponde a quella della polizia, quindi è stata ignorata. »

« Quindi non pensa stia mentendo? O che non ricordi i fatti come si sono svolti? »

Lo guardo sorpreso. « Quella ragazza sembra sapere *perfettamente* come sono andate le cose. In realtà, sospetto che sia in queste condizioni proprio perché ricorda tutto benissimo. »

Chika alza le spalle. « Volevo solo esserne sicuro, signore, perché mi pare stia dubitando di se stesso. »

« Dubito solo della saggezza di quanto abbiamo fatto. »

« Ne ha ricavato qualcosa di utile? »

« Be', questo Tamuno di cui ha parlato... » concedo a malincuore. Sto per dire cosa ne penso quando noto l'espressione accigliata sul volto di Chika. Seguo il suo sguardo e vedo tre poliziotti armati che ci fanno cenno di fermarci.

« Cosa pensi che vogliano? » chiedo. È molto insolito, specialmente così vicino a Okriki. Attraversando la città, non ricordo di avere mai visto un posto di blocco.

« Lo scopriremo tra poco » ribatte Chika, mentre accosta sul ciglio della strada. « Ha contanti con sé? »

Penso alla banconota da cento dollari che ho nel portafogli e annuisco, anche se non era questo il caso di emergenza che avevo in mente quando ce l'ho messa, prima di partire da casa.

Uno degli agenti cammina lento verso di noi. Un altro è al telefono, il terzo fa cenno alle altre auto di passare.

« Buongiorno, signore », lo saluta Chika, rispettoso.

« Documenti », chiede il poliziotto in un tono che non ammette repliche. Cerco di capire se questo faccia parte della sceneggiata che precede la richiesta di « qualcosa per i ragazzi », ma

Chika sta già rovistando nel vano portaoggetti, in cerca del libretto.

L'agente ritira i documenti scansionati e fotocopiati, poi ci scruta entrambi. A lungo. Guarda più volte Chika, poi di nuovo i documenti.

« Scendete e aprite il bagagliaio », ordina. Poi finge di controllare l'interno, guardando anche sotto i sedili.

« Agente, sta cercando qualcosa in particolare? » chiedo con impazienza.

Chika mi lancia un'occhiata, invitandomi a stare in silenzio. « Va tutto bene, agente. Il mio amico ha solo fretta. »

Il poliziotto mi guarda torvo e controlla i documenti forse per la centesima volta.

« È tua questa macchina? » chiede freddo. E, dentro di me, mi riprometto di non separarmi dai miei contanti di emergenza per darli a questa sgradevole creatura.

« No, non è mia, signore », risponde Chika, con estrema gentilezza. « Il mio *oga* è a Lagos. »

« Non è lui il proprietario? » Il poliziotto indica me.

« No, signore. »

« Chi mi dice che non è una macchina rubata? »

Sul serio? Per poco non lo dico a voce alta, in preda alla frustrazione. Ma Chika continua a farmi segno di non perdere la calma.

« *Haba*, agente », cerca di buttarla sul ridere, parlando in *pidgin*. « Le sembro un ladro? »

Il poliziotto non ci trova niente da ridere ed è così veloce a rispondere che non riesco a seguirlo. Dice qualcosa a proposito del fatto che i rapinatori armati non ce l'hanno scritto in fronte che mestiere fanno. Riguarda i documenti e si volta verso il collega con il telefono, due metri più in là.

« Posso chiamare il proprietario al telefono e farla parlare con lui », propone Chika.

« E come faccio a sapere se la persona dall'altra parte è il vero proprietario? »

A questo punto o tiro fuori il mio distintivo della polizia, oppure chiamo Abubakar perché metta fine a questa pagliacciata. Sto ancora valutando quale delle due opzioni sia la più efficace quando l'altro agente mette in tasca il cellulare, si avvicina all'ottuso collega e gli prende di mano i documenti. Poi li restituisce a Chika.

« Potete andare », ordina. Proprio così.

Chika prende patente e libretto, borbotta un ringraziamento e risale in macchina.

« Che assurdità! » esclamo arrabbiato.

« La prego, signore. Possiamo andarcene prima che aggiunga altro? » Chika fa manovra, cambia marcia e riparte.

« Se voleva una mancia, doveva chiederla! » riprendo, quando gli agenti sono ormai lontani. « Perché farci perdere tempo per niente? »

« Esatto. Non hanno chiesto nulla. Ci hanno fermato e basta... » ribatte Chika.

« E solo la nostra macchina... » Non completo la frase perché comincio a capire. « Ci hanno rallentato apposta. Ma perché? »

« Sospetto che tra poco lo scopriremo », commenta Chika, secco.

Mi rendo conto che è la mia esperienza di nero in America a rendermi intollerante quando la polizia mi « ferma per una perquisizione » in un controllo di routine. Mi è capitato così tante volte da immaginare che sia normale anche nel mio paese. Tuttavia...

« Scusami, Chika. Dovevo capire che c'era sotto qualcosa e che sapevi cosa stavi facendo. »

Lui mi guarda di sfuggita. « Sì, signore », replica, senza batter ciglio. « Doveva. »

Scoppio a ridere. E lui mi segue a ruota.

« E piantala con il 'signore'. Sta diventando ridicolo. »

Chika ci pensa un istante, forse chiedendosi se questo implichi un cambiamento nel nostro rapporto, una maggior confidenza. Io cerco di alleggerire la situazione facendo ricorso al mio accento americano.

« Devi ammettere che è strano forte quando mi insulti e poi mi dici 'signore'. »

« Io? » Si mostra offeso. « Insultarla? Mai. »

Però non aggiunge « signore », quindi lo guardo di sottecchi e sogghigno, mentre lui imbocca la strada che porta all'Hotel Royale. L'atmosfera lieve si carica subito di tensione quando vediamo una Mercedes-Benz CLS Class marrone parcheggiata di fronte all'albergo.

Scendiamo dal 4×4 e il direttore, Atoka, ci accoglie alla reception con un sorriso nervoso. Mormora qualcosa riguardo a una visita, ma lo sento appena. I miei occhi sono puntati sulla scenografia allestita con cura nell'atrio. Su una delle sedie di fronte agli schermi televisivi si trova il capo che abbiamo visto ieri alla riunione alla sala della comunità. L'uomo non si volta, anche se deve avere sentito il direttore che annunciava la nostra presenza. Ha un portamento regale, la schiena dritta e le mani intrecciate sulla testa del bastone.

Intorno a lui, in silenzio assoluto, ci sono cinque uomini di età diversa, quasi fossero guardie del corpo. Uno di loro, quello più vicino al capo, è l'ispettore Mike Omereji, in borghese. Da vicino la somiglianza tra loro è ancora più impressionante. Ho idea che la sua presenza sia la vera ragione del nostro « contrattempo » con la polizia. Gli serviva qualche minuto per farci trovare il capo ad aspettarci in albergo.

L'ispettore Omereji si china verso l'anziano. Il capo si volta lentamente verso di me.

« Lei è l'Americano. »

« No, signore », rispondo con cortesia. « Sono molto nigeriano. »

Il capo sorride e picchia il bastone. Neanche a farlo apposta, Omereji fa un passo indietro e due uomini si spostano per aiutare l'anziano ad alzarsi, anche se ho idea che potrebbe farcela da solo. Mi avvicino e faccio un piccolo inchino, ma non sono così presuntuoso da tendergli la mano.

« *Yoruba* », commenta lui, dopo che mi sono presentato con il mio nome. Si volta verso i suoi uomini. « Sono brava gente. A parte quell'Awolowo, la maggior parte è stata gentile con noi, durante la guerra. »

Gli uomini annuiscono, anche se a giudicare dall'età nessuno di loro può essere nato prima della fine della guerra in Biafra, a cui presumo si riferisca il capo. Quanto ad Awolowo, famoso ministro delle Finanze durante la suddetta guerra, non ho idea di cosa intenda l'anziano.

« *Yoruba*, di dove? » mi chiede.

I nigeriani hanno la cattiva abitudine di cercare precise connotazione etniche, capita soprattutto con gli anziani. Cerco di nascondere la mia esasperazione.

« Sono di Lagos, signore. »

« Ah! » fa un gesto annoiato. « Oggi sono tutti di Lagos. »

Sorrido, non ha tutti i torti. « Il mio trisnonno è venuto dal Dahomey e si è stabilito a Lagos prima che fosse parte della Nigeria. »

L'anziano annuisce, con aria saggia. « A volte, quando una città diventa grande come Lagos, è bene ricordarsi che c'era gente prima che costruissero gli edifici alti e arrivassero gli stranieri. »

« Mi scusi, signore, ma non ho capito il suo nome... » Abbasso la voce prima di interrompermi, in segno di rispetto.

Lui scoppia in una sonora risata. « Penserà che sono maleducato. Kinikanwo Omereji, capo supremo della gente di Okriki. Benvenuto nella nostra città. »

D'istinto guardo il volto impassibile dell'ispettore. *Sarà il padre, il nonno o lo zio?*

« Ha conosciuto mio figlio... » Il capo si volta verso Mike Omereji.

Decisamente, un figlio arrivato tardi. Il capo dev'essere sulla settantina, mentre l'ispettore, malgrado il suo atteggiamento serio, avrà poco più di trent'anni.

« Infatti, signore. Suo figlio è un valido ispettore di polizia. » Ignoro il sopracciglio inarcato di Omereji e mi volto per presentare Chika al capo, ma non faccio in tempo.

Prima che possa aprir bocca, l'anziano dice: « Faccia un giro in macchina con me, dottor Taiwo ».

« Un giro in macchina? » domando, ma il capo si sta già dirigendo verso l'uscita, ignorando Chika e facendo un breve e imperioso cenno di saluto al direttore dell'albergo. Il suo entourage lo segue, facendo attenzione a non superarlo. Ci lasciano soli con Mike Omereji.

Guardo Chika, che fissa l'ispettore.

« Lui resta qui », dice questi, brusco, facendomi segno di seguirlo.

UN UOMO DEL POPOLO

Il capo si accomoda sul sedile posteriore della Mercedes-Benz mentre uno dei suoi uomini mi tiene aperta l'altra portiera perché possa sedermi accanto a lui. L'ispettore Omereji occupa il sedile anteriore del passeggero e, dopo aver chiuso tutte le portiere, l'autista esce a marcia indietro dal vialetto dell'albergo. Vedo gli altri salire su una più modesta Mazda e seguirci.

Il capo si volta verso di me. « Come si trova nella nostra città? »

Sa bene che non sono a Okriki per le sue attrattive turistiche, ma sto al gioco.

« Mi piace. È molto tranquilla. »

« Dopo Lagos, deve sembrarle un paradiso », dice lui, poi, senza esitare, si rivolge all'autista: « Prendi la strada dopo il mercato ». Si gira di nuovo verso di me. « Mi hanno detto che è qui per scoprire cos'è successo a quei teppisti che terrorizzavano la nostra comunità. »

Cerco di non mostrarmi sorpreso dalla sua franchezza. « Non arriverei a chiamarli teppisti, signore. Erano studenti di... »

« Lo so cos'erano. Anche un ladro è figlio di qualcuno. La nostra comunità ha sofferto molto per colpa degli studenti di quell'università. »

« Ho sentito, signore. » L'atteggiamento passivo-aggressivo potrebbe essere la mia migliore strategia di difesa.

« Ma non ci crede? »

« A dire il vero, nessuno ha parlato con me da quando sono qui. »

« E nessuno lo farà, se scopriranno perché è qui. »

Lo guardo dritto negli occhi. « Se posso chiederlo, signore, perché pensa che io sia qui? »

« Per creare guai? Dividerci con i suoi dubbi e far sì che il mondo disprezzi ancora di più la mia gente. »

« Sto scrivendo un rapporto, signore, non una sentenza. »

« Qualsiasi cosa scritta in qualche modo è una sentenza. »

Considero la logica bizzarra di quest'uomo e decido che non ha poi tutti i torti. Cambio tattica.

« Ma, capo », dico sinceramente, « non sono qui per creare guai. Anzi, potrei persino essere d'aiuto alla comunità. »

Il capo inarca un sopracciglio al punto che sembra arrivargli in cima alla fronte.

« Signore, vorrà pur sapere perché la sua gente è stata tanto crudele. »

« La giustizia non è crudele. È la sua assenza a generare crudeltà. »

La mia genuina curiosità mi costringe a essere altrettanto diretto. « La città pensa davvero che la giustizia della giungla sia stato il modo migliore per trattare quei ragazzi, anche se erano, come dice lei, teppisti? »

Lui alza le spalle. « La giustizia della giungla è meglio che nessuna giustizia. »

« Avrebbero potuto essere consegnati alla polizia, se... »

« Fermati qui. »

Smetto subito di parlare, prima di capire che il capo si stava rivolgendo all'autista, che rallenta sino a fermarsi.

« Venga », dice l'anziano. Stavolta, suppongo stia parlando a me.

L'autista lo aiuta a scendere. Osservo l'ispettore Omereji nello specchietto retrovisore. Lui alza le spalle, come per dire: Arrangiati. Scendo a mia volta e affianco il capo.

« Lo vede? »

Indica un enorme vecchio cannone arrugginito che fa bella mostra di sé in mezzo a una rotonda. Chika e io ci siamo già passati davanti, ma io l'ho sempre guardato con distratta curiosità.

« Per moltissimo tempo », l'anziano solleva il bastone e lo usa per indicarmi i dintorni, « qui non c'erano altro che foresta e bestie feroci. La mia gente arrivò tanti, tanti anni fa. Il mio bisnonno mi raccontava delle loro difficoltà nel dissodare la terra, nel conquistarla, non ha mai dubitato che avessero il diritto di abitarla. Poi arrivarono i bianchi e si presero tutto tranne la terra. Ci imposero nuove leggi. Noi obbedivamo, fintanto che avevamo la terra. Ci diedero persino nuovi nomi e una nuova religione, cercarono di modificare la nostra lingua, ma non ci tolsero mai la terra. »

Mi volto verso l'ispettore, sceso anche lui dall'auto e ora in piedi vicino a noi; guarda l'orizzonte, con espressione impassibile. Il capo parla senza fretta, senza rivolgersi a nessuno in particolare, anche se il suo pubblico sembro essere solo io.

« Persino quando gli inglesi misero insieme diverse tribù, tracciarono una linea intorno ai fiumi Niger e Benue e chiamarono 'Nigeria' il buffo cerchio che ne risultò, non ci preoccupammo. Cos'è un nome? Che cosa poteva cambiare? Avevamo vissuto in pace con le genti dell'Ovest, del Nord e persino dell'Est, da molto prima che i bianchi venissero a chiamarci tutti con un unico nome. »

Il capo comincia a girare intorno al cannone. Lo seguo rispettosamente. Cerco di ignorare le occhiate dei passanti, le guardie del corpo alle nostre spalle e la curiosità degli automobilisti che passano.

Lui fa scivolare la mano sul cannone, poi, con un gran sospiro, mi dice: « Sediamoci qui un attimo ».

Impiega un po' a sistemarsi sulla piattaforma di cemento su cui poggia il cannone. Poi alza gli occhi e mi guarda.

« La sto annoiando, dottor Taiwo? »

« Nient'affatto, signore. »

« Beeene », trascina la risposta e, dopo una pausa, riprende a parlare. « Mio padre diceva che molti di loro vennero da Enugu, da quella parte. » Indica un punto lontano con il bastone. « Prima da soli, poi a coppie, poi famiglie intere. »

« Gli inglesi? » chiedo.

L'anziano mi guarda, quasi sorpreso che stia così attento da fargli domande. Batte la mano sul cemento arroventato dal sole, per invitarmi a sedere accanto a lui.

« No, gli *igbo*. Prima di loro eravamo tutti fratelli e sorelle. Nessuno pretendeva nulla. Condividevamo il cibo, i nomi e in buona parte anche le lingue. Ma gli *igbo* arrivarono con documenti che dicevano che la terra era loro, perché così aveva deciso un governo che non avevamo scelto. La mia gente non si mise a combattere. Ci inoltrammo ancora di più nella foresta, conquistammo altra terra, ricominciammo daccapo. »

Tace. China il capo e rabbrividisce come se il peso dei ricordi lo opprimesse.

L'ispettore Omereji si avvicina e gli appoggia una mano sulla spalla. « Papà? »

La voce dell'anziano è appena incerta, quando alza la testa. « Sto bene. »

« Non sei tenuto a farlo », dice il figlio con gentilezza.

« È venuto a cercare risposte. »

« E tu non le hai. »

« Ma ho la nostra verità. »

Omereji sospira rassegnato e indietreggia, mentre suo padre mi rivolge un sorriso stanco.

« Ricordo la data esatta in cui la guerra ebbe inizio. I bianchi se n'erano andati, ma la gente che avevano costretto a essere un unico popolo non voleva più stare insieme. Da Omaga ad Aluu, gli *igbo* andavano di villaggio in villaggio, chiedendo agli uomini di unirsi alla lotta per l'indipendenza e la fondazione del Biafra. Una delle loro promesse fu che nel nuovo paese non ci sarebbe stato un governo centrale senza volto che ci portava via la terra per regalarla a destra e a manca. Chi tra noi si era convinto, si unì agli *igbo* per combattere per il Biafra. Gli altri restarono. Ma la guerra arrivò comunque, costringendo anche quelli rimasti a diventare soldati, per difendere le donne, i bambini e, naturalmente, la terra. »

« Lei rimase, signore? » domando, per interrompere un'altra lunga pausa.

« Sì, ma non mio padre. Andò a combattere, perché diceva che nessuno sapeva quale fazione avrebbe vinto. Diceva che era meglio non tirarsi indietro e prendere parte ai negoziati una volta terminato il conflitto. Io sono rimasto perché, per difendere la mia gente e la nostra terra, qualcuno doveva farsi carico di questo mostro. »

Alza il bastone e lo batte sul vecchio cannone. « Per sei anni sentimmo bombe ed esplosioni, che arrivavano fino a Warri, non lontano da qui. Qui arrivavano soldati morenti. Bambini e madri affamate percorrevano miglia per raggiungerci. Noi non voltavamo le spalle a nessuno. E per tutti quegli anni è qui che abbiamo dormito io, i miei due fratelli minori e altri tre uomini. Restavamo qui, pronti a sparare con questa bestia per proteggere la nostra gente. »

Avevo letto resoconti spaventosi della guerra del Biafra, forse la più terribile tra le guerre civili in Africa. Ma devo confessare che non sono mai stato così vicino a qualcuno che vi ha preso parte, vittima o soldato. Alzo gli occhi verso il cannone. Non è difficile immaginare giovani accampati tutt'intorno, pronti a fare fuoco per difendere la loro vita e ciò che posseggono.

« Quando ci dissero che la guerra era finita », riprende l'anziano, « prima di andarcene, aspettammo, finché non fummo sicuri che la notizia fosse vera. Rimasi qui fino al giorno in cui mio padre tornò a casa zoppicando, senza più una mano e una gamba, e ci confermò che la guerra era finita. Allora tornammo nella foresta, portammo fuori le nostre donne e i bambini e ci riprendemmo la nostra terra. Quando arrivarono gli *igbo*, gli mostrammo il Land Redistribution Decree che ci aveva concesso il governo centrale, in cambio della rinuncia al Biafra. Gli *igbo* non erano contenti. Alzammo la voce. Lottammo. Ma eravamo molto stanchi. Dopo tutte quelle uccisioni, nessuno aveva molte forze per combattere. Per gli *igbo*, la vita era diventata più importante della terra. Per noi, dal momento che la terra ci era stata portata via in passato, non c'era vita senza quella.»

«Capisco», dico, dopo qualche istante, ma solo perché questa volta il suo silenzio è più lungo del solito.

«No, dottor Taiwo. Lei non capisce», ribatte lui, con più energia di quanto mi aspettassi. «È venuto qui a cercare il modo di punire persone che stavano solo difendendo ciò che è loro.»

«No, signore. I genitori dei ragazzi vogliono chiudere la...»

«I ragazzi sono *morti*. Che altro c'è da chiudere?»

«È il modo in cui sono morti... che tormenta le loro famiglie.»

«Quei ragazzi ci stavano derubando. Lo facevano da anni e nessuno è mai venuto ad aiutarci. E quando abbiamo detto basta, tutto il mondo è venuto alla nostra porta gridando 'Ingiustizia! Omicidio!'»

«Se la verità è questa, allora non dovrei avere problemi a ottenere le risposte che sono venuto a cercare.»

«Lei è venuto a cercare risposte che fanno comodo solo alle persone che l'hanno mandata qui», mi liquida lui e poi, con quel fare a cui ormai mi sto abituando, cambia argomento. «Vorrei continuare con la mia storia.»

Tace per un istante, come per sfidarmi a interromperlo. «La guerra era finita, avevamo la nostra terra e, proprio quando stavamo ricominciando a vivere, fu scoperto il petrolio a Bonny e in altre città. Abbiamo sperato che si trovasse anche qui, ma non accadde. Ma, quando ci accorgemmo di ciò che il petrolio stava facendo alle altre comunità, ringraziammo gli dei che non ce ne fosse a Okriki. La terra, però, non era più sufficiente. Non dava più abbastanza per sfamare tutti e avere ancora qualcosa da vendere al mercato. Perciò, quando il governo ci chiese il terreno per costruire l'università, accettammo. Per un po', si rivelò una buona scelta. La gente venne al nostro villaggio e ne fece una città. Mangiò il nostro cibo, ci pagò l'affitto e ci portò un sacco di soldi, ma tenne la conoscenza chiusa tra le mura dell'università costruita sulla nostra terra. »

« Non capisco, signore. »

« Si guardi intorno, dottor Taiwo. » Traccia un arco nell'aria con il bastone. « Quanti giovani di qui vede andare all'università? Quanti hanno accesso all'ospedale universitario senza dover pagare cifre enormi? E potrei continuare. Che cosa ci ha portato l'università, se non malcontento? »

« Ma ha detto che ha portato un sacco di soldi. »

Il capo respira a fondo. « I soldi generano solo la smania di avere altri soldi. Niente di più. »

« Non capisco cosa c'entri con il motivo per cui sono qui... »

« Quando vi concedemmo la terra, la gente di questa città aveva solo una cosa da proteggere: i soldi guadagnati proprio grazie all'università. Gli stessi soldi che quegli studenti sono venuti a rubare. »

« È questo il vostro pretesto? » Non riesco a nascondere lo sdegno.

« È la nostra verità. Quindi glielo ripeto, nessuno l'aiuterà a trovare un'altra versione dei fatti, anche se lei è venuto a cercarla. »

« È una minaccia, signore? »

« È una promessa. »

Guardo l'ispettore, poi di nuovo l'anziano, che mi fulmina con i suoi occhi affaticati.

Oso ribattere: « Anche se questo significa usare suo figlio per ostacolare la giustizia, signore? »

L'ispettore Omereji fa un passo verso di me con aria ostile, ma il capo lo ferma sollevando il bastone.

« Dottor Taiwo, vada a dire a chi l'ha mandata che ha parlato con il capo supremo Kinikanwo Omereji di Okriki. Dica loro che sarà mia cura fare in modo che la mia gente non sia punita per essersi protetta da chi è venuto a prendere ciò che non gli apparteneva. Mi ha capito? »

Per quanto mi sforzi, non posso fare altro che annuire.

UN PASSO INDIETRO

Non diciamo una parola per tutto il tragitto di ritorno all'albergo. L'autista mi apre la portiera e io saluto il capo, che risponde solo con un cenno, chiudendo gli occhi come se lo annoiassi. Non mi preoccupo di congedarmi dall'ispettore, che rimane sul sedile anteriore senza fare una piega.

Chika mi aspetta all'ingresso e, dopo averlo rassicurato che sto bene, gli dico che vorrei stare solo. Lui capisce.

Torno nella mia camera, mi tolgo le scarpe e mi stendo sul letto.

La giornata è stata una serie di disastri, a cominciare dall'etica che ho violato con Mercy nel tentativo di estorcerle informazioni utili alla mia indagine. Per finire, ciliegina sulla torta, con l'impenitente arroganza del capo supremo Omereji.

Se ripenso al volto del padre che cercava Mercy all'ospedale, sono sopraffatto dal rimorso. Che cosa mi distingue dal capo che giustificherebbe l'omicidio per proteggere la sua gente? Sto diventando cinico, senza empatia e concentrato unicamente sul mio obiettivo?

Per la milionesima volta da quando sono tornato in Nigeria al seguito di mia moglie, maledico le circostanze che mi hanno obbligato a questa decisione. Ho fatto buon viso, quando Folake ha esposto le sue ragioni per farci tornare, ma so di covare ancora un profondo risentimento per la sua insistenza.

«Tesoro, i gemelli stanno per compiere quindici anni. Voglio che partano, prima che comincino a pensare di non essere altro che il colore della loro pelle.»

Aveva ragione. I social network hanno democratizzato l'informazione e le notizie di violenze sulla gente di colore erano ovunque. Quando siamo stati invitati a partecipare a una conferenza per genitori e insegnanti, in cui ai ragazzi neri erano date istruzioni su cosa fare quando venivano fermati dalla polizia, Folake era livida e preoccupata al tempo stesso. Il disastro di Seattle è stata la goccia che ha fatto traboccare il vaso, innescando la sua ferma decisione di lasciare gli Stati Uniti, con o senza di me. Quindi, sì, sono tornato in patria controvoglia. E questo ha reso più difficile riabituarmi alla Nigeria. Ho usato la mia « alterità » per guardare il mio paese come se fossi uno straniero. Racconto a me stesso che, fintanto che riesco a rimanere al di sopra del caos e mantenere il mio distacco, andrà tutto bene.

Oggi, a giudicare dal mio comportamento, potrei aver perso la battaglia. Mi sono quasi arreso a una sbrigativa superficialità, cedendo alla tentazione della scorciatoia al posto della debita procedura. E mi sono lasciato coinvolgere troppo da un caso, mettendo da parte la cautela professionale.

Di questo incolpo mio padre. Non voglio dire che sia tutta colpa sua, nondimeno il suo legame con Emeka ha influito molto. La sua confessione riguardo all'appartenenza a una setta – una confraternita – mi ha scosso, perché mi ha rivelato un lato di lui di cui ignoravo l'esistenza. Dal giorno della conversazione nel suo studio, ho cercato di conciliare l'immagine che avevo di un padre severo ma benevolo con la violenza e il caos associati alle sette nelle università nigeriane. Non so nemmeno cosa spero di trovare: che i Tre di Okriki facevano parte di una di esse, pertanto la loro morte violenta per mano dei cittadini era giustificata? Oppure che il loro omicidio non aveva niente a che fare con le sette, bensì con una comunità messa a dura prova da un ambiente pericoloso?

Qualcuno bussa alla porta. Vado ad aprire e vedo Chika con una bottiglia piena di Jameson e due bicchieri spaiati.

« Di solito, quando qualcuno dice di voler stare da solo, in realtà avrebbe bisogno di compagnia », ironizza.

Questa nuova confidenza è proprio ciò di cui ho bisogno ora. Chika entra in camera, mette i bicchieri sul tavolo e apre la bottiglia di whiskey irlandese.

« Temo di non essere stato la miglior versione di me stesso, oggi », mi scuso, mentre chiudo la porta.

« Nemmeno io. » Versa il liquido dorato nei due bicchieri e me ne passa uno. « Ma è andata così. Non possiamo trovare il lato positivo di questa giornata? »

Ha ragione, naturalmente. Forse, il modo migliore per trarre qualcosa di buono dai miei errori è riflettere sulle informazioni emerse dall'incontro con Mercy.

« Be', per dirne uno », dico, mentre il liquore mi brucia la gola, « se Kevin è venuto a trovare Mercy quel giorno, abbiamo la conferma che non ha lasciato il campus con Bona e Winston. »

« Però avrebbero potuto incontrarsi tutti più tardi, nel corso della giornata. » Chika svuota il suo bicchiere e se lo riempie di nuovo.

« Sì, ma se il colpo è stato pianificato con cura al punto da selezionare Kevin come palo... »

« Ma ha detto che, se Winston e Bona facevano parte di una setta, non gli serviva un palo... »

« Sì, però segui il mio ragionamento. » Faccio una pausa mentre Chika mi versa dell'altro whiskey. Non sarebbe carino dirgli che reggo la birra, ma i superalcolici mi devastano, quindi spero di far durare il secondo giro abbastanza a lungo da non mettermi a ballare sul soffitto. « Se tutto era premeditato e Kevin ne faceva parte fin dal principio... perché mai avrebbe dovuto complicarsi la vita andando a trovare la fidanzata, aggiungendoci la tensione di incontrare suo padre per la prima volta, lo stesso giorno in cui era prevista una rapina? »

« Non una rapina. Un'estorsione. »

« Quello che era. Uno di loro ha sentito il bisogno di portarsi dietro una pistola, un chiaro indizio che qualsiasi cosa stesse per succedere nella stanza di Godwin, non era una visita di cortesia. »

« Quindi, non credi che Kevin sarebbe andato da Mercy lo stesso giorno in cui doveva estorcere denaro a Godwin con i suoi compari. »

« Credo che *nessuno* lo farebbe. »

Raggiungo la parete dei post-it. Nella sezione « ciò che sappiamo », accanto ai fatti corroborati dai rapporti di polizia ho appeso alcuni ritagli di giornale sui Tre di Okriki. Di fianco agli appunti ci sono le foto di Winston, Bona e Kevin. Giovani, affascinanti e sorridenti. Sotto lo scatto di Kevin ci sono diverse informazioni, ma ho anche tracciato un grosso punto interrogativo accanto alla voce « setta ».

Mi attardo a guardare la foto. Di lui hanno detto che era meraviglioso, gentile e intelligente. A essere sincero, finché non ho parlato con Mercy, ho preso tutte queste descrizioni con le pinze. I genitori, soprattutto, sono soliti esagerare, quando parlano delle qualità e dei talenti dei figli. Aggiungiamo la tendenza a non parlare male dei defunti e si capisce perché volessi evitare di basare il mio profilo delle vittime solo sul sentito dire. Ma, in qualche modo, il ritratto che Mercy ha fatto di Kevin mi è rimasto in testa. Sembrava davvero un bravo ragazzo, cortese, rispettoso e benvoluto.

Penso allo stesso Emeka Nwamadi. Una persona istruita, senza dubbio un gentiluomo e una persona di successo. Un uomo che si è fatto da solo, divenuto uno dei banchieri più rispettati del paese. Non è difficile immaginare che abbia cresciuto un figlio che avrebbe potuto, a tutti gli effetti, diventare una risorsa per la società.

Mi torna in mente la ragione per cui mio padre sosteneva che Kevin non avesse aderito ad alcuna setta. Forse ho frainteso tutto, concentrandomi solo sul fatto che i ragazzi ne facessero parte o meno. Fin qui, la migliore spiegazione che ho sulla ragione per cui Kevin è stato aggredito insieme a Bona e Winston è che tutti e tre fossero in una setta, ma non c'è uno straccio di prova che lo confermi. Solo le affermazioni di persone di cui non posso fidarmi. Speravo di poter lasciare da parte questa teoria, ma trovare un'altra pista si sta rivelando più duro del previsto.

« Il capo insiste nel dire che la gente ha ucciso i ragazzi per legittima difesa. »

« Individuo malefico », commenta Chika, indispettito. « Lo sai che ha detto alla sua gente di scovare e uccidere tutti i ladri? È documentato. Come può ordinare una cosa del genere, quando i ladri del posto sono puniti con una semplice umiliazione pubblica nella sala della comunità? Sono solo quelli che vengono da fuori a essere bruciati vivi. » Fa un respiro profondo. « Bastardo xenofobo. »

« Non è a lui che dobbiamo pensare... » cerco di ricordargli.

« Ma dovrebbe essere arrestato lo stesso. Ha grosse responsabilità in questa storia. »

« Chika, non ti distrarre. »

Lui mi rivolge un sorriso mesto e alza le mani in segno di resa.

« Se riusciamo a scoprire quale rapporto legava i tre ragazzi », riprendo, « forse potremmo anche capire come fossero tutti insieme a Okriki quel giorno. »

« Il signor Nwamadi è sicuro che suo figlio non fosse amico di Bona e Winston. »

« Sì. Ma cosa mi dici di quel Tamuno che, a detta di Mercy, Kevin stava andando a trovare? È anche lui uno studente? Erano amici intimi? Che cosa ci può dire di quel giorno? » Smetto di girare per la stanza e guardo Chika, che mi fissa dal divano. « Hai presente quando siamo andati sulla scena del *necklacing* e a casa di Godwin? »

Lui fa cenno di sì.

« Ho idea che avremmo dovuto fare un passo indietro. »

« Fin dove? »

« Al momento in cui i ragazzi hanno lasciato il campus. Se vogliamo ricostruire una cronologia realistica di quanto è successo quel giorno dobbiamo cominciare dal principio. Da *prima* del loro arrivo a Okriki. »

« E questo cosa ci dirà? » mi chiede lui, scettico.

« Intanto, ci dirà qualcosa circa la premeditazione. Se avevano già deciso di fare il colpo, qualcuno doveva pur sapere che sarebbero venuti a Okriki. Chi li ha visti lasciare il campus? A che ora? Si sono fatti dare un passaggio o hanno preso un taxi? »

« Non so come ci possa aiutare », Chika scuote la testa. « Erano qui. Come ci siano arrivati e chi li abbia visti non può fare molta differenza. »

« Ma potremmo arrivare a capire le loro intenzioni e perché stavolta abbiano agito in modo diverso rispetto agli altri episodi di estorsione di cui Godwin sosteneva di essere stato vittima in passato. Ce l'avevano sempre una pistola? Qualcuno li ha mai visti armati? Hanno mai sparato prima? »

« E se l'avessero comprata apposta per l'occasione? »

« Sarebbe la prova che *quel colpo* era diverso dai soliti! »

« Ah. Vuoi basarti sulla testimonianza di Godwin. Ma hai detto che è inattendibile. »

« Sì, certo, lo è... Ma la sua testimonianza che esclude Kevin dal tentativo di estorsione corrisponde alla versione di Mercy. »

« Altra testimone inattendibile », mi fa presente Chika.

« Ma due testimoni inattendibili che non si conoscono tra loro e forniscono la stessa versione rendono la storia molto più credibile. »

Torno alla parete e la mia attenzione si concentra sulla piantina delle stanze della Signora Fittacamere.

« Dobbiamo trovare questo Tamuno. »

Chika si alza in piedi e mi raggiunge. « È un nome piuttosto comune da queste parti. Anche qui. » Indica la lista di persone interrogate dalla polizia, tre pagine con decine di nomi. « Ci sono almeno sei Tamuno qui. »

« Tutti studenti che abitavano nella residenza universitaria? » Guardo la piantina, cercando le T scritte in corrispondenza delle stanze. Ce ne sono dieci.

Chika esamina la lista, pensoso. « Qui ho due studenti di nome Tamuno. Ma è stata la polizia a compilare questa lista. Possiamo fidarci? »

« No, ma due è un numero gestibile. » Prendo due blocchetti di post-it, quello rosso e quello arancione. « Quindi? Interrogativi o incertezze assolute? »

Chika ci pensa un istante. « Direi 'interrogativi'. Ma, considerando che l'informazione viene sia da Mercy sia dalla polizia... »

Annuisco. « Be', meglio approssimare per difetto. »

Scrivo *Tamuno?* su un post-it arancione, lo stacco dal blocchetto e lo porgo a Chika perché lo appenda alla parete. Lui versa altro whiskey e continuiamo a discutere fino a tardi.

È mezzanotte passata quando se ne va. La bottiglia di Jameson è mezza vuota e sospetto che lui non sia più sobrio di me, visto che si è scordato di riprendersela. Stramazzo sul letto, con la testa che gira ma tutto sommato soddisfatto, considerando il disastro che è stata la prima parte della giornata.

Prendo il cellulare per scrivere il messaggio della buonanotte ai ragazzi, anche se a quest'ora dovrebbero essere già a letto. C'è una notifica in attesa e la apro. Mi si ferma il cuore.

Cos'ho fatto di male perché ti scordassi che giorno è oggi?

UN RAGAZZO AD HAVANA

Ora sono ufficialmente John Paul Afini-Clark.

Ci sono voluti migliaia di naira, un volenteroso funzionario pubblico a Owerri, tanta pazienza e una certa insistenza per assicurarmi che accanto al mio vecchio nome comparisse la scritta « deceduto » e che fossero emessi nuovi documenti per John Paul Afini-Clark. Ho un certificato di nascita, mentre le dichiarazioni giurate che attestavano la morte dei miei genitori e tutti gli altri incartamenti sulla mia precedente identità sono andati perduti nell'alluvione che ha spazzato via mia madre, mio padre e i miei due fratelli un decennio e mezzo fa.

Ma non avevo previsto che Amaso mi convocasse lo stesso giorno in cui il funzionario pubblico mi ha chiamato per dirmi che posso ritirare i documenti. Quindi prendo un mototaxi da Owerri a PH e mi trattengo in centro, in attesa dell'appuntamento a tarda sera.

Havana è l'immagine di un quartiere borghese, un tempo benestante, andato in malora. Se dici a un taxista che vuoi andare ad Havana, ti guarda con sospetto e poi raddoppia la tariffa. Se fermi un mototaxi, devi pagare un occhio della testa prima ancora di salire a bordo; e, quando arrivi a destinazione, preparati a scendere in corsa perché il conducente starà già ripartendo alla velocità della luce.

I pericoli del quartiere non spaventano John Paul quando scende dal mototaxi e si incammina verso la casa di Amaso Dabara. Cinque anni a fare da spacciatore di spicco per il re della droga locale ha i suoi vantaggi.

« Spero che tu sia venuto con un piano, aboi *» dice Amaso,*

quando ha di fronte John Paul, circondato da ammiratrici e scagnozzi, tutti sotto l'effetto della sostanze che il boss fornisce loro per tenerli al guinzaglio.

L'espressione di John Paul non tradisce il disprezzo per il nomignolo che gli ha affibbiato Amaso, che ha insistito per chiamarlo aboi, *« ragazzo », dall'inizio della loro collaborazione.*

« Ce l'ho, se ti va bene. »

L'aria è satura dell'odore pungente di sigarette e marijuana. Amaso indossa solo un paio di pantaloni di lino larghi e una grossa catena d'oro al collo. Le costole sporgenti sembrano artigli pronti a ghermire la Stella di David che gli pende sul petto scavato.

« Sentiamo. »

John Paul glielo spiega.

« Ti fidi di loro? » chiede Amaso, alla fine.

« Sono anni che comprano da me e, per quanto ne so, non sono consumatori. Quindi sì, mi fido. »

« Non come quel tipo, Godwin? »

John Paul cerca di mostrarsi dispiaciuto. Sapevamo tutti e due che Amaso avrebbe tirato in ballo Godwin.

« Lui è stato un errore, ma non vende più per mio conto. Te l'ho detto. »

Il boss scuote la testa, smuovendo la nube di marijuana intorno a sé. « Dovevi lasciare che ci pensassi io, quando ci ha sputtanato in quel modo. »

John Paul tace. Ne hanno già parlato e sa che è meglio non aizzarlo.

« Questi qui », riprende Amaso, rompendo il silenzio, « vogliono alzare la posta? Diventare fornitori diretti? »

« Gliel'ho chiesto, ma hanno paura di te. »

« Fanno bene. »

« È per questo che dovresti incontrarli », dice allora John Paul. « Parlare con loro. Rassicurarli che saranno sotto la tua protezione, finché fanno funzionare la filiera. »

« Come faccio a fidarmi di te? Avevi promesso di aspettare un altro anno prima di laurearti. »

« Sei tu che me l'hai chiesto. Io non ti ho mai promesso niente. E poi cosa direbbero tutti, se di colpo uno dei migliori studenti non riuscisse a passare gli ultimi esami? »

« Smettila di darti arie. »

« Mi sto limitando ai fatti », dice John Paul, senza mentire.

« Voglio garanzie, prima di lasciarti andare. »

Ce l'aspettavamo. « Del tipo? »

« Qualcosa su questa gente, per tenerla sotto controllo. »

John Paul si volta per sfilare lo zaino. Si china ad aprirlo, conscio che le guardie del corpo sono in massima allerta. Lentamente, estrae l'hard disk e lo consegna ad Amaso.

« Questo cos'è? »

« Informazioni. I loro nomi. Tutte le transazioni precedenti. Il loro background completo e quanto vende ognuno di loro al mese. »

Il boss si rigira l'hard disk tra le mani. « È sufficiente? »

« Giudica tu stesso. »

« Portali qui. »

« Hanno troppa paura. Vieni tu da loro. Vediamoci nella mia stanza. Si sentiranno più tranquilli. »

Amaso deve approvare il piano, ma John Paul non può insistere. Il boss è imprevedibile e non gli va che gli si dica cosa fare.

Attendiamo.

« Quando? » chiede alla fine Amaso, in una nube di marijuana.

LA SETTA DEGLI ILLUSTRI GENTILUOMINI

Per la prima volta in diciassette anni ho scordato il nostro anniversario di matrimonio e lo psicologo che è in me non può fare a meno di chiedersi se non ci sia dietro una logica freudiana.

Potrei accampare la scusa che ieri è stato forse il giorno più impegnativo della mia indagine. Ma, a essere sincero, sono del tutto conscio che l'attuale mancanza di armonia coniugale fa di me un ostaggio volontario della rete di intrighi dei Tre di Okriki.

Per contrastare il mio crescente senso di colpa, cedo all'irritazione. Folake avrebbe anche potuto chiamarmi. O mandarmi un « *buon anniversario!* ». Invece no, ha aspettato fino alla fine della giornata, quando ormai avevo perso ogni speranza di redenzione, prima di spedire il suo messaggio di condanna.

Cos'ho fatto di male...? Sbuffo. Allora si rende conto di aver fatto qualcosa di sbagliato? Oppure era un trucco da avvocato – porre una domanda tendenziosa? Non c'è dubbio, Folake sa che qualcosa non va per il verso giusto, visto il mio comportamento nelle ultime due settimane, ma non credevo sospettasse fosse a causa sua fino a questo messaggio.

Forse una parte di me voleva che lei sapesse che io so? Ieri, ho dimenticato l'anniversario proprio perché *non volevo* ricordare?

I miei pensieri si fanno sempre più confusi mentre passo da brillo a sbronzo. Un attimo dopo, senza sapere come, mi ritrovo chiuso nella Land Cruiser. Cerco di aprire le portiere, ma sono bloccate. Mi dolgono le nocche a forza di prendere a pugni i finestrini infrangibili. Scorgo Folake e Mercy che mi puntano il dito contro. Non posso sentirle, ma so che ce l'hanno con me.

Compare il padre della ragazza con una tanica di plastica e comincia a versare benzina sulla macchina. Picchio ancora più forte sui finestrini. Folake e Mercy non smettono di gridare parole che non posso sentire, ignorando le mie suppliche. Vedo il capo, l'ispettore Omereji e molti altri, compresa la Signora Fittacamere, che agitano i pugni, salmodiando frasi che sembrano incoraggiare il padre di Mercy ad accendere un fiammifero e gettarlo sulla macchina, un sorriso malevolo compare sul volto dell'uomo. Io urlo e...

Mi sveglio.

Mi tengo la testa, il dolore è martellante. Barcollo fino alla valigia e recupero un flacone di aspirina. Ingollo due compresse con molta acqua, poi guardo l'orologio. Tra meno di due ore ho appuntamento con Chika alla reception.

Mi faccio una lunga doccia e, mentre il mal di testa comincia a passare, decido di fare qualche ricerca per prepararmi alla giornata. Inizio a digitare « settarismo » nel motore di ricerca, poi mi ricordo di quanto mio padre detesti la parla « setta », così cambio in « confraternite nelle università nigeriane ». Novanta minuti dopo sono tanto informato quanto inorridito.

Ho scoperto con sgomento da leggende metropolitane che mio padre faceva parte di una confraternita. Erano voci che circolavano tra gli studenti nigeriani delle scuole superiori mentre si preparavano alla vita universitaria. Erano racconti quasi folkloristici, un po' come l'uomo nero, servivano a mettere in guardia le future matricole dal pericolo di unirsi a quelle che ormai erano definite « sette ». Di fatto, ne sapevo ben poco, e, a dire la verità, da quanto sto leggendo in rete, ben venga l'ignoranza.

Stando a Wikipedia, nel mio paese, la prima confraternita studentesca conosciuta è nata presso l'università in cui ha studiato mio padre, lo University College di Ibadan, fondata nientemeno che dal Premio Nobel Wole Soyinka insieme ad altri sei studenti. All'inizio, la loro Pyrates Confraternity si presentava come un gruppo di giovani allievi promettenti che sfidavano lo status quo. In seguito, è stata ribattezzata The National Association of Seadogs. Avevano un codice di condotta e un linguaggio che riecheggiavano quelli dei pirati europei, con tanto di teschio e ossa incrociate nel simbolo.

Passando da un link all'altro, è incredibile constatare come quella che negli anni Cinquanta era nata come una confraternita di studenti d'élite si sia trasformata in un grave problema nazionale ormai noto con il termine « settarismo ». Negli anni, ogni campus in Nigeria ha registrato casi di violenza legati alle sette. Da nord a sud, le confraternite hanno imboccato strade così pericolose che la maggior parte delle università ha adottato una politica di tolleranza zero nei loro confronti. Questo ha spinto le sette a scegliere la clandestinità e a diventare ancora più « segrete ».

Quando leggo di una testa impalata su un spuntone del cancello d'ingresso dell'università di Port Harcourt decido che ho letto abbastanza. Guardo l'ora. Ho ancora tempo prima di incontrarmi con Chika, quindi chiamo mio padre.

È già al lavoro, ma mi risponde. Dopo qualche imbarazzante domanda su come sto e come procede l'indagine, mi butto.

« Papà, a proposito delle sette... pardon, confraternite. Hai mai avuto a che fare con... la violenza di cui ho letto? »

Sento un lungo sospiro all'altro capo della linea. « Kenny, te l'ho detto, ai nostri tempi non era una 'setta'. »

« Che cos'era, allora? »

« Ci vantavamo di essere un gruppo di illustri gentiluomini dalla condotta ineccepibile e dal curriculum accademico esemplare. »

« Che cosa è andato storto? Quando è cambiato tutto? »

Un'altra lunga pausa di silenzio. Posso immaginarlo mentre si sistema la cravatta dal nodo impeccabile e si appoggia allo schienale della poltrona ergonomica in pelle che mia sorella Kenny Girl gli ha regalato per il settantesimo compleanno.

« Quando mi sono iscritto all'università, la Nigeria era appena diventata una nazione indipendente. Le disuguaglianze nel sistema erano endemiche. Molti di noi erano i primi nelle loro famiglie ad andare all'università. Avevamo l'obbligo di cambiare le cose. Alcuni erano attivi a livello sindacale, altri scrivevano articoli, altri ancora... Be', ci impegnavamo nella politica attiva opponendoci a un governo autoritario. »

« Non è diverso dal ruolo della maggior parte degli studenti in qualsiasi società. Di solito sono tutti idealisti. »

« Anche noi lo eravamo. Ma al tempo stesso ci davamo da fare. Facevamo in modo che si prendesse coscienza di molti problemi dell'epoca. Credo che il guaio sia stato che abbiamo avuto troppo successo. »

« Non capisco. »

« Quando mi sono laureato in medicina, il naira era alla pari con la sterlina britannica e valeva più di un dollaro americano. Il paese sguazzava nel denaro ricavato dal petrolio e riceveva aiuti dalla comunità internazionale per la ricostruzione dopo la guerra. Purtroppo, convinti che il nostro compito si fosse concluso, non ci siamo preoccupati di fissare regole prima di passare le redini delle confraternite ai nuovi arrivati. Credevamo forse che avrebbero saputo autogestirsi, come avevamo fatto noi. O forse non ci abbiamo proprio pensato. Il fatto è che i nostri successori non avevano lotte da intraprendere, torti da raddrizzare o responsabilità di migliorare una società che era in evidente ascesa. »

« Ribelli senza causa? »

« Esatto. Quantomeno, così la vedo io. Molti di noi sono andati all'estero per proseguire gli studi. Altri erano troppo impegnati nelle loro nuove vite in un paese prospero. Quando ci siamo resi conto di avere creato un mostro a più teste all'interno del sistema universitario, ormai era troppo tardi.»

«Ma il paese non è sempre stato prospero, papà. La naira è crollata e si sono verificati diversi colpi di Stato militari.»

«E tutto questo ha fatto perdere ai nuovi studenti la fiducia nella nostra generazione. Abbiamo combinato un disastro, Kenny. Quando le confraternite si sono trasformate in sette, è come se le nuove generazioni ci avessero detto: 'Andate a farvi fottere'.»

«E se Kevin fosse stato davvero parte di una setta?» domando. «E se tutto questo fosse successo al figlio di Emeka perché era davvero colpevole?»

«Figlio mio, non ti ho convinto ad accettare l'incarico per appurare se il ragazzo era in una setta. Volevo che tu scoprissi il motivo per cui è stato ucciso, perché ho visto come questa tragedia stava consumando Emeka. Lo stava letteralmente uccidendo sotto i nostri occhi.»

«Quindi questa è una missione per salvare Emeka.»

«In un certo senso, sì. È quello che abbiamo sempre cercato di fare dalla morte di suo padre.»

Da una parte trovo ammirevole il loro prendersi cura l'uno dell'altro. Dall'altra, non riesco a scrollarmi di dosso la sensazione che mio padre mi stia nascondendo qualcosa. Lo conosco troppo bene: quando mescola le carte è perché vuole eludere un problema. Ma a quest'ora Chika mi starà già aspettando, quindi ringrazio mio padre e riattacco in fretta.

Saltiamo la colazione, anche se bevo una tazza abbondante di pessimo caffè per alleviare il lieve ma persistente mal di testa. Alle otto meno un quarto siamo sulla strada per l'università.

Tiro fuori il taccuino e Chika geme. Gli rivolgo uno sguardo interrogativo.

«Se tiri fuori gli appunti, vuol dire che non hai dormito.»

« Be', no... almeno, non abbastanza. » Sfoglio le pagine. « Sappiamo quante sono le confraternite alla State University? »

« Confraternite? È così che le chiamiamo adesso? »

Non posso dirgli di mio padre e della sua sensibilità sulla differenza tra setta e confraternita. « Chiamiamole sette », mi correggo, senza alzare lo sguardo. « È possibile sapere quante ce ne sono? »

« Ci saranno quelle che hanno rappresentanza nazionale in ogni campus... »

« Come i Pyrates? »

« Sì. E i Vikings, i Black Axe, i Mafia... »

« E ce ne saranno altre specifiche di questa università? »

« Probabile. Molte sette nascono per opporsi ad altre. È possibile che i membri di un gruppo già esistente si dissocino e ne formino un altro, che non ha ancora rappresentanza negli altri campus. »

« E tutte queste sette, sono solo di studenti maschi? »

« Ci sono studentesse che hanno le loro, ma di sicuro sono meno violente di quelle maschili. Di solito, sono le ragazze dei membri di una setta che aderiscono alla versione femminile della stessa » risponde Chika. Siamo ormai in vista dell'ingresso della State University.

« Se i Tre di Okriki facevano parte di una setta, pensi che riusciremo a scoprire di quale? »

Chika alza le spalle, mentre superiamo l'imponente cancello. « Gireranno delle voci. Qualcuno farà qualche nome, senza esporsi troppo. »

« Ma non lo sapremo con sicurezza. »

Il mio accompagnatore, come da sua abitudine, fa di nuovo spallucce. « Dopotutto, sono sette *segrete*. »

UNA TRIBÙ A PARTE

La Harcourt Whyte Hall della State University deve il proprio nome a un compositore cui fu diagnosticata la lebbra. Per più di trent'anni Ikoli Harcourt Whyte fu ostracizzato dalla comunità. In quel periodo, tuttavia, organizzò un coro costituito da altri lebbrosi e compose oltre seicento inni. Ironia della sorte, non fu la malattia a ucciderlo, nel 1977, bensì un incidente d'auto.

Era in questa residenza studentesca che abitavano Winston, Bona e Kevin all'epoca del linciaggio. Grazie alla mia lista di persone da interrogare, arricchita da alcuni nomi del fascicolo della polizia e da informazioni che ci ha fornito la segretaria di Tom Ikime e dal rapporto dell'università sui Tre di Okriki, sono giunto a una conclusione: al momento della sua morte, Winston aveva due compagni di stanza ufficiali e tre abusivi. Di questi, due sono all'ultimo anno e risiedono ancora alla Harcourt Whyte Hall. Dei coinquilini di Bona, invece, nessuno è più all'università, ma abbiamo il nome di uno dei suoi compagni di corso, che occupava la stanza accanto. Dal momento che Kevin aveva una singola e non ospitava abusivi, non c'è nessuno da interrogare.

Parcheggiamo davanti all'ingresso della residenza. Mi guardo intorno, mentre Chika va a chiedere alla guardia della sicurezza indicazioni e informazioni che ci permettano di dare inizio ai colloqui.

Dopo qualche minuto, mi raggiunge al parcheggio con la faccia sorridente e un foglio di carta stropicciato in mano. Lo strappa in due e me ne consegna metà.

« La guardia conosce gli studenti con cui vogliamo parlare e quasi tutti i numeri delle loro stanze. »

Sulla mia metà del foglio ci sono tre nomi e solo due numeri.

« Immagino non abbia idea di chi sia il nostro Tamuno. »

« Te l'ho detto che è un nome comune », sospira lui.

Guardo la residenza: sei edifici da quattro piani ciascuno.

« Da che parte è l'E287? »

Chika indica nella direzione che dovrei prendere e ci accordiamo per ritrovarci tra un'ora al Land Cruiser. Se impieghiamo di più, ci chiameremo al cellulare.

Le scale per salire al secondo piano non sono così impegnative come temevo, malgrado i postumi della sbornia. La porta dell'E287 è socchiusa, per dare aria alla stanza visto il caldo torrido. Dentro ci sono due ragazzi: uno è steso su un letto sfatto a mangiare un pezzo di pane mentre sfoglia un libro di testo. L'altro solleva un vecchio materasso malridotto e lo spinge sotto un altro letto. Un abusivo.

« Posso? »

Mi guardano entrambi.

« Sto cercando... » Controllo il foglio. « Sobi Kurubo. »

« Chi vuole saperlo? »

« Sei tu Sobi? »

« E anche se lo fossi? » Il suo tono sospettoso non mi sorprende. Qui dentro sono sicuro di apparire fuori luogo quanto una stripper in Vaticano.

« Sono il dottor Philip Taiwo. » Entro nella stanza tendendo la destra. L'altro ragazzo pare incuriosito dal mio accento americano.

« Vorrei solo fare un paio di domande per una ricerca che sto conducendo. Sei tu Sobi Kurubo? »

Dopo una breve esitazione, lui mi stringe la mano. « In cosa posso esserle utile, signore? »

Il suo compagno di stanza si alza e mi invita a sedermi sul

letto. Lo ringrazio e accetto l'offerta. Lui, nel frattempo, con poche e rapide mosse, mentre mangia, infila vari libri nello zaino che mette in spalla prima di lasciarci soli. Sobi si siede ora di fronte a me sull'altro letto.

« Vorrei parlare con te di Winston Babajide Coker. »

Qualche istante di silenzio.

Poi: « È della polizia o qualcosa di simile? »

« No. Sto scrivendo un saggio sull'incidente. »

« Ma lei non è di qui... »

« Sono professore associato di un'università negli Stati Uniti. » Dato che non è del tutto vero, mi affretto ad aggiungere: « Sto conducendo uno studio su violenza urbana e controllo della folla ».

« Quale università? »

« USC. »

« South Carolina o Southern California? »

Non mi aspettavo di vederlo così informato, ma mi riprendo in fretta. « California. »

« Fico. Quando finisco qui, farò domanda per il loro corso estivo di cinematografia. »

« Ottimo programma. Se vuoi ti lascio i miei contatti. Ti posso dare qualche dritta quando sei pronto... »

Tre quarti d'ora dopo, Sobi non solo ha risposto a tutte le mie domande, ma mi ha fatto fare un giro della Harcourt Whyte Hall, inclusa una visita alla stanza di Winston, chiusa a chiave, ma con una sua foto appesa alla porta e la scritta « sempre nei nostri cuori ». Mi dice anche che l'altro nome sulla mia lista è un « fantasma ».

« Si è laureato l'anno scorso », mi spiega Sobi. « Ma ha preso una stanza pagando un extra e ora l'affitta. »

Evito di esprimere la mia sorpresa a questa rivelazione. « Sobi, mi sei stato di grande aiuto. Mi stavo chiedendo, non è che conosci un certo Tamuno, un amico di Kevin Nwamadi... »

Lui corruga la fronte. « Non sono sicuro, ma l'unico Tamuno che riesco ad associare a Kevin era nel suo stesso dipartimento. »

« Kevin doveva incontrare un Tamuno a Okriki, il giorno in cui è morto. »

« Fuori dal campus? Strano, Tamuno abita qui. »

Non sono convinto che parliamo della stessa persona, ma non si sa mai. « Forse, all'epoca, stava fuori? »

Sobi fa cenno di no. « T-Man, così lo chiamiamo, è sempre stato al campus. »

Guardo l'ora e mando un messaggio a Chika, chiedendogli altri trenta minuti. Poi domando al ragazzo: « Pensi che sia qui in giro? »

Lui mi fa cenno di seguirlo. « Vediamo. Tentar non nuoce. »

Quando ci fermiamo davanti alla stanza 481, bussa alla porta. Non risponde nessuno.

« È un periodo molto impegnativo. Ci sono le simulazioni di processo alla facoltà di Legge, soprattutto per quelli dell'ultimo anno. »

Mi guardo intorno e noto che a questo piano ci sono meno porte. Glielo dico.

« Stanze singole », spiega Sobi. « Costano di più. Si riesce ad averle se si fa richiesta per tempo e si è disposti a dare qualche mancia. T-Man è sempre stato qui. »

Non ha senso che Kevin sia andato fino a Okriki per incontrare uno studente che abitava nella sua stessa residenza. Non sono certo che T-Man sia lo stesso Tamuno di cui parlava Mercy.

Mentre Sobi mi accompagna al parcheggio, lo ringrazio per il tempo che mi ha dedicato. Vedo arrivare Chika proprio nell'istante in cui il ragazzo salva i miei contatti e mi stringe la mano, accompagnando il gesto con una serie interminabile di « signore ». Quindi, torna verso l'edificio, non senza rivolgere, con un leggero cipiglio, un timido saluto al mio assistente.

« Ti chiamerà di sicuro, lo sai, vero? » mi dice Chika, appena Sobi è lontano.

« Non è un problema. Davvero. Mi sembra un giovane brillante. A te com'è andata? »

« Be', non posso sfoggiare un accento americano, ma il caso vuole che Tochukwu Nwandu sia di Enugu e che venga dal mio stesso quartiere. »

« Sei di Enugu? »

« Owerri. Ma Tochukwu non lo sa. »

Ridacchio, un po' a disagio all'idea che Chika riesca a leggermi nel pensiero tanto bene da poter indovinare quali armi abbia usato per convincere Sobi a parlare.

Saliamo in macchina e Chika esce dal parcheggio in retromarcia. Abbiamo un appuntamento con Ikime, ma la sua segretaria ce lo deve ancora confermare. Lo stesso vale per il preside della facoltà di Legge, un certo professor Esohe, che insiste nell'avere l'approvazione scritta dalla segreteria prima di accettare un faccia a faccia con noi.

« Andiamo da qualche parte a confrontare gli appunti, intanto che aspettiamo », suggerisco. A un semaforo, Chika svolta nella direzione indicata da un cartello indicante Students' Village.

Quando ci arriviamo, troviamo un sacco di bar, bancarelle di libri usati e cybercafé, in mezzo a un brulichio di studenti. Alcuni gironzolano, altri leggono o bevono birra anche se è appena mezzogiorno. C'è un'atmosfera giovanile e spensierata che mi fa sentire rilassato.

Troviamo un locale piuttosto tranquillo con posti a sedere all'aperto. Ci sono tre studenti seduti al tavolo accanto al nostro: due ragazzi e una ragazza con gli occhiali, radunati intorno a un computer portatile. Parlano a voce alta, ma non troppo da dare fastidio. Ordiniamo un paio di bibite e la specialità della casa: sandwich all'uovo. Quando arriva, è caldo, ben dorato e davvero delizioso.

Racconto a Chika quanto Sobi ha detto di Tamuno.

« Te l'ho detto, potrebbe essere chiunque. »

« Ma è la chiave per capire cosa facesse Kevin in quella residenza, quel giorno. Però, se il suo compagno di corso che risiede al campus non è il Tamuno che cerchiamo... » Scuoto il capo, riflettendo su quali alternative ci restino.

« Prima di tutto, confrontiamo gli appunti », mi interrompe Chika, prendendo il cellulare.

« Tochukwu era il compagno di camera di Bona », legge. « Ricorda che quel giorno era in stanza con lui prima che Winston se ne andasse. »

Controllo il mio taccuino. « Ricorda anche a che ora? »

« Nel pomeriggio, ha detto. Poco prima delle quattro. »

Mi acciglio. « Come fa a essere così sicuro? »

« Perché poi ha rilasciato dichiarazioni sia alla polizia, sia alla commissione d'inchiesta dell'università. »

Sfoglio i miei appunti. « Anche Sobi era nella sua stanza, a quell'ora. Dice che è stato Bona a venire a prendere Winston. »

« Sì. Bona ha detto a Tochukwu che stava andando in città con Winston. Lui ha pensato che fosse per una festa, perché Bona era tutto in tiro. »

« Lo stesso per Sobi. Winston gli sembrava emozionato ed è sicuro che ci fossero di mezzo delle ragazze, perché quando è arrivato Bona i due si sono messi a sussurrare e ridacchiare prima di andarsene, verso le quattro. »

« Corrisponde all'ora che dice Tochukwu », conferma Chika.

« Se avessero preso i mezzi pubblici, ci avrebbero messo almeno trenta minuti per arrivare a Okriki. »

« Esatto. Infatti, secondo la polizia i ragazzi sono stati 'catturati' », traccia le virgolette nell'aria, « intorno alle cinque e trenta. »

Un brivido mi percorre la schiena mentre calcolo a mente la durata del calvario dei ragazzi. I rapporti stabiliscono che il rogo è avvenuto intorno alle sette e un quarto di sera, e gli orari di alcuni video pubblicati online lo confermano. Questo implicherebbe che le vittime sono state percosse e torturate per quasi due ore, prima di essere finalmente uccise.

« Sobi ha detto che Kevin non c'era. Solo Bona è venuto in stanza a prendere Winston. »

« Non solo », aggiunge Chika. « Tochukwu dice che l'avrebbe saputo, se Kevin avesse fatto parte del gruppo di Bona diretto a Okriki. »

« Come mai? »

« Perché Kevin era suo amico. E gli chiedeva sempre come facesse a dividere la stanza con uno come Bona. »

« Perché Kevin avrebbe dovuto chiedere una cosa del genere di Bona? »

« Per le voci che correvano sul suo conto. A quanto pare, Kevin e Bona erano amici, in un modo o nell'altro, finché non hanno litigato quando Kevin ha scoperto che Bona faceva parte di una setta. »

« Dunque Tochukwu può confermare se Bona era davvero in una setta? »

Chika fa spallucce. « Insiste nel dire che nessuno lo sa con certezza. Di sicuro Bona aveva agganci e una certa popolarità, ma non era un tipo violento. Sempre vestito bene, attento alla sua immagine, soprattutto con le ragazze, un vero e proprio viveur. »

« Quello che dice Sobi di Winston. Ha però precisato che il ragazzo era spesso oggetto di pettegolezzi che lo volevano in una setta e, più di una volta, si è anche vantato che », leggo dai miei appunti, « 'fotterà chiunque gli romperà le palle, perché lui è il capo'. »

Chika si pulisce il mento e gli angoli della bocca dalle briciole di pane. « Secondo Tochukwu, anche Bona minacciava e si vantava delle sue conoscenze, ma nessuno gli attribuisce alcuna violenza diretta. D'altra parte, immagino che, se erano in alto nella gerarchia della setta, potevano essere quelli che davano gli ordini senza doversi sporcare le mani. »

« Allora perché non hanno mandato a Okriki i loro leccapiedi? » chiedo io.

« Forse la posta in gioco era più alta? »

« Computer portatili e cellulari? » sbuffo. « Le stesse cose che Godwin sostiene gli siano stati estorte in passato, senza far ricorso sul serio alla violenza. »

« In effetti, hai ragione. »

Finisco l'ultimo boccone del mio sandwich all'uovo proprio quando mi suona il telefono. Non riconosco il numero, ma rispondo.

« Pronto? »

« Dottor Taiwo? » Non riconosco nemmeno la voce.

« Sono io. »

« Ho incontrato Sobi tornando da lezione. Dice che mi sta cercando. »

Tento di contenere l'entusiasmo. « E tu sei? »

« Tamuno. »

SVOLTA

Il giovane che presumo sia Tamuno entra nel bar. Penso che sia lui dal modo in cui si ferma sulla soglia e si guarda intorno, i suoi occhi ignorano un gruppo di studenti impegnati in una discussione animata, per poi fermarsi sul tavolo dove siamo seduti io e Chika.

È alto, persino allampanato, con la pelle di un marroncino chiaro coperta da un velo di sudore, forse perché ha camminato dall'Harcourt Whyte Hall al Village. Indossa una camicia bianca un po' spiegazzata sopra un paio di pantaloni sportivi blu scuro, ben stirati.

Si avvicina e guarda prima Chika, poi me. « Dottor Taiwo? »

Mi fa piacere che non sia arrogante. Allungo la mano. « Sono io. Sei Tamuno? »

« Sì, signore, Tamunotonye Princewill, ma tutti mi chiamano Tamuno. »

Il mio assistente avvicina una sedia per lui. « Io sono Chika Makuochi. »

« Piacere di conoscerla, signore. »

« Grazie per essere venuto », esordisco, per mettere il ragazzo a suo agio. « Temevamo di non riuscire a identificarti. Ci sono tanti Tamuno da queste parti e non avevamo un cognome. »

Lui ride, imbarazzato. « È allo stesso tempo una sfortuna e una fortuna, signore. »

« Sobi ti ha detto perché ti cercavamo? » domando, curioso di sapere quanto sia informato.

« Sì, signore. Per questo dovevo vederla. »

La sincerità del ragazzo mi coglie alla sprovvista e l'investigatore che è in me si insospettisce. La troppa disponibilità in un testimone è sempre un brutto segno.

Decido di scoprire le mie carte. « La verità è che stiamo preparando un rapporto sui Tre di Okriki. Non è un'indagine casuale su un episodio di violenza urbana, come ho raccontato a Sobi. »

Tamuno si fa scuro in volto. « Capisco, signore. Sospettavo fosse così, Sobi mi ha detto che lei gli ha chiesto soprattutto di loro. »

Faccio cenno a Chika di prendere la parola, sia perché lo vedo impaziente, sia perché voglio concedermi un momento per studiare il ragazzo.

« Ci hanno detto che Kevin è andato in quella casa a Okriki per vedere te, quel giorno. »

Tamuno lo guarda accigliato. « Non proprio. Eravamo d'accordo di vederci lì. »

Cerco di dominare la mia eccitazione. Allora abbiamo trovato il Tamuno *giusto*.

« Perché? » domando io. « Non stavate tutti e due al campus? »

« Per via del nostro progetto, signore. » risponde Tamuno. « Be', il mio, più che altro. Stavo facendo una ricerca sugli effetti delle leggi omofobe entrate in vigore un paio di mesi prima della tragedia. »

Chika mi rivolge uno sguardo interrogativo, come per chiedermi se ne sono informato.

Faccio cenno di sì. Folake e io abbiamo fatto parte del gruppo di nigeriani residenti negli Stati Uniti che hanno firmato una petizione dai toni accesi rivolta alla rappresentanza diplomatica a Washington, denunciando la legge omofobica che ha fatto inorridire tanto la comunità internazionale quanto gli attivisti per i diritti umani di tutto il mondo.

« La mia ricerca riguardava lo svolgimento dei processi per attività omosessuali. »

« Kevin ti stava dando una mano? » chiede Chika.

« Non proprio. Aveva un interesse personale. Il suo amico Momoh è stato arrestato per sospette attività omosessuali, ma è morto sotto custodia. »

Mi mostro sorpreso. « Momoh? »

« Momoh Kadiri, sì. »

« Questo Momoh è stato arrestato dalla polizia a Okriki? » domanda Chika, raccogliendo il mio invito implicito a fingere che sia la prima volta che sentiamo quel nome.

« Sì. Ed è morto in prigione. Gli è venuto un attacco d'asma e non ha avuto accesso a cure mediche. »

« Kevin lo sapeva? » chiedo io.

« Kevin non sapeva niente. Voleva solo che fossero riconosciute le responsabilità della polizia. Momoh era suo amico, perciò ha creato un movimento al campus perché l'università avviasse un'azione legale. Com'è ovvio, non è mai successo, ma ho idea che gli agenti a Okriki fossero al corrente delle sue attività e per questo non hanno fatto un passo per aiutare lui e gli altri due quando la folla si è accanita su di loro. »

« Pensi che la polizia li abbia incastrati? » domando.

« Se fosse stato solo Kevin avrei detto di sì, ma visto che ci sono andati di mezzo anche gli altri due, ho qualche dubbio. »

« Questo Momoh... com'è stata classificata la sua morte? »

« Accidentale », risponde Tamuno, con disprezzo. « All'inizio si è detto che l'inalatore gli era stato confiscato. In seguito è stato dimostrato che Momoh l'aveva ancora con sé, ma era vuoto. La polizia stava solo facendo il suo lavoro. »

Opportuno. Il mio prossimo confronto con l'ispettore Omereji promette di essere piuttosto interessante.

« Quindi per quale ragione dovevi incontrare Kevin? » interviene Chika.

« Dovevamo far parlare Godwin. »

« Godwin? » esclamiamo all'unisono Chika e io, senza riuscire a nascondere la nostra sorpresa.

Al che Tamuno dà un'occhiata in giro, per controllare che nessuno ci ascolti, e abbassa la voce con fare cospiratorio. « Kevin sapeva da fonte certa che era stato Godwin a denunciare Momoh alla polizia, sostenendo che avesse materiale porno gay sul cellulare. »

« Te l'ha detto Kevin? » domando.

« Sì. Mi ha fatto vedere il loro scambio di messaggi. Glielo aveva chiesto e Godwin aveva negato, naturalmente. » Ogni volta che fa il suo nome, è evidente che cosa Tamuno pensi di lui.

« Quindi avete deciso di andarglielo a chiedere di persona? » lo imbecca Chika.

« Quando Kevin ha saputo della mia ricerca, si è offerto di darmi una mano. Volevamo solo fare qualche domanda a Godwin, per avere conferma o smentita dei sospetti. »

Sono davvero perplesso, per cui domando: « Ma perché Godwin avrebbe fatto una cosa del genere a Momoh? »

Di nuovo, Tamuno si guarda intorno per assicurarsi che nessuno sia a portata d'orecchio. « Perché Momoh aveva scoperto che spacciava e aveva intenzione di denunciarlo. »

« Godwin spacciava? » chiede Chika, senza lasciar intendere che questo conferma la sua teoria.

« Alla grande, signore. Quando Momoh lo ha scoperto, Godwin gli ha detto di stare zitto, se non voleva guai. A Momoh non piacevano i brutti ceffi che entravano e uscivano dalla casa a tutte le ore della notte. Alcuni facevano baccano ed erano persino violenti. Momoh, allora, ha dato a Godwin un ultimatum: o se ne andava di lì, o lui lo avrebbe denunciato alla polizia e alle autorità universitarie. »

Abbasso anch'io la voce. « Stai dicendo che Godwin aveva un conto in sospeso con Momoh? »

« Sì, signore. Kevin mi ha detto che Momoh gli aveva chiesto due volte consiglio su cosa fare, quindi sapeva che doveva essere stato Godwin a denunciarlo. La polizia ha detto di avere ricevuto una segnalazione anonima. Il fatto che proprio il giorno dell'arresto di Momoh il suo inalatore fosse scarico fa pensare che qualcuno abbia orchestrato tutto. »

« Ma Kevin non poteva essere certo che fosse stato Godwin. »

« Per quanto ne sapeva Kevin, nessun altro aveva una ragione per denunciarlo. Si trattava di capire se Godwin sapeva che Momoh sarebbe morto dopo l'arresto. Kevin era convinto che parlandogli avrebbe scoperto la verità. »

« E ti ha chiesto di andare con lui? »

« No, signore. Non me l'ha chiesto. » Tamuno torna a incupirsi. « Mi sono offerto io. La mia ricerca riguardava l'onere della prova in casi del genere. Mi interessava sapere se Kevin avesse ragione. »

« Kevin sapeva che Godwin si drogava? » domanda Chika.

« Questo lo sanno tutti », rivela Tamuno sprezzante. « Kevin e io contavamo sul fatto che quel giorno sarebbe stato così sballato da ammettere il suo ruolo nella morte di Momoh. Volevamo persino registrarlo. »

Guardo il ragazzo negli occhi. « Godwin dice di non sapere come Kevin sia diventato uno dei Tre di Okriki. »

« Mente! » Tamuno alza la voce, offeso e indignato. « Forse non sapeva che gli avremmo fatto visita, ma secondo me Bona e Winston sono andati da lui a comprare la droga, deve essere seguita una rissa proprio quando Kevin ha fatto la sua comparsa. »

Ho ancora qualche dubbio. « Ma se erano da Godwin per fare acquisti, perché portare una pistola? Dopotutto erano suoi clienti. »

Tamuno alza le spalle. « Chi lo sa? C'è chi dice che Godwin doveva dei soldi a Winston e che loro volevano che li pagasse in droga, ma lui si è rifiutato. Se c'era anche Kevin che voleva sapere della morte di Momoh, immagino che Godwin si sarà sentito minacciato su tutti i fronti. Dev'essere stato troppo per uno strafatto come lui. Si è messo a gridare aiuto e la gente si è precipitata nella casa. Il resto è... »

Tamuno scuote la testa, triste. Sembra lì lì per mettersi a piangere. Gli lascio il tempo di riprendersi.

« Se dovevi incontrare Kevin da Godwin, perché non c'eri anche tu? Dov'eri? »

Tamuno respira a fondo. « Forse è tutta colpa mia, signore. »

« Perché dici questo? »

« Perché quel giorno le mie lezioni si sono protratte e ho chiamato Kevin per chiedergli di vederci più tardi, ma lui ha detto che stava già andando da Godwin. L'ho pregato di aspettare, ma lui non ha voluto. »

Testardo come suo padre, penso io.

« Quindi non hai visto cos'è successo? » chiede Chika, prima che io possa consigliare al ragazzo di non incolparsi per qualcosa su cui non aveva controllo.

Tamuno fa cenno di no e sospira.

« Non ne hai mai parlato con la polizia? » incalza Chika.

« Sì che ne ho parlato, signore! » protesta il ragazzo, come se volessimo contraddirlo. « Giuro. Ci sono andato il giorno dopo la tragedia e ho chiesto di parlare con il responsabile delle indagini. Gli ho detto quello che sapevo, ma lui ha risposto che erano tutte congetture, perché io non ero presente. Sono persino arrivato a dirgli che non voleva registrare la mia deposizione perché provava che Godwin avrebbe usato la polizia per liberarsi di Momoh. Mi ha mandato via, ordinandomi di tornare solo quando fossi stato pronto a dire la verità. »

Per quanto l'ispettore Omereji non fosse in servizio a Okriki in quel periodo, questo non placa la mia rabbia ogni volta che penso al ruolo – o la mancanza di ruolo – della polizia in questa storia. Una testimonianza come questa da parte di qualcuno come Tamuno avrebbe fatto parecchia luce sui fatti di quel giorno di ottobre.

« Grazie infinite, Tamuno. Sei stato di grande aiuto. »

Lui annuisce e gli occhi gli si inumidiscono. « Mi fa piacere che qualcuno mi ascolti, finalmente. Lo so che questo non ci restituirà Kevin e gli altri, ma è il minimo che possa fare. »

Non ho molto altro da dirgli, perché riesco solo a pensare che devo assolutamente parlare di nuovo con Godwin.

INDICE ACCUSATORE

Non appena lasciamo Tamuno alla Harcourt Whyte Hall, chiamo l'ufficio di Tom Ikime. La segretaria risponde che è impegnato. Le chiedo la lettera per il preside della facoltà di Legge, ma lei dice che non è ancora pronta. Reprimo la mia esasperazione e la prego di informare Ikime che intendo parlare di nuovo con Godwin.

« Glielo riferisco, signore. » La segretaria riaggancia senza salutare.

Metto via il cellulare, spazientito.

« Possiamo andare alla sua residenza », propone Chika.

« Sai qual è? » Sono sorpreso, anche se non dovrei esserlo più ormai.

« Se chiediamo in giro, qualcuno ci dirà dove sta. »

Sono sicuro che Chika ha ragione, ma Ikime non sarebbe molto comprensivo se incontrassimo Godwin senza il suo permesso.

« No. Torniamo in albergo. Prima di rivedere Godwin, è meglio essere sicuri di cosa gli vogliamo chiedere. »

« In che senso? »

« La versione di Tamuno si accorda con quella di Mercy. Ma se Godwin non ricordasse com'è andata perché era sotto l'effetto degli stupefacenti? »

« Può darsi. Ma ha avuto un anno e mezzo per riconsiderare la sua testimonianza e non l'ha fatto. Continua a dire che non sa come Kevin sia arrivato alla residenza. Eppure, i fatti corrispondono alla cronologia, compreso l'episodio di Momoh. Ora ha senso che la polizia non sia intervenuta, quando ha capito che c'era di mezzo Kevin.»

Sono d'accordo con lui. Ma è tutto troppo facile. È una soluzione di comodo pensare che siano morte tre persone a causa di Godwin e delle sue bugie. E non voglio essere così presuntuoso da pensare di avere trovato le risposte in soli quattro giorni, quando in mesi di indagini Emeka non è riuscito a portare alla luce la verità su quanto è successo quel giorno.

Usciti dal campus in macchina, passiamo davanti al parcheggio dei taxi e d'un tratto, guardando le file di veicoli, mi viene in mente una cosa.

«È sempre così?» chiedo.

«Così come?»

«C'è sempre così poco traffico?»

«Invece c'è traffico.» Chika rallenta. «I mezzi pubblici non sono ammessi al campus. Questi sono i taxisti accreditati. È il massimo del traffico.»

«E i mototaxi? Portano anche fuori dal campus?»

«Se si paga abbastanza, ma servono più che altro per gli spostamenti all'interno del campus. Se non hai una gran fretta, non prendi un mototaxi per andare in città.»

Osservo l'ordine con cui i taxi procedono lungo la fila a mano a mano che caricano i clienti. Chika ha ragione.

«Se questo è il massimo dell'affollamento, Bona e Winston non avevano motivo di prendere un mototaxi.»

«Infatti. E poi era il fine settimana, ci sarà stata di certo meno gente. Molto probabilmente, hanno preso un taxi appena sono arrivati qui.»

Attivo il cronometro sul cellulare mentre ci allontaniamo dal campus. «Non credo ci vogliano più di quindici-venti minuti a piedi dalla Whyte Hall alla fermata dell'autobus. Sapendo che sono usciti verso le quattro, potrebbero avere preso un taxi intorno alle quattro e venti?»

Chika annuisce. « Ha senso. »

Mentre ci dirigiamo in città, sto ancora calcolando quanto tempo devono aver impiegato Bona e Winston per arrivare a Okriki. Controllo il cronometro quando passiamo davanti alla stazione di polizia.

« Siamo a diciassette minuti. I taxi lasciano i passeggeri alla loro destinazione o solo alla fermata dell'autobus di Okriki? »

« Dipende. Se la tua destinazione è lungo la strada, ti ci lasciano. Altrimenti arrivano sino al capolinea. »

Mi volto verso la stazione di polizia e continuo a pensare che sia tutto troppo facile. Anche verificare se i tempi di percorrenza coincidono con i movimenti dei ragazzi sembra superfluo, nel caso in cui Godwin abbia davvero mentito su tutto.

« Facciamo una breve visita ai nostri amici della polizia. »

Chika non discute, mentre fa inversione.

Sarà l'ora, ma stavolta non c'è quasi nessuno. Manca il novellino maleducato ed è una novità che il poliziotto annoiato non ci faccia attendere quando l'ispettore risponde che ci può concedere qualche minuto.

« Sei sicuro di volerlo fare? » mi chiede Chika sottovoce, mentre passiamo davanti alle celle, diretti all'ufficio di Omereji.

« No. » Rallento il passo, ma parlo veloce. « Non era qui quando è successo, ma voglio farmi un'idea di cosa sa e ha insabbiato, e su cosa si è rifiutato di investigare. »

« Non è uno scherzo. »

« Diciamo che, dopo avere parlato con Tamuno, mi sento fortunato. »

Pochi minuti dopo, la risata beffarda dell'ispettore Omereji riecheggia nel suo ufficio. « È il meglio che è riuscito a fare? »

Sostengo il suo sguardo. « Non è una smentita. »

« Perché non c'è niente da smentire », risponde lui, secco.

« Deve ammettere che per la polizia le cose non si mettono bene... » gli fa notare Chika, in piedi sulla soglia.

« Non stavo parlando con lei », ribatte Omereji.

« Non si rivolga a me in questo modo », replica Chika a bassa voce. Anche se non è a me che l'ha detto, mi fa venire i brividi.

« Lei è nel mio ufficio », dice l'ispettore, adottando lo stesso tono.

« E lei è un funzionario pubblico che non ha motivo di parlarmi così » ribatte Chika.

« Signori! » li interrompo, deciso a stemperare la tensione che c'è tra loro. Sembrano due cani affamati pronti a sbranarsi a vicenda.

« La conversazione si chiude qui », decide Omereji. « E, per la cronaca, non ce ne saranno altre in futuro. Potete andare. »

« Ispettore, vogliamo solo delle risposte », insisto.

« State facendo accuse a destra e a manca. »

« Le stiamo dicendo cos'abbiamo scoperto! » Non riesco a non alzare la voce, malgrado mi sforzi di controllarla. « Momoh Kadiri è stato arrestato dalla polizia di Okriki. Mentre era sotto custodia, ha avuto un attacco di asma ed è morto. »

« Gliel'ha fatto venire la polizia? »

Ignoro il sarcasmo. « Non è stato soccorso... »

Lui non mi lascia parlare. « E cosa c'entra questo con i Tre di Okriki? »

È Chika a rispondere. « Sappiamo che Kevin Nwamadi ha dato vita a un movimento online perché la polizia si assumesse le proprie responsabilità per la morte di Momoh. La campagna #giustiziapermomoh, all'epoca, stava prendendo piede... »

« Dove? » chiede Omereji, beffardo. « Al campus? Tra amici piantagrane e membri di una setta? »

« Non importa tra chi », intervengo, fuori di me dalla rabbia. « Fatto sta che ha destato attenzione e che la polizia non ha gradito. »

« Quindi, lo abbiamo incastrato noi? In qualche modo, la polizia ha fatto sì che venisse accusato di rapina a mano armata e ha scatenato l'intera città perché bruciasse vivo lui e i suoi amici? »

Respiro a fondo e provo un'altra tattica. « Lei non era qui quando è successo. Le chiediamo solo di verificare... »

« Dottor Taiwo, lei accusa la polizia di omicidio e associazione a delinquere. Io sono a capo di questa stazione. Mi scusi se mi offendo a nome dei miei colleghi. »

« Mi stia a sentire », dico, allungando una mano con fare conciliante. « Non stiamo dicendo che i poliziotti abbiano incastrato i ragazzi. Stiamo dicendo – anzi, ipotizzando – che forse sono stati restii a intervenire, quando hanno scoperto che c'era anche Kevin con loro. »

« Dottor Taiwo, è stato un linciaggio. Da parte di una folla inferocita. Pensa che qualcuno fosse sufficientemente lucido per fare un ragionamento del genere? »

« Ma lei non smentisce », ribadisco.

« D'accordo, dilettanti. » L'ispettore si appoggia allo schienale della sedia, con un sorrisetto di superiorità. « Vi faccio due domande e, se saprete rispondere, vi darò ancora ascolto. Pronti? »

Chika e io stiamo zitti. Lui procede.

« Uno: questo Momoh è stato arrestato in base a una soffiata. Ho letto il rapporto. Qualcuno si è mai chiesto chi l'abbia fatta? »

« La polizia ha detto che era anonima », rispondo.

L'ispettore sbuffa. « Una segnalazione anonima implica che chi la fa corre un rischio. In ogni caso, la polizia ha cercato di identificare chi abbia denunciato questo particolare individuo. Non siamo andati più in là di un numero prepagato che non era registrato a nessun nome. »

« Molto conveniente », lo punzecchia Chika, cui lancio un'occhiata severa.

L'ispettore Omereji non fa caso all'interruzione. « Due: se il tribunale ha già stabilito che la morte di Momoh è stata accidentale, quali danni avrebbe potuto procurare alla polizia la campagna di Kevin sui social network? »

« La sua famiglia è influente. Avrebbe potuto attirare più attenzione rispetto a una famiglia meno importante », gli faccio notare.

« Sciocchezze. La provenienza di Kevin Nwamadi non compariva sulla sua pagina Facebook. Era solo uno studente che faceva rumore sulla morte di un altro studente. Semplice. Pensa che alla polizia importasse abbastanza da farlo uccidere per questo motivo? »

« Senti, Mike. » Faccio una pausa. « Posso chiamarti Mike, vero? » Non aspetto la risposta. « Ti stiamo solo chiedendo di valutare le opzioni. Da questo caso stanno spuntando molte domande senza risposta. Spero che il tuo senso di responsabilità ti spingerà a volerne cercare qualcuna. Prova solo a considerare la possibilità che ci sia stato davvero un complotto nella tua squadra. Fammi parlare con gli investigatori. Dammi i contatti dell'agente che è stato trasferito. Permettimi... »

« No », sentenzia lui. Il suo tono è piatto e definitivo.

« Ma ti sei chiesto perché sospettiamo che la polizia abbia giocato sporco? »

« Quando siete arrivati qui, vi ho detto di non riaprire vecchie ferite. Ora è proprio ciò che mi state chiedendo di fare. Vi ho già detto di no. »

Comincio a stancarmi dell'ostinazione di Omereji. Oltretutto, siamo venuti qui seguendo un'intuizione, senza una strategia precisa, quindi la futilità di questa conversazione sta diventando evidente. Mi alzo.

« Pensaci. Siamo dalla stessa parte. »

« Davvero? » Lo sguardo dell'ispettore è ostile.

« Andiamo, Chika. »

« Gliel'hai già detto, Chika? » dice Omereji, un attimo prima che usciamo. « Hai detto chi sei al buon dottore? »

« Chi sono? » chiede lui, in tono di sfida.

L'ispettore sfoggia un sorriso crudele e ci guarda dalla scrivania. « Uno che ha mollato gli studi e gioca a fare il detective. »

Prendo Chika per un braccio e mi volto verso l'ispettore. « Questo è fuori luogo... »

Chika cerca di divincolarsi, ma io stringo più forte.

« Come dicono nei film », continua l'ispettore, rivolto a lui, « 'coraggio, fatti ammazzare'. Ho in cella un gruppo di persone simpatiche che muoiono dalla voglia di conoscerti. »

« Chika. » Lo strattono. Lui cede, si libera ed esce dalla porta.

« Cosa intendevi dire? » chiedo a Omereji.

« Sei tu l'investigatore. Indaga. Ti suggerisco solo di cominciare a guardare in casa tua. »

LI HO UCCISI MICA IO

Oggi sono successe troppe cose e, anche se muoio di curiosità, mi devo concentrare sul mio vero obiettivo a Okriki. Quindi non chiedo a Chika a cosa alludesse Omereji. Risalgo sul Land Cruiser e indico la direzione della casa in cui abitava Godwin.

« Avviciniamoci. »

Lui guida senza dire una parola e parcheggia dall'altro lato della strada, non meno desolata della prima volta in cui siamo stati qui. Mi segue quando scendo.

« Non possono averci messo più di quaranta minuti dalla Whyte Hall. Corrisponde a quanto ha detto Godwin, ossia che sono arrivati da lui alle cinque. »

« Si è ricordato l'ora esatta dell'arrivo di Bona e Winston anche in circostanze così drammatiche », nota lui.

« Non è impossibile. » Stringo gli occhi sotto un sole così forte che neanche gli occhiali scuri mi bastano. « In primo luogo, è una domanda che gli è stata ripetuta così tante volte che, come si può pensare, ormai Godwin si è autoconvinto di quello che racconta. Inoltre, credo che sia normale ricordarsi ogni secondo del momento in cui ti puntano contro una pistola. »

« Ma non un altro essere umano che si unisce alla festa? »

« Ha detto che *non sa*, non che *non ricorda* », faccio notare.

Chika sbuffa. « Mi piacerebbe mettere lui e Tamuno nella stessa stanza. »

Sto per dirgli che non sarebbe una cattiva idea quando scorgo la Signora Fittacamere che esce dal retro con una vestaglia che le avvolge il seno prosperoso. Viene verso di noi a passo di marcia con un machete in mano. I suoi modi aggressivi suggeriscono che ormai sappia cosa siamo venuti a fare a Okriki.

« Ancora voi! » urla, avvicinandosi. « Piantagrane! »

« Signora... » Cerco di placarla.

« Signora tua *mama*! Fuori dalla mia proprietà, subito! »

« Tecnicamente, siamo fuori », la informa Chika, senza scomporsi.

Quest'affermazione è la goccia che fa traboccare il vaso. « Volete *avvocarmi* su cos'è la mia proprietà? » Si gira, alzando la voce. « Tornati ancora! Aiutatemi, gente, oh! Tornati ancora! »

Chika e io corriamo al Land Cruiser e saliamo al volo.

« Siete scappati adesso? Tornate indietro? Piantagrane! Aiutatemi, gente, oh! »

Urla a pieni polmoni, tremando di rabbia mentre agita il machete nella nostra direzione. Sono uscite tre o quattro persone, più curiose che minacciose, ma nessuna cerca di dirle di calmarsi. Chika innesca in fretta la retromarcia e si mette in strada, mentre la donna continua a urlare, a beneficio degli astanti.

« Piantagrane! Lasciatemi in pace! Li ho uccisi mica io. Non ho pagato abbastanza? Lasciatemi in pace! Caspita volete ancora da me? » Grida così forte che ho paura che le si apra la vestaglia.

Anche quando Chika gira l'angolo e la signora non è più in vista, la sua voce acuta e la sua faccia adirata mi accompagnano fino all'Hotel Royale. È la conferma che quando l'abbiamo conosciuta la sua baldanza era solo di facciata. Se in questa città qualcuno ha sofferto le conseguenze dei Tre di Okriki è gente come l'affittacamere, che ha perso i guadagni, la reputazione e la pace.

Per quanto mi sforzi di provare un minimo di compassione per lei, non posso fare a meno di essere infastidito dalle sue azioni avventate. La furia insensata che le si leggeva in faccia quando si è precipitata verso di noi deve rispecchiare quella dei suoi vicini quando hanno sentito il primo sparo e le urla di Godwin.

Non riesco proprio ad abituarmi all'idea che qui, in Nigeria, si risponda a ogni cosa con la violenza. C'è troppa aggressività nell'aria. Anche negli Stati Uniti ci sono luoghi in cui provo lo stesso disagio. Se vado a New York, vivo in uno stato di ansia perenne, e il mio gemello che abita a Chicago non riesce a farmi restare più di una notte a casa sua. Insomma, capisco la tensione che la criminalità genera nella maggior parte delle metropoli. So anche che la frequenza dei reati influisce sullo stato emotivo di una comunità. Ma Okriki non è una metropoli, eppure si avverte una rabbia che sembra, allo stesso tempo, rivolta a tutto e tutti.

« Perché sono tutti così arrabbiati? » rifletto ad alta voce.

« Forse perché non hanno motivo di essere felici? » risponde Chika, amaro. « Guardati intorno. Le scuole cadono a pezzi, non c'è la corrente elettrica, non c'è l'acqua corrente, non c'è sicurezza... »

« È una ragione sufficiente per prendersela gli uni con gli altri? » replico, addolorato dalla realistica descrizione di Chika.

« Facci caso. Se la prendono con i forestieri o con chiunque, secondo loro, non fa parte della comunità. Forse perché associano gli stranieri alle compagnie petrolifere che hanno sede in Europa e in America. O al governo e ai politici lontani ad Abuja. Quando non ci saranno più estranei su cui sfogare la rabbia, allora forse se la vedranno tra loro », conclude il discorso con un sospiro.

Non ho nulla da ribattere, il che mi rende più triste. « Quei ragazzi non avevano speranze. »

« Perché dici questo? »

« L'hai vista, l'affittacamere. Hai notato quanto in fretta la gente ha cominciato ad accorrere non appena si è messa a gridare? Quello che è successo ai Tre rischia di ripetersi, se la gente non impara dai propri errori. »

« Prima di imparare, dovrebbero ammettere di avere commesso un errore. »

Mi zittisco, ripensando alla giustificazione che il capo ha dato del comportamento della sua comunità e dell'atteggiamento di sfida della città di fronte a una condanna nazionale. L'intera faccenda mi riporta alla mente uno studio cui ho partecipato anni fa, a proposito delle transizioni politiche in diverse culture nel corso della storia. Le nazioni che nascondevano le colpe sotto il tappeto con nient'altro che un vigoroso « Mai più! » tendevano a ripetere gli stessi errori. Quelle invece che compivano uno sforzo collettivo per riconoscere le ingiustizie, comprendere come e perché fossero state commesse, per poi prendere misure concrete al fine di evitare che si ripetessero, avevano più possibilità di successo. La conclusione dello studio non era di buon auspicio per il futuro degli Stati Uniti, per via dello schiavismo e del suo impatto sugli odierni rapporti tra le varie etnie, né per quello del Sudafrica post-apartheid. Al contrario, la constatazione degli sforzi della Germania dopo il nazismo era incoraggiante, dimostrava che, seppure nell'arco di parecchi decenni, i torti collettivi possono essere raddrizzati.

Siamo di nuovo all'Hotel Royale. Scendiamo dalla macchina e, appena entriamo nell'atrio, provo un senso di disagio. Il direttore ci rivolge un saluto aggressivo, mentre la cameriera si volta dall'altra parte, senza degnarci del caloroso benvenuto ostentato da quando Chika ha cominciato a distribuire mance a ogni occasione. Sui due teleschermi è in corso una partita di calcio. La stanno guardando alcuni ragazzi del posto che ora, malgrado il volume, sembrano più interessati a noi mentre saliamo le scale.

La preoccupazione mi agita.

« Fai finta di niente », consiglia Chika. « Non indurli a pensare che ti stiano dando sui nervi. »

« Ma *mi danno* sui nervi. »

Mentre lui prosegue fino alla sua stanza, infilo la chiave nella serratura e la giro a sinistra. Non si muove. La giro a destra e funziona.

« Chika? »

Lui si ferma e si volta.

« La mia camera è aperta. »

Torna da me e ci scambiamo uno sguardo. « Forse la donna delle pulizie si è scordata di chiudere quando... »

Resta a bocca aperta non appena apro la porta.

Nella stanza sembra essere passato un tornado. Il materasso giace lacero sul pavimento, con l'imbottitura che fuoriesce. Sedie e scrittoio sono stati ribaltati. Vestiti e articoli da toilette sono sparsi ovunque. Le note legnose del mio profumo Armani mi fanno capire che la boccetta dev'essere in frantumi da qualche parte in mezzo al disordine. I miei post-it sono stati strappati dalla parete e fatti a pezzi come coriandoli sul pavimento.

Al loro posto è appesa alla bell'e meglio la copia di un articolo di giornale sui Tre di Okriki. I ritratti in bianco e nero di Winston, Bona e Kevin sotto il titolo in grassetto: *Banda di ladri bruciata viva.*

Accanto al ritaglio c'è anche un avvertimento scritto con vernice rossa.

Vattene o brucerai!

COMBATTI O FUGGI

Chika torna dalla sua camera mentre sollevo il materasso e ritrovo il mio portatile sotto lo scrittoio rovesciato. Le lettere della mia tastiera sono sparse sul pavimento come tessere dello *Scarabeo* e lo schermo, in frantumi, è separato dalla base come una testa decapitata. Per quanto riguarda la mia valigia, sembra quasi che qualcuno l'abbia presa a colpi d'ascia.

Un atto selvaggio. Malvagio. Raccolgo i due pezzi del mio costoso apparecchio, cercando di ricordare quando ho fatto l'ultimo backup.

« Credo che l'hard disk si possa recuperare », dice Chika guardandosi intorno.

« La tua stanza? »

« Non è messa male come la tua, ma il messaggio è lo stesso. » Indica la parete.

Atoka appare sulla soglia, più soddisfatto che dispiaciuto.

« Signori », annuncia pomposo, « dovete lasciare il mio albergo. È chiaro che siete un pericolo per la mia persona, la proprietà e tutto il personale. »

« Bastardo... » esclama Chika e fa per lanciarsi su di lui, ma lo trattengo.

« E anche violenti », lo provoca il direttore.

« Lei sa chi è stato, vero? » Il mio assistente è fuori di sé.

« Perché dovrei permettere a qualcuno di danneggiare la mia proprietà? »

Con uno strattone, Chika sfugge alla mia presa, afferra Atoka per il collo e lo sbatte contro il muro.

« Chika! » grido, ma il suo sguardo di fuoco è fisso sul direttore, che ha perso la sua spavalderia ora che ha i piedi sollevati da terra.

« Chi. È. Stato? »

« Non lo so! »

Chika stringe il collo di Atoka. Corro a prenderlo per le spalle, ma è come smuovere una roccia.

« Per favore, Chika, non ne vale la pena... »

« È stato il capo? » Nemmeno mi guarda. Il direttore ora fatica a respirare. « L'ha ordinato lui? »

« Non... lo... sooo... » rantola il direttore, a corto di ossigeno, strabuzzando gli occhi.

Comincio a temere che, se Chika non lascia la presa, dovrò praticare la respirazione bocca a bocca a questa disgustosa creatura.

« Lascialo andare! »

Forse Chika ha sentito il panico nella mia voce, perché molla di colpo Atoka, che, barcollando, si rialza quasi subito e si affretta a scappare in corridoio.

« Dovete andarvene! » gracchia in tono di sfida, massaggiandosi il collo livido. « E non vi restituirò nessuna caparra! »

Atoka se la dà a gambe. Io ansimo dalla tensione. Chika, dal canto suo, respira normalmente, come se avesse fatto una tranquilla passeggiata. Solo il suo sguardo lascia trasparire quanto sia andato vicino a strozzare il direttore a mani nude.

« Dobbiamo andarcene da qui », gli faccio presente.

« La banca ha una guest house a Port Harcourt, ma è troppo lontana da qui. »

« Potremmo non avere altra scelta. »

« Possiamo provare anche a quella dell'università. È sempre piena, ma se abbiamo fortuna... »

« Perché no? È un'idea. Sono sicuro che se chiamiamo la segreteria, Ikime potrà esserci d'aiuto. »

Prendo il cellulare per controllare se Ikime ha risposto ai miei messaggi. Niente. Ma ce n'è uno che Salome Briggs ha inviato diciassette minuti fa.

Vieni a PH. Non è sicuro lì. Fidati. Sal.

Lo faccio vedere a Chika. Lui legge, si acciglia e mi guarda. « Chi è? »

« Un'amica a Port Harcourt... Be', una specie. Ci siamo conosciuti sull'aereo. Sua madre è di qui. »

« Sa un sacco di cose, per abitare così lontano. »

« Lo so. » Guardo la stanza. « Qualcuno deve averla informata. »

« Ti fidi di lei? »

« Non ho ragione per non fidarmi. »

Chika annuisce e mi restituisce il telefono. « Allora dobbiamo sbrigarci. Più a lungo restiamo qui, più corro il rischio di fare qualcosa di cui poi potrei pentirmi. »

Comincia a raccogliere i pezzi di carta dal pavimento mentre io chiamo Salome. Lei risponde al primo squillo.

« Grazie al cielo stai bene. »

« Come facevi a saperlo? » le chiedo.

« Non c'è tempo per le domande. È meglio se vieni qui subito. Chiamami appena sei a PH. Vi ho prenotato un albergo, per tutti e due. »

« Tu ci sarai? »

« Se vuoi... »

Prendo una decisione rapida, prima che la pausa diventi imbarazzante.

« Se non ti è di disturbo, sì, vorrei che ci fossi. » Nonostante il mio atteggiamento sbrigativo, noto che Chika ha smesso per un istante di ripulire il pavimento.

« Nessun disturbo », risponde, pragmatica. « Ma corri. »

Chiude la comunicazione.

Il mio assistente ha raccolto un bel po' di carta straccia e mi chino anch'io a frugare tra le macerie.

« La tua ragazza le ha detto chi è la sua fonte? »

« Non è la mia ragazza », ribatto, più secco del necessario. « E sono sicuro che mi dirà tutto quando la vedo. Ci ha prenotato un albergo. »

« Hmm... ci ha prenotato un albergo prima ancora che ci devastassero la camera? »

Ora che Chika la mette così, mi pare alquanto stupida l'idea di correre a Port Harcourt solo perché l'ha detto Salome. In fondo, che cosa so sul suo conto?

« Dici di non andare? »

« Sempre meglio della guest house della banca. Credo che noi dovremmo... cioè che tu dovresti seguire la pista. Sarà interessante scoprire che cosa sa. E poi hai detto che ti fidi di lei. »

Non posso dirgli del mio dubbio improvviso. Quindi sto zitto, mentre nella mia stanza raccogliamo in fretta ciò che può essere ancora salvato in un lenzuolo che Chika ha trasformato in uno zaino improvvisato. Ripulisco il mio portatile e lo infilo nella sua valigetta, poi ci guardiamo intorno per essere sicuri di avere preso quello che non è irrimediabilmente distrutto.

La partita è ancora in corso quando scendiamo le scale, ma i ragazzi sono in piedi, con le spalle agli schermi, indifferenti alla cronaca concitata del commentatore. Il direttore è sulla porta, a braccia conserte, con lo sguardo pieno di rabbia.

Mentre passo davanti al gruppo, riconosco l'odore. Mi fermo e mi giro.

« Ragazzi, sento il profumo che mia moglie mi ha regalato a Natale. Presumo che alcuni di voi o tutti siate responsabili dei danni alla mia camera. »

Silenzio, ma il linguaggio del corpo indica che hanno voglia di menare le mani. Ho la sensazione, terribile, di essere stato violato. Questi tipi hanno fatto a pezzi le mie cose e ora mi stanno guardando mentre lascio l'Hotel Royale, godendosi la mia sconfitta. Il pensiero mi fa ribollire il sangue, ma so che non conviene peggiorare la situazione.

« Dite a chiunque vi abbia mandato che ha fatto un grosso errore, perché non mi fermerò finché non scoprirò cosa cercate di nascondere » esclamo rivolto al gruppetto.

Sembriamo in una scena da film western, io che fisso i giovani frementi mentre Chika trattiene il direttore dal mettersi in mezzo.

Mi volto e faccio per andarmene. Dopodiché si svolge tutto in fretta. Il braccio di Chika scatta, io mi abbasso appena in tempo e mi giro, mentre il suo pugno raggiunge il mento di uno dei ragazzi che, lo capisco solo ora, stava per placcarmi da dietro. Il giovane cade a terra con un guaito, stringendo i denti insanguinati per il dolore. Gli altri avanzano minacciosi e Chika lascia cadere lo zaino improvvisato a terra.

Mi rivolgo con voce fredda al direttore. « Dica loro di darsi una calmata, o le assicuro che nessuno potrà ripagare i danni al suo albergo per quanti saranno. »

Atoka tarda a rispondere e Chika atterra un altro dei ragazzi con un calcio.

« Basta! » grida il direttore. Mi guarda, al tempo stesso rabbioso e spaventato. « Andatevene. Per favore. »

« Chika, andiamo. »

Lui rimane in posizione di combattimento, guardando ora Atoka, ora il gruppo con aria di sfida.

« Chika! » ripeto, a voce più alta.

Con riluttanza, lui raccoglie la sua valigia e lo zaino di fortuna con la mia roba, si volta ed esce. Lo seguo con la mia Samsonite ammaccata e la borsa del portatile. Salgo sul Land Cruiser mentre lui avvia il motore.

Non faccio in tempo a chiudere la portiera dal mio lato che Chika fa retromarcia con una foga tale che riesco a sentire l'odore della gomma bruciata.

UNA SIGNORA INFLUENTE

Le 21 sono passate da un pezzo quando la polizia militare ci ferma sulla strada per PH. Non ci sono scambi di convenevoli quando Chika passa duecento naira attraverso il finestrino e il mio telefono suona: è Salome che manda la sua posizione. Faccio click e Google Maps mi informa che siamo a sedici minuti da lei.

Attivo la voce elettronica del navigatore perché ci guidi attraverso la città, verso il Tropicana. Il viale che porta all'enorme cancello dell'albergo è costeggiato da palme alte e prati ben curati. All'ingresso ci sono guardie armate fino ai denti che esaminano il Land Cruiser alla luce delle torce e chiedono se siamo ospiti o visitatori.

« Ospiti », risponde Chika, brusco.

Uno dei due controlla una lista con la torcia.

« Philip Taiwo? »

« Sono io. »

« Un documento, prego. »

Prendo il passaporto dalla tasca e mi allungo verso Chika per porgerlo alla guardia, che punta di nuovo la luce all'interno del fuoristrada, controlla, chiude il documento e lo passa al mio assistente che me lo restituisce.

« Andate pure, prego. »

« La tua amica deve avere buoni agganci », commenta Chika, mentre attraversa il cancello. « Il Tropicana è uno dei migliori alberghi in città. Ci stanno gli stranieri. »

« Questo spiega la presenza delle guardie armate. »

« L'assicurazione sulla vita degli ospiti, qui, è pari al PIL di certi paesi. »

L'albergo è enorme e se c'è qualche somiglianza con l'Hotel Royale, è solo nel ronzio dei generatori. L'intero edificio è illuminato come un albero di Natale ed è difficile immaginare che qualche angolo possa sfuggire agli occhi attenti delle guardie che pattugliano il terreno.

Un portiere in livrea si affretta a raggiungerci appena scendiamo dal Land Cruiser.

« Benvenuti al Tropicana », dice, portandosi la mano alla visiera di un berretto che sarebbe più adatto al presentatore di un circo, e fa un inchino. Indossa una giacca a doppio petto con lo stemma dell'albergo cucito sul taschino sinistro. « Io sono George. Vi serve aiuto con i bagagli? »

Sembra piuttosto vivace, per quell'ora tarda. Non so come faccia a non sudare, con tutti quei vestiti indosso. Chika apre il bagagliaio e George non batte ciglio davanti al contenuto. Solleva lo zaino fatto con il lenzuolo del Royale con la stessa deferenza con cui prenderebbe una valigia di Louis Vuitton.

Un altro portiere lo affianca con un trolley. Ci fanno strada nella hall, dove Salome risplende come l'ultima volta che l'ho vista, ormai circa cinque giorni fa.

Viene verso di noi quasi fosse a casa sua.

« Grazie al cielo ce l'avete fatta. »

Devo stringerle la mano o abbracciarla? È lei a prendere l'iniziativa, con un abbraccio così caloroso da cancellare ogni mia inibizione. La presento a Chika come se la conoscessi da sempre.

« Grazie per tutto il suo aiuto, signora », dice lui, rivolgendosi a lei come era solito fare con me. *Fino a qui, non oltre.*

Se Salome nota la sua riservatezza, non lo dà a vedere. Scoppia a ridere, con la stessa disinvoltura che ha attirato diversi sguardi sull'aereo. « Prima di tutto, lascia perdere il 'signora'.

Secondo, andate nelle vostre camere a darvi una rinfrescata. Ho chiesto in cucina di prepararvi qualcosa di leggero. Scendete appena siete pronti. »

Uno dei portieri si avvicina con due chiavi elettroniche. È Salome a prenderle e a consegnarcele.

« Siete allo stesso piano. Vi accompagna George. » Si volta verso di lui e gli parla rapida in *ikwerre*.

« Grazie », le dico.

« Ringraziatemi quando sarete tornati umani. Vi aspetto qui. » Indica una zona in fondo alla hall, dove vedo un gruppo di persone sedute a quello che sembra il banco di un bar.

« Andate. La cucina non rimarrà aperta ancora a lungo. Chiudono alle dieci in punto. »

Mi viene spontaneo abbracciarla di nuovo tanta è la gratitudine e il sollievo che provo.

« Vai », mi spinge via ridendo. « Americano sentimentale. »

Ridacchio, con un certo imbarazzo, e seguo Chika nell'ascensore che George e un collega ci tengono aperto.

La mia stanza è di un lusso sfrenato, non solo in confronto a quella del Royale, ma rispetto a qualsiasi standard. Al centro troneggia un grande letto, circondato da tutti i comfort di un albergo a cinque stelle. George depone i miei bagagli da un lato, sistemando con delicatezza lo « zaino » sulla moquette. Come ogni portiere ben addestrato, mi indica tutto ciò che ho a disposizione nella camera. Il minibar è fornito, la tv ha più canali via cavo di quanti possano servire, il bagno è più grande della stanza che avevo all'Hotel Royale.

« Grazie, George. »

Mi frugo nelle tasche in cerca del portafogli, ma mi rendo conto che mi sono rimasti solo i cento dollari di emergenza.

« Non si preoccupi, signore », dice lui. « La signorina Salome ha già pensato a tutto. »

Anche a dare la mancia al portiere prima del mio arrivo? Sorrido per nascondere l'imbarazzo. « In ogni caso, prometto di lasciarle qualcosa prima di andarmene. »

« Nessun problema, signore. Dico alla signorina che scende tra dieci minuti? »

« Sì, per favore. In che stanza è il mio collega? »

Mi risponde e mi dà istruzioni su come chiamare la camera di Chika.

Esce con un altro inchino. Un attimo dopo crollo sul letto e chiudo gli occhi per un momento. Non posso fare a meno di sentirmi come un povero elevato improvvisamente al rango di principe. Un attimo prima sono a Okriki in mezzo a una rissa, un attimo dopo in un albergo a cinque stelle a Port Harcourt. Certe cose succedono solo in Nigeria.

Squilla il telefono e salto sul letto. Allungo la mano verso il ricevitore sul comodino.

« *Oga...* »

« Siamo passati da 'signore' a '*oga*'? » chiedo scherzoso a Chika.

« Chiunque conosca qualcuno che ci possa trovare alloggio al Tropicana è un *oga*. Anzi, è il Big Oga. »

Rido di cuore, divertito e sollevato al pensiero che stiamo entrambi bene. « Intuisco che la camera ti piaccia. »

« Così tanto che ci rimango stasera. Ho chiesto di farmi servire la cena in camera. Fai le mie scuse alla tua amica. »

« Chika, credo che lei aspetti di vedere entrambi », protesto, temendo che lui pensi di essere di troppo. Non voglio ammettere che sono un po' nervoso all'idea di restare solo con Salome.

« Ne sono sicuro. E, credimi, ho molte domande che vorrei farle, ma stasera preferisco restare in camera a pregare che non sia un sogno. Non fare troppo tardi. Devi ancora finire le indagini. »

« Come potrei dimenticarmene? »

« E, Philip... non so se posso permettermi di dirtelo, ma per favore stai attento. »

Sto zitto per un istante. Potrei fingere di non sapere di cosa parla, ma Chika e io abbiamo superato questa fase. « Starò attento. Grazie. »

Riaggancio e vado in bagno.

Il monito del mio amico mi riecheggia in testa mentre mi guardo allo specchio sopra il lavabo. *Mi si legge in faccia?* Certo, Salome è attraente, ma spero che Chika non si riferisse a questo quando mi ha detto di fare attenzione. O la sua raccomandazione riguardava le indagini?

Nello specchio si materializza il volto di Folake. *Stai attento.* Ma lei lo dice prendendomi in giro.

Ti ho visto!, vorrei gridare all'immagine, ma non lo faccio. Perché sto mettendo in discussione le mie ragioni per bere qualcosa con un'*amica* che si è rivelata preziosa e non ha fatto nulla per destare sospetti?

Nello specchio, Folake fa una smorfia e le sue labbra formano una parola che mi ricorda quanto ci siamo detti il giorno della mia partenza. *Psicologia da strapazzo!*

Mi giro dall'altra parte. Un drink è proprio ciò di cui ho bisogno ora, dico a me stesso mentre esco dalla stanza. Niente di più.

Salome mi aspetta. Si allontana dal bancone del bar e mi viene incontro con un sorriso.

« Vedo che ti sei ripulito per bene. »

Sento che sto per arrossire. « È il meglio che posso fare, senza un cambio d'abito. »

« Non ce n'è bisogno. » Sbuffa. « Vieni a mangiare. » Mi guida a uno dei tavoli del bar.

È stato apparecchiato per due. Noto che alcuni degli avventori, perlopiù uomini bianchi di mezz'età in pantaloni sportivi e camicia J. Crew a maniche corte o arrotolate, ci stanno osservando.

«Il tuo amico dice che mangia in camera. Gli ho fatto portare su la cena», spiega Salome mentre ci accomodiamo.

«Grazie.»

«Sono sicura che avrai molte cose da chiedermi...»

La cena consiste in pollo arrosto con patate a grossi spicchi e verdure bollite. Il pollo è il più gustoso che abbia mangiato da tempo e io sono affamato, il che mi costringe, senza vergogna, a parlare a bocca piena.

«La prima domanda è: come hai fatto a trovarci alloggio qui?»

«Facile. Il proprietario è cliente del mio studio legale, un vecchio amico che mi deve un paio di favori. Inoltre, qui organizziamo molte conferenze, per cui siamo buoni clienti. Mi è bastato fare una telefonata.»

«Come facevi a sapere cosa stava succedendo a Okriki?»

«Ho chiesto a mio cugino di tenerti d'occhio. Sai, per essere sicura che stessi bene.»

«Mi hai fatto sorvegliare?»

«Non è come pensi tu, Americano. Volevo essere sicura che stessi bene.»

«Be', grazie. E chi è questo tuo cugino?»

«Credo che tu l'abbia incontrato. È l'ispettore di polizia...»

Rimango con un pezzo di coscia di pollo a mezz'aria.

«Stai scherzando, vero?»

«No. Mike è mio cugino di primo grado.»

«Quindi il capo è...»

«Mio zio. Il fratello maggiore della mia defunta madre.»

Lascio cadere la forchetta nel piatto.

«Lo sai che ha ordinato di distruggere la mia stanza, vero?»

Lei fa un cenno elegante con la mano, come per togliermi quell'idea dalla testa. «Non ha fatto niente del genere. Pensa a mangiare. Fidati, se mio zio avesse voluto farti del male in qualche modo, lo avrebbe fatto nel momento stesso in cui hai messo piede in città. »

« Mi ha detto in faccia che non ero il benvenuto a Okriki. »

« La stessa cosa che ti ho detto io quando ho saputo perché ci andavi. Ed eccoci qui. »

« Stai dicendo che il capo e l'ispettore Omereji non sapevano nulla di quello che è successo oggi in albergo? »

« Non prima che accadesse. Di sicuro lo hanno saputo dopo, ma ormai cosa potevano farci? »

« Omereji avrebbe potuto arrestarli! »

« Calmati. O smetto di parlare. »

Inspiro a fondo. Guardo lei, poi la sala del bar. In meno di tre ore, Salome ha fatto in modo che in hotel fossero tutti al mio servizio. Sono quasi le undici e lei è qui a darmi il benvenuto e a trattarmi come una gentile padrona di casa.

« Sì, Philip Taiwo. Puoi fidarti di me. »

Di nuovo, è come se mi leggesse nel pensiero. Espiro, abbasso gli occhi, osservo il pollo, poi torno a guardare lei. Riprendo a mangiare, senza distogliere lo sguardo dai suoi occhi sottolineati dal kajal.

« Va bene, ti ascolto. »

« Wow, comandi tu, adesso? »

« Salome... » Le faccio capire che la mia pazienza ha un limite.

« Okay, okay. È semplice. Appena mi hai detto cos'andavi a fare a Okriki, ho chiesto a Mike di badare a te. »

« Diciamo pure 'spiarmi'. » So che sembro scortese, ma non posso farne a meno.

« Come preferisci. Sapevo che le vostre strade si sarebbero incrociate in ogni caso, ma volevo che sapesse che sei un amico. »

« Non è così che mi ha trattato. »

« Cosa ti aspettavi? In ogni caso, ti ha guardato le spalle in più occasioni di quante immagini. »

« Ha la mia eterna gratitudine. »

« Il sarcasmo non si adatta per niente all'accento americano... »

« Mi serve qualcosa da bere. » Faccio un cenno al barista, che si avvicina al tavolo mentre spingo da parte il piatto che non ho finito.

« Un doppio Jack, per favore. »

« Signora? »

« Courvoisier. Con tanto ghiaccio. »

Il barista si allontana e Salome riprende a parlare. « Comunque, è stato lui a scoprire cos'ha fatto quel gruppo di giovani alla tua stanza e a quella del tuo assistente. »

« Ma non li ha fermati, come avrebbe fatto qualsiasi poliziotto rispettoso della legge. »

« Lo stai giudicando male. »

« Nasconde qualcosa », insisto. « Tutta la città è collusa, incluso tuo zio » esclamo e, ripensando alle condizioni della mia stanza solo poche ore fa e a come mi sono sentito violato, la rabbia torna a galla.

Arriva da bere. Prendo il mio whiskey e lo mando giù in un colpo solo.

« Philip Taiwo, non farmi pentire di averti aiutato. »

« Allora dimmi *perché* mi stai aiutando. »

« Perché stai facendo la cosa giusta. I genitori di quei ragazzi meritano di sapere cos'è successo davvero. »

« Lo fai per questo? »

« Che altra ragione potrebbe esserci? »

« Forse la stessa ragione per cui tuo cugino è stato rimandato a Okriki: per tenere d'occhio l'indagine, per sincerarsi che non si scoprisse niente che procurasse altri danni alla città. »

« Quindi ti aiuto solo per influenzare la tua ricerca? » È quasi sprezzante, sulle sue labbra ben curate si disegna un sorriso beffardo che mi fa pensare mi stia prendendo in giro. « Perché *è* una ricerca, vero? »

« Che altro posso pensare? » Mi gira un po' la testa e mi rendo conto troppo tardi che avrei fatto meglio a ordinare una birra.

Lei svuota il suo bicchiere, prende il cellulare e dopo aver digitato sullo schermo se lo porta all'orecchio.

« Vieni all'ingresso. » Riattacca e mi guarda. « Capisco che tu sospetti di me, Philip. Ma ti suggerisco di riconoscere meglio i tuoi avversari. Ti ho salvato il culo, oggi. Il tuo e quello del tuo amico. Perché avrei dovuto farlo? Fatti questa domanda, prima di lanciare accuse. »

Si alza in piedi e sono costretto a guardare il suo bel viso.

« La gente di mia madre non è cattiva », dice Salome, guardandomi negli occhi. « E non è nemmeno buona. Sono solo esseri umani. Ciò che hanno fatto è imperdonabile, non ha alcun senso. Ma sei qui da abbastanza tempo e ormai avrai capito che niente ha senso, in questa parte del mondo. Non ultimamente, quantomeno. Ma mi piacerebbe proprio sapere *perché* è successa la tragedia che ci ha portato fino a qui. Forse, se troverai una spiegazione per quella follia, potrò tornare a guardare la mia gente senza vergognarmi. È per questo che ti sto aiutando. »

Se ne va prima che possa replicare.

UN INCIDENTE PREVEDIBILE

Chika apre la porta sentendomi bussare come un forsennato. Si stropiccia gli occhi.

« Che succede? Stai bene? »

Per rispondergli, faccio partire il vocale sul mio telefono.

« Pronto, dottor Taiwo? Sono io, Tom Ikime. Ieri abbiamo trovato Godwin morto nella sua stanza. Un incidente davvero molto triste. La richiamo in mattinata. »

« Merda », impreca Chika. Le ultime tracce di sonno gli sono sparite dal viso.

« Dobbiamo andare all'università. »

« Che ora è? »

Controllo il cellulare. « Otto e diciassette. »

« Mi vesto subito. »

Corro nella mia stanza e mi butto sotto la doccia.

Godwin è morto e, considerata la mia conversazione con Tamuno, questo non è solo « un incidente davvero molto triste », ma un grave contrattempo. Dato che accade proprio dopo che le nostre stanze sono state messe a soqquadro, di colpo ho la sensazione di imboccare solo vicoli ciechi in questa indagine. Detesto perdere il controllo. Tutto quello che mi sta capitando sembra non avere molto a che fare con il mio obiettivo a Okriki, ma in qualche modo lo sta compromettendo.

Il senso di disperazione non mi abbandona mentre mi rimetto gli abiti del giorno prima e mi dirigo all'ascensore per raggiungere Chika che mi aspetta nella hall.

« E se i conti non tornano? » gli chiedo, mentre ci rimettiamo in viaggio per Okriki.

« I conti di cosa? »

« Di tutto quello che sappiamo sul caso. E se i conti non tornano perché va bene così? »

« E questa da dove salta fuori? »

« Lascia perdere. » Guardo fuori dal finestrino, riluttante a riversare su Chika le mie insicurezze.

« È per via della morte di Godwin? Ma abbiamo visto tutti e due su che strada si era messo quel ragazzo... »

« Sì, lo so, ma questo non rende più facile accettarlo. Può darsi che sia un segno... »

« Che i conti non tornano? »

« Un segno che l'intera questione dei Tre di Okriki è stata solo un altro esempio della violenza immotivata che esplode ovunque in questo paese. »

« Anche dopo quello che ci ha detto Tamuno? »

« Sì. Godwin potrebbe avere mentito a proposito di Kevin. Ma potrebbe davvero aver chiesto aiuto se si fosse sentito attaccato da Bona e Winston. E non è stato lui a ordinare agli abitanti di Okriki di torturare e uccidere quei ragazzi. La responsabilità è loro. »

« Forse hai ragione, ma non è per questo che sei qui? Per dare un senso a qualcosa che tutti considerano insensato? »

« Ti sto dicendo che non so se ci riesco. »

« Per favore, non lasciare che la morte di Godwin ti faccia dubitare dei tuoi progressi. Guarda quanta strada abbiamo fatto da quando sei arrivato. Quante cose sappiamo adesso... »

Ma a che scopo? Vorrei chiederlo, ma ora siamo al posto di blocco della polizia militare, quindi tengo la bocca chiusa. Chika rallenta, ma ci fanno cenno di passare e uno dei soldati armati fino ai denti ci sorride persino.

« Siamo diventati habitué. » Chika accelera, salutando con la mano.

« E questo è un bene? »

« Puoi dirlo forte. Vuol dire che la prossima volta non avranno bisogno di chiedere prima che dia loro qualcosa. »

Forse non è tutto privo di senso, in fondo. Da una parte, allungare di proposito mazzette ai soldati per attraversare una strada pubblica può sembrare sintomo di corruzione, dall'altra gli automobilisti che pagano hanno accettato questa dinamica come l'unico possibile *modus operandi*. Una sorta di onore tra ladri: il soldato riconosce i nostri incontri precedenti lasciandoci passare senza fare storie, Chika riconoscerà il favore passandogli una banconota la prossima volta che ci troviamo al posto di blocco. C'è un metodo in questa follia.

Andiamo dritti alla segreteria della State University, solo per scoprire che Ikime ha lasciato un messaggio per noi alla sua assistente: è andato all'obitorio dell'ospedale universitario. Sto per chiedere le indicazioni, ma Chika dice che sa come arrivarci e di lì a poco siamo di nuovo in macchina, diretti al North Campus.

« L'ospedale non è qui? »

« È in un'altra città. La State University si compone di tre grandi blocchi. Noi veniamo dall'East Campus, dove ci sono le facoltà umanistiche e artistiche. Il West Campus è quello di Ingegneria, il North Campus quello di Medicina. »

« È lontano? »

« No. Si trova in centro ad Apamor. Dovremmo arrivarci in mezz'ora, se prendo la scorciatoia. »

Annuisco e rispondo al telefono che sta squillando. È Ikime.

« Arriviamo », gli dico.

« Il senato accademico ha indetto una riunione di emergenza cui devo presenziare. Ho chiesto alla dottoressa Okaro di assistervi. È il nostro capo coroner e il primario di medicina legale.»

«È sicuro di non poterci aspettare?» Mentre lo dico, in realtà mi sento sollevato. Il ruolo ufficiale di Ikime all'università potrebbe essere di intralcio alle domande che vorrei fare al coroner.

«Mi spiace, dottor Taiwo. Ma le assicuro che la dottoressa Okaro le fornirà tutto l'aiuto possibile. Se poi desidera ancora vedermi, può chiamare il mio ufficio. Troverò il tempo.»

Gli dico che capisco e lo ringrazio per avermi informato di Godwin. Ma continuo a pensare alle implicazioni della morte del ragazzo, sicché resto in silenzio per il resto del tragitto.

L'ospedale universitario è un enorme complesso di molti piani. Ci fermiamo all'entrata del pronto soccorso e chiediamo indicazioni per il dipartimento di medicina legale. Quando ci arriviamo, la prima cosa che penso è quanto si somiglino gli obitori di tutto il mondo: sterili, silenziosi e tristi.

«La dottoressa Okaro vi aspetta», dice la receptionist in uniforme, dopo che ci siamo presentati. Solleva il ricevitore di un telefono che sembra uscito dagli anni Ottanta. «Prego, accomodatevi.»

Ci sediamo su una panca durissima di fronte a lei. La receptionist ci sorride dopo avere riagganciato. «Arriva subito.»

Entrano alcuni studenti in camice bianco che ridono e chiacchierano tra loro, in un modo che sembra inappropriato all'atmosfera cupa dell'obitorio. Spariscono dietro una porta a doppio battente dalla quale poco dopo emerge una donna dall'aspetto molto professionale: capelli raccolti in treccine aderenti, niente trucco, lenti bifocali, un semplice abito a fantasia che si intravede sotto il camice candido.

«Dottor Taiwo?» chiede, avvicinandosi.

Chika e io ci alziamo in piedi.

«Sono io. Lui è il mio collega, Chika Makuochi.»

« Sono la dottoressa Ngozi Okaro. Il direttore della segreteria mi ha informato che volete vedere la salma arrivata ieri. »

Si esprime in termini pratici e sembra aspettarsi lo stesso da noi. Sto per farle il discorsetto che mi sono preparato per spiegare i motivi del mio interesse, ma lei ci fa cenno di seguirla e continua a parlare, mentre superiamo la porta.

« Devo dire che è molto insolito. Di norma lasciamo entrare solo parenti e poliziotti. Ikime mi ha detto che non siete né gli uni né gli altri. »

« Infatti. »

« In ogni caso, sono al servizio dell'università e, se il direttore della segreteria pensa che dovrei rispondere alle vostre domande, sono a vostra disposizione. » Si ferma e si volta verso di noi. « Avete mai visto un cadavere prima d'ora? »

La domanda improvvisa e quel suo modo di fare diretto mi colgono alla sprovvista.

« Io sì », la informa Chika.

« E lei? » Mi guarda da sopra le lenti.

« Non è un problema. »

« Questa non è una risposta. »

Non sto a dirle che sono uno di quelli che trova destabilizzante avere a che fare con i morti. Non che vederli mi disturbi, ma mi rammenta la mia stessa mortalità. In questo senso, non mi ci abituerò mai.

La dottoressa Okaro fa spallucce e apre una porta, facendoci cenno di entrare. L'odore intenso di cloroformio ci assale non appena entriamo nella saletta, dove, su barelle di metallo, giacciono sei corpi coperti da un logoro lenzuolo bianco da cui spuntano le estremità. Non ci sono cartellini appesi agli alluci, solo numeri scritti a pennarello nero sulle piante di entrambi i piedi.

La dottoressa Okaro passa in mezzo ai cadaveri e si ferma accanto a uno di loro. Scosta un lenzuolo senza cerimonie, scoprendo il volto immobile di Godwin. Con la mente, torno all'ultima volta in cui l'ho visto vivo. Era agitato, quasi maniacale. L'antitesi di questa immobilità. Non ci sono segni sul viso scarno, nessun trauma da impatto.

« Ora del decesso? » chiedo.

« L'abbiamo stimata tra le sette e le otto di ieri sera. Era già deceduto quando è arrivato in ospedale. »

Devo ricordarmi di chiedere il rapporto, per controllare se qualche tentativo di rianimazione può avere influito sull'accuratezza della diagnosi.

« Causa della morte? »

« Intossicazione da fumo. Molto probabilmente accidentale. »

« Come facciamo a saperlo? » domando.

La dottoressa scosta ancora un po' il lenzuolo. La vista delle gravi ustioni sul fianco destro di Godwin sarebbe sufficiente a farmi venire i conati di vomito come se fossi un novellino. Mi volto verso Chika, che è impassibile.

« Era destrorso », spiega lei. « Dalla gravità delle ustioni, pensiamo si sia addormentato mentre fumava. La sigaretta dev'essergli caduta sul materasso. Vedete le dita? Ustioni di terzo grado, sono quasi carbonizzate. Lo stesso vale per il lato destro del torace... »

« C'è stato un incendio? »

« È stato il fumo proveniente dalla sua stanza a mettere in allarme gli studenti. Hanno sfondato la porta dopo aver bussato a ripetizione senza ottenere risposta. »

« Quindi, niente incendio? »

« Combustione lenta. Credo sia stata causata dal tipo di materasso. Le ustioni sono tutte sulla mano e sul lato destro del corpo. Guardate qui », indica le dita di Godwin, bruciate al punto che si intravedono le ossa annerite dietro le dita carbonizzate.

« E ha continuato a dormire nonostante il dolore? » È la prima volta che Chika parla da quando siamo entrati. La sua voce è calma e impersonale.

« Possiamo supporre che abbia preso un sonnifero, i cui effetti sono stati esacerbati dall'assunzione di alcol. »

« L'esame tossicologico? » domando.

« Ho mandato campioni di routine al laboratorio, ma i genitori verranno presto a ritirare la salma. Non possiamo fare altri esami, se non danno il consenso. »

« Neanche se sospettiamo un reato? » Sono sorpreso, un'autopsia dovrebbe essere obbligatoria in circostanze simili.

« Lo sospettiamo, dottor Taiwo? » La dottoressa Okaro mi guarda, i suoi occhi mi sfidano a dirle come fare il suo mestiere.

Cerco di mostrarmi più conciliante. « Dovremmo fare tutto il possibile per escluderlo, prima di concludere che si è trattato di morte accidentale, specie considerando i trascorsi della vittima. »

« Sono proprio i trascorsi della vittima, la sua storia di abuso di stupefacenti, a corroborare la diagnosi di morte accidentale. »

« Senza esami tossicologici, stiamo solo facendo supposizioni. »

La dottoressa Okaro indica le spaventose ustioni sul corpo di Godwin. « L'unica spiegazione per una morte del genere è proprio che sia accidentale. »

Non demordo. « Gli esami tossicologici ci forniranno una diagnosi più precisa su come sia avvenuto l'incidente. Quantomeno, penso dovremmo determinare se la vittima è morta prima o dopo avere inalato il fumo. »

La dottoressa si acciglia. « Non posso aprirlo senza il consenso dei genitori. È la legge. »

« Capisco, ma almeno possiamo scoprire che tipo di droga ha indotto un sonno così profondo. »

Lei tace, alzando gli occhi dal corpo per guardare me. Io insisto.

« Vorrà saperlo anche lei, non foss'altro per interesse accademico. »

Ho il sospetto che la dottoressa Okaro non sia tipo da tirarsi indietro di fronte a una sfida. Prende il cellulare da una tasca del camice e me lo porge, allungandosi sopra il corpo di Godwin Emefele.

« Mi scriva il suo numero. Se trovo qualcosa di significativo, chiedo a Ikime se posso informarla », dice.

Digito il mio numero di telefono, poi Chika e io la ringraziamo e ce ne andiamo di corsa.

« E adesso? » chiede lui, mentre saliamo sul Land Cruiser.

« Devo vedere la stanza di Godwin. »

ATTO TERZO

Le onde luminose cambiano direzione
passando da un mezzo a un altro

STRATEGIE E SEGNI

John Paul non batte ciglio, mentre siede di fronte al nervoso direttore di una filiale della National Bank a Port Harcourt.

« È molto insolito », dice questi, scuotendo il capo.

« Sono i miei soldi. » John Paul risponde calmo, aggiustandosi gli occhiali sul naso.

« Sì, certo, sono i suoi soldi. Ma la nostra è una piccola filiale. »

« Non sto prelevando contanti. Voglio solo comprare da lei dollari statunitensi e trasferirli su un conto domiciliato. »

« Sì, ma lei sta trasferendo i fondi su un altro conto a nome... » il direttore guarda i fogli sulla scrivania, « John Paul Afini-Clark. Questo significa che chiude il suo conto. Le regole del mercato dei cambi non sono più le stesse. Per acquistare una tale cifra in dollari, dobbiamo fare richiesta... »

« Mi risparmi i dettagli, per favore. Abbiamo tutti e due una scelta. Posso ritirare i miei soldi ora, tutti i ventotto milioni di naira, e andare a comprare dollari sul mercato nero. Oppure lei può fare quello che le chiedo e incassare una sostanziosa commissione. »

Il rischio di perdere un cliente e un bonus è inaccettabile. « Vedo cosa posso fare. »

John Paul si alza e si mette a raccogliere i documenti che ha portato con sé per convalidare la sua richiesta di un colloquio con il direttore della filiale.

« Se posso chiedere, qual è lo scopo di questa operazione, nel caso mi venga chiesto? »

John Paul non esita a rispondere. « Una transazione d'affari con Amaso Dabara. Vuole controllare chi è? »

Il direttore farfuglia e assicura che non ce ne sarà alcun bisogno. Gli trema la mano quando stringe quella di John Paul.

La visita ad altre due banche procede allo stesso modo. L'unica differenza è che in una fa richiesta di euro, nell'altra di sterline britanniche.

Quella sera, anziché andare in un cybercafé per postare i messaggi sulla pagina Facebook di Alfurquran e sull'account Twitter @NoOtherGodbutJesus, John Paul rompe la routine. Lo fa direttamente dalla sua stanza, da un hotspot wireless, usando il suo portatile e uno smartphone con una SIM nuova di zecca.

Ha pagato un sacco di soldi al venditore della compagnia telefonica perché non gli chiedesse i documenti quando ha registrato la SIM a nome Amaso Dabara. Il fatto che il venditore non conoscesse quel nome mi è parso un buon segno.

Davvero un ottimo segno.

L'ORIGINE DEL FUOCO

Una telefonata a Ikime è stata sufficiente per entrare nella stanza di Godwin. Negli Stati Uniti avrei dovuto compilare moduli in quadruplice copia per poter accedere alla scena di un crimine. La polizia, l'avvocato dell'indiziato (se si sospetta un reato) e l'accusa potrebbero insistere per essere presenti. Le chiavi della stanza si troverebbero probabilmente in una camera blindata, chiuse in una busta di plastica sigillata, con allegata la lunga lista della catena di custodia.

Alla State University, tuttavia, la morte di Godwin non è stata neppure notificata alla polizia di Okriki. La sicurezza del campus sta ancora preparando il rapporto, che sarà completato dalla dottoressa Okaro quando avrà determinato la causa della morte; dopodiché il documento sarà inviato alle autorità, che decideranno se richiedere o meno ulteriori indagini. Qualora i genitori di Godwin sospettino si sia trattato di omicidio, la polizia dovrà inviare una richiesta formale all'università e, solo se otterrà il permesso, potrà accedere al campus per condurre un'inchiesta.

A spiegare tutto questo a Chika e a me è Johnny, l'addetto di turno della sicurezza del campus, mentre prende di tasca le chiavi della stanza di Godwin come se fossero quelle di casa sua. È un tipo amichevole, che non ha smesso di parlare da quando è salito con noi sul Land Cruiser, perché la divisione trasporti dell'università non aveva auto a disposizione.

« Ce lo aspettavamo », dichiara, mentre ci apre la porta.

« È quello che dicono tutti », commenta Chika secco.

« Il ragazzo ha dato problemi fin dal primo giorno. Sapevamo che spacciava fin da quando era un *jambite*, ma non c'erano prove. Anche prima della faccenda di Okriki, non aveva speranze. Si faceva tutti i giorni. Saltava le lezioni. Combinava guai alle feste. Hanno tirato tutti un sospiro di sollievo quando si è trasferito fuori dal campus, ma poi c'è stata la faccenda di Okriki e lui ha dovuto tornare qui. »

Non credo che Emeka e gli altri genitori definirebbero una semplice « faccenda » il *necklacing* dei loro figli, ma non dico niente. Ho sempre preferito il silenzio, quando visito la scena di un crimine.

« La serratura non è stata aggiustata a dovere », osserva Johnny, che fatica ad aprire. « È un casino, qui dentro. Il nostro *oga* dice che non bisogna toccare niente finché il rapporto per la polizia non è completo. »

L'unica cosa sensata che qualcuno abbia fatto finora, penso io, mentre l'uomo della sicurezza riesce finalmente ad aprire la porta.

Il fetore che ci investe è fortissimo, ma cerco di ignorarlo mentre esamino la stanzetta dalla soglia.

Scena del crimine disorganizzata.

Mozziconi di sigaretta in posacenere improvvisati, bottiglie di birra in un angolo, parecchi flaconi vuoti di quello che sembra sciroppo per la tosse. A base di codeina. Ai piedi del letto – il bordo è carbonizzato – c'è una bottiglia aperta di gin di produzione locale. Vestiti sporchi sul pavimento e quella che presumo sia una chiazza di vomito secco proprio accanto al letto.

« È stata una fortuna che la gente abbia visto il fumo uscire dalla finestra », dice Johnny. « Altrimenti dall'odore si poteva pensare che Godwin si stesse facendo una canna. »

« Gli studenti hanno forzato la porta per entrare? » chiedo, guardandomi in giro.

« Sì. »

« Ma tu hai aperto con la chiave. »

« Il supervisore della residenza ha aggiustato la serratura. Non voleva che qualcuno entrasse a rubare nella stanza. »

Mi sfugge perché gli studenti dovrebbero rubare qualcosa nella camera in cui è morto un loro compagno. Chika e io usciamo per esaminare la porta. Ci sono segni evidenti di scasso e la serratura storta è stata rimessa a posto alla bell'e meglio per far funzionare la chiave.

Guardo il corridoio. A quest'ora la residenza è relativamente silenziosa, dato che i ragazzi sono a lezione o agli esami.

Chika è ancora chino sulla serratura. « Non possiamo stabilire se qualcuno l'ha manomessa prima che arrivassero gli studenti a forzarla. »

« Lo so. Sarebbe stato possibile se fossero stati visibili due tipi diversi di scasso, quello di un intruso e quello degli studenti. Ma non si distingue più niente, ora che la serratura è stata aggiustata. » Cerco di mantenere la calma, per non mettere in guardia l'amichevole Johnny.

Chika si raddrizza. « La buona notizia è che la stanza è stata sigillata. »

« E la cattiva? »

« Che dobbiamo tornare dentro. »

Respiriamo a fondo, prima di rientrare.

Chika tira fuori qualche banconota per Johnny, che si guarda intorno come se non sapesse cosa fare.

« Non preoccuparti per noi, fratello. Vai pure a mangiare e torna fra un'oretta. »

Johnny intasca i soldi. « Vi do il mio numero. Chiamatemi quando avete finito. »

Chika salva il numero sul cellulare, sfoggiando un sorriso fasullo in segno di gratitudine.

Appena l'uomo della sicurezza se ne va, noi ci mettiamo all'opera.

Il soffitto è coperto di cenere grigiastra: un indizio che non ci sono state fiamme, o perlomeno non così alte da provocare fumo più denso e più nero. Nella parete di fronte alla porta c'è una finestra, anch'essa rivestita di fuliggine grigia. Guardo da una parte e dall'altra.

« C'è corrente con la porta aperta. Per questo, il fumo è venuto tutto da questa parte e, non potendo uscire dalla finestra, si è raccolto sulla parete. Vedi com'è più fitta la fuliggine su questo lato della stanza? »

Chika annuisce e si china sul letto, accigliato. Mi avvicino e guardo anch'io il vecchio materasso. Al centro, la schiuma è bruciata da parte a parte e si vedono le molle della rete attraverso il buco. Se Godwin teneva una sigaretta accesa fra le dita, considerando la sua altezza e la lunghezza del braccio, dovrebbe essere questo il punto da cui ha avuto inizio la combustione. Mi chino ancora di più sul letto. C'è qualcosa che non mi convince.

« Cosa vedi? » chiede Chika, seguendo il mio sguardo.

« Il materasso è di schiuma sintetica. »

« Quindi? »

« Guarda qui », indico la parte più danneggiata. « Riesci a vedere come la bruciatura sia più evidente in questo punto che ai margini? »

« Sì. »

« Il materasso si è consumato solo in questo punto, altrove no. »

« E allora? »

« La bruciatura diminuisce quanto più ci si allontana... Guarda qui e qui... » Indico i margini dell'area combusta. « Quando un materiale sintetico va a fuoco, brucia rapidamente, diffondendo le fiamme. Ma qui non è successo. »

« Forse le ha fermate il corpo di Godwin. »

« In altre circostanze, avrebbe senso. Ma la brace di una sigaretta non è fuoco. Può bruciare una fibra sintetica come la schiuma del materasso, ma non è abbastanza calda da fare un buco da parte a parte prima che le fiamme si diffondano. »

« Comincio a capire. Avrebbe dovuto prima scaldare il materasso e poi diffondersi ai lati e ai bordi del letto. »

« Anche in quel caso, gradualmente, non in un'unica vampata. »

Chika guarda più da vicino il punto in cui il buco lascia intravedere le molle d'acciaio del materasso. « A meno che qualcosa non abbia fatto sì che tutto bruciasse più in fretta... »

« Ci è stato versato sopra qualcosa che ha accelerato il processo, ma non abbastanza perché il fuoco si diffondesse in modo uniforme. »

« Niente benzina o cherosene? »

« No, se ne sentirebbe l'odore. Qualcosa di più leggero. » Avvicino il naso al materasso e annuso cercando di distinguere un odore diverso dal tanfo che aleggia nella stanza. È allora che, attraverso il buco e la rete a molle, noto la valigia. È nascosta sotto il letto, vicina alla testiera, quindi non immediatamente visibile, a parte un angolo. Purtroppo è l'area vicina alla chiazza di vomito, quindi devo farmi coraggio e tappare il naso per tirarla fuori.

La valigia è chiusa con un lucchetto e intatta. Lo strato di polvere indica che è un po' che non viene toccata. Stando sotto il letto, è rimasta al riparo anche dalla fuliggine che riveste ogni superficie nella camera.

Chika e io ci scambiamo un'occhiata.

« Stai pensando quello che penso io? » gli chiedo.

« Facciamolo. »

Mi guardo intorno in cerca di qualcosa per rompere il lucchetto, ma Chika mi anticipa, si avvicina alla scrivania e trova una graffetta. L'ho visto fare nei film e ho persino chiesto ai colleghi dell'SFPD se fosse possibile. Mi hanno assicurato che sono davvero poche le serrature che si riescono ad aprire con un fermaglio raddrizzato. « Per aprirsi così facilmente, dev'essere una serratura da quattro soldi », sostengono loro.

Be', i casi sono due: o Godwin ha comprato un lucchetto scadente, o Chika ci sa fare, perché in meno di novanta secondi abbiamo sotto gli occhi il contenuto della valigia.

Qualche indumento, riviste porno, una bustina di erba e alcuni dvd, che, dalla copertina, hanno l'aria di essere le versioni *live-action* delle riviste. Vedo un po' di fogli, cui do una scorsa: corrispondenza dalle autorità scolastiche sul sospetto di spaccio di stupefacenti, diverse bozze di risposte scritte a mano con smentita delle accuse. Passo il materiale a Chika e continuo a rovistare nella valigia.

Quando sono sicuro che il mio dito non incontrerà nulla di liquido o appiccicoso, procedo a tentoni al di sotto di fogli e riviste. Mi immobilizzo quando sento qualcosa di duro.

« Cos'è? » chiede Chika, appena si accorge che mi fermo di colpo con espressione accigliata.

Tiro fuori lentamente quella che riconosco subito come una calibro 45 automatica.

FUMO

La pistola è nascosta al sicuro sul Land Cruiser e noi facciamo finta di nulla, quando accogliamo il sorridente Johnny. Dai bottoni tesi della camicia si intuisce che ha messo a frutto la generosità di Chika.

Lo lasciamo all'ufficio della sicurezza del campus e ripartiamo a tutta velocità alla volta di Okriki.

« Non possiamo dirlo al direttore della segreteria, giusto? » chiede Chika, guidando oltre i limiti consentiti sulle strade dell'università.

« Dire a Ikime che abbiamo trovato una pistola nella camera di Godwin? Neanche per sogno! Non prima di avere conferma che fosse del ragazzo. »

« E come facciamo? »

« Deve esistere traccia di una vendita, o la denuncia di un furto... »

Mi interrompo vedendo Chika che scuote la testa in modo ormai fin troppo familiare.

« *Oga*, ti ho detto di dimenticare i protocolli americani cui sei abituato. Non è possibile rintracciare la provenienza di un'arma da fuoco, qui. Potrebbe essere stata contrabbandata attraverso il confine, o rubata alla polizia. Gli stessi poliziotti potrebbero averla sequestrata a rapinatori armati, per poi rivenderla sul mercato nero. È come cercare un ago in un pagliaio. »

Mi giro verso di lui. « A proposito di polizia. Sono io l'unico a trovare strano che Godwin sia morto subito dopo che abbiamo parlato a Omereji del coinvolgimento della polizia nel caso di Momoh? »

« Non so cosa stavi cercando, ma in quella stanza c'erano molte cose che non quadravano. »

« L'intera scena è stata preparata ad arte per dare l'impressione di un incidente. Tutto è stato messo dove doveva essere. »

« E pensi che sia stata la polizia? »

« A questo punto, sono aperto a qualsiasi possibilità. Ma perché adesso? »

« Perché li hai smascherati? Hai trovato il legame tra il movente per cui avrebbero messo a tacere Kevin e la loro negligenza nel caso Momoh. »

« Tamuno ha detto di essere andato alla polizia a deporre. Il che vuol dire che sapevano fin dall'inizio che qualcuno aveva collegato la morte di Momoh al linciaggio. Come al solito, i conti non tornano. » Sbuffo esasperato.

« Pensi che possa essere stato Godwin a sparare, non Winston come ha raccontato lui? » domanda Chika, senza distogliere lo sguardo dalla strada.

« Non è da escludere. Ma è anche possibile che Godwin si sia appropriato della pistola dopo che la folla si è avventata sui ragazzi. »

« A che scopo? »

« Ora non c'è più modo di scoprirlo, ma se è stato Godwin a sparare per poi gridare e chiamare aiuto, tutto fa pensare alla premeditazione. Avrebbe contato sulla reazione degli abitanti perché facessero ciò che hanno fatto. »

« Stai dicendo che si sarebbe messo a gridare sapendo già che tutto il vicinato sarebbe accorso, avrebbe accerchiato i ragazzi e poi li avrebbe uccisi? »

« Be', magari non si aspettava che li avrebbero ammazzati, ma di sicuro sperava di creare un diversivo e dar loro una lezione. Esternalizzazione della violenza. »

Chika riflette sulle mie parole. « Ha senso. Con la città ossessionata dai furti e i gruppi di vigilantes organizzati dai cittadini e pronti a fare giustizia da soli, una tentata rapina in pieno giorno non sarebbe rimasta impunita. »

« Il fatto è che non ce lo vedo Godwin a farsi venire un'idea del genere. »

« Neanch'io. »

Sono lieto che la pensi anche lui così. « Mi sembrava piuttosto il tipo che agisce d'impulso. La droga non l'avrebbe certo aiutato a elaborare un piano così complesso. »

Siamo arrivati alla strada che ci porterà oltre il luogo in cui i ragazzi sono stati uccisi, oltre la stazione di polizia e la proprietà dell'affittacamere.

« Ho la sensazione che ci sfugga qualcosa », ragiono a voce alta. « Come se ci fosse qualcun altro a reggere le fila dell'indagine. »

« Il suo fornitore di droga, per esempio? »

« Può darsi. Ma quale trafficante si serve di un tossico come spacciatore, se la sua dipendenza non fa parte del piano? In ogni caso, se Godwin è diventato solo ora un peso di cui sbarazzarsi, che cosa è cambiato in questi ultimi giorni? »

« Ha parlato con noi. » Chika sta cominciando a farsi un'idea.

« Sì. E se c'è un assassino a piede libero che ha ucciso Godwin perché ha parlato con noi... »

« Allora siamo in pericolo. »

« Precisamente. Per questo ci serve che la polizia sia dalla nostra parte. »

« A patto che non ci sia di mezzo la stessa polizia... » torna a insinuare Chika beffardo.

« C'è solo un modo per scoprirlo. » Prendo al volo il cellulare. « Dammi un secondo. »

Salome risponde al primo squillo. « Stai bene? »

« Ho bisogno del tuo aiuto. »

Le spiego in breve tutto quanto, dalla scoperta della pistola nella stanza di Godwin al nostro sospetto che potrebbe essere la stessa con cui è stato sparato il colpo che ha scatenato la gente di Okriki per una presunta rapina il giorno dell'esecuzione dei tre ragazzi.

« Ora, il motivo per cui ti chiamo... è che devo parlarne con l'ispettore. Ma non ci siamo lasciati molto bene, l'ultima volta. »

« Sei sicuro che la pistola possa essere collegata all'omicidio di quei ragazzi? » domanda Salome.

« Ho i miei sospetti. »

« Quindi significherebbe che sono coinvolte altre parti, oltre agli imputati ora sotto processo? »

Penso in fretta. Naturalmente, Salome ha interesse che si scopra qualcosa in grado di alleviare le colpe dei suoi concittadini. Lo stesso interesse che, di conseguenza, ha anche l'ispettore.

« Non ti so rispondere, devo prima capire il ruolo della pistola in questa storia. »

Silenzio dall'altra parte. Se è vero che il motivo per cui mi aiuta è il desiderio di sapere cosa ha spinto la gente di Okriki a superare i limiti, spero sia così gentile da ottenere ciò di cui ho bisogno.

« Vuoi che chieda a Mike di indagare per te? »

« Sì, anche se ha detto che per lui il caso è chiuso. »

« Sciocchezze. » Immagino il gesto delle sue dita inanellate. « Un caso è chiuso finché non emergono nuovi indizi. Tu vai. A Mike ci penso io. »

« Chi era? » chiede Chika, quando riattacco.

« Salome. Ho bisogno che parli con Omereji prima del nostro arrivo. » La stazione di polizia di Okriki è già in vista.

« Non sono sicuro che lei voglia farlo. »

« Perché? Salome può trattare con Omereji. Sono cugini. »

« Piccolo il mondo. » Il suo sarcasmo è evidente, ma l'espressione enigmatica.

« Sono sicuro che possa convincerlo a... »

« A fare cosa? Ad aiutare se stesso? »

« Salome non mi ha dato ragione di... »

« *Oga*, tu ti fidi troppo di questa tua amica. »

« Continui a ripeterlo. Sai qualcosa che non mi stai dicendo? » lo provoco. Forse mi aspetto che Chika mi spieghi a cosa alludeva l'ispettore nel nostro ultimo incontro. Ma non è questo il momento: lui continua a guardare la strada e alza le spalle come per dire: Affari tuoi.

Avrei potuto insistere, ma ormai siamo arrivati alla stazione di polizia. Lancio una rapida occhiata a Chika e mi domando se il fatto che la posta in gioco in questo caso sia alta non lo preoccupi più di quanto dà a vedere. Avere un figlio in arrivo e scoprire che la tua vita potrebbe essere in pericolo sono due cose che non vanno molto d'accordo.

« Lascia che parli a Omereji. Cerco di capire come prende queste nuove informazioni. Poi sapremo meglio con chi abbiamo a che fare. » Il mio tono rassicurante non ha molto effetto su Chika. Si limita a infilare la mano sotto il suo sedile e mi passa il sacchetto di plastica nera.

Mi affretto a controllare che la calibro 45 sia scarica e con la sicura inserita. La riavvolgo nella plastica e la infilo alla cintola, coprendola con la camicia appena scendo dal Land Cruiser.

Quando metto piede alla stazione trovo parecchia confusione. Un poliziotto batte un manganello sulla scrivania come se fosse il martelletto di un giudice e grida a più riprese: « Ordine! » quasi fossimo in tribunale. Noto alcuni musulmani che Chika e io abbiamo visto nella sala della comunità.

« Se non ci protegge la polizia, dobbiamo farlo da soli! »

« E da quali pericoli dovete proteggervi? » chiede il poliziotto sogghignando.

I presenti si mettono a parlare tutti insieme a voce alta. Il manganello viene battuto di nuovo sulla scrivania, riportando il silenzio. Il portavoce del gruppo spinge un cellulare sotto il naso del poliziotto.

« L'hai visto? È questo che dicono di noi. Le nostre vite sono in pericolo! »

Scoppia un altro putiferio e io decido che ho visto abbastanza. È chiaro che l'assemblea nella sala della comunità non ha risolto il conflitto tra cristiani e musulmani. E, a giudicare dalle espressioni degli agenti che osservano i musulmani arrabbiati, ho il sospetto che non si risolverà nemmeno qui.

Smetto di pensarci e punto alla scrivania del novellino, che mi guarda con la stessa animosità della prima volta.

« Vorrei vedere l'ispettore Omereji », dico, senza preoccuparmi di salutarlo.

Qualcuno mi ha sentito parlare e nella stazione di polizia cala il silenzio. Gli occhi di tutti sono puntati su di me.

« L'ispettore? » ripeto, senza cambiare tono di voce. « È in ufficio? »

« Ha un appuntamento? »

« No. »

« Allora aspetterà, come tutti gli altri. » Si volta per scribacchiare qualcosa su un registro.

« Chi altri è in attesa? »

Il novellino si guarda intorno.

« Tu? Sì, proprio tu. Non sei qui per vedere l'ispettore? »

Indica un ragazzo seduto sul pavimento, che ha un dente rotto, il naso che sanguina e un occhio gonfio mezzo chiuso. Non è chiaro se sia qui per denunciare un'aggressione o perché trascinato alla polizia per un crimine che deve aver commesso in un bar o al mercato.

« Io? Sì, voglio vedere l'ispettore! » risponde il giovane biascicando un po'. Decisamente una rissa in birreria.

Mentre lui cerca di rimettersi in piedi, altri cominciano a parlare e tutti dicono di voler vedere l'ispettore. Guardo il novellino. Dalla faccia sembra rendersi conto di avere fatto il passo più lungo della gamba.

« Aspetto », replico, con un sorriso.

Mi sposto in un angolo, mentre la folla si assiepa intorno a lui, chiedendo a gran voce un colloquio con Omereji. Il poliziotto con il manganello batte sempre più forte per ristabilire l'ordine.

Scrivo a Salome: *Sono qui, ma non me lo lasciano vedere.*

Fingo di ignorare gli sguardi di coloro che sono indecisi se chiedere udienza all'ispettore per farmi dispetto o tentare la sorte con l'ufficiale che sta urlando e sembra voler sbattere il manganello sulle loro teste anziché sulla sua scrivania ormai martoriata.

Sullo schermo compare il messaggio di Salome. *Aspetta. Arriva.*

Cerco di non contare i minuti, ma non devo attendere a lungo prima che l'ispettore Omereji compaia sulla porta e, ignorando la folla, mi faccia cenno di raggiungerlo. Lo seguo in corridoio, schivando mobili e cumuli di faldoni per arrivare al suo ufficio.

« Due visite in ventiquattr'ore, Taiwo. Dev'essere importante, oppure cominciamo a piacerle. »

Occupo la sedia che mi indica. « È importante. »

Si accomoda sulla sua poltroncina. « Mia cugina dice che le occorre il mio aiuto. Com'è possibile? »

« Sono in possesso di prove che possono fare luce su cos'è successo quel giorno. »

« Sappiamo cos'è successo. »

Sono stanco di questo gioco del gatto e del topo. « Mi ascolti. Se dopo non vorrà aiutarmi, non insisterò. »

Omereji alza le mani, fingendo di arrendersi. « Va bene. La ascolto. »

« A una condizione. »

« Vuole il mio aiuto a una condizione? » Lo dice in tono scherzoso, ma gli occhi non sorridono.

« Le dico cosa so e le mostro cos'ho con me... se non mi può aiutare, per ora questa conversazione rimane tra noi. »

« Dottor Taiwo, si ricorda che sono un funzionario di polizia, vero? »

« Lo so, lo so. E le assicuro che non sto cercando di comprometterla in alcun modo. Dico solo che, se lei non mi può aiutare, deve darmi la possibilità di cercare qualcuno che possa farlo. »

« Non le prometto niente, ma le concedo il beneficio del dubbio. »

Non posso chiedergli di più. Sollevo la camicia, prendo l'involto di plastica nera e lo metto sulla scrivania in mezzo a noi.

« Cos'è? »

Tiro fuori la calibro 45 e la lascio sul sacchetto. L'espressione di Omereji non cambia.

« Ora sono lieto di non averle promesso nulla... »

Lo guardo negli occhi. « Si ricorda di Godwin? »

« Il ragazzo che è morto ieri? »

Lo sa perché gliel'hanno detto o perché...?

« Siamo la polizia, dottor Taiwo », dice lui, gelido. Capisco che la mia faccia mi ha tradito ancora una volta. « Siamo informati di certe cose. E, anche se si tratta dell'università, restiamo in attesa qualora ci venga chiesto aiuto. »

« Be', dovrebbero chiedervelo, perché la sicurezza del campus sta facendo un gran casino con le prove in quel posto. »

« Hanno detto che la morte è accidentale. »

« Non da quello che vedo io. »

Omereji si raddrizza sulla poltroncina. « Pensa che l'abbiano ucciso? »

Non sta simulando né l'interesse né la sorpresa. Forse non si è stupito della morte di Godwin, ma della possibilità che si tratti di omicidio sì. Il che mi rassicura sul rischio che sto correndo qui.

« Non ne ho la certezza », rispondo, sincero. « Ma so che ho trovato questa pistola nella sua stanza. »

Omereji sgrana gli occhi. « L'hanno lasciata entrare? »

Faccio spallucce. « Non pensano che sia la scena di un crimine, dal momento che la giudicano una morte accidentale. »

« Tuttavia... » L'ispettore scuote la testa.

« Si ricorda il rapporto? » riprendo, prima che le procedure di polizia – o la loro assenza – diventino l'argomento principale. « Nella residenza di Godwin sono stati trovati proiettili esplosi e bossoli, a conferma degli spari che tutti hanno sentito. »

« Sì, la gente ha sempre sostenuto che sono stati i colpi di pistola a convincere tutti che ci fosse un reato in corso. »

« Lei e io sappiamo che in una pistola automatica il bossolo viene espulso al momento dello sparo. Non ho le prove, ma l'istinto mi dice che, se farà un esame balistico di quest'arma, risulterà che è la stessa da cui provengono i proiettili sparati quel giorno. »

Omereji guarda la 45 come se fosse un cobra sibilante. « Cosa intende dire? »

« Godwin ha detto che uno dei ragazzi, Winston per essere precisi, ha sparato più volte. Se questa è la stessa arma, sono sicuro che lei vorrà sapere come Godwin ne sia entrato in possesso e perché non ne abbia mai parlato nella sua testimonianza. »

L'ispettore alza gli occhi dalla pistola. « Sarebbe stato lui a sparare? »

« O qualcuno che Godwin cercava di proteggere? »

« Qualcuno che poi lo voleva morto... »

Ci guardiamo. Non c'è altro da dire.

« La mando alla balistica a PH. »

Prendo la borsa con il portatile e mi alzo, mentre lui mette via la pistola.

« Dov'è la sua spalla? »

« Se si riferisce a Chika, è rimasto in macchina. »

« Mente », dichiara l'ispettore.

Mi acciglio, ma non posso ignorare quella strana sensazione che mi prende allo stomaco. « È un'accusa forte. »

« Non è mai andato alla State University. Il suo nome non figura nella lista dei laureati del 2012. »

L'informazione mi coglie di sorpresa, ma mi riprendo subito. « Forse si è trattato solo di una piccola bugia perché lo prendessi sul serio. »

« E allora, quali altre bugie ha raccontato perché lei lo prendesse sul serio? »

UNA DIFESA A SORPRESA

Il viaggio di ritorno al Tropicana è la mia presentazione formale al leggendario traffico di Port Harcourt. Finora siamo sempre riusciti a schivare l'ora di punta, ma oggi abbiamo proprio sbagliato i calcoli. Di brutto.

Passiamo ore sulla strada e, quando rientriamo in albergo, siamo troppo esausti per fare qualcosa che non sia confermare il programma dell'indomani, mangiare e dormire.

Mi sveglio abbastanza riposato e desideroso di riprendere la mia serie vincente di scoperte cominciata il giorno prima. I miei dubbi sull'incarico sono molti di meno stamane, e per quanto mi dispiaccia della morte di Godwin, mi auguro anche che possa condurmi alle risposte che sono venuto a cercare a Okriki.

Sto per saltare giù dal letto quando arriva un messaggio con tanto di immagine: Trouble di Boucheron, il profumo preferito di mia moglie.

Avrei preferito una telefonata, ma questo è il miglior modo di chiedere scusa! Folake aggiunge una fila di emoticon di bacini e cuoricini.

Sto ancora cercando di capirci qualcosa, quando Tai mi scrive: *Sei in debito con noi, pa'*. Proprio mentre comincio a fare due più due, mi arriva il messaggio di Lara: *Papà, ho speso tutta la mia paghetta. Devi farne di cose x rimediare*. Sono commosso e, allo stesso tempo, mi vergogno. Chiamo subito mia figlia.

« Puoi parlare? » le dico appena risponde.

« Aspetta, papà, vado su dai ragazzi. »

Me la immagino salire di soppiatto le scale fino alla camera dei gemelli.

« Sei in viva voce, papà. »

« Ragazzi, voglio dirvi davvero grazie... »

« Nah. » Questa è la voce di Kay. « Non te le cavi con un grazie, pa'. » Poi dice agli altri: « Non possiamo fargliela passare così liscia ».

« Kay, ricordi quando volevi andare a quel campo estivo di basket in Montana? » chiedo io, spiazzandolo.

« Ehm, papà, ti assicuro che contribuire a comprare un regalo alla mamma era il minimo che potessimo fare... »

Mi figuro Tai che dà un pugno al fratello per la carognata e Lara che alza gli occhi al cielo. Rido e li ringrazio di nuovo. Ho proprio i figli migliori del mondo.

Parlo con loro ancora per un po' e li lascio andare quando mi dicono che la mamma è pronta per portarli a scuola. Dovrei preoccuparmi che stavolta non mi implorino di chiamarla, ma i ragazzi sono sensibili. Sentono le cose e a volte è meglio seguire il loro intuito. Quindi non chiedo loro di passare il telefono a Folake.

Faccio una doccia, indosso i vestiti del giorno prima ritirati dalla lavanderia dell'albergo e raggiungo Chika a colazione.

« Mi ci potrei abituare », dice lui, esplorando il buffet. Non ci sono tracce della tensione del giorno prima tra di noi.

« Pure io! » Ordino un'omelette e prendo un po' di cereali.

Oggi avevamo in programma di andare in carcere a interrogare alcuni degli arrestati. Sono stati fissati i colloqui, ma Chika ha ricevuto un messaggio dal suo contatto: tutti gli imputati devono presentarsi in tribunale. Concordiamo che è un'idea migliore andarci anche noi. Assistere al processo dovrebbe darmi la possibilità di osservare tutti gli accusati insieme, di capire come se la giocano e interagiscono tra di loro.

« A che ora comincia l'udienza? »

« Alle otto. »

Arrivano le nostre omelette e mangiamo di fretta, per schivare il traffico mattutino tipico di ogni grande città, ma che dopo l'esperienza di ieri sono sicuro sia anche peggiore a Port Harcourt.

La strada principale è un trionfo di colori, clacson e mercanzie. Gli ambulanti corrono da un'auto all'altra, vendendo di tutto, dagli accessori per cellulari al mais bollito. Numerosi cartelloni pubblicitari celebrano i successi dell'attuale governatore, accanto a quelli della Coca-Cola e dei predicatori che invitano tutti alle loro crociate con programmi e obiettivi scritti con una grammatica approssimativa. Un brulichio di vita che mi fa sentire anonimo e sicuro, un'esperienza piacevole dopo l'antagonismo degli abitanti di Okriki. Mi piace questa sensazione.

La Rivers State Judicial Service Commission è una specie di cittadella della legge. Prima di parcheggiare, Chika deve chiedere indicazioni che ci portano oltre il tribunale ordinario, le corti minori, il tribunale federale e infine di fronte all'alta corte di giustizia.

Appena scendiamo dal fuoristrada, due uomini si precipitano verso di noi.

« Fotocopie? » chiede il primo.

« Deposizioni? » offre il secondo.

Chika declina entrambi, ma chiede in che aula si tiene l'udienza del caso dei Tre di Okriki.

Quando ci arriviamo, l'usciere ci informa pomposo che l'onorevole giudice Saronwyio Dakol-Jack non vuole essere disturbato quando è in sessione. Ma, intascata la banconota che Chika gli ha passato con discrezione, ci apre la porta e ci lascia entrare.

L'aula è piena zeppa. C'è posto solo in piedi e la porta da cui entriamo è bloccata da persone che si affacciano nella stanza. Ci facciamo largo tra la folla per raggiungere un punto da cui vedere il più possibile.

Sulla sinistra c'è una panca su cui siedono gli imputati, due donne e cinque uomini. Indossano pantaloni verdi e hanno un'aria stanca e provata. Guardano dritto davanti a sé, gli occhi vuoti e spenti, la loro apatia mi fa pensare che siano stati drogati. Ho letto abbastanza articoli sulle riforme della giustizia in Nigeria da sapere che la torazina è il farmaco di elezione, quando si tratta di tenere sotto controllo i detenuti. In qualche modo, il loro atteggiamento passivo potrebbe anche essere la triste testimonianza di quanto a lungo sia andato avanti questo processo.

Da dove ci troviamo, vedo solo le schiene degli avvocati. Ce ne sono parecchi su entrambi i fronti. Con le parrucche, sembrano una schiera di attori in costume. Presumo che gli avvocati degli imputati siano il gruppo sulla sinistra, più vicino a loro, mentre l'accusa sia sulla destra. Al momento non so quale parte sia impegnata nel controinterrogatorio, ma riconosco la testimone, la dottoressa Ngozi Okaro, seduta nel palchetto quadrato in legno.

«... quindi sta dicendo che la sua autopsia non ha rivelato altro riguardo alla causa della morte», chiede l'avvocato.

«Come ho ribadito più volte, i corpi erano carbonizzati, al punto da essere irriconoscibili. Qualsiasi conclusione al di là delle ustioni di terzo grado sarebbe solo un'ipotesi.»

«Dottoressa Okaro, ha già sottolineato che non è la prima volta che si presenta in quest'aula. Possiamo evitare di ripeterlo prima di ogni sua risposta?»

Il monito viene dall'onorevole giudice, un uomo tra i cinquanta e i sessant'anni che sembra stanco quanto gli imputati. Continua a togliere e mettere gli occhiali, a seconda che legga le carte davanti a sé, guardi la testimone o l'avvocato, o prenda appunti durante l'interrogatorio. Scribacchiava mentre era in corso l'interrogatorio e più tardi verrò a sapere che gli avvocati lo apprezzano molto, perché scrive più veloce di molti suoi colleghi. A quanto pare, da queste parti i giudici registrano tutti i processi a mano. Posso garantire che Folake non eserciterà mai in Nigeria, è troppo impaziente.

« Chiedo scusa, vostro onore », dice la testimone, con scarsa convinzione. « Ma sono stata qui parecchie volte per conto dello Stato e sono stata interrogata da tutti gli avvocati di entrambe le parti. Signor giudice, quando mai finirà? »

« Non è così semplice, dottoressa Okaro », replica il giudice, in tono quasi comprensivo. « Dobbiamo accertare che gli imputati siano responsabili delle percosse e dei roghi che hanno portato alla morte delle vittime. »

« Mi sfugge la logica, vostro onore. Gli imputati si trovano qui perché erano presenti sulla scena del crimine, giusto? »

« Obiezione. La teste non è qui per fornire il suo verdetto sul grado di colpevolezza degli imputati. »

Sgrano gli occhi. Anche se non posso vedere la faccia, la voce è inconfondibile. Guardo Chika. Il suo volto è impassibile, ma accenna in direzione della difesa, come per chiedermi conferma.

L'avvocato che ha mosso obiezione è Salome!

Si trova con gli altri sul lato sinistro dell'aula. Guardo di nuovo Chika ma, anche se non lascia trasparire nulla, capisco che deve averla riconosciuta. Lo sapeva! L'ha *sempre* saputo. Ma come?

« I testimoni dovranno astenersi dal fare commenti che esulano dalle domande specifiche rivolte loro », dichiara il giudice. « Tutto chiaro? »

La dottoressa Okaro rivolge un'occhiata sprezzante in direzione di Salome. La tensione fra le due donne è palpabile, persino da dove ci troviamo io e Chika.

« Dottoressa Okaro », riprende l'avvocato, dopo un inchino

rivolto al giudice, « nel suo referto ha dichiarato che una delle vittime è morta a seguito di un trauma cranico. È corretto? »

« Corretto. »

« Può precisare il nome della vittima, per il verbale? »

« Kevin Nwamadi. »

« E la causa della morte degli altri due? »

« Ustioni diffuse. »

« Dottoressa, in base alla sua esperienza, nel caso di una morte del genere, sarebbe corretto supporre che alle vittime è stato dato fuoco con la precisa intenzione di ucciderle? »

« Obiezione. Invito a una congettura », si fanno sentire insieme Salome e altri due avvocati della difesa, a voce più o meno alta.

« Riformulo la frase », continua l'accusa, senza perdere la calma. « Dottoressa Okaro, ritiene che le vittime avrebbero potuto essere salvate, mentre bruciavano? »

« Gli sono stati messi pneumatici intorno al collo, gli è stata versata addosso benzina, gli è stato dato fuoco. Non sono un'esperta dal punto di vista legale, ma chiunque abbia fatto tutto questo voleva uccidere le vittime. Potevano essere salvate? Certo. Forse prima che le fiamme le lambissero, qualcuno avrebbe potuto liberarle e spegnere il fuoco. Ma per quanto mi riguarda, ustioni di quel livello portano di sicuro alla morte. »

« Ma nessuno ha cercato di salvare le vittime, giusto? »

« Non ero presente », risponde la dottoressa Okaro, anticipando un'altra raffica di obiezioni dalla difesa. « Ma *so* che i loro corpi erano carbonizzati al punto che abbiamo dovuto basarci sui calchi dentali e sui video della tortura per identificarli. Quindi, sì, posso confermare che non ci sono indicazioni che qualcuno abbia cercato di salvare i ragazzi dai roghi. »

« Grazie, dottoressa Okaro. Non ci sono altre domande. »

« La difesa vuole chiedere qualcosa alla teste? »

Si alza un avvocato. « Salome Briggs, rappresentante dell'accusato numero quattro. »

Il giudice rivolge lo sguardo al banco degli imputati. Risuona la voce di un cancelliere. « Accusato numero quattro, in piedi! »

Uno dei cinque uomini si alza. Potrebbe avere poco più di vent'anni, ma è così esausto da dimostrarne di più.

Il cancelliere gli ordina di sedersi e il giudice dà la parola a Salome. « Prego, proceda. »

« Dottoressa Okaro, ha confermato che la causa della morte delle vittime sono le ustioni? »

« Con l'eccezione di Kevin Nwamadi, che ha subito un trauma cranico, sì, nelle altre due vittime le ustioni estese sono state la causa primaria di morte. »

« Posso chiedere al mio cliente di rialzarsi? »

È molto triste il modo in cui l'accusato numero quattro si risolleva dopo essersi appena seduto, come una marionetta. Quasi sicuramente torazina.

« La difesa presenta Ezenwo Dikeh », Salome indica il suo cliente, poi torna a voltarsi. « Dottoressa Okaro, ha visto i video dell'uccisione? »

« Li hanno visti tutti. »

« E lei? »

« Sì, parecchie volte. »

« Ha visto il mio cliente nei video? »

« Senza dubbio. »

L'accusa scatta in piedi. « Vostro onore, la dottoressa Okaro si occupa di autopsie, non analizza video. La signorina Briggs può stabilire la rilevanza, per favore? »

« Ci sto arrivando, vostro onore. » Non la vedo in faccia, ma immagino il suo sorriso ironico. « Dottoressa Okaro, lei quindi può identificare il mio cliente come una delle persone presenti al linciaggio? »

« L'ho visto nei video, sì. »

« C'è stato un momento in cui ha visto il mio cliente mettere pneumatici intorno al collo delle vittime, inondarle di benzina e dare loro fuoco? »

Persino io capisco dove vuole arrivare Salome. Mi viene voglia di gridare all'accusa di fare obiezione, immediatamente. Non è la rilevanza ciò che Salome vuole dimostrare.

« Certo che no », risponde la testimone, irritata. Sospetto abbia capito di essere stata incastrata.

« Quindi, *se* il fuoco ha ucciso le vittime e *se* non è stato il mio cliente a mettere i copertoni, o a versare benzina o ad accendere un fiammifero, forse non dovrebbe essere processato per omicidio. »

L'intera aula sembra prendere vita. L'aula si riempie dell'indignazione e della sorpresa suscitate dall'audacia di Salome. Non so come speri di cavarsela.

« Ridicolo! » protestano gli avvocati dell'accusa. Sono tutti in piedi e parlano contemporaneamente. Quello che ha interrogato la dottoressa Okaro si volta verso Salome. « Il suo cliente era senza dubbio presente. Appare nei video e abbiamo le prove che ha inferto diversi colpi a più di una delle vittime. »

Salome alza le spalle e indica la dottoressa. « Ma niente prova che le percosse del mio cliente siano la causa diretta di morte. »

L'avvocato dell'accusa fa una pausa a effetto. « Sta parlando sul serio? »

« Basta! » Il giudice batte il martelletto più volte, riportando a poco a poco ordine e silenzio in aula. « Signorina Briggs, sta puntando all'assoluzione? »

« Vostro onore, il mio cliente non ha mai negato di essere stato presente allo sfortunato incidente che ha portato alla morte delle vittime. Dico solo che il codice impone il massimo della pena solo se vengono dimostrati *mens rea* e *actus reus*. »

« È quello che stiamo facendo! » grida l'avvocato dell'accusa, livido in volto.

Salome non si scompone. « Se, come afferma la vostra esperta, la causa della morte sono state le ustioni e se la vostra principale prova di colpevolezza è la presenza del mio cliente sul luogo del delitto, richiedo che lo si mostri mentre mette gli penumatici al collo delle vittime, accende il fuoco e li guarda bruciare senza tentare di salvarli. Se non siete in grado di farlo, fate cadere le attuali accuse e condannatelo per un reato minore. »

In aula c'è un gran baccano, tanto che nessuno sente il richiamo all'ordine del giudice.

Se non fossi ancora stupefatto di aver trovato Salome al processo, mi metterei ad applaudire.

CONFERME E RIVELAZIONI

In piedi accanto al Land Cruiser, Chika e io vediamo Salome venirci incontro sotto il sole. Mi domando come faccia a sembrare appena uscita da una stanza con l'aria condizionata, mentre chiunque altro suda come se fosse in una sauna.

« Signori », ci saluta.

« Sei davvero piena di sorprese. » Cerco di nascondere il risentimento che provo, senza riuscirci.

« Sapevi che sono un avvocato. »

« Hai detto che ti occupi di gas e petrolio. »

« È vero », risponde, calma.

« Non l'avvocato della difesa nel caso di cui mi occupo io! » Vedendola così composta, alzo la voce più di quanto avrei voluto.

« Ha importanza? Hai detto che sei qui per scoprire cos'è successo, non per attribuire le colpe », risponde fredda.

« C'è l'obbligo di informazione », si intromette Chika, prima che io possa replicare.

« Quando riguarda una parte interessata, sì. » Il suo tono è leggermente più freddo di quello che ha usato con me. È come se gli stesse dicendo: Stai al tuo posto.

C'è un silenzio imbarazzante, mentre Chika la guarda storto con i pugni serrati. In quel momento ci raggiunge la dottoressa Okaro e la tensione va a mille.

« Signorina Briggs. »

« Dottoressa Okaro. »

Le due donne si scrutano come rapaci che valutano il miglior angolo di attacco.

« Vedo che lei rimane decisa ad assicurarsi che i colpevoli restino impuniti », dice il medico legale, con disprezzo.

« Presumo che una studiosa come lei dovrebbe sapere che, senza una difesa credibile, lo Stato si renderebbe colpevole di giustizia sommaria come quella di cui sono accusati i miei clienti. »

« Distorcere la verità non è una difesa », ribatte sarcastica la dottoressa Okaro.

« Si chiama produrre prove. Cosa che i suoi avvocati non riescono a fare. La prego di scusarmi. »

Salome si allontana, lasciandosi dietro un silenzio carico di tensione. Rivolgo alla dottoressa Okaro un sorriso tirato, frenando l'impulso di scusarmi per i commenti della mia amica.

« Se l'è cavata molto bene là dentro, signora », le dice Chika. Vorrei tanto abbracciarlo, quando vedo la dottoressa rilassarsi e fargli un sorriso malinconico.

« Ma a cosa servirà? Ho testimoniato più volte, ma in ogni occasione la signorina Briggs ne approfitta per scagionare un imputato, perché l'accusa non ha fatto il suo dovere. »

« Dev'essere frustrante », ammette Chika comprensivo.

« Non immagina quanto. E andrà ancora peggio, ora che Godwin Emefele è morto. È il motivo per cui vi cercavo. »

La dottoressa Okaro mi guarda con meno calore. « Vi ho visti in aula e mi sono detta, che coincidenza! Volevo telefonarvi... »

« Ha scoperto qualcosa? » Non riesco a trattenere la curiosità.

« Non è decisivo, ma ci sono forti tracce di alcaloidi nel sangue di Godwin. »

« Alcaloidi? » le fa eco Chika.

« Veleno », gli spiego, prima di voltarmi di nuovo verso il medico legale. « C'è la possibilità di identificarli? »

« Il ragazzo aveva così tante sostanze nel sangue che è stata un'impresa distinguerle l'una dall'altra. Ma, date le circostanze della morte, ormai sono quasi certa che l'assunzione non sia stata volontaria. »

« Ha intenzione di cambiare il referto? » Mi chiedo cosa ci farà l'università con questa informazione.

« Ne discuterò con Ikime, ma sì, in ogni caso, dovrò cambiarlo. Il resto è di competenza delle autorità. » Dal tono, la dottoressa pare rassegnata, come se avesse visto troppi casi come questo. « Comunque, spero che possa aiutarvi in qualche modo. Se avete altre domande, telefonatemi pure. »

Con un cenno, ci saluta e se ne va.

« È stato assassinato », è l'ovvia conclusione di Chika.

« Come sospettavamo... » Mi vibra il telefono. Leggo il messaggio.

I proiettili coincidono, presumo sia stato inviato da Omereji. Lo mostro a Chika.

« Oggi è una giornata di rivelazioni e conferme », dice lui.

Ha un tono severo, quando dice « rivelazioni », e sospetto che si riferisca a Salome.

« Se i proiettili coincidono », continua, « vuol dire o che è stato Godwin a sparare, provocando l'aggressione ai ragazzi, oppure che ha rubato la pistola subito dopo. »

« In un caso o nell'altro, non possiamo fidarci di quanto ci ha raccontato. Ma sappiamo due cose. »

« Cioè? »

« C'è un assassino a piede libero. »

« E l'altra? »

« Finché non appuriamo che la morte di Godwin non è in alcun modo legata al nostro caso, non siamo al sicuro. »

UNO SCAMBIO CURIOSO

Non riesco a lavorare. Senza portatile non posso aggiornare il rapporto che stavo preparando per Emeka, anche se ho salvato l'ultima bozza, al sicuro nel cloud. Potrei procurarmi una tastiera bluetooth da connettere al mio iPad e combinare qualcosa. Ma non ho ancora idea di come inserire nel quadro generale la questione dell'assassinio di Godwin e non sono preparato a sfuggire a un killer.

Sento bussare. Quando apro la porta e vedo Chika, imperscrutabile come sempre, ho quasi l'impressione che siano stati i miei pensieri a richiamarlo.

« Ti serviva qualcosa? » domando, più calmo che posso.

« Il capo è qui » risponde, i suoi occhi non rivelano nulla.

« Emeka è qui? Ora? Gli hai detto...? »

« Possiamo andare? » mi interrompe.

« Dammi un attimo per mettermi qualcosa addosso. »

Lui si volta e se ne va. Mi sento come se fossi stato convocato dal preside. Emeka si presenta qui proprio quando Chika ha messo in dubbio la mia fiducia nei confronti di Salome. Non può essere una coincidenza.

Lo trovo a sorseggiare cognac in un angolo della grande hall. La giacca è sbottonata, ma il nodo della cravatta è perfetto. Chika è seduto di fronte a lui e, dal loro silenzio improvviso, sospetto che stessero parlando di me.

« Emeka, che sorpresa », cerco di dire con entusiasmo.

« Philip », risponde lui, freddo. « Siediti, per favore. »

Obbedisco e mi rivolgo a Chika. « Qualcosa non va? »

Lui si alza subito e guarda il capo. « Aspetto fuori, signore. »

« Vuoi bere qualcosa? » mi chiede Emeka, appena siamo soli.

« No, grazie. Non hai risposto alla mia domanda. »

« Sembra che tu stia rischiando di compromettere questo incarico. »

« È questo che ti ha detto Chika? »

« Le mie fonti mi dicono che ti trovi qui », fa un cenno con la mano a indicare il salone, « a spese dell'avvocato che difende gli assassini di mio figlio. »

Se Emeka non fosse così serio, l'avrei buttata sul ridere dicendogli di aspettarsi la fattura dell'albergo tra le mie spese. Invece lo guardo in faccia, noto la sua magrezza, gli occhi scavati e cerchiati e non posso fare a meno di provare compassione. Così, quando parlo, il mio tono è pacato e gentile, ma fermo.

« È così che vedi le cose? Con te o contro di te? »

« Hanno ucciso mio figlio... »

« E mi dispiace, Emeka. Ma sono un adulto, non uno scolaretto in gita. Non puoi parlarmi in questo modo. »

« Stai perdendo di vista l'obiettivo, Philip. »

« L'obiettivo è scoprire come e perché tuo figlio sia stato ucciso e nell'ultima settimana non ho pensato né mi sono dedicato ad altro. »

« Quella donna difende la gente che ha ucciso mio figlio. »

« È un delitto che faccia il suo lavoro... o che sia mia amica? »

« Tutt'e due! » esclama lui, a voce così alta che il brusio intorno a noi diminuisce. Do un'occhiata in giro e vedo che alcuni avventori stanno fingendo di non guardare dalla nostra parte.

« Senti, Emeka », dico in tono conciliante. « Ti assicuro che non ho fatto nulla per compromettere l'incarico. Se Chika ti ha aggiornato con la debita accuratezza, ti avrà detto che abbiamo fatto progressi significativi... »

« Progressi che sollevano altre domande, invece di dare le risposte che ti ho chiesto di trovare », ribatte lui, in tono più calmo.

« Ci vuole tempo. In un caso come questo, sono le domande giuste a fornire una pista. »

Emeka sorseggia il cognac, appoggia il bicchiere sul tavolino e si protende. « Non ho tempo per altre domande. Se tutto procede secondo il piano della signorina Briggs, alla prossima udienza uno degli imputati sarà rilasciato. »

« Non sono la polizia, Emeka. Ti ho detto cosa faccio fin dal principio. Non posso fornirti informazioni per determinare la colpevolezza di... »

« Allora forse dovrei staccarti la spina e porre fine a tutta questa storia. »

Mi domando se sia un bluff, ma non riesco a capirlo. « Vuoi interrompere l'indagine? »

Emeka scuote il capo con ostinazione. « Non ha senso continuare. »

Tiro un lungo respiro. « Sappiamo tutti e due che non posso tornare da mio padre senza le risposte che mi ha convinto a cercare. »

Segue un momento di disagio. Emeka fugge il mio sguardo svuotando il bicchiere di cognac e rimettendolo sul tavolino.

« Dottor Taiwo, sono sempre stato grato a tuo padre e ai suoi amici per tutto il loro aiuto da quando è morto mio padre. »

« Quindi, capisci... »

« Per favore, lasciami finire. La mia gratitudine non implica che perdoni ciò che la loro generazione ha lasciato in eredità al nostro sistema universitario, molti anni fa. »

« Lo sapevi? »

« Non all'inizio. Prima pensavo fossero solo cari amici. E finché mio figlio non è andato all'università ed è stato ucciso perché lo credevano membro di una setta, non ci ho nemmeno fatto caso. »

« E dopo che l'hai scoperto? »

« Ho troncato i rapporti. »

« Sul serio? »

Emeka annuisce. « Proprio così. Se c'è una sola possibilità che mio figlio sia morto per colpa di una setta, non intendo avere più contatti con nessuno di loro. »

Ora capisco perché mio padre ci tenesse così tanto a che io accettassi questo incarico: sta cercando di riconciliarsi con Emeka.

« Quindi non hai detto tu a mio padre di convincermi ad accettare il caso. »

Emeka fa cenno di no. « Qualche tempo fa mi ha avvicinato al country club. Mi ha detto che eri tornato in Nigeria e che avresti potuto aiutarmi nell'indagine. Gli ho detto 'No, grazie', ma ho fatto le mie ricerche, ho scoperto dove lavoravi e il resto lo conosci anche tu. »

Quindi come faceva mio padre a sapere che mi aveva contattato e che non volevo accettare l'incarico? Da quando sono tornato dagli Stati Uniti è sempre stato molto vigile e protettivo. Mi ha persino messo in contatto con Abubakar, quando ha visto che ci mettevo troppo a trovare un lavoro.

Abubakar! È stato lui a chiamare mio padre? Non vedo l'ora di fare una bella chiacchierata con il mio vecchio non appena tornerò a Lagos.

« Capirai dunque quanto sia importante per me portare a termine l'indagine. » Continuo a fissare Emeka, fermandomi prima di cominciare a supplicarlo. « Mio padre conta su di me. È chiaro che tu e la tua famiglia siete molto importanti per lui. Per loro. »

Il banchiere fa un gesto spazientito. « E come? Non stai andando da nessuna parte. »

« Sono sicuro che Chika ti ha detto di Godwin... »

« Un'altra distrazione », taglia corto Emeka. « Mi spiace per i tuoi genitori, ma il ragazzo era una bomba a orologeria. Sapevano tutti che prima o poi si sarebbe fatto del male con le sue stesse mani. »

« È questo il punto. So per certo che non si è fatto male da solo. »

« Anche se quel giovane è stato assassinato, chi altri può essere responsabile, se non le stesse persone che hanno ucciso mio figlio? »

« E se ti sbagliassi? E se...? »

Mi interrompe bruscamente. « Non c'è nessun se. L'unica ragione per cui stai considerando altre possibilità è che il tuo giudizio è compromesso. »

C'è tensione nell'aria quando i nostri sguardi si incrociano di nuovo. So che è il momento.

« Questa è grossa. » Mi appoggio allo schienale e parlo con naturalezza. « Detta da uno che è stato tutt'altro che sincero con me. »

« Non ti seguo... » fa lui, accigliato.

« Chika non è un autista, vero? » gli chiedo, con franchezza.

Emeka si china e fa per prendere il bicchiere, ma si accorge che è vuoto e si rimette comodo sulla poltrona di pelle. Quando torna a guardarmi è impassibile, ma non apre bocca.

« Non hai intenzione di smentire? »

« Smentire cosa? »

« Che hai mandato Chika a spiarmi. »

Lui accavalla le gambe. « Stai diventando paranoico, dottor Taiwo. Chika era qui prima ancora che pensassi a te per l'incarico. »

« Come autista? »

« Chi credi che abbia preparato la cartella che ti ha dato Abubakar? »

Ora tutto torna. Capisco come Chika facesse a conoscere così bene tanti aspetti del caso. La sua prontezza di riflessi e il suo spirito di iniziativa.

« Perché non me l'hai detto dall'inizio? »

« Perché non volevo che avessi pregiudizi. Volevo che tu cominciassi da zero, nel caso a lui fosse sfuggito qualcosa. »

« Che cos'è allora? Una specie di detective? »

Emeka scavalla le gambe, si alza in piedi e mi guarda con un sorriso freddo.

« Dottor Taiwo, sono cinquecentosettantasei giorni che attendo una risposta e tu sei pagato per trovarla. Capirai quindi che la mia pazienza comincia a esaurirsi. »

« Non stai rispondendo alla mia domanda. » Mi alzo anch'io.

« Una domanda che non riguarda l'indagine. »

« Chi è Chika Makuochi? » insisto.

« Non sei pagato per fare questa domanda. Non perdere di vista l'obiettivo, Philip. Hai una settimana per trovare qualcosa che mi torni utile. »

« Utile a cosa? » gli chiedo. Ma lui si sta già allontanando, elegante nel suo vestito che presumo sia fatto su misura.

Torno a sedermi e faccio un cenno al cameriere. Quando arriva il mio doppio whisky, lo bevo in un sorso. Sto per ordinarne un altro ma comincio a sentirmi stordito. Faccio mettere sul conto della camera e firmo la ricevuta. Mi alzo, riprendo l'equilibrio e mi dirigo all'ascensore. Quando passo vicino alla grande porta a vetri dell'ingresso, qualcosa attira la mia attenzione.

Nel parcheggio, Emeka sta parlando con Chika. Non l'ho mai visto così concitato. Continua a gesticolare. Il mio assistente mi volta le spalle, ma lo vedo scuotere il capo.

In quel momento si avvicina un uomo in divisa, che riconosco come l'autista di Emeka. Ha con sé una grossa borsa, che consegna rispettoso al suo padrone. Qualche parola in tono più calmo e Chika annuisce. Emeka gli consegna la borsa. Di lì a poco, il Range Rover si dirige al cancello dell'albergo e Chika raggiunge il Land Cruiser.

Sto attento a non farmi vedere, mentre lo osservo aprire il bagagliaio. Dalla mia posizione, non riesco a vedere granché, ma quando lo richiude e torna all'albergo, mi affretto in direzione degli ascensori. Per fortuna, si apre non appena premo il pulsante con la freccia all'insù. Mentre le porte si richiudono, scorgo Chika che rientra e va al bar. A mani vuote.

PICCOLE INNOCENTI BUGIE

« Ho lasciato in macchina l'iPad », ripeto, davanti allo specchio del bagno.

So che è ridicolo che faccia le prove di cosa dire per farmi dare da Chika le chiavi del Land Cruiser, ma ho ben chiaro che non sono bravo a mentire, mentre lui è abilissimo a leggere le persone. Devo raccontargli che mi serve l'iPad per lavorare un po', senza troppa urgenza ma nemmeno troppo poca e con la giusta dose di noncuranza.

« Credo di avere lasciato in macchina l'iPad... » Sì, così è molto meglio. L'aggiunta di « credo » dà quella giusta dose di insicurezza. Bevo l'ultimo sorso del mio drink, esco in corridoio e raggiungo la sua stanza.

Avrei fatto subito dietro-front se lui non avesse aperto la porta al mio primo timido tentativo di bussare.

« Credo di... » Le parole mi muoiono in gola. Chika sembra inquieto. Invece che con la mia bugia, me ne esco con una domanda sincera. « Che succede? »

« Niente. »

« Tua moglie? »

« Sta bene. Vuoi entrare? » Si fa da parte e non ho una valida ragione per declinare l'invito.

Una volta dentro, sono confuso, mi domando se sia meglio tornare al mio piano originale o chiedergli di dirmi cosa lo disturba.

« Ti devo le mie scuse », dice lui, ancora sulla porta.

Mi coglie di sorpresa, ma non posso fingere di non sapere di cosa voglia scusarsi.

« Potevi dirmelo. Mi avrebbe semplificato molto il lavoro. »

Chika annuisce. « Pensavo di dirtelo... mi dispiace molto, Philip. »

Il tono è solenne e ho idea che, se mi avesse chiamato di nuovo « signore », non avrei accettato le scuse. Ma nel modo in cui ha pronunciato il mio nome si avvertono rispetto e rimorso. Sarebbe inopportuno non rispondere allo stesso modo.

« Va tutto bene. Sono sicuro che tu ed Emeka avevate le vostre ragioni. »

« Avrei dovuto dirti qual era il mio vero ruolo in tutto questo. »

« Non sarebbe stato male. »

« Ma non sarebbe servito a niente. »

Se pensassi a cosa avrei fatto di diverso se avessi saputo chi era davvero Chika, mi verrebbe da smentirlo. Ma, soprattutto, non mi piace essere ingannato. « Sei un detective? »

Scuote la testa. « Esperto di sicurezza. La National Bank è uno dei miei clienti. Valuto i rischi dei loro sistemi, fornisco supporto all'addestramento delle guardie che trasportano il contante e, ogni tanto, mi chiamano per incarichi speciali, come questo. »

« Sei davvero sposato? »

Sorride. « Sì. E sì, mia moglie aspetta davvero il nostro primo figlio. »

« Grazie al cielo. Temevo che i miei consigli coniugali fossero andati sprecati. »

Ora sta ridendo. « Non sono andati sprecati. Li ho accolti e sono lieto di dirti che mia moglie è più tranquilla e tollerante. »

Una serie di immagini mi balenano in testa.

Chika in piedi, appoggiato al Land Cruiser, che mi aspetta dopo il colloquio con Sobi.

La familiarità con cui si è rivolto alla guardia di sicurezza alla Whyte Hall e la rapidità con cui si sono intesi.

L'espressione accigliata di Sobi quando ha visto Chika.

« Non c'era nessun Tochukwu, vero? » domando.

« Cosa? » fa lui, preso alla sprovvista.

« Quel giorno all'Harcourt Whyte Hall... C'eri già stato. Non hai interrogato nessuno. Mi hai dato informazioni che avevi già. »

« Sì, ma ti assicuro che non sapevo niente di Tamuno. »

« Non hai mai parlato con Mercy? »

Scuote la testa. « Era troppo rischioso, in quei primi mesi. La ragazza era così fragile che sarebbe stata una crudeltà. »

Per questo mi ha incoraggiato ad andare all'ospedale ed è stato così insistente quando l'ha interrogata. Ora tutto ha più senso.

« Tom Ikime, il direttore della segreteria, conoscevi anche lui... »

Chika distoglie lo sguardo. Mi piace pensare che si vergogni un po'.

« Sì, gli ho parlato varie volte nelle prime settimane. »

« Che mi dici di Godwin? » gli chiedo, trattenendo il fiato.

Ora Chika mi rivolge uno sguardo affilato e fa cenno di no.

« No. Era la stessa situazione di Mercy. Non avevo il permesso di parlargli perché era considerato troppo instabile e io non ero né la polizia né un investigatore autorizzato. Era una delle condizioni poste da Ikime per aiutarci ora, anche perché in quel periodo l'università stava ancora conducendo la propria indagine. Però ho ascoltato le sue registrazioni audio, ho raccolto informazioni da altri studenti e l'ho studiato a distanza, ma giuro che non gli avevo mai parlato di persona. »

Voglio credergli ma, a questo punto, il mio livello di fiducia è ai minimi storici. Chi altri sa? Di certo, mio padre non può essere della partita. Ma Abubakar? Salome? L'ispettore? Mi gira la testa tante sono le domande che vorrei fare, però non credo di poter avere subito tutta la verità da Chika. Non dopo che quel curioso scambio con Emeka nel parcheggio è ancora fresco, ben stampato nella mia testa.

Ripenso alle parole dell'ispettore che hanno confermato i miei sospetti che Chika non fosse chi diceva di essere.

Uno che ha mollato gli studi e gioca a fare il detective.

« E la State University? Ci sei andato davvero? » chiedo ad alta voce.

Lui va alla finestra e guarda fuori. « Ci sono andato. Ma non ho mai preso la laurea. »

« Cos'è successo? »

« Al terzo anno sono stato sospeso perché facevo parte di una setta. »

Non sono pronto per questa rivelazione. Respiro a fondo, pensando a come replicare, ma non riesco a trovare le parole.

« Non è una cosa di cui vado orgoglioso », aggiunge, visto il silenzio.

Cerco di parlare nel modo più neutro possibile. « Sai se i ragazzi facevano parte di una setta? »

Lui si volta ed esita. Non dice nulla.

« Chika? »

Mi guarda, ma è come se i suoi occhi mi implorassero di non fare altre domande.

« Quello che ho scoperto è che Winston e Bona erano molto popolari perché portavano droga alle feste: ecstasy, popper, anche cocaina. »

« E Godwin era il loro fornitore? »

Annuisce. « Così pare. Loro compravano da lui e spacciavano alle feste cui andavano, ma non facevano parte di nessuna setta. »

« E Kevin? »

Chika fa un respiro profondo e distoglie di nuovo lo sguardo. « Devi promettermi di non dire al signor Nwamadi che lo sapevo. »

Mi rifiuto di entrare in questo gioco di inganni, ma sospetto che, se non gli faccio qualche promessa, Chika non mi dirà altro.

« Ci proverò. »

Mi guarda in faccia, i suoi occhi sono sempre più tristi. « Kevin era davvero in una setta. Mi ci sono volute settimane per trovare le prove, ma so che ne faceva parte. »

Con un sospiro, mi lascio cadere sulla sedia più vicina. « L'hai mai detto a Emeka? »

Chika scuote la testa. « Non potevo. Anche perché sono venuto a sapere che, dopo essersi messo con Mercy, Kevin stava cercando di uscirne. Ha smesso di andare alle riunioni e ha sposato cause tipo quella di Momoh, per dimostrare che era cambiato. »

« Ma ancora non riesci a spiegare come si sia trovato con Winston e Bona. »

« Le cose hanno cominciato a confondersi quando ho saputo che Winston e Bona non erano in una setta e che non c'erano prove che Kevin facesse uso di droga o la spacciasse. E non potevo andare oltre senza dire a Emeka che il figlio era membro di una setta. »

« Per questo hai accettato di aiutarmi a scoprire ciò che sapevi già, così sarei stato io a dirglielo. »

Chika annuisce e mi sorride imbarazzato. « Alla fine, credo che la cosa mi si sia ritorta contro, perché ora sappiamo che le sette non c'entrano nulla con il motivo per cui sono stati uccisi i ragazzi. Non l'avremmo scoperto, se Emeka non avesse coinvolto te. »

È una magra consolazione, vista la quantità di inganni che c'è voluta per farmi entrare in questa storia.

« Eri a conoscenza di aspetti cruciali che mi avrebbero semplificato il lavoro, se solo fossi stato informato. »

« Sono solo un braccio destro di lusso, senza le tue intuizioni e la tua esperienza », dice lui, in tono di resa.

« Ti sottovaluti. »

« Sei gentile, ma conosco i miei limiti. »

Stiamo in silenzio per un po'.

« La tua sospensione... »

Lui sorride, non so se per rassegnazione o rimorso.

« Me la meritavo. Ero uno stupido. Mi ha fatto perdere anni di studio e poi non potevo più iscrivermi in nessun'altra università del paese. »

« E perché sei entrato in una setta? » chiedo, ripensando a mio padre.

Come da sua abitudine, fa spallucce. « Vorrei poter dire che è stato per colpa delle cattive compagnie, ma non è così che è andata. Sono arrivato con buoni voti all'università e, a essere sincero, mi sentivo anche un po' speciale. Vengo da una famiglia di commercianti ed ero il primo ad andare all'università. Ma era come se fossi invisibile. A casa ero speciale, ma all'università ero uno qualsiasi tra migliaia di studenti. Volevo farmi notare, avere potere. Non sono stati loro a reclutarmi, sono stato io a cercarli. Ed ero la persona adatta: ambizioso, incosciente e stupido. »

Non c'è autocommiserazione nella sua voce. Sono solo i dettagli di un passato con cui ha fatto pace. Aspetto che dica altro ma, visto che non lo fa, cambio argomento.

« Emeka ha un jet privato? »

« Sì. » Mi guarda perplesso. « Perché? »

« Spiega come ha fatto ad arrivare così in fretta oggi. »

Chika non risponde. Ora so che preferisce tacere, piuttosto che mentire. Quindi, posso dedurre che Emeka non è arrivato a Port Harcourt oggi, ma prima. Forse addirittura quando sono arrivato io. Non mi stupirei se un uomo così testardo avesse voluto controllarmi da vicino.

Il che mi riporta alla ragione principale per cui mi trovo nella stanza di Chika.

« Sono venuto perché non trovo il mio iPad. Credo di averlo lasciato in macchina », dichiaro, con sorprendente disinvoltura.

Sarà per l'atmosfera tesa o per il senso di colpa che prova per tutte le bugie dette, ma Chika mi sembra felice del cambio di rotta della conversazione.

« Posso andare a controllare. »

« No, no, non occorre. Vado io. »

Avvisto le chiavi sulla scrivania e me ne approprio. Gli do una pacca sulle spalle. « Hai fatto un buon lavoro, Chika. Avrei preferito che me lo dicessi fin dall'inizio, ma capisco anche perché hai taciuto. D'altra parte queste informazioni avrebbero anche potuto influenzare i miei giudizi, quindi forse è stato meglio così. »

Il mio sorriso è sincero, ma lui rimane in guardia.

« Torno subito », dico con tutta la spontaneità che riesco a simulare e me ne vado.

Gli ascensori ci mettono più del solito ad arrivare e sono quasi sul punto di prendere le scale, ma mi impongo di non comportarmi in modo strano. Entro con calma in ascensore. Quando arrivo nella hall, saluto il portiere all'ingresso e mi dirigo al parcheggio.

Guardo in alto, verso le finestre dell'albergo, per assicurarmi che Chika non stia guardando. Raggiungo il Land Cruiser, apro il bagagliaio.

Il cric e la chiave inglese sono sopra il tappetino. Li scosto e guardo sotto. Ecco la borsa nera. Mi guardo intorno. Niente. Nessuno mi sta osservando.

Apro in fretta la cerniera, con il cuore che mi martella nel petto. Dentro di me sapevo già cos'avrei trovato, ma avere la conferma dei miei sospetti mi fa andare su di giri.

Tiro fuori il cellulare e scatto una foto del contenuto, con la mano che trema leggermente. Poi richiudo la lampo, con cura rimetto a posto il tappetino, chiudo il bagagliaio e premo il pulsante del telecomando.

Fingo di essere la calma fatta persona, mentre mi dirigo verso l'albergo. Una volta rientrato in camera mia, prendo subito l'iPad.

Dopo una ricerca online, trovo qualcosa che corrisponde a ciò che ho visto.

Brügger & Thomet APR 338. Un fucile di precisione, usato dai cecchini, apprezzato in quanto silenzioso e ideale per bersagli a lunga distanza.

CAMBIARE LE CARTE IN TAVOLA

Fingo di essere al telefono con Folake quando busso alla porta di Chika. Sventolo l'iPad e mormoro « Un attimo » all'interlocutrice fittizia.

« Grazie. » Gli restituisco le chiavi e indico il cellulare. « Casa. A dopo. »

Mentre la porta si chiude, domando: « Stavi dicendo, tesoro? »

Di nuovo nella mia camera, vado dritto al minibar. Sono un po' brillo quando chiamo sul serio mia moglie. È l'unica alternativa a tornare da Chika a esigere risposte.

« Ehi », risponde Folake, assonnata.

« Scusa, ti ho svegliata. »

« No, non fa niente. Stai bene? »

« No. »

« Cosa c'è? » Me la vedo che scatta a sedere sul letto. « Cos'è successo? »

Le racconto ogni cosa. Le rovescio addosso l'ultima settimana, un torrente di parole che scivola in uno sproloquio senza capo né coda.

« Tesoro, sei ubriaco? » mi domanda, quando ho finito.

« Quasi. »

« Vuoi dormire e richiamarmi domattina? »

« No. Torno a casa. »

« Ma non hai finito. »

« Hai sentito cos'ho detto? Qui è tutto un casino. Non ci capisco più niente. »

« Siccome hai trovato un fucile da cecchino in una borsa che il tuo cliente ha dato a questo Chika, d'un tratto niente ha più senso? »

« Perché Emeka dovrebbe dargli un fucile, Folake? Spiegamelo. »

« Non posso. Ma so che non saresti in pace con te stesso se tornassi indietro senza le risposte che sei andato a cercare. »

« Nessuno dice la verità. »

« Di solito funziona così quando si nasconde un crimine. » Colgo la severità nel suo tono.

« Be', non voglio più essere coinvolto. Torno a casa. »

« Come cosa? » Sento che mi sta mettendo alla prova.

« In che senso? »

« Mi hai sentito, Phil. Torni a casa come mio marito, o come l'uomo che se n'è andato pieno di rabbia una settimana fa? »

Taccio. Una parte del mio cervello stenta a credere che gli eventi degli ultimi giorni siano accaduti in una settimana.

« Phil? »

« Non lo so », rispondo alla fine.

« Credo che dovresti saperlo, prima di tornare. Speravo che questo incarico ti restituisse ciò che pensi di avere perso quando abbiamo lasciato gli Stati Uniti. Forse il prestigio o l'orgoglio o chissà cos'altro. »

« Ho perso te », mi lascio sfuggire prima di riuscire a trattenermi. Mi viene il sospetto di non essere brillo, ma sbronzo. In ogni caso è troppo tardi.

« Cosa vuoi dire? »

« Ti ho vista, Folake. » Cerco di dominare la rabbia che minaccia di prendermi alla gola e trasformarsi in un singhiozzo. « Ti ho vista. »

« Hai visto cosa? »

« Te con quel ragazzo. Il tuo assistente! »

Le parole mi sono uscite di bocca. Racconto a Folake di

quando sono passato a prenderla in ufficio, sperando di deliziarla con le mie prime impressioni su Emeka Nwamadi intanto che andavamo a guardare i nostri figli al torneo di basket della scuola. Le racconto di come ho parcheggiato la macchina e l'ho chiamata al telefono per dirle di scendere. E, quando lei non ha risposto, ho alzato gli occhi verso la grande finestra del suo ufficio. È stato allora che li ho visti.

Lei e il giovanotto che era stato a casa nostra tante volte a portare articoli e documenti amministrativi che lei doveva esaminare. Ricordo come si chiama: Soji Bello. Un ragazzo piuttosto simpatico cui non ho mai fatto molto caso, finché non ho visto mia moglie tra le sue braccia.

« Hai detto che eri rimasto bloccato dal traffico », ricorda Folake, quando mi fermo per riprendere fiato.

« Me ne sono andato. Dovevo pensare. Schiarirmi le idee. »

Silenzio. Vorrei gridarle di dirmi qualcosa, qualsiasi cosa in propria difesa, ma...

« È meglio se ti lascio dormire. Non posso parlare con te in queste condizioni. »

« Cosa diresti altrimenti? Lo so cos'ho visto! »

« Vai a dormire, per favore. Ti chiamerò domani. »

Detto questo, interrompe la comunicazione senza aggiungere altro, il che mi fa imbestialire. La richiamo. Il telefono suona a vuoto e scatta la segreteria. Tutte le volte che ci riprovo, una voce mi informa che l'apparecchio è spento. Getto lo smartphone sul letto. Tra me e me, mi ero esercitato su come avrei affrontato l'argomento con lei: faccia a faccia, con calma e freddezza. Tutto il contrario di ciò che ho appena fatto.

Il minibar ormai è vuoto, mi faccio portare altro whiskey dal servizio in camera e cado in un sonno agitato.

Pare incredibile, ma quando mi sveglio non ho mal di testa. Ho la bocca asciutta e lo stomaco sottosopra, ma per il resto sto bene. A vedermi non si direbbe. Dopo avere vomitato, mi guardo allo specchio e noto che ho gli occhi arrossati. Mi appoggio al lavabo per reggermi in piedi. Come da manuale, dopo una sbronza, cerco di ricordare cos'è successo ieri notte e l'accuratezza della mia memoria non mi è di conforto.

Torno in camera e controllo il telefono. Niente da Folake. Vorrei chiamarla, ma mi trattengo. Dovrebbe essere lei a farlo, per chiedere scusa.

Lancio di nuovo il cellulare sul letto e mi infilo sotto la doccia. Quando esco, trovo quattro chiamate perse da Salome. Non ha lasciato messaggi. In ogni caso, non sono dell'umore adatto per parlarle. Fa parte anche lei del casino. No, signorina Salome Briggs, non ho intenzione di stare al tuo gioco, qualunque esso sia. Oggi no.

Devo scoprire un assassino.

Chika sembra stare meglio di ieri, quando ci troviamo nel ristorante dell'albergo.

« Nottataccia? » mi chiede.

« Dobbiamo muoverci. Non c'è tempo per le chiacchiere. » Faccio cenno al cameriere di allontanarsi. Oggi niente colazione.

« Qualcuno è di cattivo umore », osserva, con una leggerezza che mi indispone ancora di più. Poi si mette a ridacchiare. « Be', vediamo se questo ti risolleva il morale. »

« Cosa? » Ho un estremo bisogno di buone notizie, quindi prendo una sedia e lo ascolto.

Chika sorride, prende il cellulare e me lo mostra trionfante. « Guarda cosa mi ha inviato il mio amico hacker. »

Strizzo gli occhi. « È entrato nell'account di Kevin? »

Lui annuisce e mi porge il telefono.

Passo in rassegna le schermate dei messaggi, che confermano quanto ci ha detto Tamuno. Godwin conosceva *benissimo* Kevin. Nei loro scambi, sembra smentire le accuse di essere stato lui ad avvisare la polizia delle immagini compromettenti sul cellulare di Momoh.

Abitava vicino a te, scriveva Kevin. *Lo sai che è stato incastrato!*

Se qualc1 ha fatto la soffiata, non sono io!!!!!!!, rispondeva Godwin, con una serie di emoji di rabbia e confusione.

Qualc1 mandava quelle foto a Momoh. Me l'ha detto lui.

Se continui a scrivermi t blocco. Lo faccio adesso.

Puoi bloccarmi ma non puoi nasconderti! Sai che so qualcosa.

E questa è stata la loro ultima conversazione.

Alzo gli occhi e guardo Chika. « Quindi tutto è collegato a *#giustiziapermomoh*? »

Lui annuisce. « Ti ricordi che Tamuno ha detto che stava preparando una ricerca e Kevin gli stava dando una mano? »

« Sì. »

« Ho seguito un link dei post di Kevin con l'hashtag *#giustiziapermomoh*. Mi ha reindirizzato a un articolo di giornale sulla riforma della giustizia. L'ho scaricato. » Chika sventola una chiavetta USB.

« Non dimenticare che non ho più il portatile. » Senza tastiera, lavorare sull'iPad è una pena.

Si alza. « Lo faccio stampare alla reception. »

« Grazie. »

Mentre si allontana, riguardo i messaggi tra i due ragazzi. Mi viene in mente che, se l'amico di Chika è entrato nell'account di Kevin su Messenger, può farlo anche con quello di Godwin. Potremmo forse ricavarne qualche informazione sul suo assassino e su come tutto questo si lega ai Tre di Okriki. Penso anche che sarebbe utile fare di nuovo quattro chiacchiere con Tamuno, visto quello che sappiamo.

Quando Chika ritorna, è in compagnia di tre poliziotti con le pistole puntate. Mi prende un colpo quando riconosco il novellino della stazione di polizia di Okriki. Alle loro spalle ci sono le guardie armate del Tropicana che dovrebbero proteggere l'albergo da attacchi di rapinatori e sequestratori, ma non dai poliziotti.

È il novellino a parlare. « Philip Taiwo? »

« Sono io. » Cerco di restare calmo, ma ricordo molto bene quello che so. Ci vuole tutta la mia forza di volontà per indossare una maschera di educata sorpresa, bilanciata da un lieve imbarazzo per il trambusto causato.

« È in arresto. »

« Per cosa? » chiede Chika, insolente, senza dubbio per l'ennesima volta.

Il novellino gonfia il petto. « Per il tentato omicidio di Kinikanwo Omereji, capo supremo della comunità di Okriki. »

POTERI SUPERIORI

Tre ore e trentasei minuti. È il tempo che sono rimasto solo in questa stanzetta alla stazione di polizia di Okriki. Il telefono mi è stato confiscato dal novellino, che sembrava compiaciuto mentre mi caricava sull'auto in albergo. Ho fatto in tempo a lasciare al preoccupatissimo direttore del Tropicana il numero di Abubakar, mentre Chika gli ha dato quello di Emeka. Il direttore mi ha chiesto se dovesse informare qualche altra persona, qualcuno di importante. Considerando com'è andata la conversazione con mia moglie ieri sera, gli ho detto che informare Abubakar per il momento era sufficiente. Se le mie supposizioni sono corrette, credo che il comandante avviserà mio padre, il quale, spero, avrà il buon senso di scegliere cosa dire a Folake.

Durante tutto il tragitto verso Okriki, il novellino si è rifiutato di rispondere alle mie domande. Chika ha viaggiato su un altro veicolo e non ho avuto nessuno con cui condividere il mio sconcerto per questa scelta inimmaginabile. Come sono passato, nel giro di poche ore, da investigatore a indagato?

La porta della stanzetta si apre ed entra l'ispettore Omereji. Ha un aspetto orribile, e, dall'espressione sul suo volto, capisco che è pronto a tutto pur di ottenere le risposte che cerca.

« Qualcuno ha sparato a mio padre ieri sera », annuncia, mentre prende la sedia di fronte a me e si accomoda.

« Gli hanno sparato? » Devo stare attento a ciò che dico. « Sta bene? »

« È in terapia intensiva. Ha passato i settant'anni e la prognosi è riservata. »

« Mi dispiace », dico con sincerità.

« Davvero le dispiace? »

« Certo. E se mi avete portato qui perché pensate che c'entri qualcosa, vi siete sbagliati. »

« E il suo amico Chika? »

Allontano dalla mente l'immagine del Brügger & Thomet. « Cosa c'entra lui? »

« Dov'era lui ieri notte? »

Faccio spallucce e gli dico la verità. « Quando siamo andati via di qui, siamo tornati in albergo e ognuno è andato nella propria camera. »

« Molto comodo. »

« Mike... » Mi guarda torvo quando lo chiamo per nome, quindi torno a parlargli in modo più formale. « Ispettore, mi deve credere. Non so nulla di cos'è successo al capo. »

« Secondo me, invece, lo sa eccome e me lo dirà. » Dal suo tono, è evidente che mi sta minacciando. Negli Stati Uniti, chiederei di chiamare il mio avvocato e protesterei perché non mi sono stati letti i miei diritti. Ma quelle regole non valgono a Okriki. La cosa mi preoccupa.

« Senta », ribatto, conciliante. « Mi rendo conto di cosa prova in questo momento, ma le assicuro che sta sprecando il suo tempo a parlare con me, quando il vero colpevole è là fuori. »

« Questo lo lasci decidere a me. A che ora è tornato in albergo a PH? »

« Intorno alle sei e trenta. »

« E cos'ha fatto dopo? »

« Gliel'ho detto... Chika e io siamo andati ognuno nella propria stanza. Io ho bevuto qualcosa al bar e ho deciso di andare a dormire presto. »

« Non sa cos'ha fatto lui ieri? »

« No, quantomeno non ieri sera. »

« Strano, perché lui giura che eravate insieme. »

Chika non può essere così stupido da usarmi come alibi, specie visto che non abbiamo avuto tempo di parlarne. Perciò non dico nulla e sostengo lo sguardo fisso di Omereji.

L'ispettore cambia tattica. Sorride e si avvicina. Sfoggia la classica espressione da « aiutami a prendere il cattivo e anche tu sarai un eroe ». Evidentemente, non conosce i miei trascorsi al San Francisco Police Department.

« Senta, dottor Taiwo. Sono sicuro che non è stato lei a tirare il grilletto. So riconoscere un assassino, quando lo vedo. »

« Allora cosa ci faccio qui? »

« Perché lei sa chi è stato. »

« Come mai se ne sta occupando lei? Non è troppo coinvolto a livello personale per essere obiettivo? »

Ostenta un sorriso di superiorità. « Non è in America, dottor Taiwo. »

Ricambio il sorriso con aria rassegnata. « Tutti non fanno che ricordarmelo. »

Omereji sta per dire qualcos'altro, quando gli suona il telefono. Lo guarda, si alza accigliato ed esce senza dire una parola.

Io aspetto, morendo di curiosità.

Il fucile da cecchino.

Chika.

Emeka.

Il capo Omereji ferito.

Che cosa sta succedendo? Cerco di smettere di pensare, per mantenere un'aria tranquilla quando torna l'ispettore, che si ferma sulla soglia, con un'espressione che non riesco a interpretare.

« Può andare. »

« Cosa? »

Sorride gelido. « I suoi contatti hanno chiamato altri contatti, che stanno più in alto e insistono che dobbiamo lasciar andare lei e il suo amico, se non abbiamo prove a vostro carico. »

« L'ha chiamata Abubakar? »

« Più in alto. Può andare. Ma preghi che mio padre ne esca vivo, perché se muore le prometto che nessuno dei suoi amici potenti potrà salvare lei e Chika. »

« Per quello che può valere, spero che suo padre si rimetta. »

« Arrivederci, dottor Taiwo. Stia sicuro che ci rivedremo. »

Mi fermo davanti a lui. « Cerchi di riposare un po', Mike. »

Lui mi ignora e io me ne vado.

Passo davanti all'ufficio di Omereji, alle celle e raggiungo l'atrio, più affollato e rumoroso che mai. Il novellino con freddezza mi restituisce il cellulare in una busta di plastica con il logo di una nota catena di supermercati. Mi accorgo che tutti si sono fermati a guardarmi, mi indicano e bisbigliano. Un uomo particolarmente arrabbiato sputa per terra, la bocca piegata in segno di disprezzo mentre mi osserva.

Fingo di non avere visto e passo in mezzo a loro. Non faccio in tempo a uscire che, alle mie spalle, sento un'eruzione di voci in diversi dialetti. Scommetterei il mio ultimo dollaro che sono l'argomento di conversazione.

Fuori trovo Chika, in piedi, con i vestiti spiegazzati. Si vede che lo hanno maltrattato un bel po'. Ma, quando mi avvicino, ha lo sguardo inferocito.

« Ci hanno portato qui con le loro macchine, ma si rifiutano di riaccompagnarci in albergo », è la prima cosa che mi dice.

Cerco di calmarlo. « Possiamo prendere un taxi. »

« Perché dovremmo? Sono stati loro a portarci qui! »

Lo osservo, in cerca di segni di colpevolezza, ma vedo solo l'irritazione.

« Sono stati duri con te? » chiedo, mentre ci incamminiamo.

Lui alza le spalle. « Non più di quanto mi aspettassi. »

« Perché pensano che sappiamo qualcosa, secondo te? »

« Sono sbirri, no? » ribatte lui. « Hanno per caso bisogno di un motivo per prendersela con i cittadini onesti? Invece di fare il loro lavoro, hanno perso almeno un'ora per venire ad arrestarci senza prove. Idioti.»

«Chika, aspetta. Cammini troppo veloce.»

«Scusa.» Rallenta il passo e ci guardiamo intorno alla ricerca di un taxi. Qualche conducente rallenta per guardarci, scambia una raffica di parole in *ikwerre* con i passeggeri e prosegue. È chiaro che nessuno ci porterà a Port Harcourt da qui. Non certo un taxi locale.

«Fammi chiamare il capo.» Chika prende il cellulare. «Può mandarci lui una macchina...»

«Emeka è ancora a Port Harcourt?»

«Non se n'è mai andato», risponde brusco, portandosi il telefono all'orecchio.

Sto pensando di chiamare Salome. Sarà sconvolta dall'attentato alla vita dello zio. Forse era per questo che mi chiamava, stamattina. Ma non voglio parlarle di fronte a Chika, così le mando un messaggio.

Ho saputo di tuo zio, mi dispiace. Uscito ora dalla stazione di polizia. Poi ti chiamo.

Chika intanto ha finito la sua telefonata. «Dovremmo raggiungere la fermata dell'autobus.» Indica la direzione. «Staremo all'ombra. Il capo manda una macchina, ma con il traffico ci vorranno un paio d'ore.»

Ci dirigiamo verso il punto in cui sono stati uccisi i Tre di Okriki. Sono travolto da un *déjà vu* mentre percorriamo la strada, dove sfrecciano automobili e motociclette, la maggior parte delle quali con più di un passeggero, in cerca di un taxi. Nell'aria percepisco anche un senso di disagio che non riesco a scrollarmi di dosso, l'ostilità della città, ormai familiare, alla nostra presenza è in piena ebollizione.

«Pensi che tutti sappiano perché siamo stati interrogati?» chiedo io.

«Possiamo supporre che ormai lo sappiano», risponde Chika, affrettando il passo. «Con un po' di fortuna, alla fermata potremmo trovare un taxi che non è guidato da un locale.»

«E la macchina di Emeka?»

«Voglio solo andarmene da questo posto», ribatte brusco. «L'autista ci può raggiungere lungo la strada.»

Sarà il modo in cui la gente ci guarda, sarà il fatto che sono nervoso, ma comincio a camminare al passo di Chika. Andiamo ancora più veloci appena arriviamo all'altezza della proprietà della Signora Fittacamere.

Quando arriviamo alla rotonda con il famoso cannone sono sudato fradicio e senza fiato. Ma non mi sento affatto al sicuro a sedermi in mezzo a un gruppo di persone ostili, quindi suggerisco di aspettare alla rotonda piuttosto che sostare alla fermata.

Una macchina percorre la rotatoria e si ferma accanto a noi. Il taxista, che ha già un passeggero al fianco, si protende verso di noi.

«Andate al campus?» ci chiede.

Guardo Chika e poi la folla in attesa alla fermata.

«Andiamocene di qui», esclamo.

L'ATTACCO DEI DANNATI

Ci sediamo dietro. Il taxi percorre la rotatoria e si dirige verso la strada deserta che nessuno usa più da dopo il linciaggio. È la prova che l'autista è nuovo da queste parti. Ci rilassiamo.

Chika continua a mandare messaggi, prendo anch'io il cellulare per vedere se Salome ha risposto. No. Il taxista, all'improvviso, accosta.

« Ehi! Ehi! » protesta Chika. « Non è questa la... » Il passeggero sul sedile anteriore si volta puntandoci addosso una pistola. D'istinto lascio cadere il telefono e alzo le mani. Chika non si muove.

« Avreste dovuto sparire dalla circolazione. » Il passeggero si toglie gli occhiali da sole e tira indietro il berretto da baseball. Trattengo il fiato appena riconosco uno dei ragazzi che ci hanno devastato le camere all'Hotel Royale.

« Dove ci state portando? » chiede Chika.

« In un posto da cui non tornerete. » Il taxista ci guarda ostile dallo specchietto retrovisore. « Avete cercato di uccidere il nostro capo e ora la pagherete! »

« Siamo appena stati interrogati dalla polizia », gli dico, tenendo sempre le mani in alto. « Loro possono provare che non siamo stati noi. »

Il ragazzo con la pistola non si scompone, continua a fissarmi con uno sguardo carico di odio. Lancio un'occhiata a Chika, che invece sembra tranquillo, come se stesse facendo un giro turistico della città. Non ha alzato le mani e vedo che, con discrezione, sta digitando qualcosa sul suo telefono.

Il taxi si ferma e io mi guardo in giro. Siamo in una radura fuori città, dove non passa nessuno. Sento il cuore che accelera e il sudore che scorre.

Ci trascinano fuori dalla macchina. Chika riesce a sussurrarmi: « Continua a farli parlare. Il capo ci ascolta ».

« In ginocchio! » ordina il passeggero.

Ora anche Chika alza le mani e, lentamente, ci inginocchiamo.

Il taxista sta parlando in *ikwerre* al cellulare, gesticolando con la mano in cui tiene anche lui una pistola. Spero che stia chiamando rinforzi. Ci farebbe guadagnare tempo.

« Vi avevamo detto di stare alla larga! » Il passeggero dà un calcio a Chika.

« Riprovaci senza puntarmi addosso quella pistola e vediamo chi è un vero uomo. »

Il passeggero gli obbedisce a metà e lo colpisce in faccia con il calcio della pistola.

« Fermo! Perché lo fai? » Il panico mi fa gridare. « Vi abbiamo detto che noi non c'entriamo con... »

« Bugiardo! » si fa sentire il taxista. « Qualcuno ha visto questo qui ieri sera. »

Anche lui tira un calcio a Chika, che ora è a terra, con il volto insanguinato.

« Questo è il meglio che sapete fare? » Il mio amico si risolleva con un sorriso malevolo che appare piuttosto inquietante, dato che ha le labbra spaccate e i denti coperti di sangue. « È così che ammazzate la gente in questa città? Rapite chi non si può difendere e gli date fuoco? »

Faccio un rapido calcolo. Se Emeka è ancora al telefono e, come presumo, sta chiamando aiuto, da dove potranno arrivare i soccorsi? Se si trova a Port Harcourt, a chi chiederà di tirarci fuori dai guai a Okriki? Da come stanno trattando Chika, quando toccherà a me, dubito che riuscirò a incassare i colpi altrettanto bene.

«Quei ragazzi erano ladri!»

«E in questa città sete tutti assassini!» li provoca Chika. «Perché è questo che volete fare, vero? Ci avete portato nello stesso posto in cui avete ammazzato quei poveracci.»

Chika sta cercando di dire a Emeka dove trovarci? Oh, Signore, spero di sì.

Il taxista lo atterra con un altro calcio e ora il passeggero sta puntando la pistola su di me. Sento il rombo di alcune motociclette e una macchina che si avvicina. I loro rinforzi o i soccorsi per noi?

«Tu! Il nostro capo ti ha avvertito di andartene. Ti ha detto cosa ti sarebbe successo se fossi tornato a ficcare il naso.»

Di' qualcosa, Philip. Fallo parlare. «Sì. E me ne sono andato. Te l'ho detto che siamo stati arrestati dalla polizia.»

«Perché avete cercato di uccidere il nostro capo!»

«E allora perché ci hanno lasciato andare?»

Nella frazione di secondo in cui lui pensa a una risposta, Chika fa in tempo a rialzarsi piano e sputare in faccia al taxista, che gli dà un calcio così forte da farlo scivolare per diversi metri nel terreno fangoso.

È in questo momento che il telefono gli esce dalla tasca. Il taxista lo raccoglie e si infuria ancora di più quando guarda lo schermo.

«Chi sta ascoltando?»

Chika scoppia a ridere. «Il mondo. Sapranno tutti cosa siete tu e questa città!»

«Chika!» lo avviso. Si sta spingendo troppo oltre con le sue provocazioni.

«Non puoi più fare niente!» grida il taxista al telefono, prima di gettarlo a terra e calpestarlo ripetutamente.

Vedo arrivare la macchina e tre motociclette, ciascuna con due persone sul sellino. Il taxista e il passeggero parlano concitati, agitando i pugni e salutando i nuovi arrivati.

Dannazione. I rinforzi.

Chika si è spostato leggermente, attirando l'attenzione dei due e costringendoli ad allontanarsi da me. Colgo l'occasione per rialzarmi in piedi e correre verso di loro con tutta la forza che ho a disposizione. Lo so che è una mossa inutile, ma qualsiasi cosa è meglio che starsene in ginocchio nel fango con le mani alzate.

Chika scatta in piedi alla velocità della luce. Io tiro un pugno alla cieca, colpendo uno zigomo. O forse una mascella? Non ne sono sicuro, perché mi arriva una bastonata, o qualcosa di simile, alle costole e mi piego in due.

Arrivano altri uomini. Sento ossa che si rompono e, annebbiato dal dolore, vedo Chika che prende a calci il passeggero e cerca di sottrargli la pistola.

Pugni e calci mi piovono addosso da diversi assalitori. Cerco di rannicchiarmi, ma non serve a niente. Mi accorgo che anche Chika è a terra, ma ho la vista annebbiata. Poi sento un rumore assordante. Come un colpo di pistola. Almeno credo. Poi un altro. Vedo Chika a terra e poi tutto si fa buio.

Gli hanno sparato?

O forse hanno sparato a me.

Non riesco a risolvere il dilemma, perché comincio a precipitare in uno spazio vuoto senza fine.

L'ALTRO FIGLIO

Ho fatto uscire alla luce John Paul, perché possa incontrare sua madre.

L'ho fatto spesso ultimamente, soprattutto con l'avvicinarsi del Piano Finale. E poi è il momento che la mamma incontri i due volti di suo figlio.

John Paul prende l'ascensore fino al reparto di oncologia, noncurante dell'odore di medicinali, vomito e malattia. Rivolge un sorriso all'infermiera di turno, che pensa di riconoscerlo e gli fa cenno di entrare nella stanza di nostra madre.

Dentro, prende una sedia per mettersi accanto al letto e sussurra in un orecchio a mia madre: « Ti porto via di qui ».

Gli occhi di lei brillano sorridenti. « Non dire sciocchezze. Questo è un buon ospedale. »

« Posso curarti meglio. »

« Non sei un dottore. »

« Ho imparato molte cose al monastero, mamma. Una di queste è prendersi cura degli infermi. »

« La mia non è una malattia di cui puoi occuparti tu. »

« E allora perché mi hai mandato a chiamare? » chiede John Paul aspro.

Lei lo guarda accigliata. Il sorriso le sparisce dal viso.

« Tu non sei lui », dice piatta.

John non si preoccupa di smentirla. « Come lo sai? »

« I tuoi occhi. Sono morti. Tu sei il diavolo che lo possiede. Sei quello che ha ucciso suo padre. »

« Non era suo padre. »

« Era un brav'uomo che ci ha preso in casa quando tuo padre ci ha abbandonato. »

« Abusava di tuo figlio. »

« Tu menti! »

La mamma si sta agitando. E anch'io, guardando dall'ombra. Vorrei gridare a John Paul di smetterla, ma la sua presa è troppo forte.

« Lo sai che non sto mentendo. »

« Era un brav'uomo », insiste mia madre.

« Era un uomo ricco che ha usato i suoi soldi per accecarti. »

« Ti voleva bene... Voleva solo dimostrarti il suo affetto. »

« Mi violentava, mamma... »

Smetto di cercare la luce. John Paul ha appena detto di essere me? Non può essere. È successo a me! Ero io che avevo bisogno di essere salvato, non lui.

« È il male che c'è in te a farti dire queste cose. Chiama l'infermiera. Devi andartene. Non tornare finché non hai lasciato mio figlio. »

La mamma cerca di attirare l'attenzione dell'infermiera, ma non ha abbastanza voce. John Paul si alza in piedi e tira le tende, nascondendola alla vista del personale e delle altre pazienti.

« Voglio l'infermiera », ripete lei.

« Ti mostravo i lividi, il sangue, ma ti sei rifiutata di credermi. » John Paul si china su di lei, il suo volto sfigurato dalla rabbia. « Mi hai sacrificato a tuo marito perché ti ha messo un tetto sulla testa e ti ha comprato regali costosi. »

« Avevi troppa immaginazione. Ti inventavi cose. Facevi disegni strani su tutti i fogli che trovavi in giro per casa. Come facevo a sapere che non era una delle tue storie? »

« Gliel'hai mai chiesto? Ne hai mai parlato con lui? »

« Di cosa? Io vedevo solo che lui era un buon padre per te e tu l'hai ucciso. »

« E anche dopo che è morto, hai abbandonato tuo figlio... »

« Eri con uomini di Dio! »

« Tu non sai niente di Dio! » esclama lui. « Loro *non sanno niente di Dio! »*

« E tu sì? »

« Io sono il mio unico dio. »

« Sei il diavolo. » È come se la mamma avesse preso la forza da una fonte sconosciuta, perché afferra la mano di John Paul e solleva la testa avvicinandosi a lui. « Ma non è troppo tardi. Puoi salvarti. »

« Salvarmi? »

« Guardami. Sto morendo di un male incurabile. È la mia punizione. Ma non è troppo tardi per te. Se vai alla polizia... »

« No. » La risposta di John Paul è un'eco della mia nell'ombra.

« Hai ucciso un uomo! »

« Meritava di morire. E se tu mi avessi fatto da madre, l'avresti ucciso tu al posto mio. »

« Confessa, figlio mio. Chiamerò la polizia e il prete, e ci confesseremo insieme... »

Mentre lei parla, John Paul si erge in tutta la sua altezza e si libera dalla sua stretta.

« Potremmo anche dire che è stata legittima difesa », continua la mamma, con voce supplice. « Ma non possiamo affidare le nostre anime all'inferno, senza confessare questo peccato mortale. »

Mentre le parla, John Paul controlla la flebo, guarda le macchine che registrano i segni vitali, poi si volta verso di lei e la guarda.

La mamma sta ancora parlando. « Figlio mio, ti prego, anche se siamo dannati su questa terra, troveremo la pace in cielo. Dobbiamo conf... »

John Paul si china a darle un bacio leggero sulla fronte.

« Questo è da parte di tuo figlio », le sussurra.

Poi le strappa il cuscino da sotto la testa e glielo preme sulla faccia.

« Questo è da parte mia. »

ATTO QUARTO

Le onde luminose cambiano direzione quando passano attraverso un'apertura o intorno a una barriera

ARIA

Cerco di respirare e ho la sensazione che mille coltelli mi trapassino i fianchi. Il dolore mi costringe a riaprire gli occhi.

Sul caos.

C'è gente che parla in fretta, ma non riesco a capire cosa stia dicendo.

È tutto bianco. Anche le persone. Le loro facce si confondono con i vestiti candidi, come in un dipinto ad acquerello.

Un volto sfuocato mi si avvicina e un raggio di luce mi abbaglia.

Sbatto le palpebre e il dolore acuto e paralizzante ai fianchi minaccia di trascinarmi di nuovo sotto.

« È vigile. Come si chiama? Mi dica il suo nome! »

Vorrei dire di non gridare, ma invece...

Philip.

« Che numero viene dopo uno? »

Due.

La mia voce sembra arrivare da un luogo lontano. Ma sono io che rispondo.

Che respiro.

« Chi è il presidente della Nigeria? »

Sento male quando inspiro.

A chi importa?

« Bene. È vigile. Prepara la sala operatoria. »

Sono vivo.

Ma dov'è Chika?

Non sono sicuro di averlo chiesto prima che tutto ridiventasse buio.

UN BRUSCO RISVEGLIO

La prima volta che apro gli occhi, resto abbagliato dal biancore del soffitto. Le pale di un ventilatore ruotano piano, dandomi l'impressione che sia la stanza a girare. Richiudo le palpebre e tutto si ferma. Decido di tenerle così ancora per un po'.

La seconda volta che apro gli occhi è per un mal di testa lancinante che mi costringe a richiuderli, anche se non riesco a liberarmi della sensazione di avere un martello nel cranio. Un rumore acuto riempie la stanza e vorrei tapparmi le orecchie, ma tutte le cannule che ho attaccate me lo impediscono. Si fa più forte, così tendo le palpebre chiuse finché non si trasforma in una serie di *beep* e la testa smette di pulsare.

La terza volta che apro gli occhi è a causa delle voci.

« Lui sa qualcosa... »

« Non puoi averne la certezza. »

Non riesco a capire se sto sognando o se Omereji e Salome sono davvero ai piedi del letto, uno di fronte all'altra, impegnati in un'animata discussione.

« Hanno cercato di uccidere mio padre. Tuo zio », dice l'ispettore a bassa voce.

A poco a poco, ricordo tutto. *La stazione di polizia. Il rapimento. Chika!*

« Non puoi provare che... » sta dicendo Salome.

« Ragazzi... » mi faccio sentire io, per quel che posso.

Omereji e Salome si voltano nello stesso istante, ma è lei a venire al mio fianco.

« Sei sveglio! »

« E chi riesce a dormire, con questo baccano? » provo a scherzare, mentre cerco di mettermi a sedere.

« Non muoverti. Hai una costola rotta e una commozione cerebrale. »

Mi tocco la testa e sento le bende. Ecco perché ho il mal di testa. E la stretta al torace non è per mancanza d'aria, ma perché sono fasciato come una mummia.

« Da quanto sono qui? »

Salome si volta per un attimo verso Mike, che non mi toglie gli occhi di dosso dall'istante in cui ho parlato, e poi torna a guardarmi.

« Tre giorni. Sei stato in coma farmacologico, temevano un'emorragia cerebrale. »

« Tre? » Cerco di nuovo di sedermi e me ne pento subito. « Dov'è Chika? »

« Il tuo amico sta bene », risponde Omereji, senza particolare entusiasmo. « Ha riportato solo ferite lievi, ma ha conciato i vostri aggressori per le feste. »

Mi sdraio di nuovo.

« Non gli hanno sparato? »

« No, Philip », risponde Salome. « Sta bene. »

« Ma ho sentito sparare... »

« Faresti meglio a riposare », mi interrompe lei. « Siamo venuti in ospedale per far visita allo zio e abbiamo pensato di passare da te. »

« Tuo zio, come sta? »

« Non è più in terapia intensiva. Ora è stabile. »

« Grazie a Dio. »

Guardo la faccia di Omereji e so già cosa sta per dire. Mi sento improvvisamente esausto.

Lui si avvicina e mi domanda: « Pensa di poter rispondere a qualche domanda? »

Ha l'aria di chi non chiude occhio da giorni.

« Philip, non sei obbligato... » protesta Salome.

« Cosa vuole sapere che non mi abbia già chiesto quando mi ha arrestato senza motivo? »

« Senta, riguardo a quello, può capire la mia situazione... »

Provo a sorridere ma mi esce una smorfia, perché sento tornare con forza il dolore alla testa.

« Queste non sono scuse », dico, per prendere tempo e riordinare le idee.

« Scuse? »

Scoppierei a ridere per la faccia costernata dell'ispettore, se non sentissi male dappertutto.

« Mi ha arrestato solo in base a congetture e per motivi personali... »

« Avevo buone ragioni! » esclama Omereji.

« Vuoi dirlo al suo avvocato? » replica Salome, con un'espressione di sfida rivolta al cugino.

Per un po' c'è un silenzio carico di tensione. Adesso mi rimbomba la testa e il cuore mi batte più veloce del normale, ma so che devo stare calmo.

« Dottor Taiwo, mentirei se le dicessi che sono pentito di averla arrestata. Ma mi dispiace davvero di non avere seguito il protocollo e di non averle dato protezione in una città che sapevo esserle ostile e, be', io... »

« Non importa. Sul serio. » È doloroso vedere un poliziotto così orgoglioso costretto ad ammettere un errore e sarebbe scortese da parte mia lasciarlo proseguire, sapendo quello che so. « Mi rendo conto. »

Mi stampo sulla faccia un sorriso appropriato, mentre Salome gioisce come una maestra d'asilo che ha appena evitato un litigio in cortile.

« Cosa vuole sapere? » chiedo.

« Philip, non devi sentirti in dovere... » interviene di nuovo lei.

Omereji la sovrasta. « Abbiamo effettuato l'esame balistico del proiettile che ha colpito mio padre. Viene da un fucile di precisione. Non è un proiettile standard: è costoso e molto raro da queste parti, il che mi fa pensare che sia un attentato vero e proprio. »

« E lei è ancora convinto che io ne sappia qualcosa? » chiedo calmo, anche se il mal di testa non mi dà tregua e il cuore batte all'impazzata.

« Mike non ha prove », sospira Salome. « Ma sospetta che sia stato Chika a sparare a mio zio. »

« Perché mai? »

« Perché è arrivato in città subito dopo la morte di quei ragazzi », risponde Omereji. « A curiosare in giro, fare domande e seguire persone. Compreso mio padre. »

« Perché non l'avete fermato allora? » chiedo, con una smorfia di dolore. Vedo Salome che appoggia una mano sul braccio del cugino, come per invitarlo ad andarci piano.

« L'avrei fatto, se fossi stato qui. E comunque, su quali basi? » risponde Omereji. « All'inizio, la gente credeva fosse un giornalista. Visto che non se ne andava, alcuni hanno pensato che stesse scrivendo un libro. Ma dopo un po' è semplicemente scomparso. Tutti si sono scordati di lui e a stento l'hanno riconosciuto, quando è tornato insieme a lei. »

« È stato allora che abbiamo scoperto che sei stato ingaggiato da Emeka Nwamadi », dice Salome.

« Pertanto », aggiunge Omereji, « Nwamadi ha assunto anche il tuo amico Chika. »

Guardo ora Salome, ora l'ispettore. Lei si accorgerebbe che sto mentendo, quindi dico la verità. « Posso garantirti che se fosse stato Chika a sparare al capo, non avrebbe mancato il bersaglio. »

Salome e Omereji si scambiano un'occhiata e l'ispettore alza le spalle, rassegnato. Il trucco di Salome è sbavato intorno agli occhi: credo che anche lei, come Mike, abbia dormito poco e male.

« Andiamo a trovare mio zio. Siete allo stesso piano, ma lui è nell'Ala Ovest, sotto controllo ventiquattr'ore su ventiquattro, data l'età. Vedo se riesco a ripassare da te più tardi. » Mi accarezza la mano e si volta verso Omereji, che tiene lo sguardo fisso su di me.

« Mike, andiamo. »

« Era un Brügger & Thomet. »

« Come? » La mia voce è incerta.

« Il fucile usato per sparare a mio padre. Era un Brügger & Thomet. Mi informi se ne vede uno. »

« Mi faccia sapere quando arresta quelli che hanno aggredito Chika e me. »

« Lo ha già fatto », dice Salome. « Li ha presi lo stesso giorno in cui sei arrivato qui in ospedale. »

« Dovrà presentarsi alla polizia per le identificazioni e un interrogatorio, prima che possano essere accusati formalmente, ma ho dieci ragazzi del posto sotto custodia. »

« Grazie », dico all'ispettore, vergognandomi un po'.

« Mi informi se vede quel fucile, dottor Taiwo. Si rimetta presto. »

Esce dalla mia stanza. Salome sospira, mi fa un cenno di saluto e lo segue.

UNA GENTILEZZA IMPREVISTA

Sapendo quello che so, non sono sicuro di chi preferirei vedere per primo: Chika o Emeka. Ma qualcun altro prende la decisione al posto mio, quando Emeka Nwamadi entra nella mia stanza in ospedale in compagnia dell'uomo che ricordo dalla mia disastrosa visita allo State Psychiatric Hospital.

« Dottor Taiwo... »

« Emeka », rispondo cauto, guardando il padre di Mercy.

« Ti ho portato un amico, Elechi Opara. Ti presento il dottor Philip Taiwo. »

Elechi Opara si sistema ai piedi del mio letto, con un sorriso luminoso e caloroso. Provo di nuovo vergogna.

« Mi dispiace davvero per... » comincio, ma lui alza una mano.

« Non si preoccupi, dottor Taiwo. Nessun rancore. Emeka mi ha spiegato le pressioni che le stava facendo. »

« In ogni caso, signore, mi spiace molto. Come sta Mercy? »

« Sta meglio ed è tornata a casa. Speriamo che si riprenda definitivamente. »

Emeka fa un passo avanti. « Ho portato qui Elechi così possiamo ringraziarlo entrambi. »

Li guardo confuso e accigliato. Emeka sfoggia un ampio sorriso e mette le braccia intorno alle spalle di Opara.

« Ringraziarlo? »

« Non te l'hanno detto? »

« Detto cosa? »

« Che è stato Elechi a salvarti da quei delinquenti. »

Questa non me l'aspettavo.

« Come... ha fatto? » balbetto, senza sapere bene cosa dire o chiedere.

« È stato un colpo di fortuna. Non ero lontano da dove l'hanno aggredita, quando Emeka mi ha telefonato. »

« Hai chiamato lui? »

Emeka fa cenno di sì. « Ho capito che eravate in pericolo dalla chiamata di Chika. Dovevo sbrigarmi e non potevo avvisare nessuno in zona, a parte Elechi. »

« Non è stato difficile trovarla. Quando ho visto in che direzione andavano alcuni di quei giovani, che già gridavano, ho intuito che stessero venendo da lei. Ho fermato un mototaxi e li ho seguiti. »

Scuoto la testa, incredulo. « Anche dopo quello che ho fatto, è venuto ad aiutarmi... »

« Cos'altro potevo fare? » ribatte Opara.

« Gli ho chiesto scusa anche a nome tuo, spiegandogli che ti stavo facendo pressione perché completassi il rapporto », spiega Emeka. « Non potevo rivolgermi ad altri che a lui. Io non sarei mai arrivato in tempo per evitare che quei ragazzi facessero seri danni. »

Guardo Elechi. « È stato lei a sparare a quella gente? »

« In aria, non a loro. Non c'era altro modo per attirare la loro attenzione. »

« Per fortuna aveva una pistola. » È al tempo stesso una domanda e un'affermazione. Anche negli Stati Uniti, non ho mai capito perché le persone vadano in giro con un'arma come se fosse un qualsiasi accessorio. Ma qui ho visto più pistole in due settimane che in un anno di lavoro al San Francisco Police Department.

« I miei concittadini hanno ucciso l'amico di mia figlia e l'hanno aggredita quando lei ha cercato di salvarlo. Giro armato da allora. »

« Ed è stata una gran fortuna per noi che girassi armato quando il dottor Taiwo è stato aggredito. » Emeka dà una pacca sulla spalla a Elechi con eccessivo cameratismo, che intuisco essere il suo modo di mascherare il dolore che prova ogni volta che si menziona la morte di Kevin.

« E Chika », aggiungo io a bassa voce.

« E Chika, certo », conferma Emeka, la voce dura.

« Lui dov'è? » chiedo, deluso che non sia ancora passato a trovarmi, ammesso che stia bene.

« Sta sistemando alcune cose per mio conto a Port Harcourt. Verrà presto. Per ora, pensa a rimetterti in forze. Abbiamo bisogno che tu sia in piedi quanto prima. » Si volta verso Elechi. « Lasciamolo riposare. »

« Grazie, signor Opara », dico, molto sincero.

« Era il minimo che potessi fare, dottor Taiwo. »

Ci scambiamo una debole stretta di mano, perché qualsiasi movimento, anche il più piccolo, mi procura dolore.

« Non so come potrò mai sdebitarmi », gli dico.

Elechi si volta verso Emeka, che gli fa un cenno di assenso.

« Emeka mi ha detto che lei è uno psicologo », comincia, quasi con imbarazzo. « Non voglio approfittarne e so che i medici dell'ospedale psichiatrico stanno facendo del loro meglio per Mercy... »

Non arriva in fondo alla frase e impiego un po' a capire cosa intenda. Quando lo intuisco, comincio subito a scuotere la testa, ma Emeka si intromette.

« Gli ho spiegato che non è il tuo campo, ma chiede solo un tuo secondo parere. »

« Sì, nient'altro. Spero che lei riesca a vedere qualcosa che è sfuggito ai nostri dottori nigeriani. » Elechi mi sorride, ma c'è tristezza nel suo sguardo e mi ricorda quello di Emeka quando parla di Kevin.

« Ma, signore, io non sono quel tipo di psicologo. Non sono un terapista clinico. »

Elechi si rassegna e io guardo Emeka in cerca di aiuto. Lui si stringe nelle spalle, come per dirmi che devo cavarmela da solo.

« Sono al massimo un ricercatore » mi giustifico.

« Ma pur sempre uno psicologo... » insiste lui.

« Sì, ma non posso fare diagnosi, tantomeno prescrivere farmaci. »

« Però può dare la sua opinione? Forse persino consigliarci persone cui possiamo chiedere aiuto? »

« Io sono specializzato in reati e... »

Interrompo il mio collaudato monologo perché mi rendo conto che Elechi non potrà mai capire la mia riluttanza. Per quanto ne sa lui, sono uno psicologo. Qualsiasi spiegazione sulla mia area di competenza gli suonerebbe come un pretesto o, peggio, come un rifiuto. Dopotutto, devo la vita a quest'uomo.

« Potrò solo dirle quello che penso e forse indicarle qualche specialista », ribatto.

« Non chiedo altro. » Elechi Opara sorride. « Appena sta meglio, posso venire a prenderla a Port Harcourt... »

Dovrei dirgli che corre troppo, ma non mi va di guastare il sollievo che gli si legge in faccia.

« Anzi », Elechi si rivolge a Emeka. « Perché non alla cena di ringraziamento? »

« La cena di ringraziamento? » chiedo io. Il martello nella mia testa mi dice che farei meglio a evitarla, ma che non potrò esimermi dal partecipare.

« Elechi ne darà una a casa sua per festeggiare il ritorno di Mercy », dice Emeka.

« Il padrino e la madrina di Mercy organizzeranno una piccola funzione in chiesa per quel giorno e poi mangeremo tutti a casa nostra. Se vuole venire anche lei, può osservare Mercy e parlarle. »

Non riesco a decifrare l'espressione di Emeka. Vuole che ci vada? Ci andrà anche lui?

« Sempre che lei stia meglio, s'intende », puntualizza Elechi. Questo precisazione mi fa sorridere e promettere di considerare l'invito.

« Dovremmo lasciarti riposare », Emeka fa un passo avanti.

Ignoro il dolore e gli stringo la mano che ha posato sopra la mia, facendogli cenno con gli occhi di restare.

Lui si volta verso il padre di Mercy. « Sono subito da te, Elechi. »

Opara annuisce, ma si ferma sulla soglia. « Mi farà sapere se ci sarà? »

Sto ancora stringendo la mano di Emeka, ma riesco a rivolgergli un sorriso colmo di gratitudine.

« Sarebbe un onore », rispondo. Il dado è tratto.

« Manderò i dettagli al signor Nwamadi. »

Opara esce soddisfatto. Un attimo dopo domando a Emeka a bruciapelo: « Hai ordinato a Chika di uccidere il capo Omereji? »

Lui ritrae bruscamente la mano. « Di cosa stai parlando? »

« Ti ho visto mentre gli consegnavi la borsa con il fucile. Dimmi la verità. »

« Hai preso una brutta botta in testa, Philip. »

« Non mi trattare con sufficienza, Emeka. »

Lui si guarda intorno, come per accertarsi che nessuno possa sentire. Quando si volta di nuovo verso di me, è il ritratto dell'indignazione.

« Mi stai accusando di una cosa terribile. »

« Sei un padre in lutto. Un uomo pieno di rabbia. Capirei se... »

« Nessuno può capire », risponde freddo e si dirige alla porta.

« Almeno hai parlato con mio padre? Gli hai detto cos'è successo? »

Emeka resta impassibile. « Per quello che può servire, Philip, gli ho parlato. E l'ho ringraziato per averti convinto ad accettare il caso. Gli ho anche detto come stai. Credo abbia parlato con i dottori qui. »

Annuisco. Forse mio padre e i suoi amici ne approfitteranno per riportare Emeka nel gruppo.

« Voglio vedere Chika », gli comunico.

Emeka sfoggia un sorriso poco credibile. « Glielo farò sapere. »

« Lo sai che ha mancato apposta il bersaglio, vero? »

« Non so di cosa stai parlando. Devi riposare, ora. »

« L'ha fatto per evitare che commettessi un grave errore », insisto.

« Riposati. » Emeka mi fa capire che la conversazione è finita. Nel caso ci fosse qualche dubbio, un attimo dopo la porta si chiude alle sue spalle.

Per la seconda volta quest'oggi, rimango solo a chiedermi chi siano davvero i cattivi nella tragedia dei Tre di Okriki.

DI NUOVO INSIEME

Sogno Folake seduta ai piedi del letto. Le sorrido e lei ricambia.

« Ehi, tesoro », dico.

Quando si alza e si precipita da me, mi rendo conto che è davvero qui. Mi batte forte il cuore dalla gioia e provo un perverso senso di gratitudine nei confronti dei ragazzi che a Okriki hanno aggredito Chika e me. Lo sguardo preoccupato di mia moglie dà persino un senso al dolore alle costole e al mal di testa martellante.

« Grazie a Dio », mi dice.

« Non sto sognando. »

« Sono qui, tesoro. »

« I ragazzi? » Guardo dietro di lei.

« Stanno bene. Sono da tua madre. »

« Ma come hai fatto...? »

« Tuo padre. Mi ha detto che c'è stato un incidente e mi ha messo in contatto con Emeka che ha organizzato tutto. È grazie a lui se sono qui. »

« Con il suo aereo privato? »

Lei sogghigna. « Ci puoi scommettere. »

« Ah, trattamento vip. »

Non posso fare a meno di ridere, anche se mi fanno male le costole. Folake mi imita, stringendomi la mano, ma, senza preavviso, le sue risate si trasformano in singhiozzi.

« Non piangere, per favore... »

« Ho avuto tanta paura », dice, tra un singhiozzo e l'altro. « Non riuscivo a chiamarti. Il telefono era spento. » Cerca un fazzoletto nella borsetta sulla sedia e si soffia il naso. « E perché... ho pensato, be', le cose che hai detto quando ci siamo parlati... »

Ricomincia a piangere. In questo momento so che, qualsiasi cosa io abbia visto, qualsiasi cosa lei abbia fatto, lei mi ama. E io amo lei. Ma le cose che ho detto, ciò che ho visto, sono una barriera tra di noi. Le faccio cenno di venire più vicino. Lei mi asseconda, soffiandosi il naso.

Piano, con una smorfia di dolore, mi sposto su un lato del letto e lei si stende accanto a me. Non può appoggiare la testa al mio petto, così si scansa un poco e la sistema sulla mia spalla. Chiudo gli occhi e inalo il profumo di olio di cocco e burro di karité nei suoi riccioli. Mi chino e le do un bacio sulla fronte.

Restiamo sdraiati così. In silenzio. Insieme.

Folake rimane al mio fianco e la cosa non sembra importare alle infermiere. Non fa niente di male, quindi la lasciano stare e passiamo la notte insieme, per la prima volta da quasi due settimane.

Sono stanco e assonnato, ma mia moglie mi è mancata così tanto. Rimango sveglio per sentirmi raccontare dei nostri figli, del suo lavoro, di tutto tranne che della nostra ultima telefonata.

Meno di quarantott'ore dopo l'arrivo di Folake, la TAC conferma che la mia testa sta bene. Dovrei prendermela con calma per un paio di giorni e ricorrere agli analgesici per le costole dolenti, ma per il resto sono abbastanza in forma da lasciare il reparto solventi dello State University Teaching Hospital.

Sono pronto a chiamare un taxi per tornare a PH con Folake, quando ricevo un messaggio da Emeka: Chika sta venendo a prendermi. Per cui attendo.

« Davvero non l'hai più visto, dopo l'aggressione? » chiede mia moglie, aiutandomi a indossare i vestiti che mi ha portato da Lagos.

« Neanche una volta. Credo si vergogni », rispondo e sussulto dal dolore, quando alzo il braccio per infilare la camicia.

« Per quale motivo dovrebbe? »

Cerco di alzare le spalle, ma non ci riesco. « Io sono stato sincero con lui, ma diciamo che lui non lo è stato con me. »

« Ti riferisci al fucile di precisione che gli ha dato Emeka? » chiede lei, abbottonandomi la camicia.

Vorrei condividere i miei sospetti sull'attentato al capo Omereji, ma è meglio aspettare quando siamo in albergo. Non vedo l'ora di andarmene da qui.

Proprio in quel momento si apre la porta ed entra Salome. Si ferma quando vede Folake. Per un breve, quasi impercettibile istante, il suo sorriso si fa incerto, prima di allargarsi mentre si avvicina a noi.

« Lei dev'essere la professoressa Taiwo. Piacere, sono Salome Briggs. »

Se Folake è colta di sorpresa, non lo dà a vedere. Le tende la mano.

« Piacere mio. »

Salome si volta verso di me. « Americano, ti vedo molto meglio. »

« Con tutte queste bende, mi sento impacchettato come un regalo. »

Lei ride allegra. « Penserà la signora a scartarti. » Mi strizza l'occhio maliziosa, ma non salace, e non aspetta la nostra reazione perché è già alla porta. « Vado a trovare mio zio. Ho pensato di fare un salto per vedere come stavi, prima di andare da lui e finire bloccata con tutta la famiglia. »

« Come sta? »

« Molto meglio. Lieta di averla conosciuta, prof. »

Detto questo, esce di scena.

« 'Americano'? » le fa eco Folake, dopo un breve silenzio.

Non dico niente per spiegare il soprannome che mi ha affibbiato Salome.

« È stata una visita rapida », commenta mia moglie, senza guardarmi.

« Ha molto da fare. Mi stupisco che trovi il tempo per andare a trovare lo zio così spesso. »

« Sì, ma chi è? »

In quel momento mi viene in mente che negli ultimi due giorni ho raccontato a Folake quasi tutto della mia esperienza a Okriki e a PH, ma non ho mai menzionato Salome. Per nome, quantomeno. Freud avrebbe una giornata campale.

« Ricordi l'amica che ci ha trovato l'albergo a PH? »

« È lei l'*amica*? »

Ignoro l'enfasi che Folake mette sulla parola « amica ». « Difende alcuni degli imputati al processo per i Tre di Okriki. »

Mia moglie spalanca gli occhi. « Ed è amica tua? »

« Sì. » Mi volto per prendere l'orologio dal comodino, ma sento addosso gli occhi di Folake.

« E suo zio è qui, in ospedale? »

Il vetro del quadrante è incrinato in vari punti, ma l'orologio funziona ancora.

« Suo zio è il capo Omereji », spiego, con fare distaccato.

« Wow, tesoro. Te li sai proprio scegliere gli amici. »

L'arrivo di Chika mi risparmia lo sforzo di rispondere.

Ha l'aria stanca e il cerotto sulla fronte lo fa sembrare malato. Sono felice di vederlo e ancora più felice che abbia interrotto la conversazione.

« Salve, straniero. »

Lui accenna appena un sorriso. « Salve, signore. »

Respiro più a fondo che posso. Siamo tornati al punto di partenza.

CONFESSIONI DI UN ASSASSINO

Dopo le nottate scomode che Folake ha passato con me in ospedale, il Tropicana è un paradiso. Appena prendiamo possesso della mia vecchia camera, si prepara la vasca, seleziona una playlist sul cellulare e di fatto trasloca nella lussuosa stanza da bagno.

Forse è l'effetto degli analgesici o il fatto che ho dormito per quasi sei giorni di fila, ma sono irrequieto. La mia mente continua a ripercorrere gli avvenimenti delle ultime due settimane.

Ho saputo che l'attentato al capo Kinikanwo Omereji ha innescato una serie di eventi a Okriki. La notizia dei disordini nella comunità si è diffusa ovunque. Curioso che fino a un mese fa nemmeno la morte dei tre studenti avesse destato la mia curiosità su Okriki. Ora non riesco a pensare ad altro che alla città e ai suoi abitanti.

Alte dosi di tramadolo, un cerotto grande quanto un pianeta sulla fronte e bende spesse intorno al torace mi ricordano quanto vicino sia arrivato a giocarmi la vita. Con il senno di poi, devo ammettere che l'aggressione non è stata poi una sorpresa: dopo i danni alla mia stanza d'albergo e l'ostilità mostrata a più riprese verso di me e Chika, era solo questione di tempo perché si arrivasse alla violenza.

Ho parlato con mia madre e i ragazzi, che in questo momento sono viziatissimi dai nonni. Li ho rassicurati che sto bene, ma a mio padre non sono riuscito a mandare altro che un breve messaggio di ringraziamento. Quando questa storia sarà finita, so che faremo una bella discussione che andrà ben oltre l'alba.

Sento Folake che canticchia *Feeling Good* di Nina Simone e non posso fare a meno di riflettere sul suo breve incontro di oggi con Salome. Mia moglie non è stupida e avrà certamente avvertito l'intesa sotterranea tra lei e me. Il fatto che non l'abbia chiamata per nome quando ho riferito le circostanze che mi hanno portato al Tropicana è sospetto. E, per quanto sia sempre stato fedele in diciassette anni di matrimonio, non posso dire con certezza se in circostanze diverse sarei rimasto immune al fascino di Salome.

E poi c'è Chika.

La musica che arriva dal bagno passa a una selezione di successi di Anita Baker. Conosco questa particolare playlist e deduco che ci vorrà un bel po' prima che mia moglie riemerga dal bagno. Guardo l'ora e mi rialzo dal letto un po' troppo in fretta. Riprendo l'equilibrio e raggiungo lo scrittoio, con l'intenzione di scrivere un breve biglietto a Folake. Mi fermo.

Sulla scrivania c'è una busta con sopra il mio nome e il mio numero di camera. La apro e vedo la stampa di un articolo del *Nigerian Journal of Law Reform*: « Implicazioni giuridiche della Legge anti-gay in Nigeria. Un case study su Momoh Kadiri contro Rivers State Police » di Tamuno Princewill, facoltà di giurisprudenza, The State University.

Ah, sì. L'articolo che Chika si è fatto stampare prima che fossimo arrestati. Deve avere detto alla reception di farmelo portare in camera. Vedo che la ricerca è stata supervisionata dal professor Esohe e mi meraviglio di quanto rapidamente siano cambiate le cose da quando non sono riuscito a incontrare il preside della facoltà di giurisprudenza alla State University.

Non rimetto l'articolo nella cartelletta. Lo lascio fuori per ricordarmi di leggerlo prima di dormire.

Vado a bussare alla porta di Chika.

« Non dovrebbe riposare? » dice lui, non appena apre.

« Potrei dire lo stesso di te. »

Lui alza le spalle, tanto per cambiare.

« Posso entrare? » Chika esita un istante, poi si fa da parte.

Lo seguo dentro. Mentre la mia stanza ormai sembra casa con le cose mie e di Folake sparse ovunque, la sua è in ordine perfetto, con la valigia aperta.

« Vai da qualche parte? »

« A casa. »

« Senza dirmi niente? »

Chika evita il mio sguardo. « Il capo ha detto che glielo comunicherà lui. »

« Perché? » Chika si ostina a non guardarmi, raggiunge la valigia e inizia a risistemare i vestiti già ben ripiegati.

Non cedo. « Perché? Perché te ne vai? »

« Il capo la informerà quando sarà pronto. »

« Ma lo sto chiedendo a *te*. »

« Mi ha licenziato, Philip » esclama Chika secco. « Mi ha detto che non ho fatto il mio lavoro e potevo andare a casa. Mi ha richiamato ieri perché dovevo mantenere le apparenze con lei. »

« Cosa? Quali apparenze? »

Lui incrocia finalmente il mio sguardo. « Lo sa perché. »

Emeka deve avergli riferito i miei sospetti, forse pensando addirittura che Chika si fosse confidato con me.

« Hai mancato apposta il bersaglio. »

« Sono stato un incompetente. » Ride sardonico.

« Questo è ciò che volevi far credere a Emeka. Perché? »

Torna a guardare la valigia. « Chika, per favore, sii sincero con me. Chi sei? Cosa fai? »

Smette finalmente di giocherellare con i vestiti e comincia a camminare avanti e indietro per la stanza. Intuisco che sta valutando se sia saggio o meno dirmi la verità. Vado a sedermi sul letto e attendo.

Poi, come spinto da qualcosa che non può controllare, Chika mi guarda.

« Si ricorda quando le ho detto che ero in una setta? »

Annuisco. Temo che, se parlo troppo presto, lui potrebbe perdere il coraggio.

« Quello che non le ho raccontato è cos'ho fatto dopo che mi hanno cacciato dall'università. »

Resto zitto.

Chika sospira. « Sono entrato in un'agenzia di sicurezza privata, che addestra ragazzi e ragazze. Di noi, quelli bravi sono assegnati a personalità di spicco come guardie del corpo. I migliori diventano parte di un corpo d'élite e vengono inviati in zone di guerra. Nella maggior parte dei casi, finiamo comunque a fare da guardie del corpo ad ambasciatori o dignitari in viaggio. Ma qualche volta siamo assunti come combattenti. »

« Mercenari? »

« Sì. »

Sembra una storia uscita da un film o da un romanzo di Le Carré. Ma l'espressione di Chika mi dice che qui non c'è niente di inventato. Ricordo le cicatrici sulla sua schiena.

« Tu eri uno di loro? »

Chika scrolla le spalle con indifferenza. « Mi hanno dato un obiettivo nella vita. Avevo lasciato gli studi, non potevo iscrivermi in nessun'altra università, avevo deluso la mia famiglia e... be', mi servivano soldi. »

« Non devi giustificarti. Era un lavoro. »

« Lo odiavo, ma ero bravo. E avrei continuato, se non fossi stato catturato a Say'un, nello Yemen. Io e due miei compagni. Uno veniva dagli USA, c'è stato un accordo ed è stato rimpatriato. L'altro era sudafricano. Dopo un po' anche per lui c'è stato un accordo e l'hanno rimandato a casa. E io? Be', la Nigeria non voleva nemmeno ammettere che esistevano i mercenari. Ho passato due anni e tre mesi in quella prigione, finché la compagnia per cui lavoravo ha raccolto abbastanza soldi per farmi rilasciare. »

« È da lì che vengono le cicatrici. »

« Quelle che si vedono. » Fa una risata amara. « In ogni caso sì, è da lì che vengono. In un paese in guerra, percosse regolari e fame sono tecniche standard di tortura. »

« Ma non era la tua guerra... »

« Il che rendeva le cose peggiori. Non stavo con nessuna delle parti in gioco, quindi potevano fare di me ciò che volevano. Ed essere nero non mi è stato d'aiuto. »

« Quindi, alla fine sei stato rilasciato... » dico, per invitarlo a continuare.

Come al solito, alza le spalle come per scrollarsi di dosso una storia che non può essere riscritta. « Sono tornato in agenzia per svolgere lavoro d'ufficio, l'ho ripagata del mio riscatto e sono tornato un uomo libero. »

« Ma Emeka sapeva di te? »

Chika annuisce. « Quando ho avviato la mia agenzia di sicurezza e ho cominciato a fornire guardie del corpo e consulenza informatica alla banca, gli ho dovuto parlare del mio background. »

« E dopo che Kevin è stato ucciso, ti ha chiamato? »

« In realtà, sono io che mi sono proposto. Ero arrabbiato per quello che era successo e gli ho offerto la mia collaborazione. Gli ho detto che sarei venuto a Okriki per scoprire come Kevin fosse rimasto coinvolto. »

« È stato allora che hai cominciato a mettere insieme il dossier. »

« Sì. Ma non sono riuscito a scoprire niente di più di quello che ha letto anche lei. Ed Emeka stava perdendo la pazienza. »

« Chi ha avuto l'idea di uccidere il capo? »

Dopo un attimo di silenzio, Chika mi guarda con un sorriso freddo stampato in volto. « Il capo non era l'unico bersaglio. »

Ho bisogno di qualche secondo per ritrovare la voce. « Cioè... Emeka voleva che tu eliminassi gli assassini? »

Il suo silenzio equivale a un'ammissione.

« Se il piano era questo », riesco a dire a fatica, « perché mi ha assunto? »

« Quando ho scoperto che Kevin era in una setta, ho cominciato a dubitare di tutto. Ero sconvolto e ho iniziato a chiedermi se ci fossero altre cose su cui potevo essermi sbagliato. Ho detto a Emeka che non avevo le competenze per confermare quello che avevo scoperto. Lui non era d'accordo e io non potevo dirgli cosa sapevo di Kevin. Ho ammesso che non ero un detective e nemmeno un killer. Se mi veniva chiesto di uccidere qualcuno, dovevo essere sicuro che meritasse di morire. A quel punto, mi ha detto che suo padre gli aveva riferito che lei era rientrato in Nigeria. »

« Insomma, servivo da verifica. »

Di nuovo quell'alzata di spalle. « Può chiamarla così. »

Avrò tempo per riprendermi da questo duro colpo al mio ego. Per ora, devo solo sapere. « Dici che non era solo il capo... »

Chika va allo scrittoio e apre il suo portatile. C'è un foglio A4 appoggiato sulla tastiera. Ci pensa un secondo, poi me lo porge.

È una lista di nomi battuti a macchina, a spaziatura doppia, in quell'unico foglio A4. Ne riconosco molti dall'elenco dei sospetti accusati in una prima fase del processo per l'omicidio a Okriri. Mi volto e guardo Chika, che ora scuote la testa come chi ha bisogno di ridestarsi da un brutto sogno.

« Non potevo farlo, Philip. Non ce la facevo proprio. Specie dopo che abbiamo scoperto che là fuori potrebbe esserci un vero assassino. Non potevo tirare il grilletto, dopo quello che abbiamo scoperto. »

« Perciò hai mancato il bersaglio. »

« Ma lui non si fermerà. Conosco Emeka Nwamadi. O trova qualcun altro, o se ne occuperà lui stesso. »

Di nuovo, abbasso lo sguardo sul foglio che ho in mano. Sotto il nome del capo Kinikanwo Omereji ce ne sono un'altra dozzina, ma si confondono tutti quando i miei occhi si posano su uno in particolare.

Salome Briggs.

CONFIDENZE FRA LE LENZUOLA

È tardi quando rientro in camera. Folake è ancora sveglia e sta leggendo a letto. Appena chiudo la porta, si toglie gli occhiali da lettura e prende in mano alcuni fogli.

« Questi li hai letti? Li ho trovati sullo scrittoio. »

Comincio a prendere la mia dose serale di antibiotici e analgesici. « Non ancora. » Sto elaborando il racconto di Chika e la questione della lista.

« Hai parlato con lo studente che ha scritto l'articolo? »

« Sì, perché? »

« Lo sai che Godwin viene citato come testimone interrogato dalla polizia perché a diretta conoscenza delle presunte attività omosessuali di questo Momoh? »

« Credo che sia il punto centrale dell'articolo », le rispondo, infilandomi tra le lenzuola.

Le riassumo in breve la questione della campagna #giustiziapermomoh lanciata da Kevin.

Folake si acciglia e scuote la testa. « Ho letto tonnellate di case study. Ma questo articolo sembra un verbale di deposizione. Le argomentazioni legali sono brillanti, ma le note, le impressioni e le riflessioni sono troppo, come dire... 'di prima mano'. »

« Il ragazzo sa il fatto suo. Dobbiamo a lui e a quello che ha detto a me e Chika molti dei passi avanti che abbiamo fatto finora. »

Folake riguarda i fogli che ha in mano. « Professor Esohe... lo conosco. »

« È il preside della facoltà di Legge. »

« Ci hai parlato? »

« Non ancora. » E forse mai, penso tra me e me. Conoscere la vera ragione per cui sono stato assunto mi ha scosso e, per ora, non ho altro obiettivo che convincere Emeka a lasciar perdere la sua lista nera. Ma non posso dirlo a Folake, quindi cerco di distrarre lei – e me stesso – ignorando il dolore alle costole e attirandola a me.

« Pensi di poter mettere da parte quell'articolo per un momento? » domando, allusivo.

Ma la trovo rigida, riluttante a sciogliersi tra le mie braccia come faceva un tempo. La guardo accigliato e cerco di capire cosa le passi per la testa. Lei ricambia il mio sguardo, quasi stesse facendo lo stesso con me, ma il suo corpo sembra volersi divincolare dal mio abbraccio.

« Ti assicuro che mi sto rimettendo alla grande se è questo che ti preoccupa. » Il mio tentativo di buttarla sullo scherzo sembra cadere nel vuoto. Lei scivola via dalle mie braccia con decisione e si volta per appoggiare l'articolo sul comodino dal suo lato.

La stringo da dietro e quando simulo una posizione a cucchiaio, lei non si scosta, ma la sento tesa, come se volesse scappare.

« Tesoro? » le sussurro alla nuca, esitante.

Lei non mi risponde, ma avverto che è in allerta, come un gatto pronto a balzare. La stringo più forte.

Restiamo così per un po'. Poi le si gonfia il petto e io mi rendo conto che sta piangendo. Rimango immobile, in attesa. Può darsi che, se parliamo, avrò la possibilità di dirle che l'ho perdonata. Forse è il mio breve faccia a faccia con la morte o il semplice e innegabile fatto che io ami mia moglie, ma nell'istante in cui ho visto Folake ai piedi del letto in ospedale, ho saputo di aver dimenticato ogni cosa. Voglio solo sapere cos'ho fatto per spingerla tra le braccia di un altro.

« Ho dato la colpa a me stessa », dice lei, interrompendo i miei pensieri.

« Prego? » Non sono sicuro di avere sentito bene. La tiro più vicino, senza far caso alle fitte nel fianco, nella speranza che si volti e si lasci guardare in faccia.

Lei invece sguscia via dalle mie braccia, scende dal letto. La osservo mentre indossa l'accappatoio dell'albergo e si avvicina, in silenzio, alla finestra, a guardare il cielo notturno. Io mi faccio forza e aspetto.

« Per quello che è successo con Soji, il mio assistente. Ho dato la colpa a me stessa. » Sta parlando alla vetrata. « Per questo non ho detto niente. »

Nel silenzio che segue le sue parole, posso quasi sentire i battiti del mio cuore.

« Mi era simpatico e forse sono stata troppo aperta con lui. » Parla a voce bassa e mi dà le spalle, quindi devo fare uno sforzo per sentirla. « È un ragazzo sveglio, ha prontezza di spirito e fa ragionamenti ben al di sopra della sua esperienza. L'ho preso sotto la mia ala. Credo di averlo visto come una specie di amico. Mi sono confidata con lui e l'ho incoraggiato a fare lo stesso con me. Negli Stati Uniti non ci sarebbe stato alcun problema, ma qui... » Solo ora si volta verso di me, con gli occhi carichi di rimorso. « Credo di essere andata troppo oltre. »

Si gira di nuovo verso la finestra, con un sospiro profondo. Si pulisce il viso con una mano. Per quanto mi spezzi il cuore vederla così tormentata, la conosco abbastanza bene da sapere che devo stare dove sono e lasciarla parlare.

« Ci ha provato con me, Phil. Pensava che le mie attenzioni nei suoi confronti volessero dire che mi piaceva e ci ha provato. Ha confessato il suo amore per me. Anche quando gli ho detto che non era opportuno, non mi ha dato ascolto. È diventato... molto fisico. » Folake si volta di nuovo e sorride con amarezza.

« Devi essertene andato prima che lo respingessi e gli dicessi di trovarsi un altro relatore per il dottorato. »

« Che bastardo! » Il giovanotto è fortunato a non essere nelle vicinanze.

« Mi sono sentita sporca, volgare, facile. »

Ora mi alzo e la raggiungo, mentre si volta di nuovo verso la finestra. Cerco di abbracciarla, ma lei resiste ancora.

« Fagli rapporto... » dico, indignato.

Lei si asciuga le lacrime dal viso e si gira a guardarmi. « A che servirebbe? Sono una professoressa in un sistema universitario in cui ci sono innumerevoli casi di abuso sessuale tra gli studenti e i docenti. Ti immagini cosa si penserebbe di me? Tornata dall'America, la professoressa non sa mettere dei paletti. » Scuote la testa e si affretta a continuare il discorso quando capisce che non sono d'accordo. « Soji si è sbagliato. È giovane, decisamente stupido. Toccava a me stare attenta ed evitare equivoci. Ero io quella più grande e più saggia. Sentivo che c'era qualcosa in me, nel mio atteggiamento, che gli ha fatto *pensare* di poterlo fare. E, sì... » Abbassa lo sguardo. « Ho anche pensato che forse avrei dovuto prevederlo, avrei dovuto sospettare qualcosa. E che se non ho visto o sospettato qualcosa è perché una parte di me ne era lusingata. È stato allora che ho cominciato a vergognarmi. »

Vorrei dirle che non ha fatto nulla di cui vergognarsi e che dovrei essere io a vergognarmi per non essermi fidato di lei. Per non essere stato al suo fianco a proteggerla.

Folake rompe il silenzio con un altro sospiro. « Negli Stati Uniti non ci avrei pensato due volte a procedere con un'azione disciplinare contro di lui. Ma qui, be', cambia lo scenario. Chi mi crederebbe? Soji è giovane, bello e intelligente. Io sono di mezz'età... »

« Macché! » protesto. « E poi sei un avvocato brillante... »

« Prima di tutto sono una donna. Certo, potrei sostenere il

mio caso in modo molto convincente. Il punto è: voglio farlo? Devo farlo? »

« Sì! » rispondo con decisione, ma capisco dove vuole andare a parare e mi dispiace. In meno di un anno da quando siamo qui, mia moglie, il cui soprannome alla University of San Francisco era « Black Panther », sembra avere perso la sua combattività. Una parte di me se ne chiede il motivo. Che cosa ci ha spinto a lasciare gli Stati Uniti e tornare in Nigeria?

« Non puoi fargliela passare liscia. Non glielo permetterò... »

« Invece sì », risponde risoluta. « Devi. E poi, pensa ai ragazzi. Quante ne passerebbero dopo? Stanno appena cominciando ad ambientarsi a scuola. E io cosa otterrei, se non attirare l'attenzione su di me e allontanarla dalla mia carriera? »

« Quindi lui la farà franca? » chiedo, risentito.

« Te l'ho detto, non sono sicura di non averlo incoraggiato. In tutta sincerità, non posso dire di non avere pensato che se non avessi un marito e dei figli... »

L'immagine di Salome mi balena in testa. La lista di nomi. Ma questa conversazione è troppo importante. Questo momento, in questa camera, è la mia vita.

« Perciò non hai mai detto niente? » le chiedo, gentile. « Nemmeno a me? »

« Mi spiace, Philip. Davvero. Se avessi saputo che era questo il motivo per cui ti sei allontanato da me, te ne avrei parlato. »

« Ma quando ne ho parlato io, non hai detto niente. »

« Ero arrabbiata. » Alza la voce e ritrovo una traccia di mia moglie, quella forte. « Ho sentito che mi avresti giudicata male e non volevo. »

« Mi spiace », sussurro. « Sono un idiota. »

« Vorrei poterti contraddire... » Folake si stringe nelle spalle, ma sorride.

« Vorrei lo stesso massacrarlo di botte. »

« Non ne vale la pena. »

L'attiro a me. « Non sono d'accordo. »

Non si muove. « Su cosa? »

« Che tu non vali la pena. »

« Nel senso che lui non è... »

Le copro le labbra con le mie, troncando un discorso che ora non ha più importanza per il presente o il futuro.

Quando, alla fine, si arrende, sento le sue spalle che si rilassano e lei mi abbraccia. Mi fermo, la guardo negli occhi per capire se ha ancora dubbi su di me, su se stessa, su di noi. Non ne vedo nessuno.

Quando, con dolcezza, la accompagno per mano a letto, mi segue.

TROPPE INFORMAZIONI

L'indomani mattina aspetto Chika a colazione. Smetto di tamburellare sul fascicolo di fogli spillati, su cui ho evidenziato parecchie porzioni di testo. Non posso permettermi di essere impaziente. Da questo momento in poi, devo fare molta attenzione, specie considerando che Folake è qui. Meno di due settimane fa, lavorando con persone sconosciute, non mi sarei mai aspettato di correre rischi. Ma l'assassinio di Godwin, il sequestro di Chika e me e ora la possibilità che Emeka abbia in programma una serie di omicidi mi fanno sentire decisamente sulle spine.

Non posso mettere a repentaglio la vita di Folake. Ma come faccio a evitare il disastro che sento imminente da quando Chika mi ha mostrato la lista nera? Se sono stato assunto solo per confermare chi dovesse essere punito – con la morte, nientemeno – per l'uccisione dei Tre di Okriki, non sarebbe irresponsabile ritirarsi? Sapendo oltretutto che molte delle persone in lista, se non tutte, non meritano il destino che Emeka ha in serbo per loro.

Vedo Chika entrare nel ristorante e gli faccio un cenno. Quando si avvicina, capisco che quasi non ha dormito. Ha gli occhi arrossati e non si è fatto la barba, sembra trasandato.

Gli lascio appena il tempo di sedersi prima di spingergli il documento sotto gli occhi. Lui mi rivolge un'occhiata interrogativa.

« Philip, gliel'ho detto che sono stato licenziato. »

« Sì, ma io no. E sono in corsa contro il tempo. Emeka mi ha dato una settimana per finire il lavoro, quindi mi restano tre giorni per fornirgli informazioni sufficienti a impedirgli di fare ciò che ha in mente. »

« Cosa sta dicendo? »

Prendo un altro foglio da sotto la tazza di caffè e glielo porgo. « Questa è la tua prenotazione per altri tre giorni al Tropicana a mie spese. Tutto già pagato. »

« Philip, io non posso... »

« Lo so che hai una moglie incinta e una vita a Lagos. » Abbasso la voce e mi avvicino. « E, dopo quello che hai fatto al capo Omereji, faresti meglio a non restare qui. Ma non possiamo fermarci, visto ciò che sappiamo e dati i piani di Emeka. »

Chika guarda me e poi la prenotazione che tiene in mano. « Non sono sicuro che riusciremo a fargli cambiare idea. »

« Ci possiamo provare. E l'unico modo che mi viene in mente è presentargli i fatti. »

« Non li abbiamo. »

« Ecco perché dovresti leggere questo articolo. »

« Tutto quanto? » Chika arriccia il naso, guardando la prima pagina. « Non vado matto per le pubblicazioni accademiche. »

Rido. « Non devi leggerlo tutto. Per tua fortuna, ho segnato le parti che dovrebbero interessarci. »

Lui mette giù la prenotazione e sfoglia l'articolo. Aspetto che arrivi alle parti che ho evidenziato. Se ci ho azzeccato, la sua espressione dovrebbe suggerirmi che sono sulla strada giusta.

Aggrotta la fronte, si raddrizza e inizia a leggere. « 'Con la legge anti-gay, basandosi su una normativa arcaica riguardante gli atti osceni, il governo della Repubblica federale della Nigeria ha di fatto militarizzato la propria cittadinanza, mettendo vicini, famiglie e comunità gli uni contro gli altri...' »

« Questa parola, 'militarizzato', mi ha fatto pensare alla nostra conversazione della scorsa settimana. Ricordi quando ho parlato di 'esternalizzazione della violenza'? »

Chika ci pensa un attimo, prima di annuire quando gli torna tutto in mente.

« Continua a leggere. »

Lui sfoglia altre pagine fino al successivo passo evidenziato. « 'Momoh Kadiri è stato consegnato alla polizia per aver violato la legge sugli atti osceni oppure è stato vittima delle rivalità tra sette, in un'università che ancora deve trovare il modo...?' » Chika sgrana gli occhi e mi guarda. « Pensa che Tamuno sapesse che Kevin era in una setta? »

« Non lo so, ma se leggi tutte le parti segnate, vedrai che ne sapeva parecchio. Folake la chiama 'preconoscenza'. »

« Come sta la signora? Non scende a fare colazione? »

« A Folake verrebbe da vomitare, se vedesse tutto questo. » Indico il buffet. « Non è proprio tipo da colazione. »

« Le ha detto cosa le ho raccontato? »

« No, no. E poi stavo ancora cercando di curare il mio ego ferito da quanto mi hai detto ieri sera. » Sorrido ironico.

Chika torna al documento. « In effetti, Tamuno ha detto di saperne parecchio sul caso, ma la polizia si è rifiutata di ascoltarlo. »

« Sì, ma vai a pagina otto, alle conclusioni. »

Lui sfoglia l'articolo fino all'ultima pagina. « 'In assenza di protocolli chiari per la presentazione di indizi sulle attività omosessuali, la legge anti-gay mette in pericolo qualsiasi cittadino. Nel caso di Momoh Kadiri, la polizia non ha mai messo in discussione la denuncia anonima proveniente da un numero di telefono prepagato, che non era neppure registrato con il provider di rete.' »

Alza la testa, sbalordito. Proprio la reazione in cui speravo.

« Esatto », confermo. « Ha usato le stesse parole di Omereji. Ora, la mia domanda è: se Tamuno dice di non essere riuscito a convincere la polizia ad ascoltare quello che aveva da dire riguardo ai Tre di Okriki, come ha avuto accesso a informazioni che presuppongono abbia avuto contatti con almeno un membro delle forze di polizia? Come fa a essere al corrente di cose che solo la polizia conosce? »

« Capisco cosa vuole dire. Il ragazzo sa più di quanto ci ha raccontato. »

« Ha risposto alle nostre domande. Sarà interessante tornare a parlargli, ora che ne sappiamo molto di più. Ci stai? »

Chika fa un ampio sorriso. « Con tutte le spese pagate al Tropicana e la possibilità di arrivare in fondo a questa storia? Ci può scommettere. »

LA STESSA PERSONA O FORSE NO

Tornato in camera, spiego a mia moglie perché devo andare alla State University. Lei non è convinta, ma credo di averle trasmesso un certo senso di urgenza, perché mi fa promettere di non esagerare. Le domando se vuole venire con me, ma lei rifiuta senza mezzi termini di avvicinarsi a Okriki, con l'unica eccezione dell'invito del padre di Mercy alla funzione e al pranzo di ringraziamento.

« E solo perché gli sono grata per ciò che ha fatto per te », dice Folake, con enfasi.

A essere sincero, ne sono lieto. Meno ci facciamo vedere a Okriki, meglio è per tutti. Neanche a farlo apposta, un attimo dopo mi suona il telefono e io controllo i messaggi.

Spero che lei stia meglio. Per favore mi faccia sapere quando possiamo parlare. Voglio controllare una cosa con lei. Mi acciglio.

« Chi è? » domanda Folake.

« L'ispettore Omereji. »

« Il figlio dell'uomo ferito? Hanno trovato il cecchino? »

Spero di no. Ma cosa vuole da me l'ispettore? « Non lo so, tesoro. Ma Chika e io dobbiamo andare al campus, quindi farò un salto da lui. Sicura che non ci sono problemi? »

Lei si mette comoda tra le lenzuola. « Ti assicuro che starò benissimo. »

Le do un bacio e corro da Chika, promettendole di contattare Elechi Opara per sapere il suo indirizzo e quello della chiesa in cui si terrà la funzione del ringraziamento. Poi mi affretto a raggiungere Chika.

Quando arriviamo alla State University, andiamo dritti alla Harcourt Whyte Hall.

Scendiamo dalla macchina e saliamo le scale quasi di corsa per raggiungere la stanza 481. Dato che la mia dose mattutina di tramadolo è ancora in circolo, riesco quasi a tenere il passo con Chika, tuttavia...

« Rallenta! » protesto.

« Scusi. » E rallenta.

Quando arriviamo al quarto piano, davanti alla stanza 481, ho ripreso fiato. Giusto un po'.

Chika bussa alla porta. Nessuna risposta. Al secondo tentativo, la porta si spalanca e ci troviamo di fronte Tamuno, spettinato e trasandato.

« Che c'è? » abbaia così forte che Chika e io facciamo un passo indietro.

Noto che non ha gli occhiali, ma il suo sguardo è lucido e attento anche mentre strizza gli occhi per metterci a fuoco. Quando ci riconosce, vedo mutare la sua espressione. Tamuno torna a somigliare al ragazzo che abbiamo visto al nostro primo incontro più di una settimana fa.

« Salve. Il dottor Taiwo, giusto? »

« Sì. Ricordi il mio collega, Chika? »

Tamuno sembra impaziente. « Sì, sì. Posso aiutarvi? »

« Abbiamo solo qualche altra domanda riguardo... »

« Ho da fare », ci interrompe Tamuno, sbrigativo.

Chika si fa avanti. « Vogliamo solo chiarire... »

« Ho da fare. Una visita. » Il ragazzo occhieggia l'interno della stanza, poi si volta e ci fa l'occhiolino. « Ragazzi, non entrate a rovinarmi la festa. » Abbassa la voce con fare complice. « Tornate in un altro momento. »

Tamuno chiude la porta con decisione.

Noi ci scambiamo un'occhiata.

« Ma è lo stesso tipo...? » chiede Chika, scuotendo la testa meravigliato.

Persino il suo modo di parlare era diverso. Al nostro primo incontro si esprimeva in toni misurati, dando l'impressione di avere un'educazione da scuola privata e modi impeccabili. Oggi sembra un rapper che cerca una rima.

Vorrei quasi bussare di nuovo, per costringere Tamuno ad aprire ed essere sicuro di ciò che abbiamo appena visto. Ma ho la netta sensazione che il giovane sia piuttosto aggressivo. E dato quello che so di Chika, vorrei evitare che questa aggressività sfoci nella violenza. Sarebbe controproducente. Devo trovare un altro modo per parlare con Tamuno. Quanto prima.

Torniamo al Land Cruiser e valutiamo le nostre opzioni. Una è costringere Tamuno a un altro colloquio passando attraverso il preside della facoltà.

« Folake dice di conoscerlo », dico, mentre salgo in macchina con cautela, facendo attenzione a non tirare le bende che mi avvolgono il torace. « Non possiamo continuare ad aspettare la lettera di approvazione dall'ufficio di Ikime. »

« Ha ragione », Chika riflette e accende il motore. « Questi ragazzi si comportano in modo diverso a seconda che siano soli o con gli adulti. »

« Questo è il punto, Chika », esclamo, ripensando alla scena sulla porta della stanza 481. « Siamo gli stessi adulti che ha trattato con rispetto quando ci siamo visti la volta scorsa. Cosa c'è di diverso, oggi? »

Chika ci pensa. « Forse si è drogato o qualcosa del genere. La droga fa questo effetto, no? Un momento sei una persona, e quello successivo sei un'altra, completamente diversa. »

Non sono sicuro di essere d'accordo, anche se in teoria è vero. Ricordo l'espressione di Tamuno: sveglio, attento. Non sembrava per nulla sballato. Ora il suo atteggiamento, il suo portamento, persino la sua aura sono diversi.

« Sai che ho due figli gemelli », dico a Chika. « Monozigoti. »

« Identici? »

« Uno la copia dell'altro. Ma non li ho mai confusi tra loro. Già da piccoli avevano personalità diverse. Li posso distinguere da come camminano, dalla gestualità, persino dal linguaggio. Folake è anche più brava di me. Li può *sentire*. Non li ha mai, e dico mai, scambiati. »

« Stai dicendo che Tamuno ha un gemello? »

« Non lo so. Ma mi ha molto colpito quando lo abbiamo incontrato e l'ho studiato con attenzione. »

« E quindi? » incalza Chika.

« Quello là dentro non è lo stesso Tamuno che abbiamo incontrato allo Students' Village. »

UNA FONTE DI DISTURBO

Sarebbe stato sgarbato da parte mia chiedere a Chika di partecipare all'incontro con l'ispettore Omereji.

« Vedo di sbrigarmi. Sono solo curioso di sapere cosa vuole dirmi. »

Lui annuisce. Da come si guarda a destra e a sinistra e dall'espressione sul suo volto, è chiaro che non è tranquillo in questa città come se si aspettasse il peggio da un momento all'altro.

« Potresti telefonare alla segretaria di Ikime, per sapere se abbiamo l'autorizzazione a parlare con il professor Esohe. Se dice ancora di aspettare, chiedo a Folake di contattarlo. »

« Faccio subito », ribatte Chika, mentre tira fuori il cellulare.

Entro nella stazione di polizia e, senza salutare nessuno, vado dritto dall'ispettore. Mi stupisce che gli agenti non cerchino di fermarmi, anche se mi seguono con uno sguardo carico di tensione. Immagino che Omereji li abbia avvisati del nostro incontro.

Quando mi presento nel suo ufficio, il suo atteggiamento è molto diverso dall'ultima volta che ci siamo visti, anche se ha un aspetto ancora più provato.

« È venuto. » Si alza per salutarmi. « Non c'era urgenza. »

« Lo so. Ma eravamo da queste parti. » Valuto se dirgli o meno di Tamuno e decido di no. Non è rilevante. Per ora.

« Va bene. » Mi fa cenno di sedermi, ma io non mi muovo.

« Mike, il suo messaggio riguarda per caso i ragazzi che hanno aggredito Chika e me? »

« Non proprio. Ha a che fare con le tensioni in tutta la città. »

Sono curioso e un po' confuso. « E voleva vedermi per questo? »

« Ho parlato con mia cugina e ho fatto qualche ricerca su di lei. Ho visto il suo curriculum. Fa una certa impressione. »

Sospetto che questo sia il più grande complimento che potrò mai aspettarmi dall'ispettore, ma se lo ha convinto a chiedere un incontro, prendo quello che viene.

« Quindi, Philip, per favore, vorrei la sua opinione su qualcosa che accade qui. » Mi fa cenno di raggiungerlo.

« Philip ». Dev'essere una questione seria. Passo dal suo lato della scrivania e da dietro le sue spalle guardo lo schermo del suo portatile.

L'ispettore apre alcuni file e intuisco subito che si tratta di screenshot di messaggi provenienti da Facebook e Twitter.

Leggo qualche post. « Che roba è? » chiedo, disgustato e incredulo di fronte alla quantità di vetriolo usato in nome della religione.

« Circa quattro... forse sei mesi fa, una caterva di post riguardanti Okriki ha iniziato a inondare la rete. Nessuno ci ha fatto caso. La città era già stata in mezzo a una tempesta mediatica e li abbiamo ignorati. Dopo qualche settimana, i post sono diventati più specifici... » Omereji indica la pagina Facebook. « Questo tipo, Alfurquran, è un musulmano che sta sollevando forti sentimenti anticristiani sui social network. »

« Un anticristiano proprio a Okriki? »

« Sì. E sembra avere generato una controparte... »

L'ispettore clicca e sullo schermo compaiono diversi screenshot di post Twitter. Se il linguaggio di Alfurquran ricorda l'estremismo jihadista globalizzato, i *tweet* di @NoOtherGodbutJesus vincono il premio per l'odio sfrenato, sostenuto da citazioni puntuali dalla Bibbia. E ha un seguito enorme. Mi rattrista il fatto che certi fanatici attirino così tanti ammiratori.

« Pensa che sia da qui che ha avuto origine tutta la tensione? » domando.

Annuisce. « *Sappiamo* da dove viene. Guardi questo post del Cristiano; incita a bruciare l'unica moschea di Okriki. E guardi quanti like ha avuto... »

Mi chino sullo schermo. « Settemiladuecentotré. Wow. Che cosa pensa di fare? »

« Be', il punto è proprio questo. Grazie ai miei contatti con l'Interpol e l'unità reati informatici della polizia... » Omereji deve avere notato la mia espressione. « Sì, dottor Taiwo, la polizia nigeriana ha un'unità dedicata ai reati informatici. »

Alzo le mani e rispondo con il mio miglior accento americano. « Non ho detto una parola. »

L'ispettore torna a guardare il portatile. « Abbiamo cercato di rintracciare gli indirizzi IP da cui provengono i post. »

Un altro clic e sullo schermo appare una lista di IP.

« Sono un bel po'. » Li guardo più da vicino, mi sembrano piuttosto casuali. « Vuol dire che non è una sola persona... »

« O che non c'è un solo computer. Ma hanno tutti una cosa in comune. Sono tutti indirizzi di cybercafé della State University. »

Non me l'aspettavo. « La State University? Ne è sicuro? »

« Lo sono. E prima che pensi sia un gruppo di ragazzi che si divertono a creare un po' di disturbo, guardi qui. »

Omereji punta il dito sugli IP con le date più recenti.

« Nota qualcosa? »

« Sono gli stessi. »

« Esatto. Uno, ora tutti i messaggi sembrano arrivare da un unico indirizzo IP. Due... »

Finisco la frase per lui. « Alfurquran e il Cristiano usano lo stesso computer e/o indirizzo IP. » Mi volto a guardarlo. « Perché me lo sta dicendo? »

« Perché lei comprende la natura umana. E ha lo sguardo dello straniero, uno sguardo esterno. Ciò che è successo a quei tre ragazzi le sembra normale? »

« Ma è successo, Mike », rispondo con voce calma. « Forse lei vorrebbe che non fosse mai accaduto perché ama la sua gente, ma è successo. »

« Ma *perché* è successo? » Sembra addolorato, perciò lo lascio parlare. « Allora gli abitanti di Okriki non erano pedine esattamente come lo sono ora, alla mercé di Alfurquran e del Cristiano? »

Ci penso un attimo e forse il dubbio mi si legge in faccia, perché Omereji prosegue.

« Senta, lo so che sembra assurdo, ma l'ho già visto succedere. Un paio di anni fa ci furono violenti scontri religiosi a Jos. Conosce il posto? »

Faccio cenno di sì.

« Su, nella fascia centrale, una città in genere pacifica, in cui musulmani e cristiani hanno convissuto in armonia per anni. La violenza è stata così improvvisa e sorprendente che nessuno riusciva a spiegarla. La polizia ha chiamato rinforzi per scoprirne l'origine. Era cominciata allo stesso modo: post sui social che fomentavano l'intolleranza. Ho fatto parte della squadra investigativa. Per mesi abbiamo cercato di rintracciare il punto di partenza di post e messaggi. Quando finalmente ci siamo arrivati, con l'aiuto dell'Interpol, sa da dove provenivano? »

Scuoto la testa.

« Un appartamento a Brixton, a Londra. »

« Ma perché? »

« Non lo sa nessuno », l'ispettore fa spallucce. « Quando la polizia britannica ha fatto irruzione nella casa, ha trovato tutti i computer, ma non c'era più nessuno dei responsabili. Li stanno ancora cercando. Il punto è che qualcuno ha manipolato la gente. L'ha usata. »

Capisco. *Hyper-targeting*. Uso di dati per manipolare l'opinione e la percezione pubblica. È stato impiegato in pubblicità e ha persino cambiato il risultato delle elezioni. Non mi stupisco quando viene messo in atto in Europa o negli Stati Uniti, ma è un tipo di operazione che richiede competenza e molte risorse. Cerco di spiegarlo all'ispettore.

« Questo è ciò che è successo a Jos qualche anno fa, Philip. Oggi molta più gente di allora possiede uno smartphone. E non ci vogliono poi così tanti dati per creare messaggi come questi. Specie quando si tratta di religione in una piccola città come la nostra. »

Da quando ho cominciato la mia indagine, mi sono basato sul presupposto che a portare alla tragedia dei Tre di Okriki sia stato l'effetto combinato della disorganizzazione socio-politica, di fattori ambientali e della cultura del caos. Ho voluto credere che sia stato il fallimento del sistema di questo paese a costringere le persone ad autogestirsi; a trovare soluzioni di per sé non sostenibili, ma adeguate alle necessità contingenti. Manca l'acqua? Scaviamoci un pozzo. Manca la corrente? Prendiamoci un generatore. Manca la sicurezza? Organizziamoci con i vigilantes.

Era più facile da capire, perché aveva senso. La gente di Okriki ha ucciso tre ragazzi perché era stata derubata in passato. Perché si è spaventata quando ha sentito gli spari. Perché, perché...

Ma quanto suggerisce Omereji è ben più agghiacciante. C'è qualche agitatore che trasforma il caos e la rabbia in un'arma per fomentare disordini.

Esternalizzazione della violenza.

« Non ho ancora finito. »

Sposto lo sguardo dal portatile a Mike Omereji.

« C'è altro? »

« Quell'indirizzo IP in particolare. » L'ispettore indica lo schermo. « È stato rintracciato all'Harcourt Whyte Hall. »

FUCILE SPARITO

Trovo Folake di buon umore quando torno in albergo. Mi mostra il cesto di regali che ha messo insieme per Elechi Opara e la sua famiglia, in un vicino supermercato. Le dico che non avrebbe dovuto, ma lei insiste che è il minimo che possiamo fare per una persona che mi ha salvato la vita. Lascio perdere. Non ho voglia di spiegarle le mie perplessità sulla richiesta di fare una valutazione clinica dello stato mentale di Mercy. Meglio vedere quella visita come un'occasione sociale. Meno pressione.

Ci raccontiamo la giornata. Le parlo soprattutto delle mie impressioni su Tamuno.

« Pensi che si droghi? »

« No. Era troppo lucido, troppo presente. Non aveva le pupille dilatate e aveva piena padronanza del linguaggio... almeno dopo averci riconosciuto. »

La sua espressione si fa scettica, quando ipotizzo che il ragazzo soffra di un disturbo dissociativo o addirittura di una doppia personalità.

« E non mi dire che è psicologia da strapazzo », la prevengo, cercando di suonare scherzoso. Non mi riesce troppo bene.

Folake mi guarda con rammarico. « Ti ho già chiesto scusa. »

Mi piace quando mia moglie, per quanto combattiva, ammette un proprio errore. È un evento raro, quindi quando succede, lo sfrutto al massimo.

« A dire il vero no. »

« Ma sì! » Insiste e andiamo avanti così per un po', provocandoci, facendo pace. Poi chiamiamo i ragazzi.

Lara comincia subito a lamentarsi del suo portatile dicendo che è un reperto archeologico, anche se ha solo un anno di vita.

« Ha un approccio selettivo, mamma », dice lei.

« Cosa vuol dire? » chiede Folake, alzando gli occhi al cielo.

« Decide lui dove e quando è meglio collegarsi a Internet. »

Intervengo subito, perché so dove mia figlia vuole arrivare. « Lara, non ti prendiamo un nuovo... »

In quel momento sentiamo bussare alla porta. Folake continua a parlare al telefono, mentre io vado ad aprire.

L'espressione di Chika è indecifrabile. « Posso parlarle in privato? »

« Cosa succede? »

Lui accenna a Folake che sta parlando in viva voce con Lara. Io annuisco e faccio capolino nella stanza per farle cenno che torno subito. Chiudo la porta e seguo Chika nella sua stanza.

Una volta dentro, lui si volta e parla in fretta. « Philip, non voglio spaventarla, ma è sparito. Qualcuno mi è entrato in camera e se l'è preso. »

« Che cosa? »

« Il fucile! »

« L'hai tenuto con te tutto il tempo? Qui? In questa stanza? »

« Non potevo lasciarlo nel Land Cruiser, nel caso la polizia lo perquisisse. Pensavo di restituirlo a Emeka, attendevo istruzioni. Ma lui non si è più fatto vedere. »

« Forse il servizio in camera... » Non completo la frase perché non ne sono troppo convinto.

Chika scuote la testa. « Sono sceso e ho chiesto in giro. L'autista di Emeka è stato qui. »

« Come? »

« Non lo so. » Mi mostra la sua chiave elettronica. « Non è poi così difficile clonare 'sti affari. »

Qualcuno potrebbe semplicemente aver detto di avere perso la chiave, facendosene dare una di riserva. Immagino che se a chiederlo fosse una persona della statura di Emeka, nessuno oserebbe dirgli di no. Diamine, quell'uomo sarebbe capace di prenotare un'intera suite in questo albergo, solo per ottenere una chiave elettronica.

« Quindi, d'accordo, Emeka si è ripreso il fucile. » Cerco di stare calmo, per il bene di Chika. « Vuol dire che ha recepito il messaggio: non ucciderai nessuno. »

Lui mi interrompe, calmo e sicuro. « Philip, lo userà. »

Recupera un foglio ormai familiare. La lista dei bersagli. « Ogni persona sulla lista è stata studiata con attenzione: la sua routine, dove si trova a ogni ora del giorno. Il capo, per esempio, fa due passi ogni sera tra le nove e le dieci. Tranne quando ha una riunione in comunità con gli anziani, tutti i martedì dalle quattro alle nove di sera. Beve una Guinness piccola... »

« E Salome? » Ora sono stato io a interromperlo, con voce incerta.

Chika mi fissa. « L'ultimo mercoledì di ogni mese alle otto e trenta ha la riunione dell'Ordine degli avvocati del Rivers State. »

« Oggi è... Oddio! »

« Lei è la presidente dell'Ordine degli avvocati. Tranne quando è in viaggio per lavoro, è suo dovere presenziare alle riunioni », mi informa lui in fretta. « È un appuntamento mensile, Philip. Se il cecchino oggi manca il bersaglio, deve aspettare il mese prossimo perché si ripresenti l'occasione. »

Guardo il mio orologio: 19.18.

« Dobbiamo far presto », dico io, mentre Chika prende le chiavi del Land Cruiser.

DI CORSA

Chika guida a tutta velocità.

« Lo sai dove si piazzerà? » gli chiedo, dopo avere mandato un messaggio a Folake, rimanendo sul vago e informandola che io e Chika stiamo seguendo una pista.

« Quando mi stavo preparando al colpo, ho esaminato l'area intorno al segretariato dell'Ordine e ho identificato due edifici da cui sparare », risponde lui, senza togliere gli occhi dalla strada. « Lo vedrà quando saremo là. »

Vorrei chiedergli: *Come lo vedrò?* È in corso un blackout ed è arduo distinguere qualcosa senza illuminazione pubblica. Guardo l'ora: 19.59. Comincio a sentire male alle costole e mi accorgo che stasera non ho preso né gli antibiotici né gli analgesici.

« Siamo vicini? »

« Sì. » Chika rallenta, scrutando nel buio. « Dovremmo parcheggiare e proseguire a piedi. »

« Perché? »

« Perché se Emeka è in uno degli edifici che ho identificato, potrebbe vederci arrivare. »

Ah. È vero.

Chika parcheggia e ci dirigiamo di corsa al segretariato.

« Eccolo, è quello laggiù. » Chika me lo indica, e io distinguo l'edificio, nonostante l'oscurità, quasi di fronte a quello della Judicial Service Commission in cui hanno luogo le udienze sul caso dei Tre di Okriki. All'interno si nota parecchio movimento. Il segretariato si trova nel quartiere degli affari, ma stasera spicca su tutti perché è l'unico edificio con le luci accese.

20:03.

Mi guardo intorno. « Quali edifici hai selezionato? »

« Quello... » Chika ne indica uno di dieci piani, proprio di faccia al segretariato. È tutto buio a parte le targhe all'ingresso, illuminate, da cui risulta ospitare studi legali e di commercialisti. L'ingresso è presidiato da una guardia della sicurezza che sta usando la luce del cellulare per leggere un giornale spiegazzato.

« ... o questo », Chika indica un altro edificio.

Ma certo. Anche se non fronteggia direttamente l'Ordine degli avvocati, è più alto e ospita una filiale della National Bank. Gli sportelli del bancomat sono illuminati da faretti, riusciamo a sentire il rombo del generatore in lontananza.

« È questo », afferma Chika con sicurezza, alzando gli occhi. « Avrebbe avuto il tempo di esplorarlo, visto che ci sono gli uffici della sua banca. »

« Ma non si vede neanche una luce accesa. » Mi sforzo di distinguere qualsiasi movimento dietro le finestre.

« Il fucile è predisposto per la visione notturna. Venga, credo di sapere dove si metterà... »

Entra di corsa nell'androne. Il dolore non mi consente di essere altrettanto veloce. Lo raggiungo mentre qualcuno punta la luce di una torcia su di noi.

« Dov'è che andate, voi? » tuona una voce.

Chika sorride, come se non fosse abbagliato dalla luce. Agita le chiavi del Land Cruiser e la scheda della sua stanza al Tropicana. « Lavoro qui, fratello. Ho scordato una cosa. »

« Documenti! » abbaia la guardia della sicurezza.

« Ho la chiave. Se non lavorassi qui, come farei ad averla? »

Una pausa.

« E il tuo amico? » chiede l'uomo, sospettoso.

« È un collega. Non ci mettiamo molto. »

Aspettiamo un secondo. Con la luce in faccia dobbiamo sembrare due pagliacci con un rictus permanente sul viso.

« Occhio ai gradini », dice la guardia, indicandoci la direzione con la torcia.

« Le scale », sussurra Chika.

Guardo l'ora sul telefono: 20.21. Dobbiamo sbrigarci.

Lo seguo, mentre usa la luce del suo cellulare come una torcia. Dopo quelli che sembrano un milione di scalini, difficilissimi, arriviamo al piano a cui, secondo Chika, si apposterà Emeka. Proprio in quel momento il suo telefono muore.

« Merda », lo sento imprecare nel buio.

Tiro fuori il mio telefono e attivo l'applicazione torcia.

20.28.

Siamo in piedi davanti a una porta con la targhetta *Sala riunioni.*

« Non è appostato nella sua banca? » sussurro nervoso.

« Angolazione sbagliata », risponde lui, nello stesso tono. « Questa è la sala comune a tutte le compagnie nello stabile e guarda dritta sul segretariato. »

Entriamo nel salone. È buio pesto.

« Chiamalo », mormora Chika.

« Emeka! » grido.

« Chi è? »

Mi dirigo verso la voce. Chika fa un cenno con la mano, credo mi stia dicendo che non vuole far sapere a Emeka che è con me.

« Sono io, Philip. » Sono le voci a guidare i nostri passi.

« Philip! » Punto il telefono su Emeka, che sbatte le palpebre.

« Che cosa stai facendo? »

« Se sei qui, lo sai benissimo. »

« Emeka, per favore, stammi a sentire. Abbiamo fatto molti progressi. Sappiamo molte cose su come è morto Kevin. »

Allontana per un istante la torcia dalla mia faccia. Intravedo Chika accovacciato nell'angolo all'estrema destra del salone.

La voce di Emeka è stravolta dal dolore. « Lo so io com'è morto! »

« Sapevi che tuo figlio stava conducendo una campagna per il suo amico morto sotto la custodia della polizia? Sapevi che aveva scoperto che forse il suo amico era stato incastrato? Lo sapevi questo? »

Il tono di Emeka è amaro, ma pieno di dolore. « Che importa? »

« *Oga*, la donna è uscita. » La voce dell'autista viene da destra, al centro della stanza, da qualche parte dietro Emeka.

Muovo la luce del cellulare per illuminare lo spazio alle spalle del banchiere e individuare la posizione dell'autista. Forse aiuterà anche Chika a vedere meglio. Non so se funziona, perché nel buio distinguo a stento una sagoma.

« Farai tirare il grilletto al tuo autista? » dico in tono volutamente beffardo. Dov'è Chika? Ha individuato la posizione dell'autista e, quindi, quella del fucile? Se sì, che cosa aspetta?

« Posso premerlo da solo », risponde Emeka, sulla difensiva. La mia provocazione ha funzionato.

« *Oga*, scende le scale », sussurra l'autista con urgenza.

« Sparale », ordina Emeka brusco.

« Tiralo tu il grilletto, Emeka », mi intrometto, sempre a bassa voce. « Se pensi che Salome Briggs debba morire, fallo tu. Non è morto il figlio dell'autista. È *tuo* figlio che è morto. »

« Spara! »

Lo sparo risuona come una specie di sibilo e in quel preciso istante vedo un corpo che atterra l'autista. Corro verso la finestra urtando Emeka, che cade a terra. C'è confusione giù al segretariato dell'Ordine degli avvocati, qualcuno grida allarmato. Vedo gente che indica in alto, dove siamo noi.

Mi volto verso i tre uomini a terra. « Via! »

LASCIAR PERDERE

Scendiamo le scale, fino all'ingresso della filiale della National Bank. Riusciamo già a sentire le voci delle guardie che dal piano di sotto chiedono di entrare. L'autista ha le chiavi e apre in fretta la porta. Ci chiudiamo dentro un attimo prima di sentire voci e passi sulle scale, in direzione della sala riunioni da cui è partito il colpo.

Siamo tutti e quattro ansanti e cerchiamo di non fare rumore. È sempre buio, ma riusciamo a intravedere le nostre facce.

« Perché ci hai messo tanto? » sussurro a Chika.

« Non ci vedevo, al buio! » ribatte lui, bisbigliando. « Ho dovuto seguire la sua voce per capire dove fosse. »

L'autista ha il respiro affannoso ed è ancora scosso.

« Devono morire tutti », borbotta Emeka.

Striscio sul pavimento fino a lui. È un uomo potente, distrutto dalla perdita del figlio. Molte cose al mondo mi fanno paura, ma nulla mi paralizza più della paura di perdere uno dei miei figli.

« Emeka... »

« Perché mi hai fermato? » mi chiede.

« Stavi trasformando il tuo autista in un killer. »

« Avrei tirato il grilletto io stesso! »

« E ti saresti abbassato al livello delle persone che ti hanno portato via tuo figlio. »

Scorgo Chika vicino a un distributore dell'acqua in un angolo. Riempie un bicchiere e lo porta a Emeka. Questi agita la mano come un bambino capriccioso e lo fa volare via, con tutto il contenuto.

« Non meritano di vivere! Nessuno! Animali! »

« Ho osservato quella città. Non c'è pace, laggiù. Credimi, Emeka, stanno pagando per ciò che hanno fatto a Kevin e agli altri ragazzi. Ma se il tuo piano stasera fosse andato a buon fine e se Chika avesse ucciso il capo, come potresti vivere con te stesso? »

« Non voglio vivere », risponde lui, piatto. « Rivoglio mio figlio. »

C'è un tempo per consolare una persona in lutto. E c'è un tempo per tacere e lasciare che sfoghi il proprio dolore. Questa notte non è né l'uno né l'altro.

« Emeka », dico piano. « Kevin non tornerà. »

Lui scuote la testa, rifiutandosi di darmi ascolto. « Voglio mio figlio. Voglio abbracciare mio figlio. »

« Kevin non c'è più. Avrai sempre il desiderio di abbracciarlo. Ti mancherà ogni giorno, ogni istante. Ma l'unico modo per onorare il suo legame con lui è l'amore. Solo l'amore. »

« Era un così bravo ragazzo », dice con voce rotta.

« Allevato da un buon padre », aggiungo sottovoce.

Lì, al buio, sul pavimento di una filiale della terza banca nigeriana, un tremante Emeka Nwamadi si lascia abbracciare da me. Muove la testa a destra e a sinistra, rifiutandosi di accettare l'irrefutabile. Gli appoggio una mano sulla spalla, mentre con l'altra gli giro delicatamente la faccia perché mi guardi con i suoi occhi sgranati e smarriti. Non smette di scuotere la testa.

« Non c'è più », ripeto, piano, fissandolo e annuendo. Un po' alla volta, lui comincia a imitarmi.

« Non c'è più », mi fa eco, come se avesse appena scoperto un doloroso segreto.

Io annuisco. Lui annuisce. Poi si lascia andare tra le mie braccia. Un uomo che si è fatto forza più a lungo del dovuto.

Lo tengo così per un po', condividendo il lutto per un ragazzo che non ho mai conosciuto.

Sono quasi le undici e mezzo quando Chika e io lasciamo un Emeka un poco più tranquillo alla guest house della National Bank, dove sospetto alloggi da quando sono arrivato a PH. Non è stato facile andarsene, date le sue condizioni emotive, ma confido che, almeno per ora, la sua furia vendicativa si sia placata. La presenza del suo autista, anche lui piuttosto scosso, sembra avere avuto un effetto calmante su Emeka. Quando Chika e io risaliamo sul Land Cruiser, siamo più o meno sicuri che quei due staranno bene. Per il momento.

Varchiamo il cancello del Tropicana in silenzio. Per qualche ragione, solo adesso inizio a sentire il dolore alle costole. Il potere dell'adrenalina. Mi massaggio le bende sotto la camicia. Tutto sembra al suo posto, ma avverto l'infiammazione. Ho bisogno di prendere i miei analgesici.

Mentre aspettiamo l'ascensore nella quiete della hall, Chika mi guarda e parla per la prima volta da quando abbiamo lasciato la guest house della National Bank.

« Grazie per non avergli detto di Kevin... sai, della setta. »

« A cosa sarebbe servito? » replico. « Avrebbe fatto qualche differenza? E poi ormai siamo piuttosto sicuri che la setta non è il motivo per cui è stato ucciso. »

« Ma grazie lo stesso. Emeka non avrebbe creduto che non lo sapessi. »

« No, grazie a te per esserti fidato e avermelo detto. »

Lui fa cenno di sì. Siamo di nuovo in silenzio quando l'ascensore arriva.

Le porte si aprono al nostro piano e ci diciamo buonanotte.

« Philip », mi chiama Chika, quando sono davanti alla mia stanza.

Mi giro verso di lui.

« Non è ancora finita, vero? »

Lo guardo per un attimo. « No. Abbiamo ancora del lavoro da fare. »

Annuisce. « Buonanotte. »

« ’notte. »

Quando entro, trovo Folake che mi aspetta seduta sul letto.

« Sei sparito », esclama.

« Abbiamo avuto un’emergenza. Ti ho mandato un messaggio. »

« L’ho visto. Ho cercato di chiamarti. »

Ho consumato la batteria usando il cellulare come torcia per troppo tempo, ma se glielo dico, dovrei spiegarle anche perché e cos’è accaduto. E anche chi dovevo salvare dalla sete di vendetta di Emeka. Me ne sto zitto.

Lei mi guarda severa. « Questa emergenza ha qualcosa a che fare con quella donna? Quella all’ospedale, Salome? »

Non apro bocca.

« Ha chiamato in camera. Ha detto che ha visto la tua chiamata persa e voleva sapere se stavi bene. »

« È stata molto gentile. »

« Tutto qui quello che sai dire? ’È stata molto gentile’? »

Ci guardiamo tutti e due come se esitassimo a fare conversazione per paura di come andrà a finire.

« Non c’è stato niente, Folake. »

« Oggi o prima? »

« Mai. »

« Volevi che succedesse qualcosa? »

Vado al mio comodino per prendere le medicine.

« Non rispondi alla mia domanda? »

La guardo dritto negli occhi. « Perché non c’è niente da dire. Siamo amici. Nient’altro. »

Per un attimo temo che lei voglia insistere.

«Credo che farò un bagno», annuncia. Sparisce dietro la porta e la chiude con tale decisione da farmi capire che non devo seguirla.

LUCE E TENEBRA

Non te la caverai.

John Paul alza di scatto gli occhi dal portatile. Si guarda intorno come una belva. Quando vede che non c'è nessuno, sorride. Scuote leggermente la testa, ridacchia.

Dall'ombra grido: L'hai uccisa!

Lui torna a guardare lo schermo e parla sottovoce, come si fa con un bambino che non sta fermo.

« Stava pensando di andare alla polizia. Non potevamo permetterlo. »

Non c'era bisogno di ucciderla.

John Paul non alza lo sguardo dal portatile. « Sarebbe morta in ogni caso. Cancro al quarto stadio. Le ho fatto un favore. Ora il piano può andare avanti. »

Batte come una furia sul computer. Il rumore della dita sui tasti risuona nella stanzetta.

Non voglio più farlo.

Riesco a sentirmi, sono sicuro di suonare petulante. Debole, persino.

Ma sono spaventato. È successo troppo e troppo in fretta. Ci sono troppe incognite. E troppe domande. So anche che, da quando John Paul ha premuto il cuscino sulla faccia della mamma, ho più paura di lui che del rischio che Il Piano Finale fallisca.

Nel caso non mi abbia sentito dall'ombra, gli dico: Possiamo fermarci.

John Paul smette di battere sulla tastiera. Si guarda intorno. Mi cerca dappertutto con gli occhi inferociti. « Non dici sul serio. »

Hai ucciso la mamma.

Il dolore e la rabbia che provo devono essere evidenti nella mia accusa, perché John Paul si alza e parla così forte che, sono sicuro, lo sentono anche dall'altra parte del corridoio.

« Per te! Per noi! » I suoi occhi smettono di cercarmi ed è quasi come se mi vedesse di fronte a lui. Abbassa la voce. « Era debole. Proprio come te. Doveva andarsene. »

Non aveva scelta.

John Paul stringe i pugni. Se mi avesse davvero davanti, so che mi colpirebbe. Scoppia in una risata, per sfottermi e, allo stesso tempo, provocarmi.

« Hanno tutti una scelta », dice piatto e, all'improvviso, fa una smorfia di rabbia. Non l'ho mai visto così. « Ingrato! Ti ho liberato da quel mostro. Stavi morendo, incapace di difenderti, finché non sono venuto a salvarti io. Dov'era allora la tua cara mamma? »

Detto questo, John Paul emette un sibilo prolungato e torna al portatile. Si rimette a scrivere.

Non voglio che muoia altra gente.

« Tutti muoiono », afferma, rivolto allo schermo.

MERCY, MERCY

Chika finge di non notare la tensione e la freddezza tra Folake e me. Mentre ci dirigiamo in macchina verso la casa degli Opara a Okriki, le indica i luoghi di interesse. Lei si mostra fin troppo entusiasta, per evitare di parlarmi.

Dire che sono perplesso sarebbe un eufemismo. Le donne sono strane. Eccomi qui, pronto a dimenticare e perdonarla quando sospettavo che mi avesse tradito, mentre lei è decisa a punirmi per un crimine che ho solo *pensato* di commettere.

Mi suona il telefono.

« Salve, Philip. Volevo solo aggiornarla. L'indirizzo IP... » dice l'ispettore Omereji.

« Sì! » esclamo. Chika e Folake tacciono per un attimo. Abbasso la voce. « Cos'è successo? »

« C'è stato un aumento dell'attività all'Harcourt Whyte Hall. Appaiono post ogni mezz'ora... »

« Da tutti e due? Alfurquran e il Cristiano? »

« Sì. E sono sempre peggio. In qualche caso, più personali. Alfurquran ne ha postato uno circa un'ora fa, affermando di sapere chi fomenta l'odio a Okriki e che ne presenterà le prove tra un paio d'ore. Chiede a tutti i suoi fratelli islamici di tenersi pronti... »

« Niente di buono. » Mi accorgo che Chika e Folake si sono messi ad ascoltare quello che dico.

« No, infatti. Abbiamo chiesto al governo locale di sostenere la nostra richiesta di un coprifuoco, ma ce l'hanno respinta. Dicono che non c'è pericolo. Mio padre non sta abbastanza bene da convocare una riunione del Consiglio dei capi. »

« Cosa farà adesso? »

« Ho inviato una richiesta urgente alla State University perché mi autorizzi a entrare nel campus con una squadra per dare un'occhiata in giro, ma la segreteria ha risposto che mi avrebbe richiamato entro un'ora. Questo è stato tre ore fa. »

« Sono in zona anch'io. Più tardi posso fare un salto alla stazione. »

« Bene. La tengo informata. »

C'è una pausa dall'altro capo del telefono e so che cosa Omereji mi chiederà. Ho già la risposta pronta.

« Philip, ieri è successo qualcosa. A Salome... be', non direttamente, ma... »

« Sta bene? » lo interrompo.

« Sì, sì. Ma voglio chiederle una cosa. Ieri è stato tutto il giorno con il suo amico Chika? »

Il mio « sì » suona sincero e convinto. Ma c'è uno strano silenzio in macchina, quando riattacco.

« Cosa voleva? » chiede Folake, curiosa, malgrado ce l'abbia con me.

Nascondo un sorriso di sollievo e riassumo la conversazione con l'ispettore.

« Pensi che sia collegato ai Tre di Okriki? » domanda lei, dal sedile posteriore.

« Non lo so », ammetto. « Non ci sta con il resto, ma un nesso c'è. »

Ora siamo nel quartiere dove, stando al GPS, abita Elechi Opara. È una graziosa zona residenziale per i colletti bianchi di Okriki. Quando lo chiamo, lui mi risponde quasi all'istante e mi conferma che siamo nella via giusta. Ci aspetterà fuori dal cancello, così non potremo sbagliare.

Appena entriamo in casa Opara, ci vengono incontro le tre

figlie, inclusa Mercy, che ha un aspetto di gran lunga migliore rispetto a quando l'ho vista all'ospedale psichiatrico. A quanto dice Elechi, è a casa da quasi una settimana e per ora non ci sono state avvisaglie di una possibile ricaduta.

« Dorme bene la notte. Niente brutti sogni o pianti », mi informa, mentre le ragazze vanno ad avvisare la madre del nostro arrivo.

Ci raggiunge Amaka, la moglie di Elechi, che ci mette subito a nostro agio con un ampio sorriso. Ci invita a sederci e ci offre da bere.

« Il pranzo è dopo la funzione, ma abbiamo preparato uno spuntino per non arrivare affamati », dice lei, dopo essersi assicurata che stiamo comodi.

Rispondiamo che preferiremmo aspettare dopo la funzione e consegniamo i nostri regali. Chika si siede vicino a Folake, mentre Amaka continua ad agitarsi e insiste che mangino qualcosa.

Io prendo Elechi da parte e gli parlo di sua figlia. Non sono ancora pronto a dargli un'opinione, ma voglio che si renda conto dei rischi di portarla in mezzo a una grande folla.

« Ha ragione », annuisce in segno di apprezzamento. « Abbiamo discusso del pranzo di ringraziamento con il suo medico, che assicura che Mercy starà bene finché prende le medicine. L'altro giorno ci ha suggerito di fare una specie di test. L'ho portata in macchina al mercato con le sorelle e mi è sembrato che non avesse problemi. L'ho riferito al dottore. »

Mi fa piacere. Forse, se è con qualcuno della famiglia, Mercy può reggere uno spazio aperto con molta gente intorno. Corrisponde alle reazioni di persone che hanno subito un trauma in uno spazio pubblico o a seguito delle azioni di altri, come nel caso di Mercy che ha assistito all'uccisione del fidanzato.

Mi informo sui farmaci che assume e condivido con il padre la mia preoccupazione per l'elevato dosaggio di clonazepam, per una condizione che potrebbe essere affrontata meglio con la psicoterapia e il counselling. Gli do il nome di un amico psichiatra della University of Lagos e chiedo a Elechi di consultarsi con lui prima della prossima visita di Mercy presso il suo medico a PH. Lui mi ringrazia e chiede alla figlia di raggiungerci.

« Il dottor Taiwo mi ha dato consigli per le tue cure. Ringrazialo », la istruisce Elechi. Malgrado le mie educate proteste, lei obbedisce.

« Ha poi scritto il suo rapporto? » mi chiede.

Mi occorre un secondo per ricordare la storia di copertura che Chika e io le abbiamo propinato all'ospedale. « Ci stiamo ancora lavorando. »

« Perché ci vuole così tanto? »

Considero se darle una versione della verità e mi guardo intorno per valutare se ci sia qualcuno in ascolto. Le altre figlie si sono unite alla conversazione di Amaka, Chika e Folake. Decido di correre il rischio.

« Mercy, ci sono ancora troppe domande », rispondo. « E la più importante è che non sappiamo cosa ci facesse Kevin a casa di Godwin quel giorno... »

« Ma, dottore, gliel'ho detto. Era andato a far visita a Tamuno. »

« Sì, infatti abbiamo parlato con Tamuno. »

« E lui dice che non è vero? »

« Al contrario. Dice che era in ritardo per il suo incontro con Kevin e si dà la colpa... »

« Incontro? »

« Tamuno dice che lui e Kevin stavano collaborando a una ricerca sulla morte di Momoh. »

Mercy fa una risata secca. « Non è possibile che Kevin e Tamuno Princewill stessero facendo qualcosa insieme. »

Sento un formicolio alla nuca. « Perché? »

« Signore, non si sopportavano. E poi Kevin aveva scoperto

che Godwin sapeva che Momoh era stato incastrato. Godwin gli aveva detto che era stato Tamuno a farlo. »

« Chika? » Cerco di non alzare la voce, ma non riesco a nascondere la mia urgenza. « Vieni, per favore. »

Lui lascia le sorelle di Mercy e viene da noi, mentre Elechi ci osserva come un cane da guardia. Folake e Amaka smettono di parlare quando notano le attenzioni che la ragazza sta ricevendo.

Riprendo il discorso, senza fare pressione. « Mercy, intendi dire che Kevin sospettava che Tamuno c'entrasse qualcosa con la morte di Momoh? »

« No, dottore. Sto dicendo che Godwin ha detto a Kevin che è stato Tamuno a mandare quelle foto al cellulare di Momoh. »

Sento Folake sussultare alle mie spalle, ma continuo a guardare la ragazza.

« Ma se Kevin lo sapeva, perché è andato da Tamuno? »

« Kevin non si fidava di Godwin. Lo sanno tutti che si drogava e raccontava storie. Kevin voleva un faccia a faccia con Tamuno e si erano messi d'accordo per incontrarsi a casa di Godwin. »

Chika si mette al mio fianco. « Sei sicura? »

Mercy inspira a fondo. Vedo che cerca di mantenere la calma. « Sono sicura, signore. Gli ho detto di non andare. Che ormai Momoh era morto. Ma lui era ostinato. A me quel Tamuno non è mai piaciuto. Per questo sono corsa là quando non ho più sentito Kevin. »

Per essere sicuro, faccio un'altra domanda. « Allora è stato Tamuno a invitare Kevin ad andare da lui? »

« Sì », risponde lei, con sicurezza.

LA FRECCIA DELL'IRA

A Chika e a me occorre una dose enorme di autocontrollo per non precipitarci fuori da casa Opara e andare a cercare Tamuno. Ma non sarebbe educato andarsene quando la funzione del ringraziamento per cui siamo venuti sta per cominciare.

« Sono sicura che Elechi capirebbe, date le circostanze », sta dicendo Folake, mentre Chika segue la macchina del capofamiglia verso la chiesa.

« Sì, ma se ho ragione, sarebbe il caso fosse presente anche l'ispettore Omereji, quando interroghiamo Tamuno. »

« Non è prematuro? » chiede mia moglie, perplessa.

« È stato Tamuno a invitare Kevin a casa di Godwin quel giorno », risponde Chika. « Il che significa che, con ogni probabilità, è stato sempre lui a darlo in pasto alla folla. »

« Non ci ha detto di aver visto Kevin quel giorno, e nemmeno che si trovava nella residenza di Godwin quando i ragazzi sono stati uccisi », ribatto, faticando ad accettare l'idea che Tamuno possa aver orchestrato la morte di tre compagni di studi.

« È strano... » dice Folake, dal sedile posteriore. Mi volto e seguo il suo sguardo.

Stiamo superando la rotatoria del cannone. Di solito auto e persone sfrecciano via, mentre gli ambulanti fanno tentativi disperati di vendere le loro merci. Ma oggi il traffico è più lento e i pedoni si raccolgono a piccoli gruppi, parlando animatamente. Alcuni guardano i cellulari, facendo gesti di rabbia. Cerco di scacciare un cattivo presentimento.

Condivido con Chika e Folake i timori di Omereji e avanzo

l'ipotesi che sia questo il motivo dell'agitazione degli abitanti di Okriki.

« Prima di credere a certe idiozie, la gente non potrebbe cercare di capire da dove vengono? » domanda Folake, esasperata.

« La gente tende a seguire le opinioni più diffuse, piuttosto che coltivare il dubbio. Okriki non è un caso unico nel suo genere », rispondo secco.

« Ma questa città è al limite », ci fa notare Chika, a denti stretti. « Sono tutti in tensione, pronti a credere al peggio gli uni degli altri. »

Abbiamo lasciato il centro della città e ora siamo su una strada meno affollata. L'auto di Elechi rallenta per entrare in un grande parcheggio, accanto a una struttura simile a un magazzino con uno striscione che lo identifica come la sede dei « Ministri della Luce del Mondo ».

Elechi raggiunge una zona sul lato dell'edificio in cui ci sono vari posti liberi. Chika lo segue e parcheggia il Land Cruiser accanto alla sua macchina.

Poi lui si avvicina. « Posteggiamo qui perché siamo ospiti d'onore. Il padrino e la madrina di Mercy sono diaconi, qui. Seguitemi, entriamo dall'ingresso laterale. »

Fa cenno a un uomo anziano davanti alla porta, che sorride e ci invita a seguirlo all'interno.

« Facciamoci vedere alla funzione, poi diciamo a Elechi che non possiamo tornare da lui per pranzo », suggerisco a Chika, mentre seguiamo la famiglia Opara all'interno.

Si sente già cantare. Ci troviamo nella parte anteriore della chiesa, accanto al pulpito. Riusciamo a vedere l'intera congregazione, che si unisce al coro in un'entusiasmante interpretazione in *ikwerre* di un popolare inno religioso. Quando appaiono gli Opara, sono accolti da grida di giubilo e abbracci. La musica si alza e cambia ritmo. Amaka si mette persino a ballare mentre raggiunge i posti a cui, insieme alla famiglia, veniamo accompagnati.

Cantiamo lodi al Signore.
Egli regna!

Canti e danze continuano per un po' ma, per quanto siano coinvolgenti, non smetto di pensare a Tamuno. Chi è? Cosa nasconde? Lavora per qualcuno? Il cambio di personalità quando Chika e io l'abbiamo visto l'ultima volta all'Harcourt Whyte Hall ha dell'incredibile. Può essere anche lui, come Godwin, sotto l'effetto di droghe? O c'era una relazione sessuale tra lui e Momoh? Altrimenti, come gli è venuto in mente di mandargli le foto oscene sul cellulare? Cosa potrebbe spingere più facilmente a uccidere: essere scoperti come omosessuali o la tossicodipendenza?

« Serviamo un Dio che regna! » La voce tonante del pastore mi riporta al presente.

Elechi si avvicina. « È il pastore anziano, Jeremiah Oriakpu », dice sottovoce. « Molto carismatico. Mia moglie e io veniamo alle sue funzioni serali, quando non c'è la messa. »

« Il nostro Dio regna su ogni cosa e ogni condizione », dichiara di nuovo il pastore Oriakpu.

La congregazione mostra il suo assenso con « Alleluia » e « Amen ». Intercetto lo sguardo di mia moglie. Da anglicani conservatori e non praticanti, siamo entrambi piuttosto a disagio con le manifestazioni smodate di fede. Lei indica la testa di Elechi, rammentandomi il motivo della nostra presenza. Aspetterò il momento opportuno.

Dopo altre esortazioni, con i fedeli che cantano, si alzano in piedi, si risiedono, danzano davanti all'altare, presentano le offerte e agitano i fazzoletti, comincia un lungo sermone sull'importanza di rendere grazie a Dio. Il pastore Oriakpu sembra prendersela comoda, prima di arrivare alla ragione per cui siamo qui.

Controllo il mio orologio, ancora funzionante malgrado il vetro incrinato. Siamo qui da cinquantadue minuti, ma ancora non si vede la fine. Tiro fuori di nascosto il cellulare per vedere se ci sono messaggi da Omereji. Folake mi dà un calcio al piede e io lo rimetto in tasca, non senza aver prima verificato che non è arrivato niente.

« Oggi siamo venuti a questa funzione speciale per ringraziare Dio della vita di nostra figlia, Mercy Opara... »

Era ora! Quasi sussulto, unendomi al coro di alleluia e alle danze.

Il pastore indica il punto in cui ci troviamo insieme agli Opara. Fa un cenno, invitandoli all'altare.

Si rivolge al coro. « Cantiamo un inno, mentre questa famiglia benedetta si fa avanti. »

Il coro intona un altro canto di lode ed Elechi fa cenno anche a noi di accompagnarlo. Guardo Chika, che scuote la testa. Cerco di fargli capire a gesti che sarebbe maleducato non unirsi agli Opara all'al...

Le urla cominciano un nanosecondo dopo che i miei occhi hanno visto la freccia scoccare sopra la testa di Elechi, per infiggersi nel petto del pastore. Mi guardo indietro. Ci sono parecchi uomini in tuniche bianche che sciamano in mezzo alla congregazione, armati di machete, archi e frecce.

La gente comincia a correre e gridare. Io stringo Folake a me, mentre Chika scatta verso gli Opara. Raggiunge la famiglia sotto shock proprio mentre un nutrito gruppo di intrusi balza sul pulpito. Mi guardo intorno in cerca della via di fuga più vicina. Ma l'entrata da cui siamo passati ora è bloccata da altri individui in bianco con il copricapo.

Vedo Chika prendere le ragazze Opara tra le braccia e fare da scudo a Mercy appoggiandole la testa sul suo petto. Folake, anche lei appoggiata al mio petto, recita i nomi dei nostri figli in rapida successione, come in preghiera. Ma noto che anche lei sta cercando un'uscita. Non ce ne sono, sono tutte bloccate dagli uomini in caftano e *kufi*.

Guardo l'altare, dove due uomini si chinano sul pastore, come per sentirgli il polso. Una pozza di sangue si allarga intorno al punto in cui la freccia gli ha trapassato il torace. Tra le urla e il panico, gli uomini all'altare sfoggiano estrema calma, quando si rialzano in piedi sopra il pastore. Uno di loro sputa sul corpo inerte, che immagino privo di vita a giudicare dai cenni di approvazione che si scambiano i due.

Poi uno di loro solleva una pistola e spara verso l'alto. Folake mi si irrigidisce tra le braccia, ma gli uomini all'altare non si scompongono, nonostante la pioggia di calcinacci sulle loro teste.

« Ascoltateci bene! » grida quello che riconosco essere il portavoce dei musulmani che hanno fatto le loro rimostranze all'assemblea presso la sala della comunità.

Viene sparato un altro colpo di pistola su un lato dell'altare, lontano dal coro, e una specie di silenzio cala sulla chiesa.

« Siamo venuti per il pastore », riprende il portavoce. « Un uomo senza Dio con le mani sporche di sangue. E ora dovete andarvene. Tornate alle vostre case. Stiamo per fare ciò che è stato fatto al nostro luogo di culto. Fuori! Adesso! »

A queste parole, gli uomini che ostruiscono le uscite si fanno da parte e la gente si precipita verso le porte. Chika guida gli Opara verso quella laterale da cui siamo entrati. Io lo seguo con Folake.

Corriamo alle nostre macchine. Metto mia moglie al sicuro sul sedile posteriore del Land Cruiser, poi mi volto e raggiungo l'auto degli Opara. Chika li sta aiutando. Mi sposto sul lato, Mercy è già salita dietro.

« Mercy! Stai bene? » le chiedo.

Lei non parla, fa solo cenno di sì. Le leggo la paura negli occhi, ma non un panico sufficiente a farmi sospettare un crollo imminente. Elechi si mette al volante e avvia il motore.

«Seguitemi. Conosco una scorciatoia per tornare a casa in fretta!»

Chika e io corriamo al Land Cruiser. Folake sembra più tranquilla, ora. Mi siedo accanto a lei e la prendo fra le braccia. Abbiamo il cuore che batte all'impazzata.

«Attenzione!» esclama lei, mentre Chika preme l'acceleratore e cerca di evitare le persone che corrono da ogni parte. Mi volto a guardare la chiesa, inghiottita dalle fiamme.

«Cosa succede?» chiede mia moglie, a nessuno in particolare. Chika si concentra sulla strada, seguendo l'auto di Elechi e altre macchine.

«Va tutto bene. Non ci accadrà niente», le ripeto più volte, finché non rallentiamo.

«Perché ci fermiamo? Cosa...?» Taccio non appena mi accorgo del pandemonio davanti a noi. La gente urla e indica qualcosa. Ci sono persone insanguinate sul ciglio della strada. Alcuni feriti vengono condotti fuori da un edificio.

«La moschea!» Sento l'orrore nella voce di Chika. «Credo che qualcuno abbia messo una bomba nella moschea.»

Davanti a noi vedo il fumo che si alza dal tetto dell'edificio dove la mezzaluna e la stella sono annerite dalla fuliggine, ma stranamente intatte.

Stiamo per fare ciò che è stato fatto al nostro luogo di culto. Questo intendevano gli uomini che hanno attaccato la chiesa. Qualcuno ha messo una bomba nella moschea e loro hanno pensato che il pastore Oriakpu avesse dato l'ordine.

«Torna indietro! Torna indietro! Elechi sta tornando indietro, seguilo!» grida Folake. D'un tratto sono assalito dal senso di colpa. Lei non sarebbe qui, se non fosse per me. Penso ai nostri figli e il mio cuore si ferma per un istante, per poi riprendere a pompare più veloce di prima. Dobbiamo uscire da questa situazione.

Chika fa retromarcia in fretta e siamo di nuovo dietro Elechi, ci allontaniamo dalla gente coperta di fuliggine, polvere e sangue, e dal fumo che si alza dal tetto della moschea alle nostre spalle.

IL FUOCO DIVAMPA

« Miodiomiodiomiodio! » continua a dire Folake, mentre Chika segue l'auto degli Opara verso la loro casa.

Io mi affretto a chiamare Omereji.

Alfurquran ne ha postato uno circa un'ora fa, affermando di sapere chi fomenta l'odio a Okriki...

Ricorderò a lungo l'ira sui volti degli uomini che hanno invaso la chiesa. Non era furia cieca. Era indirizzata con precisione a quel pulpito e all'uomo che lo occupava.

Il telefono dell'ispettore alterna la segreteria al segnale di linea occupata.

« Manda un messaggio! » suggerisce Folake.

Comincio a farlo, ma prima che finisca di digitarlo ne ricevo uno da Omereji. Lo leggo a voce alta: *Non posso parlare. Appostamento alla Whyte Hall.*

Chika annuisce mentre accelera ancora. « Vuol dire che ha avuto il permesso di entrare nel campus... »

Il traffico sta rallentando. Ci guardiamo intorno, riusciamo a sentire i rumori in lontananza. L'auto di Elechi fa un'altra deviazione, su una strada sterrata, e noi la seguiamo a ruota. Mi volto indietro e scorgo gente che corre, portando bambini dentro le case lungo la strada.

Chika tiene premuto l'acceleratore finché giungiamo a casa degli Opara.

Elechi sta parlando al telefono in *ikwerre*, mentre aiuta la moglie a far scendere Mercy, in stato confusionale. Corro verso di loro.

« Sto bene », assicura la ragazza, ma si vede che non è vero. Posso solo ringraziare il cielo che, siccome la famiglia era rivolta verso la congregazione, lei non abbia potuto vedere la freccia che passava sopra le loro teste e trafiggeva il torace del pastore.

« La porto dentro », dice Amaka, mentre dal retro accorrono le donne che stavano cucinando. Si mettono a parlare velocissime in *ikwerre* e quasi sollevano Mercy da terra per condurla in casa.

Elechi conclude la sua telefonata mentre Chika e Folake ci raggiungono.

« Dicono che ci sono video del pastore Oriakpu che chiede a gran voce di negare ai musulmani l'accesso alla rete », dice Elechi, concitato. « La gente che ha visto il video ha lanciato bombe molotov sulla moschea e i musulmani si sono infuriati. È per questo che lo hanno aggredito in chiesa. Ora i cristiani vogliono vendicarsi. Dovete rimanere qui... »

Il pastore è stato *assassinato*, non aggredito, ma non è il caso di precisarlo. Guardo Chika. « Non possiamo restare. »

« Cosa? » Folake quasi strilla.

Mi volto verso di lei. « Dobbiamo andare al campus. »

« Passando in mezzo a quel caos? » Scuote la testa. « Accidenti, no! »

« Tesoro, dobbiamo andare. È tutto collegato. I Tre di Okriki, Momoh, questa rivolta in città. E credo che Tamuno sia al centro di tutto. Dobbiamo andare all'università. »

Folake non smette di scuotere la testa in segno di protesta. « A fare cosa? »

« A cercarlo! » Mi volto verso Chika, ma mi accorgo che sta già salendo in macchina.

« Vengo con te », dice mia moglie, come se fossimo già d'accordo.

« No! » Non mi sogno nemmeno di riportarla in mezzo a tutto quello da cui siamo appena scappati.

« Stai scherzando. Non esiste che io rimanga qui mentre tu torni indietro... »

Le prendo il viso tra le mani. « Hanno bisogno di te, qui. Della tua calma, della tua logica. Mercy potrebbe avere un tracollo ed Elechi e sua madre non sapranno cosa fare. Io non posso restare, ma tu sì. Per favore, piccola. »

Le do un bacio prima che lei possa opporsi. « Tornerò, lo prometto. »

« Sarà meglio per te », singhiozza lei, cominciando a piangere.

Corro al Land Cruiser e faccio appena in tempo a salire che Chika fa marcia indietro a tutta velocità. Lancio un'ultima occhiata a Folake, con il volto rigato di lacrime. Non voglio assolutamente che questa sia l'ultima immagine che avrò di mia moglie.

CAOS

Il centro della città è in preda al caos.

Chika si fa largo tra la folla che agita cartelli e intona canti di guerra. Molti giovani battono sul cofano delle auto che cercano di passare. Sapevo che Okriki era più grande della media, ma non pensavo che fosse così affollata. E sono tutti inferociti.

Mi rivolgo a Chika. « Pensi che la strada per andare alla polizia sia meglio? »

« Proviamoci. »

Tento di richiamare l'ispettore Omereji, ma lui non risponde. Chika esce dalla carreggiata, brulicante di gente rabbiosa, e prosegue tra i campi e i cortili delle case. Mi tengo forte mentre il Land Cruiser sobbalza sul terreno accidentato. Ci avviciniamo alla stazione di polizia.

Scendiamo dalla macchina e ci precipitiamo dentro.

« Non c'è nessuno qui! » grido.

Chika sta per dire qualcosa, quando mi suona il telefono.

« Li abbiamo presi! » dice l'ispettore Omereji, appena rispondo. Lo metto in viva voce.

« 'Li'? » domando, senza fermarmi mentre corriamo fuori dalla stazione.

« Tutti nello stesso posto. Sono stati loro, Philip! Hanno organizzato tutto loro. »

« Loro chi? »

« Amaso Dabara e alcuni ragazzi del campus. Li abbiamo presi. Il computer, la droga. Tutto quanto! Sono qui! »

La mia mente corre in direzioni opposte, ma cerco di tenerla a bada. Sento un corteo rumoroso che si avvicina dalla proprietà della Signora Fittacamere. Vuol dire che le persone stanno arrivando dalla fermata dell'autobus alla rotonda. È da lì che proveniva anche la folla che ha ucciso i Tre di Okriki. Domino il panico e cerco di concentrarmi, ignorando il dolore alle costole fasciate.

« Mi stia a sentire, Mike. Avete lì un ragazzo di nome Tamuno? »

« Ehi, chi di voi è Tamuno? Tu! Rispondimi! » Omereji torna a parlare al telefono. « Nessun Tamuno qui. »

« Dove si trova? »

« Alla Harcourt Whyte. »

« Che stanza? »

« 481. »

Tutto mi diventa chiaro e devo appoggiarmi a Chika, perché a momenti le gambe mi cedono. « È un diversivo, Mike! Deve tornare qui. La città ha più che mai bisogno della polizia. Qualsiasi cosa Tamuno avesse in mente, sta succedendo qui. Fuori dal campus. Torni subito! »

Una molotov vola in aria e atterra sul tetto rugginoso della stazione di polizia. Il fuoco divampa immediatamente, mentre un altro ordigno incendiario arriva da un'altra direzione.

Saltiamo sul Land Cruiser. Chika innesta la marcia e parte a razzo.

L'ispettore Omereji è ancora in linea. « Philip! Chi è Tamuno? Cosa sta succedendo? »

« Venga subito! C'è una... »

Il lunotto posteriore del Land Cruiser va in frantumi.

« Oh, merda! » impreca Chika. La vedo anch'io: c'è una molotov nella macchina. Non ho tempo di saltare dietro, afferrarla e gettarla fuori, ma ci provo lo stesso.

Lui mi trattiene. « Non ce la farai! Dobbiamo saltare! »

Un dolore lancinante mi attraversa le costole mentre cerco di allungarmi più che posso per afferrare la bomba. Una improvvisa sterzata mi sposta di lato, allontanandomi dall'ordigno.

« Salta! » grida Chika.

Poi apre la portiera senza fermare la macchina mentre sfrecciamo proprio sul tratto di strada in cui Winston, Bona e Kevin sono stati percossi e uccisi. Lo stesso posto in cui abbiamo già rischiato la vita una volta. Il pensiero mi incoraggia ad aprire anche la portiera sul mio lato. Vedo la strada che scorre veloce sotto di me e la folla che rimane indietro alle nostre spalle.

« Salta! » grida di nuovo Chika.

Chiudo gli occhi e mi getto fuori, rotolando sul terreno duro. Il dolore ai fianchi è così forte che vedo come una luce bianchissima, abbagliante. Lancio un urlo e li riapro giusto in tempo per vedere il Land Cruiser esplodere davanti a noi.

ULTIMA CENA

« Ho una sorpresa per te. Da parte di tutti noi », gli sussurra Padre Ambrose, in cucina.

John Paul sorride e chiede cosa sia.

Padre Ambrose sogghigna. « È un segreto. È da un po' che ci pensiamo. »

John Paul aspetta di vederlo uscire con il cestino del pane, poi si mette al lavoro. Prende da sotto la tonaca le buste con le compresse. Dà un'occhiata fuori dalla porta del refettorio. I monaci arrivano alla spicciolata, chiacchierando tra loro, mentre Padre Ambrose distribuisce il pane sugli otto tavoli.

John Paul si avvicina alla pentola e ci rovescia dentro le buste di neurotossine. Le stesse che ha testato su Godwin, quindi è sicuro della loro efficacia.

Prende due strofinacci vecchi, se li avvolge intorno alle mani per sollevare la pentola. È pesante, ma la trasporta senza difficoltà, come ha fatto negli ultimi undici anni. Qualche monaco lo saluta e lui sorride in risposta.

Lo sanno che la mamma è morta? È per questo che sono così gentili?

È chiaro che nessuno di loro è al corrente del caos in città. Di sicuro, tra non molto i feriti più o meno gravi cominceranno ad arrivare al monastero, in cerca di aiuto.

John Paul torna subito in cucina. Si dà da fare. Versa ciò che rimane del veleno nell'acqua da bere, dosandolo con cura perché non se ne senta il sapore.

Con un coltello da cucina pratica con destrezza un foro nel tubo di gomma che alimenta i fornelli. Riempie d'acqua una pentola e la mette sulla fiamma. Nel caso entrasse Padre Ambrose, deve pensare che l'acqua che bolle sia da bere così da non spegnere il gas.

John Paul controlla di nuovo il tubo. Sta perdendo gas in fretta. Troppo in fretta. La fiamma sotto la pentola tremola, potrebbe estinguersi. Avrebbe dovuto pensarci prima.

Va alla dispensa e prende il nastro adesivo. Si muove rapido per sigillare gran parte del buco che ha aperto. Vede che la fiamma sotto la pentola si è stabilizzata.

Soddisfatto, gira in senso antiorario la valvola della bombola, facendo uscire gas anche da lì. Deve indovinare quanto ci metterà il gas a saturare la cucina, dato che i suoi precedenti calcoli si basavano solo sulla perdita dal tubo e non sulla valvola della bombola. Avrà meno tempo a disposizione. Deve sbrigarsi.

John Paul mette le caraffe di acqua con il veleno sul vecchio carrello che Padre Ambrose usa da anni per portare il cibo in refettorio. Otto tavoli, otto caraffe. Spinge il carrello nella sala e si ferma quando vede che Padre Olayiwola e un altro monaco mettono una torta sul tavolo più grande.

D'un tratto tutti si mettono a gridare di gioia e a battere le mani. Uno a uno, i monaci vanno ad abbracciare John Paul, dandogli pacche sulle spalle e facendogli i complimenti. Lo trascinano verso la torta, con una scritta sulla glassa.

« Congratulazioni al nostro avvocato! » dicono in coro.

No! Non siate gentili, *grido dall'ombra*. Non oggi!

Pregano per John Paul, credendo che sia io. Applaudono e cantano, e lui sorride, anche se non vede l'ora che si mettano a mangiare. Osserva Padre Ambrose che spinge il carrello e lo segue mentre dispone le caraffe sui tavoli.

I monaci insistono perché John Paul faccia un discorso, ma lui si finge in imbarazzo e si limita a ringraziarli, ostentando umiltà. Vedo che, con gli occhi, sta contando i monaci nel refettorio. L'occasione richiede che siano tutti presenti. Tutti e quarantasette. Nes-

suno è rimasto nella sala della preghiera o nel dispensario o a sbrigare faccende in cappella. Ci sono tutti.

Li guardo dall'ombra, mentre cominciano a mangiare e a bere. Si scambiano storie sui guai che ho combinato in passato. Mi prendono in giro. Quando John Paul finge di ridere, pensano che sia io a farlo e ridono anche loro.

È questo che voglio. Questa gioia. La redenzione. L'amore. È da tanto che lo desidero.

Anche dall'ombra, giurerei di sentire il sibilo del gas dalla bombola in cucina. Guardo i monaci bere l'acqua e mangiare il cibo avvelenati. Presto cominceranno a vomitare, poi subentrerà la paralisi inevitabile, che impedirà loro di sfuggire all'incendio.

All'improvviso, mi rendo conto che questa è l'unica casa che conosca. L'unica che conoscerò mai.

Penso alla mamma. Perduta per sempre. Una parte di me avrebbe voluto passare più tempo con lei. Sentirla ridere e chiamarmi il suo « dono di Dio ». Il suo Tamunotonye.

Mia madre.

E John Paul l'ha uccisa.

Io ho ucciso mia madre.

John Paul è dentro di me. Io sono John Paul.

Eccola. La verità con cui devo fare i conti.

Chiudo gli occhi nell'ombra e lascio che le risate dei monaci mi guidino verso la luce.

John Paul si ferma mentre taglia una fetta di torta. Mi vede arrivare. Ma non può fermarmi. La felicità dei monaci rende tutto più luminoso, tanto che io posso toccare la luce. Vedo la mano di John Paul tremare mentre si porta la fetta alla bocca.

Ma sono io a prendere la caraffa d'acqua.

STRASCICHI

Lasciata indietro la carcassa in fiamme del Land Cruiser, Chika e io ci siamo precipitati nella boscaglia e abbiamo imboccato un sentiero per tornare a casa degli Opara evitando il caos sulle strade principali.

Qui, rifugiati in salotto, abbiamo aspettato insieme alle donne, ascoltando sopraffatti e spaventati il frastuono della violenza. I miei dolori sono migliorati grazie ai medicinali che Folake aveva con sé in borsetta. Mercy dormiva nella sua camera, sotto sedativi, ignara della paura e dell'agitazione che regnavano su tutta la città.

In seguito, abbiamo saputo che l'esplosione sentita in lontananza proveniva dal monastero dei Santi Cosma e Damiano. Alla confusione si è aggiunta altra confusione. I musulmani sono arrivati fin laggiù?

Quando abbiamo sentito gli elicotteri sopra di noi e il suono di numerose sirene, ho chiamato l'ispettore Omereji, il quale mi ha confermato che le autorità del Rivers State avevano fatto appello al governo federale ed era arrivato l'esercito a Okriki. Ma è passato ancora del tempo prima che si scoprisse da dove proveniva l'esplosione e i soccorsi raggiungessero i monaci.

Non c'erano superstiti. Il monastero è stato raso al suolo. Gli occhi di Omereji erano arrossati, stanchi e tristi quando ci ha raccontato la scena che si è presentata a poliziotti, vigili del fuoco e volontari al monastero.

«Crede che sia stato il ragazzo?» ho chiesto all'ispettore, mentre accompagnava Chika, mia moglie e me a PH.

« Pensiamo di sì. »

« Quindi, gli scontri in città sono stati un diversivo per evitare che i soccorsi arrivassero in tempo al monastero? » ha domandato Folake dal sedile posteriore, accanto a un Chika taciturno e a disagio.

« Anche questo non lo sappiamo. Possiamo solo presumere che sia stato il ragazzo a pianificare tutto. Ma perché? » Omereji ha sospirato. « Finché non lo troviamo, possiamo solo tirare a indovinare. »

Sapevo che non si sarebbe dato pace finché non fosse riuscito a scovare Tamuno Princewill, perché rispondesse dei suoi orrendi crimini o, in alternativa, provasse la propria innocenza.

Avremmo voluto fare altre domande, durante il tragitto verso PH, ma l'ispettore era esausto e distratto. Siamo arrivati al nostro albergo nel più completo silenzio.

Sono passati due giorni. Per quanto Folake e io non vediamo l'ora di tornare a Lagos e alle nostre vite, lei capisce che devo arrivare fino in fondo. So che, anche se ha deciso di non accompagnare Chika e me al quartier generale della polizia di PH, non se ne starà distesa bella comoda sul letto del Tropicana, ma passeggerà avanti e indietro per la stanza. Preoccupata e irrequieta. È questo forse lo strascico peggiore dell'essere esposti a disordini e violenza di massa: la paura terribile che potrà accadere di nuovo. In qualsiasi momento, in qualsiasi luogo.

La stazione di polizia di Okriki non avrebbe potuto contenere tutte le persone arrestate durante i violenti scontri in città. Quindi tutti i sospettati, sia cristiani sia musulmani, sono stati trasferiti al quartier generale della polizia di PH. Qui sono detenuti anche Amaso Dabara, i suoi scagnozzi e quattro studenti della State University. È il motivo per cui Chika e io veniamo condotti in una stanza per assistere, dietro una vetrata, a quello che ci dicono essere il quinto interrogatorio del boss della droga in due giorni, da quando è stato arrestato nella stanza 481 della Harcourt Whyte Hall.

« Mi hanno incastrato! Ci hanno ingannati tutti! » dice l'uomo magrissimo in manette.

« È quello che continui a ripetere. Ma le prove raccontano un'altra storia », dice l'ispettore Omereji, che si accanisce su Amaso, mostrando il suo evidente disprezzo.

« Quali prove? » chiede il trafficante.

« Quelle trovate durante la perquisizione della tua casa ad Havana. Le prove che sei tu la mente dietro la violenza a Okriki. »

« È una bugia! Chieda a tutti quanti, anche ai suoi colleghi della polizia. Amaso vende droga e basta. Niente politica. Niente religione. »

« La lista delle tue transazioni e le chiamate ai tuoi fornitori non ti mettono in una bella posizione. »

Amaso guarda Omereji con gli occhi iniettati di sangue e vedo che gli tremano le mani e gli gocciola il naso. Quarantott'ore in galera non fanno bene a un tossicodipendente. Sono sicuro che fra poco il boss crollerà, ma dubito che le sue parole faranno luce su come Tamuno Princewill abbia ingannato tutti e sia sparito. Al pari di tutti noi, sospetto, Amaso Dabara non sa niente.

« Gliel'ho detto. È stato quel ragazzo, Tamuno. Ha organizzato tutto lui. »

E racconta di nuovo la storia: di come abbia avvicinato il giovane quando era ancora una matricola e lo abbia reclutato.

« Quel ragazzo è il diavolo! Mi ha incastrato. Mi ha dato l'hard disk e i telefoni. Mi ha detto che c'erano dentro i nomi degli spacciatori. Poi ha organizzato un incontro coi compratori, mi ci ha fatto andare ed è scomparso... »

« I conti non tornano, Amaso », dice Omereji. « Perché questo Tamuno avrebbe dovuto sforzarsi tanto per incastrarti? Il computer nella stanza 481 è quello usato per i post che hanno causato gli scontri a Okriki. Uno dei cellulari trovati là dentro apparteneva a uno dei Tre di Okriki. Eppure tu dici di non sapere come tutto sia arrivato in una camera a cui, di fatto, avevi accesso. Non vedi quanto sei ridicolo? »

« Dico la verità! Volevo solo dare una lezione a Godwin dopo che abbiamo scoperto che faceva andare troppo la lingua, ma Tamuno mi ha detto che ci avrebbe pensato lui. Gliel'ho già spiegato! »

Mi stacco dallo specchio unidirezionale e guardo Chika.

« Non sa altro. »

« Lei dice? »

« È un tossico che ha un bisogno disperato di una dose », spiego. « Presto si metterà a piangere e dirà qualsiasi cosa pur di avere la droga. Da quel momento in poi, tutto ciò che racconterà diverrà praticamente inutile, perché sarà solo quello che lui pensa che Omereji voglia sentirsi dire. »

« Quindi non c'era bisogno che venissimo qui. »

« Certo che ce n'era. Lascia finire Omereji. Poi possiamo chiedergli accesso all'hard disk che Amaso dice di avere ricevuto da Tamuno. »

« Ha sentito cos'ha detto l'ispettore? » dice Chika osservando la scena di là dallo specchio. « Del cellulare di uno dei ragazzi? »

« Se è vero che apparteneva a uno di loro, allora, amico mio, possiamo dire di avere ufficialmente risolto il mistero dei Tre di Okriki. »

ARRIVARE AL PERCHÉ

Emeka non metterà piede a Okriki, quindi sono grato a Mike Omereji per avere accettato di incontrarlo alla guest house della National Bank a PH.

« È il minimo che possa fare », ha detto l'ispettore, quando l'ho chiamato per informarlo che stavo per consegnare il rapporto finale a Emeka e la sua presenza mi avrebbe fatto piacere.

Quando Chika e io arriviamo alla guest house, mi sorprendo di vedere che Omereji è già lì, in attesa accanto alla sua macchina, in alta uniforme. Ci scambiamo convenevoli e il mio rispetto per l'ispettore sale alle stelle non appena lo vedo stringere la mano a Chika, come se non ci fosse mai stata animosità tra loro.

Entriamo e l'autista di Emeka ci accompagna in salotto.

Il banchiere non si è fatto la barba, ma ha un aspetto migliore dell'ultima volta che l'ho visto. Ci dà il benvenuto e ci fa accomodare.

« Prima di cominciare, signore », esordisce Omereji, « a nome della gente di Okriki, voglio offrirle formalmente le mie più sincere condoglianze per la perdita di suo figlio. »

Emeka lo guarda, incerto su come reagire a questa apertura inattesa.

« Le assicuro, signore, che, alla luce di quanto sono riusciti a scoprire il dottor Taiwo e il suo collega, farò tutto ciò che è in mio potere per riaprire le indagini e consegnare le persone coinvolte alla giustizia. »

« Suo padre non glielo permetterà mai », lo contraddice il banchiere, amareggiato.

« Mio padre è vecchio e a volte è fuorviato dalle proprie convinzioni. Gli eventi degli ultimi giorni gli hanno fatto capire che l'unico modo di proteggere la sua gente è fare in modo che ci siano conseguenze per chi compie azioni che minacciano la pace e la prosperità di Okriki. Le garantisco, signore, che giustizia sarà fatta. »

Emeka distoglie lo sguardo. L'amarezza e la rabbia che ha covato per quasi due anni non possono essere cancellate dall'oggi al domani. Ma lo vedo ben disposto ad accettare la sincerità di Omereji.

Cala un silenzio imbarazzante. Rivolgo un'occhiata interrogativa all'ispettore, che mi fa cenno di procedere. Mi schiarisco la gola. Non c'è un modo semplice per dirlo.

« Emeka, possiamo confermare che Kevin non faceva parte di alcuna setta, né di una gang intenzionata a derubare Godwin Emefele. »

Emeka si fa vigile e mi spezza il cuore scorgere la speranza nei suoi occhi stanchi.

« Di recente, la polizia è riuscita a recuperare il telefono di Kevin. Quando abbiamo esaminato i suoi messaggi, abbiamo scoperto che in qualche modo è rimasto invischiato in un traffico di droga tra gli studenti. »

« Come? »

« Signore », dice l'ispettore Omereji, « sembra che sia stato un amico di Kevin, Momoh Kadiri, a scoprire che Tamuno Princewill spacciava droga al campus. Per far tacere Momoh, riteniamo che Tamuno lo abbia incastrato inviando immagini pornografiche al suo cellulare, per far credere che fosse omosessuale. Ha poi fatto una soffiata alla polizia, che ha arrestato Momoh sulla base di quanto trovato sul telefono. Quando Momoh è morto mentre era sotto custodia, Kevin si è insospettito, ha cominciato a pensare a un omicidio e ha dato inizio a una campagna perché si indagasse sulla morte dell'amico. »

L'espressione di Emeka mi ricorda quella di Folake quando esaminavamo i numerosi file di quello che ora sappiamo essere il portatile di Tamuno e i messaggi sul cellulare di Kevin.

« Molte cose sono ancora poco chiare, anche perché Tamuno non si trova da nessuna parte », aggiungo io. « Ma, da quanto abbiamo appreso finora, Kevin ha indagato per suo conto e ha collegato l'arresto di Momoh a Godwin Emefele, che comprava droga da questo Tamuno per rivenderla e consumarla. Non possiamo affermare con certezza se l'inalatore di Momoh gli sia stato sottratto all'arresto o in un altro momento, ma sappiamo che ha avuto un attacco d'asma mentre era sotto custodia. Ed è così che Kevin ha collegato la sua morte al traffico di droga al campus. »

« Tutto qui? Kevin è stato ucciso perché aveva scoperto qualche spacciatore al campus? »

« Aveva minacciato di denunciare Godwin e Tamuno, se non avessero confessato il loro ruolo nella morte di Momoh », gli confermo.

« Perché non è venuto da me? » si tormenta Emeka, disperato. « Gli avrei detto di lasciar perdere. »

« Forse perché sapeva che glielo avresti detto », rispondo, nel modo più delicato possibile.

Il banchiere si incurva e temo che stia per crollare di nuovo, ma di lì a poco rialza la testa e guarda Chika, Omereji e me con decisione.

« Come ha fatto, questo Tamuno? Com'è riuscito a far uccidere mio figlio? »

Vedo che Chika e l'ispettore mi guardano e si aspettano che sia io a rispondere. « Pensiamo che abbia convinto Godwin a invitare nel suo alloggio a Okriki due dei suoi acquirenti in arretrato con i pagamenti... »

« Bona e Winston? »

« Sì », annuisco. « In qualche modo, Godwin li ha fatti entrare in camera sua, a fare rifornimento e a discutere del pagamento dei debiti. Dallo scambio dettagliato di messaggi tra lui e Tamuno, che abbiamo trovato sul portatile nella stanza di quest'ultimo, sembra che Godwin abbia avuto ordine di esigere gli arretrati minacciando Bona e Winston con una pistola. »

« Gli spari che ha sentito la gente? » chiede Emeka, guardando Chika.

« Pensiamo che sia stato Godwin a sparare a Bona e Winston, non viceversa », risponde lui annuendo.

« Ma perché ci è andato anche Kevin? » domanda il banchiere, che ancora scuote la testa incredulo.

Parlo io. « Glielo ha chiesto Tamuno. Dai messaggi sul telefono di Kevin, risulta che Tamuno lo ha invitato da Godwin con il pretesto di un chiarimento. »

Emeka è sempre più stupefatto. « E questo Tamuno è stato così astuto da prevedere cosa sarebbe successo se i vicini avessero sentito gli spari e avessero creduto che ci fosse una rapina in corso? »

« Ho visto quanto è facile manipolare le persone. Basta solo osservare con attenzione inclinazioni e schemi comportamentali. Dopodiché, è abbastanza facile indurle a fare ciò che si vuole. Specie quando sono in gruppo. »

« Mi vergogno a dirlo », interviene Omereji, solenne, « ma il dottor Taiwo ha ragione. In passato, la gente di Okriki è stata vittima di numerosi furti, che sono stati attribuiti agli studenti. Ma anche i giovani disoccupati del posto, che non sono riusciti a essere ammessi all'università, covano risentimento verso di loro. Questo Tamuno sapeva tutto questo e se n'è servito per i suoi piani diabolici. I miei concittadini si sono lasciati ingannare », non riesce a proseguire mentre scuote la testa pieno di tristezza.

« Quindi, Kevin era il vero bersaglio. E Bona e Winston cos'erano? Danni collaterali? »

Non è il caso di dirgli del video disturbante che abbiamo trovato sull'hard disk nella stanza 481. Le immagini raccapriccianti degli ultimi istanti di Kevin sono equiparabili, nell'orrore, a quelle di Godwin Emefele che boccheggia disperato prima di morire. Non è nemmeno il caso di parlargli dei nostri sospetti sul ruolo di Tamuno nei recenti disordini e violenze a Okriki. Stiamo ancora cercando di capire l'enormità delle sue macchinazioni. Per ora è meglio attenersi alle ragioni per cui Emeka mi ha assunto.

« Ma questo ragazzo, Tamuno... » chiede lui, perplesso quanto noi. « Dov'è? Dov'è questo mostro? »

Nessuno di noi ha una risposta.

FINO A CASA

Folake è già salita a bordo del jet privato di Emeka Nwamadi. Ora sono solo con Omereji, sulla zona della pista in cui ai ricchi e potenti vengono risparmiate le tribolazioni dei comuni cittadini in partenza dal Port Harcourt International Airport. Gli eventi degli ultimi giorni ci hanno imposto un severo tributo e ne portiamo tutti e due i segni.

« Pensa che l'abbia fatta franca? » chiedo all'ispettore.

« Non riusciamo a rintracciarlo. Stanno ancora identificando i corpi al monastero, ma non siamo sicuri che fosse presente al momento dell'esplosione. »

« Non importa. Ci sarà sempre un Tamuno intorno a noi. Se ne vedono dappertutto: politici, affaristi, gente che approfitta dei nostri timori per il proprio tornaconto. »

« Mi spaventa », ammette Omereji. « È vero quello che dice. Ma a farmi ancora più paura è la facilità con cui si può manipolare la gente. » Scuote la testa, come per scacciare via un'immagine inquietante. « E ancora non si capisce perché abbia iniziato quella cosa sui social... »

Faccio spallucce. « Chi può dirlo, con uno come lui? Quando cominciano ad avere successo, ci riprovano continuamente, osando sempre di più, pensando sempre più in grande. Era di sicuro un narcisista, che voleva farci sapere cosa faceva e come l'avrebbe passata liscia. Si vede dalle prove che ha lasciato nella sua stanza. Probabilmente, considera il mondo intero come una specie di esperimento sociale, un laboratorio pieno di cavie in cui lui è la mente superiore. Sono sicuro che la campagna sui social rappresentasse l'estrema dimostrazione di potere, per provare a se stesso di cosa fosse capace.»

L'ispettore Omereji scuote la testa. «Mi vergogno della mia gente.»

«Sono umani, innanzitutto. Facili da manipolare. Rapidi ad agire senza riflettere. Sarebbe sorpreso di scoprire quanto è comune.»

Lui sospira. Vedo il comandante del jet che ci fa un cenno. È ora.

Omereji mi stringe la mano. «Dobbiamo restare in contatto.»

Concordo con lui. Mi giro e mi dirigo alla corta scaletta dell'aereo. Prima di salire, sento un *bip*. Guardo il messaggio sul telefono.

Mi ha chiamato Emeka. Mi ha detto tutto quello che hai fatto. Sono molto orgoglioso di te, figlio mio. Grazie e felice ritorno a casa.

Respiro a fondo, godendomi la semplice gioia di avere l'approvazione di mio padre. Sì, è proprio vero, ci sono riuscito.

Salgo a bordo. Chika è seduto in fondo. Gli faccio un cenno di saluto e mi accomodo accanto a Folake.

«Bene, dottor Taiwo. Ricordami di dirti di no, la prossima volta che vieni ingaggiato per scrivere...» traccia un paio di virgolette nell'aria, «'un rapporto'.»

Rido ed evito di rammentarle che in effetti lei aveva detto di no. Allaccio la cintura. Poi guardo dal finestrino e vedo Salome sulla pista. È in piedi accanto a Omereji e mi salutano entrambi con la mano.

Signora e signori, benvenuti a bordo di questo volo privato per Lagos...

Sorrido. Alla fine è venuta a dirmi addio ma, forse per rispetto nei confronti di Folake, si tiene a distanza. Oppure è arrivata in ritardo, usando il cugino come *queue boy* per trattenermi finché non fosse arrivata. Un classico di Salome.

Ricambio il saluto, mentre l'aereo comincia a muoversi sulla pista.

... la durata del viaggio sarà approssimativamente di cinquantacinque minuti...

L'atmosfera cambia quando Folake vede chi sto salutando con la mano. Manifesta un interesse improvviso per le istruzioni di sicurezza che scorrono sullo schermo.

Siamo in volo da un quarto d'ora quando attiro la sua attenzione toccandola con un gomito. Lei si volta.

« Mi è piaciuta subito. Ha una mente acuta e un buon cuore. »

« Ed è bella da far paura » aggiunge Folake.

« Non quanto te. »

Folake sbuffa e distoglie lo sguardo. Le passo un dito sul mento per costringerla a voltarsi.

« Non. Come. Te. Non c'è un'altra Folake. E credimi quando ti dico che non è successo niente con Salome. »

« Lo so », replica lei, piuttosto altezzosa.

« Come lo sai? »

« Perché sono qui, con te. Nonostante quello che credevi di sapere, anche tu sei qui con me. Dev'essere amore. »

Scoppio a ridere e lei mi segue a ruota. Ci voltiamo a guardare Chika, ma sta dormendo e non si accorge di niente. Ci avviciniamo l'una all'altro.

« Hai ragione », le dico. « Dev'essere amore. »

Lei fa una risatina, lieve e allegra. Io tiro il fiato e l'abbraccio.

Restiamo così fino a Lagos.

Fino a casa.

RINGRAZIAMENTI

Il video virale di quattro giovani studenti della University of Port Harcourt, linciati e bruciati vivi, mi ossessiona ancora oggi. Gli omicidi di Ugonna Obuzor, Toku Lloyd, Chiadika Biringa e Tekena Elkanah hanno ispirato questo romanzo. Rendo omaggio a loro e alle vittime dei vigilantes in tutto il mondo. Spero che questo lavoro possa contribuire a una discussione seria sulla diffusione e la prevenzione di crimini violenti commessi dalla folla.

Scrivere il libro è stata una sorta di esorcismo. Ringrazio il mio tutor, William Ryan, per avere intuito quale fosse il mio principale obiettivo e avermi guidato nella stesura di una storia che avevo nel cuore e che mi ha aiutato a recuperare l'amore per la mia patria.

Grazie a Sodienye Kurubo per le chiacchiere a tarda notte, i consigli legali, le ricerche ben scritte, una memorabile visita a Port Harcourt e le sorprendenti intuizioni. Tornerò.

I miei compagni di studio alla UEA sono stati una fonte incredibile di sostegno e guida. Grazie a Dimitris Akrivos, Nicole Valentine, Peter Selby, Roe Lane, Louise Sharland, Mark Wightman, Denise Beardon, Freya Fowles, Amanda Rigali, Natalie Marlow e Niamh O'Connor. Bob Jones ha trasformato i miei sporadici viaggi nel Regno Unito in un miniera d'oro di amicizia e suggerimenti utili. Matthew Willis, con i suoi feedback onesti, il suo impegno nell'editing e le conversazioni notturne, è diventato un fratello. La mia immensa gratitudine va a Henry Sutton, Laura Joyce e Tom Benn, che più che maestri sono stati una rete di sostegno che apprezzo tuttora. Grazie, Ed Wood e Lucy Dauman del comitato del Little, Brown/UEA Crime Fiction Award. Harriet Tyce mi ha aperto il suo cuore e la sua casa e in lei ho trovato una sostenitrice prima ancora di sapere che me ne occorresse una. Le sono grato.

Harry Illingworth è il mio cavaliere, la mia guida, il mio amico e agente. Molte grazie a te e alla squadra della DHH Literary Agency per avere creduto in me e in questo romanzo. Un grande grazie al dinamico duo Jemma McDonagh e Camilla Ferrier della Marsh Agency. Per quanto concerne la mia rappresentanza, davvero, *non, je ne regrette rien*.

Alison Hennessey è la *Kapellmeister* di questo libro. Ha colto note che non sapevo ci fossero, visto collegamenti che mi sfuggivano e perseguito senza posa un'esecuzione piena di sfumature. Ha dato al romanzo moltissimo amore e una casa alla Raven Books. Ho imparato molto, pur facendo i capricci e urlando tutto il tempo, ma sono infinitamente soddisfatto di come ha reso grande me e questo libro. Un grosso grazie anche a Sara Helen Binney, Lilidh Kendrick, Emilie Chambeyron, Amy Donegan e Jonathan Leech per avermi tenuto per mano. Grazie a voi: Emma Ewbank, per la splendida copertina; Lin Vasey, che ha smussato gli spigoli con la sua brillante revisione; Sarah Bance, la mia correttrice di bozze dalla vista d'aquila; e tutto il reparto commerciale della Bloomsbury UK and International per avermi sostenuto.

Nei giorni bui, riprendo in mano la lettera che Josh Kendall mi ha scritto prima di acquisire i diritti del libro per gli Stati Uniti. Le sue parole mi sono di ispirazione, oggi come allora. Ho l'onore di poterlo chiamare editor e il privilegio di avere alle spalle la passione di Alexandra Hoopes, Sareena Kamath, Pamela Brown, Alyssa Persons, Burce Nichols, Judy Clain e l'intero reparto commerciale della Little, Brown/Mulholland Books. Grazie.

Ade Fayoka, Femi Olawoyin, Anita Verna Crofts, Kehinde Bademosi, Pearl Ohibu, Fabian Lojede, Unoma Azuah, Leye Adenle, Tsirsi Dangarbga, Jessica Ann Wheeler, Yinka Adeleke, Idiare Atimomo, Chika Olejeme, Tom Alweendo, Berlindi Van Eck, Bosede Ogunlana, Selma Neumbo e l'inimitabile Esosa Omo-Usoh sono state le prime persone a leggere e a dirmi « Non ti fermare » quando ne avevo più bisogno. Abius Akwaake mi ha pungolato e sfidato, mentre badava alle cose per cui non avevo il tempo o la testa. Matthias Langheld mi ha concesso tempo, spazio e amicizia. La mia squadra alla Adforce Advertising ha tifato per me e mi ha perdonato le lunghe assenze. Sono riconoscente a tutti voi.

Chiedozie Dike. Meriti un paragrafo tutto per te. Grazie per avermi accompagnato a ogni passo. Prometto di vendicarmi.

Grazie ai miei genitori, che hanno incoraggiato il mio amore per le parole e mi hanno regalato una sorella, Bose, che dal primo giorno è la mia cheerleader e fan numero uno.

La mia gratitudine eterna va alla mia migliore amica, mia moglie Nneka, e ai due meravigliosi esseri umani, Simi e Tomi, che abbiamo avuto la fortuna di chiamare nostri figli. Grazie per avere sgombrato il fronte domestico dagli incubi che hanno ispirato questo libro.

Soprattutto, a Dio che mi ha dato questo e altro, grazie.

INDICE

Questo libro è stampato col sole

Azienda carbon-free

Fotocomposizione Editype S.r.l.
Agrate Brianza (MB)

Finito di stampare
nel mese di dicembre 2021
per conto della Longanesi & C.
da Grafica Veneta S.p.A. di Trebaseleghe (PD)
Printed in Italy